U0060645

春申舊聞

老上海的風華往事

陳定山——原著
蔡登山——主編

【代序】舊上海的故事——《春申舊聞》的英文評論

這是一百個稀有的漫筆集錦，原載於臺北《中華日報》專欄，該欄示有適宜的名稱「春申舊聞」，這些漫筆或者像Howthorne的Twicetold tales一樣稱它為故事，所陳述的不僅是傳聞。作者陳定山先生是一位詩人、藝術鑒定家和以前上海的（現在臺北的）聞人，他顯然有著這些事件唯一的記錄，甚至精確於日期、數字、人和地方的名字。他用高雅、學者的文體來寫述他的回顧錄，這些表明了他高尚中國歷史著作的系統，他的筆力是輕鬆和敏感的，他的姿態是容忍的，這書整個是寫述鄉思愛的情調，因此舊上海這些最不名譽的惡漢變為可愛的，或者最低限度用歷史上慈善的眼光看出來他們是可寬恕的。

講到上海的年齡，它並不很老，雖然它是在黃浦江左岸肥沃的土地上，據說這就是在紀元前第三世紀楚國的政治家和藝術家春申君於封建時代的寺院俸祿。這地方在第十三世紀當上海人建立市鎮、設立孔廟前幾世紀時，人口十分稀少，甚至在第十四世紀時學者秦裕伯的一生中對於城隍尚很陌生。作者未述及該學者何以被崇拜，但他顯示該神的傳記能在明朝的歷史中獲得，且他的有形的遺跡尚在前法租界西愛咸斯路著名櫻花開放的三菱花園鄰近的墳墓內。

上海之成為世界大都市之一亦僅數百年，現在從國際飯店瞭望到的跑馬廳在一八五三年時是一個長滿蘆草的沼潭，上海人以前常稱謂蘆花蕩，橫過這蘆花蕩的地方即是戈登將軍與太平軍激戰的所在地。在靜安寺路某處英人即豎立了戈登將軍的銅像，且無限地擴大英租界。後來的法國人選擇了舊中國鎮

（南市）與英租界中間的一塊土地，但是，他們亦移向西合併了Boulevard de Montigny以西到徐家匯的地區。

作者未評論西方統轄者對上海之厲害，因為在抗戰勝利後公共租界與法租界是歸還中國了，同時中國人亦立刻忘卻了以前的怨恨和外人的傲慢行為。但是，公共租界內不規則的政治總在現代中國文化、政治、經濟和社會的歷史上占著很重要的一頁，因為這些租界不僅是大班（Taipans）和他們的買辦、幸運的士兵們，各式的冒險者、假紳士和曾犯罪者之集合所，亦是數百萬中國人所居住的地方。這地方的人生活與其他各國一樣，因為與外國接近，所以他們生活很機警，易感受於新的思想和潮流，和為了掙扎生存而受到更嚴酷的痛苦，但是上海在那時最少已揭示了繁榮和安全的外觀，因此它吸引了各省的中國人，在上海賺錢或浪費他們的財富，來到上海謀生活或貫徹有利於中國遠大計畫，在中國不再有第二個這樣的城市了，甚至北平亦不能比喻，它能誇耀其各式的人士，和人類之間關係詭異的複雜，這書主要是講述關於這些人們的事件。

陳先生的漫筆最好是當它故事來讀，但是，當在這些故事內論述到實際人物時，它的意味更深長了。在傳記內的人士是可以代表來作上海人唯一的參考。現在我們可以看到袁世凱的兒子袁寒雲，他無政治野心，但是很有天才，是上海的居民，他花他的錢在妓院內，在以後數年，他只能出賣他在鴉片榻上斜臥著所畫寶貴的畫來貼補他的生活。我們也可看到關於黃楚九的事，他是百齡機、萬應藥的發明者，大世界和新世界遊藝場的創立人，也是在中國創辦第一個為公眾一日服務二十四小時日夜銀行的人。他是一個有天賦的商人，他最後死於破產，也是一個市場波動的犧牲者。

類似的故事在書內很多，這裡包括許多辦企業的商人、巨富、藝術家、辦報館者、黑社會領袖、流氓、美女、電影明星……這些各式人物使上海成為一個迷惑的地方。作者甚至很感傷於數對情侶的命運，他很同情地描寫他們，真不愧一位軟心腸的紳士。

陳先生的故事大部是以舊上海為背景，那就是它在轉入二十世紀與二十世紀的時候。這就是機敏的青年人牽馭他們自己馬車的上海，當時舞廳很少，紳士們傳統地去妓院覓尋舒適，那時生活很安定，花上三四元即可買到一幅現代名家的字畫。舊日子已去很久，但是陳先生迫真的描寫似乎重新獲得了以往的情調，有時讀者們會感到這些僅不過是昨日之事。

（朱聯馥譯自Free China Review VOL.V.NO1）

【導讀】詩、書、畫、文俱佳的陳定山

蔡登山

他是名小說家兼實業家天虛我生（陳蝶仙）的長子，他也寫小說，二十餘歲已在上海文壇成名了，他工書，擅畫，善詩文，有「江南才子」之譽。他和父親陳蝶仙，人們常以「大小仲馬」稱之。他就是陳小蝶（四十歲以後改名「定山」）。而陳定山一生也以其父為榮，他在寫於一九五〇年的〈桃源嶺十年祭〉文章開頭就這麼說：「父親：從您去世，整整的十年了。十年前，我們父子同在昆明，現在我一個人在臺灣。我記得世界第二次大戰勝利的消息，在雲南由羅家倫先生在司蒂威而公路上廣播，當時廣場上狂呼擲帽的有五萬餘人，而我的親愛的父親，你已含恨泉下，看不見了。你的下世，是中國社會的損失，不單是我們一家的悲哀。你用全力貢獻社會的工業，用精神貢獻社會的文化。直到今天我寵被著光榮，只要一提起『天虛我生之子』，人們就會對我另眼相看，甚至有肅然改容的，這不是敬我，而是敬我父親偉大的人格。我記得，有一次，坐飛機到重慶，機中有幾位學者，他們一致要我在手冊上簽名，我很慚愧說『不敢，不敢』。他們很不客氣的說，這不是為你，為你是『天虛我生之子』啊。最近在正中書局出版的高職國文，它在選了我一篇〈懷古家的新希望〉的作者項下注著『文學家天虛我生之子』，我真覺得何等可以自傲，我有這樣偉大的一位父親，甚麼名譽地位，人家都可以搶得去的，唯有父親是人家搶不去的。而我的父親是天虛我生。」

陳定山（一八九七—一九八九）原名蘧，出自莊周《齊物論》：「昔者莊周夢為蝴蝶，栩栩然蝴蝶也，自云適志與。不知周也，俄然覺，則蘧蘧然周也……」，因此又字小蝶。別署蝶野、醉靈生、醉靈軒主人，四十歲後改署定山。陳定山說：「我是杭州人，古籍錢塘，世居西湖……我的祖宅在瑞石山麓太廟巷口，相傳是南宋韓侂冑的南園一角，因此頗具花木泉石之勝。……我生之時，去古已遠，南園遺跡渺不可尋，但泉石的玲瓏、山林的位置，依然在目。先君把後園題名為一粟園，園中有個月波池，池畔有一座小軒，五色玻璃，朱欄四匝，迎面一巖，厓石壁立，有石竅，往往出云。先母燕室即依巖岫築，故號『嬾雲』。此軒據說原有趙子昂題匾，但早已失去，先君題名為惜紅軒，他第一部著作《淚珠緣》和《惜紅軒詩鈔》就在這裡產生，後來做了我的啟蒙書館，我常常對著一窗五色斜陽，靜聽姊妹們咿呀的書聲，為之忘倦。」

據曾永莉訪問晚年的陳定山說，他母親嬾雲女士（朱恕）在懷孕十二個月才生下他，母親也出自書香門第，亦能吟詠，父母親伉儷情篤。在陳定山的記憶中，父母結婚四十年間只吵過一次架，而且彷彿只為些家庭瑣事。「在幼小的定山先生眼中，父親是個傳奇人物。他的身材頎長，戴副金絲邊近視眼鏡，絲羅長衫外常加一件一字襟馬甲，手上輕搖一把灑金畫牡丹的團扇。小定山常想：待自己長大，必要像父親一樣的風度。」小時候，堂姊讀《幼學瓊林》，妹妹小翠讀《詩品》，陳定山卻能把她們的書同時背出。八歲時才華已然早發，塾師講解王勃〈滕王閣序〉，全文未講解畢，他已能朗朗上口。九歲已能提筆為文，自成風貌。十歲能倚聲，又喜歡唱崑曲，其父蝶仙常為他弄笛。

據學者趙孝萱的資料云：「陳定山十四歲入法政大學，聽聞教員瑣碎談論律師之訴訟等費，乃曰：『是非我所耐也。』之後赴上海另入聖約翰大學。入學後發現學生都捨國學而以英語相誇耀，又不悅而離去。當時其父蝶仙與父友鈍根正編《禮拜六》、《遊戲雜誌》、《女子世界》等，日日以小說家言相談。小蝶見而大喜，於是決定鑽研小說。先試譯著，仿林紓之法，由李常覺遍求英文小說，讀後口述。

定山取歐西小說本意，以文言譯出。譯筆極為快速，據說每小時能寫兩千字。惲鐵樵當時主編商務印書館的《小說月報》，愛定山才華，多次敦請他寫稿，時年十七歲的定山竟能與五十幾歲的惲鐵樵成為忘年之交。」

陳定山的作品當時散見在上述各雜誌，尤其是周瘦鵑所編的刊物，《自由談》上固然不必談，《紫羅蘭》和《半月》，亦像沒有陳定山的大作就會減少銷路似的。即那一本周瘦鵑一人所寫的《紫蘭花片》，亦時常的有些定山的畫和詩。曾經被人目為雛鳳清聲，說定山的妙筆，更有過於蝶老先生。鄭逸梅說父子兩人合作的有《棄兒》、《柳暗花明》，刊於《申報》，明星公司攝為影劇。還有《二城風雨錄》、《嫣紅劫》、《間諜生涯》、《秘密之府》、《瓊英別傳》、《勃蘭特外紀》、《旅行小史》、《妍媸鏡》、《各國宮闈》。陳定山單獨的作品有《塔語斜陽》、《香草美人》、《蘭因記》、《餘味錄》、《蟲肝錄》、《菊譜》、《畫獄》、《江上秋聲》、《定山脞語》、《書畫船》、《醉靈軒讀畫記》、《醉靈軒詩文集》、《湖上散記》、《消夏雜錄》、《蝶野論畫三種》等。

鄭逸梅又說：「小蝶有時署醉靈生，因在杭居醉靈軒，軒本為其外祖父朱涤卿的漱霞舊館，小蝶讀書外家，乃宿於其間，有亭榭，有梧桐，他撰《醉靈軒記》，述其概況，如云：『予居是軒，梧桐一樹，亭亭若車蓋。當暑即展席桐下，雜置書硯，臥而吟哦，每風颸花落，恬然入睡，起而拂衣，襟袂間皆桐花也。』厥境清絕似畫。至於醉靈，那是小蝶取唐羅隱別朱慶餘宅『除卻難忘是醉靈』詩意以名之。林琴南曾許小蝶繪《醉靈軒讀書圖》，病甚劇，強起致書小蝶，謂：『老人今生不能從事矣！然平生知己，壽伯茀，高子益，最後乃得君三人耳！』書竣封郵，擲筆而卒，成為畏廬絕筆。」

一九一七年，陳定山父子研發國產「無敵牌牙粉」有成。一九一九年，陳定山以積蓄下來的二千塊錢稿費，在杭州清波門學士橋旁，買下明末「嘉定四先生」之一李流方的「墊巾樓」遺址做為別墅。陳定山說：「因用畫中九友的真跡題名如：『染香』、『約庵』、『湘碧』、『思白』、『松圓』、『檀園』，來做了庭樹園囿的榜名。園成於民國二十二年，我已是三十八歲了。先君極愛此園，名為『蝶墅』，楹聯悉出手撰，日寇侵杭，廿載經營燬於一旦，重葺草堂於斷橋，先君已棄世六年。曾幾何時又流離海島，西望無期，可為慟心。」

陳定山被譽為「以詩、書、畫獨樹一幟」的。據熊宜敬的文章云：「一九二〇年，陳定山廿四歲，見三姨丈畫梅極佳，興起學畫之念，姚澹愚告訴陳定山『畫必自習字始，能寫好字始能習畫』，於是陳定山以所寫書法向其請益，姚澹愚一看，便說：『子不羈才也，梅不能縛汝，其山水乎？』於是便傳授山水訣，是為陳定山正式習畫之始。」而後來陳定山更以書畫名家，論者曾評曰：「其畫在蝶野時期，以冷雋勝，筆墨無多，盡得天趣。四十以後自號定山，其筆墨於洗鍊以後轉趨繁復，千巖萬壑，氣韻無窮，蓋收子久、山樵、香光、麓臺為一家。又身行萬里，胸貯萬卷，故能變化於筆墨之外。詩書雅度，醇然自足。吳湖帆嘗稱蝶野畫仙乎仙乎，吳子深云吾平生於畫無所畏，獨畏定山，每一相見，必有新意，其造詣蓋如此。」

一九二〇年，陳定山與張嫻君結婚。一九二二年，獨子陳克言生於上海。一九二五年，陳定山與父親、妹妹陳小翠、妻張嫻君偕同友人紫綃、周瘦鵑、丁慕琴、涂筱巢、徐道鄰、李常覺等至蘇州遊太平山，鄭逸梅首次認識陳蝶仙，由他和程小青、趙眠雲作東道主。鄭逸梅還因此寫了〈天平參笏記〉一文，以記其事，該文發表在周瘦鵑主編的《半月》雜誌上。

一九二八年，張嫻君勸陳定山納鄭十雲為二夫人，十雲戲唱得好，是唱老生的。在孟小冬沒有貴為杜月笙夫人，還在上海唱戲時，因孟小冬病，十雲女士是代過她的戲的。居然也同樣的客滿，同樣的受人歡迎。孟小冬是余派（余叔言）傳人，十雲女士有資格可以代孟小冬的戲，你想她在京劇上的造詣，會差嗎？

一九三四年，陳定山以世道紛亂，民不聊生，亟思對百姓生計有所奉獻，偶於浙江東陽之「定山」發現可以廣種桐樹以濟民，便擬定了種桐二千餘畝，以三年為期收成來改善當地農民生活的計畫，他的父親陳蝶仙認為此舉緩不濟急並不贊成，但卻對「定山」二字有感而發，對他說：「四十不仕，可以知止而後定矣。」於是刻了一方印章「定山一名小蝶」送給他。陳定山並於第二年在「定山」之巔築了一座「定山草堂」。

一九三六年，陳定山並在杭州西泠橋造「蝶來飯店」。蝶來飯店坐落在棲霞嶺南麓的低坡上，朝南的店門隔著馬路對沖西泠橋，飯店西邊緊鄰著古剎鳳林寺，東邊卻接著廣東勞氏的一大片松林墓地，四周透盡恬靜。飯店占地近三畝，客房卻只有28間，裝修一流。飯店整個建築結構像個中西合璧的莊園，西式二層樓的客房散落在坡頂上，南面沿馬路築有花式窗櫺的矮牆，院中央植滿低叢和草坪，從店門大堂去客房要經過蜿蜒曲折、花藤朱欄的中式長廊。飯店開張那天，來了一場「蝶來秀」，專門從上海請來頂尖級的電影女明星胡蝶與徐來，因為各取她們名字中的一字，正好是「蝶來」，一時整個杭城為之轟動，大家都追到西泠橋邊看「蝶來」。

一九四〇年初春，父親過世後，當時上海已經淪陷，陳定山和母親、弟妹、妻小住在法租界金神父路（今瑞金二路）金谷村；一日半夜，被日本憲兵偕同法巡捕及翻譯押至蓬萊市監獄，強指他為重慶分子。其二夫人十雲女士，連夜趕到蘇州，找到好友影星徐來，「標準美人」徐來當時已改嫁給唐生民，十雲請求徐來幫忙，徐來因此「命令」唐生民去向當時人也在蘇州的「七十六號」特工總部主任李士群求援，李士群礙於人情，「強盜生善心」，立刻寫了一封信給十雲女士轉上海「七十六號」的副主任夏仲明，歷經七天後終於被釋放了。出獄時，憲兵隊長告訴陳定山從此不許用「小蝶」一名發表文章，於是陳定山從此以「定山」之名行世。

熊宜敬在〈才氣縱橫陳定山〉文中提到：當時陳定山在獄中，一日忽夢身有雙翼，飛翔於杭州西子湖上，只見碧波浩渺，湖中一峰峙立，四面紅牆圍匝，頗似「小瀛州」，而其間碧坊上以金漆書「華津洞天」四字。夢中的陳定山由天而降，進入碧坊中，只見山中種梅百本，水流花開，泉聲淙淙，忽見一女子迎面而來，手執一卷，向陳定山笑曰：「待子久矣，欲一觀此卷否？」陳定山含笑應之，遂於石桌之上展卷並觀，原來是一卷〈吳梅村畫中九友詩〉，至此，夢境已盡，醒來仍如歷歷在目。出獄後，陳定山將此夢告訴好友王季遷，王季遷建議將夢中所見繪出，陳定山便回憶夢境以圖為記。畫完沒多久，當年在浙江東陽定山種桐的場長胡志傑來訪，知道陳定山有買山之癖，即告知陳定山杭州西湖南屏山蓮花峰有一洞，風景奇絕，而且價錢甚廉，只須黃金十兩，陳定山聽了大喜，立刻付了款項託胡志傑買下。過了些時，亂象稍解，胡志傑便領著陳定山、鄭十雲夫婦至蓮花峰一遊；到了那兒，確實彷彿夢境，只是不見碧坊紅牆，一片荒隰；登山峰頂，只見峰巒回合，襟江帶湖，別有天地；忽聽足底有潺潺水聲，循聲下尋，只見一古洞，陳定山忽然大驚，原來洞中有一摩崖石碑，大書「華津洞天」四字，竟然與夢境全書一字不落，奇異至極。歸家後，陳定山又將此事告知王季遷，王季遷不禁大喜說：「上回你依夢境所繪之圖，我親眼所見，可為公證，這奇地我是否可與你共有？」陳定山回答：「不然，蓮花洞已載於《西湖志》中，不可為一、二人私有，不妨就以夢境中所見吳梅村畫中九友詩為儌，亦尋今之畫中九友共享此奇境。」於是兩人就同赴嵩山草堂找馮超然商量此事，馮超然、吳湖帆知道後皆大喜，同意以九友為集，此時馮超然女弟子謝佩真也要加入，先未得同意，然謝佩真對陳定山言：「君夢中不是有一女子攔卷待君同觀嗎？這女子正好由我為數。」馮超然聽了頻說有理，於是定此雅集之名為「華津畫社」，共十人，除了謝佩真共有九位畫家，分別是馮超然、吳湖帆、汪亞塵、賀天健、鄭午昌、孫雪泥、陳定山、王季遷、徐邦達，並向杭州市政府註冊。成立後沒多久即國共分裂，華津畫社就只剩下奇異夢境一事成為藝壇韻事了。

一九四八年秋冬之際，五十二歲的陳定山渡海來臺。先居北市連雲街，再遷居新生南路，室名「定山草堂」。一九五二年六月，遷居陽明山，居名「蕭齋」。

陳定山說：「從三十八年（1949）到四十八年（1959）我一直住臺北。為了生活，第一個拉我重為馮婦的是老友趙君豪兄，那時他和范鶴言、朱虛白兄創辦《經濟快報》，也就是現在的《聯合報》，我擔任副刊編輯《臺風》。第二位拉我寫作的，是吳愷玄先生，拉我為《暢流》雜誌寫稿。第三位是葉明勳主辦的《中華日報》，趙之誠兄主編副刊要我寫長篇，而刊出了風行一時的《春申舊聞》和《黃金世界》二部。接著便是耿修業兄主辦的《大華晚報》，要我為他寫最長篇小說《蝶夢花酣》，這一下，我就在臺北寫作一年。住在陽明山，四時有花木之勝，早晚有良朋之遇，倒也逍遙的很。最快活的是，《中華日報》臺北版，本仰給臺南版，自《春申》發刊以後，北版銷數激增而南部版反仰給於北版的轉載。接著是耿修業兄不時報告《大華晚報》因連刊載《蝶夢花酣》而銷數激增，向我『致敬』。」

陳定山對於京劇素有研究，他在上海的時候，曾經和上海聞人杜月笙、張嘯林一同票過戲。鏘鏘在〈略記陳定山先生〉文中說：「他住在新生南路的時候，我曾聽過他的妙奏。這一夜是定山先生設宴款客，被邀的除了余派名票寒山樓主等人以外，還有後來跌斃於鳳林酒家『做鬼也風流』的梅花館主。梅花館主歌《搜孤救孤》，定山先生則唱《白門樓》。中氣十足，連他的孫女兒亦不斷地一面拍小手一面說：『爺爺好滑稽得來』」。一九五一年，陳定山在北一女禮堂主持「春臺雅集」，戲從晚上七點開鑼，票友唱到隔天清晨三點，觀眾才依依不捨地離座歸去。這次雅集，主要的特色是「唱反戲」：平常唱青衣的，改扮武生；唱花旦的，改扮花臉，別具情趣。陳定山的小生戲，是經過一番切磋琢磨的。因為他跟姜六爺妙香，私交甚好，像「叫關」裡的「十指連心……」等句的唱法，都是韻味中蘊藏著情感聲色，較諸「聖人」有過之而無不及。據當時的報導說，像《醉寫》這種戲，近十幾年來是很少聽到的。但在定山先生的花甲大慶時，不但聽見他唱了大段的《醉寫》，而且還聽到他清歌了幾段《長生殿》的崑曲。都能給人深刻的印象，都能使人傾心嚮慕的。

鏘鏘發表於一九五六年的文章中說：「初到臺灣時候的定山先生是和名票羅企園合住的，旋入做過上海魚市場經理的唐纘之先生之家。那時候他還沒有想到把文章換錢，祇是寄情於書畫上，一度曾在《經濟時報》編過兩年的副刊。後來因為要他寫文章的人多，窮於應付，乃亦如職業畫家之訂潤格，你拿鈔票來我寫。目前產量甚豐，報上有他的文章，雜誌上也有他的文章，遠如菲律賓和香港，都有他的文章。文章之吃香，吃香到無遠弗屆。一度以他的口述試用過請人速記，但終不及他自己寫好。因此，他現在又很有規例的每天早上起來，就埋首書案。文思潮湧，運筆如飛，快的時候，有一小時寫一千五百字的紀錄。通常是每晨七時寫到十一點鐘，很少有例外。照中國人的早衰情形而說，六十歲的定山先生很可能已有龍鍾之態，但他『嘴上無毛』，每天剃得光光的，依舊如當年的張緒，瀟灑飄然。大概就是這樣的緣故吧，所以他和七十歲的高徒秦子奇先生相對時，還會老興勃勃的高談風月。上年紀的人最容易使人討厭的，是老氣橫秋，定山先生的心情好像一直很年輕，於是人盡歸之，皆樂與之伍。而定山先生亦不以為煩，老少不拒，近我者都歡迎。因此不但秦子奇先生輒喜和他促膝談心，就是他的那個徒步未穩的孫女兒，也只要公公面不要爸爸了。」

一九五八年陳定山遷居臺中，（自此在臺中居住十八年，直到一九七四年才遷居臺北。）陳定山說到其中的原因，他說當時住在陽明山的情景：「這最有趣的：每當花季，載酒上山，識與不識，競來叩門相訪，於是我只好在蕭齋門外，貼一張告白：『主人不在』，但看花的人還是湧進來。有人在我的柴木門貼了一首詩：『何事主人常不在，柴門雖設莫長關』。於是我不得不下山，而搬到臺中。搬臺中的主動力，是一陣黛絲颱風，把我的蕭齋的直頂吹坍了，我抱著我的小孫女毛毛（學名舜華）從蕭齋走到國際飯店門口下山，一直下山。」

一九六七年三月間，有一天陳定山路過臺中自立街口，在一家豆漿店旁邊的平房門前，看到一幅對聯，上聯是「室比前人添一斗」，下聯為「樓觀對面起三層」，橫額寫的是「二斗軒」。這幅對聯，引用梁書「陶弘景有三層樓」的典故，而隱隱道出作者不受繁華所惑的心境。陳定山便寫了一首〈贈賣餅翁〉，請友人逢甲大學國文系楊亦景教授轉交給他，詩曰：

人間春到容高臥，門外車塵接轂長。
燈市春聲金鼓鬧，松棚火熄餅爐香。
牽門黃犬方為累，歷世紅羊換劫忙。
陋室何妨專一斗，看人四面起阿房。
閉門合署陳無己，也把新詞贈餅師。
日暖花鬚烘蜜蠟，天寒魚腦凍梅池。
喜聞鶯燕將雛至，懼致兒童積木危。
坐看東方青帝笑，種瓜得豆與春期。

詩前尚有一序：「鄰有賣餅翁，日炊一爐而止，日午則高臥不出。吾不知其名，字之曰道。丁未元夜，過其門，帖一聯云：『室比古人添一斗，樓觀對面起三層』。梁書：『陶弘景有三層樓』，翁固有道，且知書矣。」

沒想到這位賣餅翁收到陳定山的詩之後，詩興大發，立即用原韻和了一首〈餅師答〉：

天涯也有逢春日，柳眼垂青客路長。

啼鳥喚回金谷夢，勞人沽得玉壺香。
樓觀迥出三層傑，籠餅炊供十字忙。
二月玄都花怒放，謹將猿馬鎖心房。
貂裘不受崇高節，師道真堪作導師。
問字近鄰楊子宅，接籬遙見習家池。
太空詩境新開拓，小市生涯缺阽危。
容我逃秦淪賣餅，喜從空谷遇鍾期。

這兩首詩，一起刊於三月十九日《大華晚報》的「瀛海同聲」專欄中，傳為藝壇佳話。

陳定山來臺後，長時期在報紙副刊及雜誌上寫稿，筆耕不輟，出版多部小說集、詩集、掌故集、畫論、畫冊等等，均顯現他的多才多藝。一九七〇年左右，因當時任臺中靜宜女子文理學院中文系主任的好友彭醇士，身體不適，於是請陳定山代課，這是陳定山開始執教鞭之始，他在靜宜及中興大學教授詞曲課。一九七四年，在臺中居住十八年的陳定山遷居臺北永和，他說：「攜得晴空一片雲，來看臺北雨紛紛。」因居永和，自號「永和老人」，又因住在凱旋大廈七樓，所以別署「七層樓主」。同年，因弟子於大成任淡江文理學院夜間部系主任，他在臺北市金華街的淡江城區部執教一年。

一九七六年，陳定山作八十壽，好友張佛千特製二聯：

「小」米清才，身如彩「蝶」；
「十」分圓韻，響遏行「雲」。

「小」遊香國花迎「蝶」，

「十」畫眉山黛作「雲」。

巧嵌陳定山「小蝶」及二夫人「十雲」之名，並請黃杰及袁守謙書寫。黃杰還在第一首作跋：「定山先生今歲八十矣，賦詩作畫，顧曲飲酒，家情逸興，猶如少年，佛千斯聯，正所以晉不老之頌也。」陳定山讀此跋後大樂，曰：「有此一跋，吾雖老，亦顯此聯之切也。」而袁守謙所書寫者，以其特創之小聯，以錦緞精裱。陳定山對此聯情有獨鍾，壁間除其本人及十雲夫人之放大照片外，舊有字畫，皆不懸掛，僅懸此聯，並曰：「此聯雖小，但映照全面白壁，不覺其小。」

據張禮豪文章說，陳定山八十壽，「正逢張大千回國，二人相會，大千說陳定山看似六十餘歲而已，以後就稱『小兄』，而自言鬚白髯長，以後便叫『老弟臺』。知己重逢，自是歡欣，陳定山便作詩一首〈喜聞大千歸國〉以為記：『近聞歸國喜如何，雙袖龍鍾淚漬多。白頭兄弟存餘幾，青春鸚鵡尚能歌。廣留海外名千載，家在江南住永和。笠屐畫圖傳寫遍，無人不念志東坡。海外傳聞多病身，相看依舊健如春。蒼髯喜值蒼龍歲，白首重盟白水津。合具雙肩擔道義，獨留巨眼對乾坤。小兄老弟相稱謂，秉燭今宵最可親。』情意真摯，令人動容。」

一九七六年九月七日，陳定山元配張嫻君因病去世，失去奉獻一生的持家良伴，陳定山極為傷感。一九八三年八月三十日，夫人鄭十雲赴菜市場買菜，不幸發生車禍過世，享年七十三歲。十雲夫人與陳定山結褵五十年，亦夫亦友，死後陳定山甚念，集唐詩輓之曰：「多情自古空餘恨，報答平生未展眉。」一九八九年八月九日中午，陳定山以九五高齡在家中安詳過世。張佛千在〈故人情〉一文中說：「定老少時，即是十里洋場中的公子、名士，而又多才多藝，詩詞書畫、吹打彈唱、吃喝玩樂，無所不精；中年雖值多難，日本人來，遠徙昆明；共產黨來，渡海來臺，沒有受過一天罪，一生享福。但不幸到了八十一高年以後，十雲夫人竟以購菜遇車禍遽逝。定老有公子一，字克言，服務金融業甚久，定老於其婚後即命自建小家庭。今雖同在臺北，定省有時，但十雲夫人之賢慧體貼、出入扶持，相依為命之良伴，無可替代。朋輩宴會，我亦不敢相邀，老人受此寂寞孤獨的磨折逾十年，今乃以疾逝聞，享年九十五歲，殆真如佛氏之所謂『解脫』矣。」

筆者日前訪問臺灣師大附中美術老師陳薌普老師，她在一九七九年時因畫家歐豪年之介，拜陳定山為師，學習詩詞。每週日早上在永和家中上課，定山先生不講格律，要她先多讀書，並指定唐詩三百首、世說新語、白香詞譜等書，要她研讀，定山先生認為腹中要先有學問，再加上豐富的人生閱歷，方可寫好詩。中午時分，老師還要學生一起在家吃中飯。當時家中雖只有定山先生及十雲夫人兩人，但僕傭準備飲膳還是極為精緻，這也印證了定山先生是個美食家。這使我想起當年在上海他發起「狼虎會」（狼吞虎嚥的聚餐會）的情景，他在《春申舊聞》說：「尤其是發掘小吃館子，是本會的唯一工作。例如陶樂春發現時，僅為大舞臺對面一開間的四川抄手館子，靠扶梯三個賣桌，專賣搾菜炒肉絲，干燒鯽魚，和雞豆花湯。雅敘園是湖北路轉角靠電車軌道的一個樓下賣座，只賣油炮肚，炒裏肌絲，合菜帶帽帶薄餅，小米稀飯。小有天是小花園裡面的一家閩菜小吃，奶油魚唇，葛粉包帶杏仁湯，是他的拿手。……有許多小館子後來發現，直到勝利復原他們還保持著一開間門面的如：石路吉陞棧對面的烹對蝦，醬炮羊味。六馬路的魚生粥，石路上的肉骨頭稀飯，油條。德和館的紅燒頭尾，鹽件。泰晤士報三層樓的蟹殼黃，生煎饅頭。霞飛路菜根香的辣醬飯，浦東同鄉會隔壁的臭豆腐干大王等等，直到我們三十七年（一九四八）來臺，它還是保持著原狀。至於梁園的烤鴨子，雲記的臘味。喬家柵的湯團舖，在敵偽時期還有了偽組織，那是王汝嘉的冒牌湯團，不是真正金家牌樓的分店。」定山先生真不愧是個老饕。

陳定山的畫風被歸類為「名士畫」，筆墨酣暢，自成家數。他的書法，張禮豪認為「從二王入手，也研究黃山谷，再向上學虞世南、褚遂良、又轉米元章；民國以來，心折於葉恭綽的書風。事實上，陳定山不論字與畫都扎實地自古人來，而後從古人出，最後將書畫之道與人品、生活相融，而自成一格，逸興遄飛。」

陳定山著作等身，早年與其父陳蝶仙合編《考正白香詞譜》（一九一八）。他的詩詞集有：《蝶野詩存》、《醉靈軒詩集》、《定山草堂詩二卷》、《定山草堂外集》、《蕭齋詩存》、《十年詩卷》、《定山詞三卷》等。又酷愛寫掌故，寫有《春中舊聞》、《春中續聞》，因定公從父輩起，便長居滬上，嫻熟上海灘中外掌故逸聞，一代人事興廢，古今梨園傳奇，信手拈來，皆成文章，乃開筆記小說之新局，老少咸宜，雅俗共賞。至於小說集有：《留臺新語》、《五十年代》、《蝶夢花酣》、《大唐中興閒話》、《春水江南》、《駱馬湖》、《隋唐閒話》以及號稱「黃金世界三部曲」的《黃金世界》、《龍爭虎鬥》、《一代人豪》等。

目次

【代序】舊上海的故事
——《春中舊聞》的英文評論／朱聯馥 3
【導讀】詩、書、畫、文俱佳的陳定山／蔡登山 6
十里洋場 25
譚鑫培五次蒞滬 27
泥城橋與新世界 29
黃楚九與大世界 31
袁寒雲遊俠北里 33
記雙閣庭 35
跑馬廳石翁仲 37
清道人書法 38
虹廟與未央生廟 39
赤腳財神虞洽卿 40
古園別記 42
小黑姑娘大鼓 44
淨土庵慧海和尚 46
董其昌是上海人 48
陳忠愍吳淞之戰 49
上海兵工廠之沿革 51
薛大塊頭與倪墨耕 54
野雞大王素珍與鄭曼陀 55
白渡橋史話 57
中國第一漫畫家沈泊塵 58

滑稽祖師王旡能 59
紫羅蘭庵軼事 60
徐園崑曲傳習所 62
黃包車的履歷 64
哈同花園之盛衰 66
王旡能補 70
黎錦暉明月歌舞團 71
與租界相終始的鴉片流毒 74
臨城劫案與吳崐山 78
中國的第一條鐵路 80
李春來傳 81
袁美雲被困芙蓉城 84
半淞園龍舟 87
上海小報之筆戰 89
章遏雲有功抗戰 91
樊樊山敬畏後生 93
宋漁父被刺軼事 95
帆影樓紀事 97
狄平子青卞隱居 100
上海外交開始的第一頁 103
八大書院與最早的學校 105
呂美玉與美麗牌香煙 107
周璇的瘋狂世界 109
賭博中的魔鬼——花會 111
閻瑞生與王蓮英 114
上海美術團體紀始 118
龍華桃花 121
法華牡丹 123
上海花市 125
小小豆腐乾與三友實業社 128

敵偽時期的金融奇觀……130
唐瑛與陸小曼……132
快車金四父女遺事……138
金廷蓀與五虎將……141
老牌明星王漢倫……143
五洲藥房項松茂……146
票怪沈田莘……148
中國化學工業社與方液仙……151
露蘭春與黃金榮……153
江小鶼與陳曉江……155
上海文廟談往……160
真偽城隍……163
小鳥之訟……165
申報紙與楊乃武、王韜……168
梅蘭芳到上海……172
持螯舉酒菊花山……176
大舞臺對過「天曉得」……178
陳夔龍過生日……180
《人間地獄》心影……183
胡蝶不老……186
吳昌碩與任伯年之成名……189
李薔華與馮文鳳……192
灘簧考……196
汽車物語……199
上海鄉話……201
十三點……205
康克玲皇后……207
亂世佳人黑貓王吉……209
參加英倫的故宮書畫展回憶……213
狀元女婿與鴛鴦蝴蝶派……218

言菊朋被困蕪湖關 221
當年曾唱「雪兒」歌 224
地皮大王程霖生 228
上海年景 233
新正看戲 239
元宵燈話 241
闌珊燈事話仙霓 244
藝術叛徒劉海粟 248
萬國商團 252
外僑商會在上海 254
賭國詩人 255
中國大菜 259
外國飯店群像 263
麥瑞與康悌浮弟 265
言茂源櫃檯酒 267
馬金鳳與琴雪芳 270
小兒科徐小圃 275
鏡花緣 277
關老爺 281
三麻子 283
黃慧如與陸根榮 286
冼冠生與陳皮梅 293
張溥泉書寒山寺碑 296
新豔秋命坐殃夫 298
新豔秋事補 301
記八一三抗日戰 304
內廷供奉汪益壽 308
上海青年會 310
小花園與吃素人 312
四大金剛 314

上海金石瑣談……319
趙子昂兄上海為僧……321
范杞梁招親……322
徐家匯吃烏龜……323
漢文正楷之由來……325
上海的《淳化閣帖》……327
馮超然請客賺湖帆……328
吳待秋煮畫療饑……330
吳子深情深陳美美……332
吳湖帆悼亡……334
王一亭晚節彌堅……336
太平軍時代的小刀會……339
上海梨園談往……345
孫譚汪南來的回憶……353
三大賢海上成名……357
麒馬優劣之我見……362
美術勝利的十年回憶錄……364

十里洋場

上海舊為戰國時代楚國春申君黃歇的封地，所以江號春申，地名黃歇。元代才置立上海縣治，屬松江府。直到清代還是一片荒灘，並不著名。道光年間鴉片之戰，兩廣總督林則徐焚毀英商販毒兩萬餘箱於粵。英人以兵攻粵，不勝，轉擾沿海一帶，進攻南京，清廷懾懼，與英議和，訂立《南京條約》，闢上海、廣州、福州、廈門、寧波為五口通商，是為外國人在中國有租界之始。上海以地理關係，蔚為全世界四大都市之一。但其初闢，所謂十里洋場者，僅以抛球場為中心點，南至洋涇濱，北至蘇州河，東至黃浦灘，西至泥城橋。彈丸甌脫，所謂十里者，乃周匝十里，非直徑十里也。洪楊之役，英將助曾李克復有功，英人自造銅像，立之靜安寺迤西，標名戈登路，時上海以租界關係，改屬松滬太道，置交涉司衙門於靜安東（今靜安寺路同和里口），然畏英人如虎，坐視其越界築路而不能止，於是靜安寺路成，而中英富商名園別墅，相繼矗立，其尤著名者為愚園、張園、哈同花園，而哈同花園為後起。法租界較後於英租界，其地區夾在上海縣城與英租界之間，形狹長如帶，其初亦僅東起黃浦，西迄八仙橋（今恩派亞電影院門口），南屆護城河（今中華路），北界洋涇濱（愛多亞路），後乃逐漸伸張，自霞飛路而西，與英人為長足競賽。英築大西路，法築海格路以環衛租界，虹橋路、徐家匯，無不為英法勢力範圍圈，碧瓦紅牆，鱗比櫛次，而上海租界之廣袤，乃數倍於城廂而不止。居於夷者習於夷，數典忘祖，視為固然。民國以來，國家兩度播遷，向義人民多入內地；而懷土之士，乍出洋場，憬憧以往生活之奢靡享受，往往能不忘情於夙昔，宴安為鴆毒之媒，厝火在積薪之上，可不信哉？可不懼哉？按上海租界根據《五口通商條約》於道光二十三年（一八四三）十一月十四日正式宣告開埠，但《租界地皮章程》公佈則在道光二十五年（一八四五）宮慕久道尹任上，租期九十九年。我國在第一次參加世界大戰以後，各國所占租界，多有陸續交還者，唯上海為世界四大都市之一，人口五百萬，英人乃鍥而不捨。民廿六年，日人侵華，已占上海，初亦觀望不敢徑入租界。及第二次世界大戰發生，日人偷襲珍珠港，上海亦同日進入租界，核之道光二十三年（一八四三）正為九十九年。當時頗有一般人士，詡為奇跡；不知依據公佈《租界地皮章程》，從道光二十五年算起，尚差三年。至民國三十四年（一九四五）中國全面勝利，租界亦全面收回，恰是九十九年。日本人不過做了我們為叢驅爵的先驅。雖曰天意，豈非人事哉？

譚鑫培五次蒞滬

譚鑫培初次蒞滬，遠在光緒五年，年三十五，隸金桂茶園，藝名譚金福，專演武生戲。時秦腔方盛於上海，有陳彩林者實執牛耳。彩林本隸京中勝春班，班為某內監所蓄，彩林恃寵勢，不赴某侍御之召，侍御銜之，遂飛章彈劾宦官不得私蓄梨園，班遂報散。彩林至上海，隸金桂，傾倒一時。譚不得志，明春回京，始蓄志研究皮簧劇，譚本充三慶班武行頭，父唱老旦兼老生，其音左嗓，故稱之為譚叫天，非美名也。譚早年坐科於金奎班，文武崑亂，皆所兼習，出科後拜程長庚為師，但程為安徽人，而譚籍湖北黃陂，鄉音不改。及後成名，宗譚者反以湖廣音咬字為正宗，而並誤皮簧為黃陂者，可謂數典忘祖矣。譚二次來滬，則已為光緒二十七年，藝名小叫天，搭三慶茶園，後改丹桂。老生武生兩門抱，時孫菊仙在滬，出演天仙，滬人喜孫之宏亮，而藐譚之靡靡，譚仍不得志而去。宣統二年，三次赴滬，出演丹桂，專貼老生戲，未久即遄返。民國元年四次赴滬，出演於新新舞臺，始以「伶界大王，內廷供奉」頭銜與滬人相見，並正名為譚鑫培，而年已六十五矣。同行配角，有金秀山（淨）、孫怡雲（青衣）、德處（小生）、文榮壽（老旦）、慈瑞全（丑），陣容之盛，煊赫一時，金秀山、德珺如均以票友下海，與孫菊仙合唱《二進宮》，向有「三羊開泰」之稱（內行稱票友為羊毛）。滬人以耳為目，不知重輕，而楊四立方出演於丹桂，紅極一時，楊本武丑兼唱老生，演《空城計》讀「昭烈」為「罩笠」，讀「馬謖言過其實」為「馬謖年過七十」，笑話不一而足。而滬人喜灑狗血，竟認楊四立為京朝南下，唯一老生，而視譚為瘟功。一日，楊貼《豬八戒盜魂鈴》，學唱各種生、旦、淨、末、丑兼翻四隻檯，滬人空巷往觀。譚本擅武功，不甘示弱，次日亦貼《豬八戒盜魂鈴》，滬人亦空巷而往。及唱，無學南北腔調，觀者已漸嘩矣。及登四隻檯，以年老失功，竟無法翻騰，而緣著桌腳子爬下。有小報界人劉束軒者，少年氣盛，在包廂中大呼倒好。時許少卿為新新舞臺主，亦恃勢氣盛，自後摑束軒頸，而風波軒然起矣。次日小報界無不攻擊譚鑫培，至於體無完膚，劉許亦相見公堂。譚大憤，不終約而北返，立誓不再至滬唱戲（按：余叔岩亦曾立誓不至滬唱戲）。

民國五年，九畝地新舞臺二次成立，虧蝕累累，其婿夏月潤（新舞臺老闆）、王又宸（新舞臺臺柱）親蒞北平，跪求老爺子幫忙。譚始允南下，演十天，票價樓上樓下一律五元，滬人始震動，傾市而出。新舞臺上下二千一百十五座，座無空椅，立無隙地，而譚年已七十矣。時楊四立亦隸新舞臺，唱倒第二，譚上演必誤時，楊輒拉長馬後，以延時間。臺下不知，以為楊好賣弄，則哄堂報以倒好。一日演《南天門》，臺下竟饗以茶壺蓋、銅板、橘子皮，楊至頭破流血，然亦無法不唱也。譚返平之明年，以金魚胡同那宅歡迎陸榮廷，派譚唱《洪羊洞》，譚時已抱病，唱畢，回寓未幾而卒，時民國六年丁巳，舊曆三月二十日也。譚前後來滬凡五次，《京戲近百年瑣記》稱為六次南下者誤。因譚初次北返以後，未幾即入內廷供奉，清制供奉賞四品白石頂戴，例不得出外演戲。庚子之亂，清后西狩，供奉伶人始有在外演戲以為糊口者。未幾回鑾，孫菊仙已逃滬，不敢返，而禁例亦稍破，則光緒二十六年以後事矣。故鑫培二十七年南下當為第二次，非第三次。

泥城橋與新世界

在新世界未建設以前，泥城橋以北，一片荒涼，跑馬廳蒿蘆滿目，土名蘆花蕩。洪楊時，英將戈登與洪軍即相拒於蘆花蕩，隔跑馬地而陣，至今石牌樓（在跑馬廳中）尚有兵燹之痕。其後日本魔術家天勝娘，亦在此表演。上海第一個電影戲院即在於此，名「幻仙茶園」，門外設洋銅鼓音樂隊，以號召觀眾。民國三年，黃楚九、經仁山始合股鳩工，建設新世界遊藝場，具陳百戲，凡大鼓、蘇灘、說書、電影、評劇、本灘、相聲、雜耍，無不畢備。又闢劇場專演平劇，為商場、茶室、彈子房、跑冰場，五光十色，應有盡有。遊者僅費遊資二角，而盤桓竟日，樂遊忘返者。其時北里嬌蟲，閒遊蕩子，無不以此地為集合所；而閨閣名媛，縉紳鄉老，亦無不以一遊新世界為時髦。其後，益增闢新世界北部遊藝場，兩廈巍然夾靜安寺路而立，時上海尚無隧道建設，黃氏特以鉅資運動工部局，准於南北新世界之間，下設地道，橫貫靜安寺路而過。隧成之日，萬人空巷，蘇、杭、寧、紹均趕赴參觀行揭幕禮，寧紹輪船、蘇杭火車均載客為滿。而經仁山以疾卒，經妻幹練勝於夫，綽號經大娘娘（玉蜻蜓以金大娘娘著名），遇事攬權，抑制楚九，楚九頗感棘手，思以辭職撤股為要脅。經大娘娘知其謀，預部署諸股東，及楚九提出，竟遭全體通過。楚九嗒然，自以半世英名，乃遭暗算於一婦人之手，不甘示弱，乃另鳩鉅資，創設大世界於法租界，人或嫌其荒僻，楚九曰：泥城橋市面自我而興，英租界受我惠多矣，我何不可分其餘潤，以澤法租界哉？諸君試觀，不出三年，八仙橋市面將超過泥城橋而不止。其後，八仙橋果為英法租界市區之交通中心，楚九信人傑哉。

楚九既脫離新世界，經大娘娘遂大權獨攬，聘孫雪泥為經理，萃陳百戲於北部而闢南部為旅社，穩紮穩打，營業利潤優厚於前，而名則稍殺。

黃楚九與大世界

黃楚九本業醫，精眼科，後創設中法大藥房，發明艾羅補腦汁，至今銷行遍全國。創辦新世界後，漸為上海名人，創辦大世界而名乃大噪，遂為上海聞人，無復有知其精眼科者。然有知其絕技而當面求醫者，無不著手成春。楚九富事業性，好大冒險，時上海投機之風尚不盛熾，見楚九作風，皆為之愕然，稱之為投機家。然楚九之事業實在值得佩服，只以頭腦新穎，遇事敢為，喜負債，能以少數資金博取大利，故當時老成持重者，乃不謂然。敵偽時期，金融墮落，海派之工商業始趨重於投機，與楚九作風迥異。國家二次播遷，上海商人流轉於重慶、香港、臺灣者，無不以投機、舉債為前提，終則倒風四起，本地人受其牽累，初則目為海派，繼亦從而效尤。或云：使楚九遲生十年，必大展所長，不知凡此皆楚九之罪人耳。楚九所辦實業，無不開風氣之先。魄力雄偉，與後來投機商，判若涇渭，世以成敗論英雄，固不足以知楚九。

楚九之失敗在於事業太多，負債太重，而其創建性之偉大，見事性之靈敏，有非他人所可幾及者。如創「百靈機」補藥，但用「有意想不到之效力」八字為標語，而收到廣告宏效，勝於十萬字之長篇。發行「小囡牌」香煙，以「小囡牌，人人愛」為標語，以提示人人有愛赤子之心也。又創日夜銀行，使暮夜需款者，不致有告貸無門之憂。但其事業之致命傷，仍在舉債，受利息之壓迫，終至尾大不掉，全體遂告崩潰。蓋其日夜銀行，專以優利吸收存款，一方則大量投資於房地產業，於牛莊路北京路一帶，廣建巨廈（包括現在的中法大藥房、新光大戲院、中國大戲院等大建築），而突然受到政府的廢兩改元政策，地產首先受到打擊，不能再向銀行錢莊做抵押。外商洋行及天主教堂，向以地產做抵押放款者亦緊迫催贖。上海金融於此崩潰，首當其衝者，黃楚九乃為犧牲於經濟改革之第一人。然日夜銀行存款，悉為散戶，既倒，圍日夜銀行而哭者日夜至千人，黃之功罪，固亦強半相當。黃楚九卒，大世界出盤於黃金榮老，其手下健將謀奪經理互相爭權，經理卒為唐家鵬所得。一夕，家鵬赴大世界，方下車，忽機關槍埋伏四起，掃斃家鵬於大世界門口。

袁寒雲遊俠北里

袁世凱帝制自為，寒雲公子以曹子建自比，而方其兄克定以曹丕。賦詩見志，有「劇憐高處多風雨，莫到瓊樓最上層」之句，由是得罪父兄，放逐江南。洪憲敗，寒雲樂不思歸，為上海十里洋場風月盟主者十餘年，時以張學良、張孝若、袁寒雲、盧小嘉為四公子，寒雲輒以為恨。蓋其風流自賞，俊逸超群，固不作第二人想也。寒雲行二，名克文，雖出身世胄，而投身俠林，其行輩且較海上三大亨為高。故人有緩急，得其一言輒解，晚年侘傺，蟄居白克路侯在里，沉困於阿芙蓉城，幾以賣字謀炊為活，門客星散。弟子唯一楊慶山，相從不去，然其潛勢力固猶在也。余叔岩共舞臺一局，鎩羽北歸，金榮老闆曾與口約，他日南來，必以黃氏為東路主人。叔岩漫應之。既而南下，接沈少安亦舞臺公事，黃老闆大怒，申言欲與叔岩為難。叔岩聞之，彷徨無計，或云：唯袁二公子可解此圍，叔岩乃夜投侯在里，長跪請計。寒雲曰：吾不能與九餅角力（按：黃面麻，故以麻雀牌中九餅稱之），無已，令楊慶山為汝保鏢足矣。乃送叔岩於北洋大臣之子楊梧山家，而楊慶山日夜以汽車接送叔岩至大新界亦舞臺上戲。黃老闆果莫能誰何也。事後叔岩贈楊慶山以番佛百尊，寒雲大怒，標叔岩而出之大門之外。時警察廳長徐國樑亦為叔岩保鏢，適遭狙擊，徐斃於浴室。叔岩大恐北歸，嗣後不敢復南下，聲言上海人不懂戲，其實以得罪楊慶山故。

寒雲書法峭拔，或以腕力未遒病之。蓋其晚年皆在鴉片榻上，臥而仰書，懸筆上掃如畫帳頂。早年精於小楷，為其父書〈圭塘倡和詩〉，以珂版印行者，堪稱精絕。夫人梅真，貴池劉公魯胞姊，雍容華貴，與寒雲早年同有璧人之目。晚年困居於上海大東旅館時，猶拔釵沽酒以款客，林下丰標，瀟灑如昔，不幸萎謝。寒雲續有所歡，為平湖小家女，字眉君，失其姓，寒雲溺愛之，嘗為居平湖多時，後復仳離，平生所蓄僅餘之古錢，皆化青蚨隨之飛去，遂悔恨終身。寒雲中年多奇遇，嘗三宿靈隱酒家，後復至，則已成陰抱子矣，寒雲亦以為恨，嘗屬余為《靈隱感舊圖》並詩紀其事，詩在余《醉靈軒集》中，日久都不復憶。又天津天保班有雅秋老四者，豔絕塵寰，張宗昌、吳俊陞、張學良，莫不為之迷戀。章行嚴時為教育總長，亦一見傾倒，特親至姑蘇為製繡被一床，捧呈雅秋，每有私會，必陳繡被而後好合。一日，寒雲至，闢室於瀛州旅館以召雅秋，雅秋聞為四公子，竟抱繡被而至，效宓妃之留枕焉。好合方殷，行嚴忽至，瞥見被堆紅浪，宛然舊識，悔愧交並，當場昏厥。寒雲後值孤桐，必舉此事以為窘謔，行嚴但有荷荷而已。雅秋後嬪張宗昌為第七姨太太，偷近禁臠者仍大有人在，江小鶼、俞振飛皆嘗為入幕之賓云。

記雙闊庭

以前票友下海，皆稱處。處者處士也。故孫菊仙，稱孫處，龔雲甫稱龔處，德珺如稱德處，雙闊庭稱雙處。孫、龔、德，後均改用真名，唯雙闊庭稱雙處，終身不改。雙本旗籍，佚其名，字克庭。晚年，以其唱音宏亮闊大，人故以闊庭稱之。雙處晚年，潦倒侘傺，古調獨彈，加以雙目失明，戲館無人請教。時孫雪泥為新世界經理，余薦之於新世界京劇場，每日僅拿戲份現大洋四元，其子極不肖，為父操琴，一下臺即先領此四元，購吸白麵去矣。言菊朋來滬，傾倒雙處，每逢星期六日戲必往聆，時雙處年已七十，目盲足躄，由值臺人扶掖出九龍口，即能應節赴音，臺步地方不失尺寸。唱「我與平王不共戴天」、「把父母的冤仇提一提」等句，慷慨激昂，聲淚俱下。菊朋每為擊節，自歎不及。但見其子之不肖，又未嘗不深加痛惜，蓋菊朋雖有子少朋，卻醉心馬派，而直評其父之唱為三弦拉戲，故菊朋為雙處悲身世，亦自悲耳。

今人對於孫、譚、汪均已相距甚遠，而對孫之唱，尤漫肆譏評，不知陳劍潭先生在《國學萃編》撰〈三異伶傳〉，孫實居首，宮中供奉，孫亦名在譚鑫培之前，程長庚在世，且以不敵孫而發憤唱《取南郡》，一日夜演完六本而致疾以歿，則孫之藝之高，亦概可想見矣。當時學孫者，內行有時慧寶，票友有陳剛叔，但皆不及雙闊庭。而孫老鄉親盛時，稱雙處為驢鳴。雙處每以為恨。然孫調之不為人歡迎則自昔已然。故雙處搭丹桂第一臺幾至終身，僅唱開鑼第三齣。雙性高傲，從不乞憐，每自傲云：「我命裡該唱倒第三，但要唱《逍遙津》，仍非請我壓臺不可。」故雙處每貼《逍遙津》，必壓臺，且臨時加包銀二十元。後楊瑞亭來滬，第一天在丹桂登臺，以《逍遙津》之穆順唱大軸，雙處力爭非正牌不唱漢獻帝，經丹桂主人沈少安再四磋商，始用兩頭牌制，且臨時加雙包銀五十元。上海戲單而有雙頭牌，自雙闊庭始，亦足自豪矣。雙臨歿時，寒熱高至四十三度，竟夜大唱特唱，惜當時無鋼絲錄音，否則絕唱猶在人間，時民國十七年之壬辰也。

跑馬廳石翁仲

跑馬廳有石翁仲一對，相傳為三國時吳陸遜墓，其實非是，乃明陸深之墓。陸上海人，字子淵，號儼山，弘治進士，官至詹事府詹事，世宗南巡，深掌翰林院印，文詞淹雅，有《金臺紀聞》、《玉堂漫鈔》、《史通會要》、《春雨堂雜鈔》、《儼山集》等著作二十餘種，卒謚文裕，葬處即名陸家濱，墓間翁仲是其故物。英人闢跑馬場，移其翁仲於馬廄，當馬霍路之衝，鄉愚朝夕過者，焚香禳病，久之，忽盛傳翁仲通神，能夜入人家治病。言者鑿鑿，至有為石人加紅袍、裝金漆者，西人亦不能禁。又久之，乃為花會禱夢之所，淫娃蕩女，狼藉露宿。捕房，以其有傷風化，乃用鐵絲網石翁仲於中，明日視之，網眼皆插滿香燭，露禱者如故。敵偽時，有張中原者，為麒麟童女婿，賃其地為大觀園，陳諸飲食遊戲，而石翁仲守門如故。一日忽香火絕跡（按：此一對石頭人，後移閘北宋公園），論者以為不祥，而中原膺選為上海市參議員，共匪陷滬，後中原逃至香港，在金陵酒家與人爭一舞女，為遊客所毆，狼狽還滬，隨丈人峯靠攏，共匪以其投機首鼠，竟遭清算，死狀甚慘。

清道人書法

民初，遜清遺老，集上海賣字，生涯茂美。清道人李梅庵、鄭孝胥，皆歲入四萬金。吳倉石畫兼篆刻亦不過六萬耳。梅庵早年書法學黃庭堅，勁秀挺拔，小字尤精絕，後漸欺人，以草鞋底蘸墨作榜，曲屈蜿蜒，人爭好之，於是一時成為風氣。康有為、馮夢花、朱士林，降至譚海秋、楊草仙、天臺山農、七子山人，其字怪俗，或如墨豬，或如結繩，或如鍋底刷，可謂書家一大劫運，始作俑者清道人不得辭其咎也。

道人食量兼人，而有易牙知味之目，每夕必至小有天晚膳，珍饈羅列，皆道人親授烹調，故觴於小有天者，必請道人列席而肴饌愈佳，道人亦樂此不疲。嘗為書榜曰「不家食吉」，然家食自奉亦甚儉，一品鍋終月不棄底，雞鴨火腿，日加煮焉，家人百指，聚食於此，別無他饌，客至亦如此。人或稱道人能食百蟹，因號為李百蟹者亦齊東語耳。時綁票之風盛行，道人亦得匿書，索二千金，命置之某垃圾箱。道人親為覆書，備陳遺老之可為而不可為，長安之居大不易。盜竟為慼痛，他日，有狐裘登門者，親致二百金，曰：十餘年不見道人有如此小楷書，敬奉二百金為潤筆，道人愕然，客徑擲金而去。

虹廟與未央生廟

山梁之雉（野妓）每逢初一、十五皆到虹廟燒香。廟在南京路香粉弄口，相傳即申曲所演陳再庭金秀英庵堂相會之遺跡。本名保安司徒廟，香火之盛，廟祝以此致富。但長三名妓則至城內邑廟燒香，而小東門之棚妓，則至未央生廟燒香，三種階級，判若涇渭。未央生廟在小東門內殺豬弄，所供為《肉蒲團》小說中人物「未央生」，市人偶過其地，必向弄內撒尿，臭穢薰蒸，而燒香之盛，不減虹廟。又穿窬小偷亦拜未央生廟，則以未央生廟別供崑崙生為副座。崑崙生亦《肉蒲團》中人物，以偷兒現身說法，為未央生敘述風月者。繪聲繪影，乃全書中最精彩節目，而偷兒淫鴇，竟奉此二人為祖師，獰傖可發一笑。

又文人好為妓流撰聯，以自名風雅。有妓小英者，一文士撰云：「此地不許小便，本店兌換英洋。」本地風光，亦令人忍俊不禁。

赤腳財神虞洽卿

民國初期，海上聞人，必推三老：朱葆三、徐乾麟、虞洽卿。今人以三老稱聞蘭亭、袁履登、林康侯者不知已為敵偽時期事。舉朱葆三，已語焉不詳，舉徐乾麟則茫然無聞矣。唯虞洽卿之名，久而益彰。三十四年勝利復員，改上海路名，市政府特改西藏路為虞洽卿路，環跑馬廳之半圈，逵逵廣道，使舊法租界之朱葆三路黯然失色。時洽卿已物故，而寧波人提及虞洽老無不眉飛色舞，年齡相近者必稱曰阿德哥，以示同輩且親暱也。但在洽老身前，虞洽卿實為全國負債之第一名。事業累累，而負債亦累累，滬人皆以赤腳財神稱之，虞亦以此自豪。嘗云：幼時家貧，父送之某錢莊當學徒，當手（錢莊經理）某夜夢赤腳財神闖入客堂。次日，大雨，虞無錢備雨具，赤腳而來，門檻高而人矮小，一跌入室。經理大喜，以為果應夢兆，待之甚厚，虞亦自負，逢人必告。

洽卿賦性慷慨，勇於任勞，見義必為，人亦以此推重之。起家於荷蘭銀行，洊升買辦。時南京舉辦南洋勸業會，滬人一致公推虞洽卿為總辦，徐乾麟（英商謀得利洋行買辦）、王一亭（日商日清公司買辦）為協辦，洽卿聲名於以大噪。及三北公司成立，度支浩繁，乃終日為事業舉債，人謂三北公司輪船，一隻一隻開入永豐錢莊者，蓋謂以輪船作抵押也。然洽卿金融實以葉至生為魂靈，荷蘭銀行，每日必缺頭寸，至下午五時，洽卿即離行，撫至生曰：「今天頭寸，你想法軋平。」但其時金融寬裕，錢莊泰半多單，加以洽卿之人緣與手腕，故每日頭寸亦容易軋平。北伐成功以後，洽卿以交易所關係，事業日益擴大，身兼公司董事長四十餘家，事業之宏，聲勢之廣，社會推為首席。租界馬路，以中國人名者僅「虞洽卿路」一條，亦人豪矣。民廿二年銀錢兩業，上海道契不能抵押，金融驟緊。洽卿日為財政困擾，而名譽地位之高依然如故，屹不動搖。嘗至星相家陳克武處算命曰：「富買田，窮算命。足下為我算命，到底幾時發財？」克武曰：「命理有身後交運者，如孔夫子、關壯繆皆是。公命亦如此，公將於身後發財耳。」洽卿大笑而出。及洽卿去世，三北輪船及其他事業，皆由其後人清理，還債而外，羨餘甚富，子弟皆擁鉅資，果如克武之言。

古園別記

上海花園最古，推瞿氏園。但瞿園在下砂堰，清雍正間已劃歸南滙，其次為浦東後樂園，龍華黃石園。但在上海未開埠前，即已鞠為茂草，朱察卿詩所謂「已無金谷園中會，空有山陽笛裡情」者是也。今所存留，遺跡最舊，當推邑廟豫園。園為明潘充庵迎養其父潘恩所特建。至清嘉慶間，園已荒廢，縣民集資購入，歸入城隍廟，是為邑廟西園，今唯九曲橋、大假山猶存當年彷彿。

近百年園林，當推也是園為最雅。園於光緒間，經馮煖光、邵友濂等迭加修葺，有湛華堂、淞波一剪閣諸勝，假山小而曲折，可以媲美蘇州汪氏義莊。民廿六年，邑人文酒之會，多集於此。李廷敬有集句長聯云：「有堂有庭有橋有船有書有歌有弦，無貧無賤無富無貴無特無迎無拘無忌。」亦見名園風格之一斑。

露香園在九畝地萬竹小學東偏，以掘池得趙文敏露香奇石得名。最閒園在烏泥涇，日涉園在南市十六鋪，叢桂園、縱溪園在法華鎮，均以牡丹著名。其有園之結構而不以園名者，如農莊別業為徐文定公光啟所建，即今之天主教堂。梅花源俗稱小鄧尉，在十三堡，為明王沂讀書處，吳梅村所謂曰「客來惟老樹，花發為殘書」者，可見植梅之盛。小蘭亭為清徐棣山所建，在曹家渡，與廉南湖之小萬柳堂隔岸而居。學圃為甬商周湘雲別業，蒔花最富。其時西人每屆春季舉行蒔花會，學圃出品，必列首選。至若張園、徐園、愚園、半淞園，皆為後起，且嘗為遊人賣票品茗之所，雖有花木，而流入市倉，不登大雅矣。西內園囿若愛儷園之偉大宏麗，實為上海名園首屈一指，是中不少秘史珍聞，當具別論。

小黑姑娘大鼓

新世界初闢遊藝場，北京大鼓雜耍，始與滬人相見。京音大鼓以白雲鵬為首座，白時年方三十，美風儀，專唱《寶玉探病》、《晴雯撕扇》、《黛玉焚稿》、《葬花》諸折，纏綿悱惻，一往情深，時人稱之為文大鼓。又有張小軒者專唱《戰長沙》、《遊武廟》、《南陽關》諸折，連唱帶做，賣盡氣力，時人謂之武大鼓。及小黑姑娘一出，而文武大鼓盡為失色。小黑白皙而美，雙瞳剪水，登臺四射，唯文豔親王張文豔足為頡頏。登臺撚鼓板，輕如一陣小雨點，開場打住，好以纖指，自解領紐，露出蝤蠐雪頸，風度之美，不可方物。或云：「不必聽她唱，只一解領紐之間，便令人之意也消。」小黑為鼓王劉寶全弟子，論藝，不及林紅玉，然紅玉徐娘老去，嘗一至滬，沒沒無聞。小黑則萬人空巷，《晶報》余大雄、步林屋，《民國日報》邵力子、南社楊杏佛，無不排日捧之，而小黑終為薛三量珠聘去。

薛三名良，兄娶露蘭春，弟得小黑，人亦以為雙絕。薛三擅皮簧劇，學譚有根底，而不常在外票演，自得小黑，親授以青衣，腔梅而做則荀，小黑絕頂聰明，自成一格。夫婦均為正誼票房社友，正誼在南京路大陸大樓，設備宏麗，有小戲臺甚精，場面亦齊整。夫婦每發戲癮，即設筵請客，常至百人，酒酣以往，登臺串演，率以三劇而止，觀者與演者，打成一氣，票友演戲的風格，當以此局為最佳。薛三喜演《探母》、《戲鳳》，評者以為得小余神氣，薛每不懌，云：「我還唱不過小余嗎？」曾不十年而票界競尚余腔，幾不知譚為何等者，視薛三誠有厚愧矣。但薛有芙蓉癖，日久，萎靡困頓，黃金散盡，幾無以自存。乃攜小黑北上，為津沽寓公。或勸小黑東山復出者，小黑謝絕，曰：「窮則認命，不復再為紅氍生活。」敵偽時，薛三竟以貧死，小黑盡典釵環，扶柩南下，安葬故土，成服盡禮，畢，遷居北方，守節守孤，媲美於劉喜奎。共匪陷北平，強迫登位，重現色相，憔悴姬姜，每於紅牙魚板之間，俯仰往事，輒至咽不成聲。

淨土庵慧海和尚

以一僧而能公然飲酒食肉，挾妓蓄伶，每夕座客常滿，樽酒不空，社會側目而不敢誰何，雖《品花寶鑒》之唐和尚，《禪真逸史》之稽西化，亦望而退舍卻步者，亦不愧為春申有史以來之妖亂矣。

上海有聞人之名始《晶報》。民國二十年間，《晶報》列上海一百聞人，慧海和尚褒然在十名之前。其人少孤，常與烏目山僧為徒，後為姬覺彌所排擠，乃至城內福田庵為知客。僧也，而善修飾，薰香剃面，以月白香雲紗為禪和子服，與緇衣者流相雜，皎然一鶴，燒香閨宦，無不喜之。旋為方丈所逐，乃自於閘北營淨土庵，以摟處子，最先為入幕之賓者女伶潘雪豔。雪豔圓姿替月，肌似環肥，初以紅玫瑰藝名，現身於共舞臺，報界文人捧之若狂。時嚴獨鶴主《新聞報・快活林》，至為編《紅玫瑰月刊》，由錦章圖書館出版以捧之。而慧海亦由此鵲起，北里嬌蟲都以一觀佛牙，作自我宣傳於清和會樂間，繪影傳聲，欲仙欲死。狗肉將軍張宗昌引師南下，稱豪狹邪，粵妓肖紅，尤承恩澤。肖紅口沒遮攔，有俠少風，或向徵求優劣。肖紅嗤鼻曰：「大而無當，華而不實，七十二袁頭，又何足貴？比慧海小和何，直櫻花糖耳。」明日，《晶報》揭其語，於是張宗昌櫻花糖之外號傳遍春江，而慧海益豪，宗昌頗引為恨。欲藉故窘辱慧海，娑婆生為之緩頰乃解。他日，慧海詣娑婆而謝焉，生適他出，值其姬人玉真。初娑婆生娶玉真，嘗詣淨土庵求籤，得籤云：「隔牆花影動，疑是玉人來。」生喜以為吉兆，至是，玉真竟夜奔慧海，慧海匿之複室，匝月不出。娑婆生歎曰：「籤語之靈，信至此耶？」然慧海固虎而冠者，時孫傳芳以秋操下江南五省，宗昌北遁，慧海恃其勢，益移其淨土庵於牯嶺路，本某顏料商故宅，廣廈重廊，連綿數進，每夕鑼鼓喧天，葷酒匝地，與前殿鈸鐃相應答，作佛事者竟恬然不以為怪。娑婆生由是悔恨嘔血，嘗返杭州，再求籤於西湖月老祠，得籤云：「四三年，或五六年。」生擲籤悲云：「四三年教我如何度？」未幾竟卒，而慧海之狂如故。夫佛門清淨之地竟容彼淫髡，集諸男女，雜遝喧笑，亙十餘年之久，未聞當道，加一取締，僧固人妖，吏亦茸闒。上海之終於沒落，墮入慘劫，未始非此輩妖亂，有以造成之。可不儆哉？

董其昌是上海人

明末大畫家董其昌，人皆知其為松江人，其實他是上海人。陳眉公所撰〈董思白行狀〉（《陳眉公集》卷三十六）：「按：董氏譜，其先汴人。宋南渡扈蹕遂籍松江之上海。」

李紹文《雲間人物志》：「其昌，上海人……」當本陳集。《重修華亭縣誌》卷十二〈人物注〉：「按：其昌，為上海人，後居郡城龍門寺西，今為婁境。」

嘉慶《上海縣誌》卷七：「拄頰山房在城西南，董其昌築，今其地猶呼董家渡。」按：此說略有待考，蓋董家渡因董良史而得名，良史為元末明初時人，早於其昌數百年，予藏有董良史字卷、書法開闊，勝於其昌之遒媚。

《雲間雜識》云：「董思白為諸生時，瘠田二十畝，區人亦令朋役。致棄家遠遁，後登翰苑，且別其籍，不敢認為上海人。」

《南吳舊話》亦云：「董思白有田二十畝，上海蠹胥將中以重役，思白遠遁得脫。後子丑連捷，遂占華亭籍，陳眉公諱之曰：『後來讀董逃行，惟越境乃免。』」

據此，是董思翁以逃稅而脫上海籍者，蓋上海未立縣時原屬華亭，所謂拄頰山房者今為邑紳姚文枏故居，予數遊之，有董思白親書刻石「月池」可拓。

陳忠愍吳淞之戰

清道光二十年（一八四〇），英人以鴉片起釁，明年秋，英艦隊自廣州北上，擾我沿海諸省，兩江總督裕謙守鎮海，提督余步雲守招寶山炮臺，英兵登岸，余棄炮臺而遁，裕謙投學宮泮池死。於是鎮海寧波，相繼失守。廿二年（一八四二）五月，英人陷乍浦，即有英輪三艘，駛抵吳淞口，時守吳淞炮臺者為七十四歲老將陳化成。總督牛鑒駐寶山，協調各路兵勇防守沿海口隘，凡太湖、京口、狼山、徐、泰、海諸鎮兵雲集上海，不下二三萬人。英艦亦續增至二十餘艘，連檣壓境，桅帆高出塘岸數丈，煙突蔽天，其他小帆船及被掠商船無數，皆在距岸十里之壚壩一帶巡弋。牛制軍憂之，欲迎敵犒師，以緩其勢。陳化成不可，力督各營堅守炮位，安排火藥，裹糧備戰。

吳淞舊有東西兩炮臺，西炮在楊家口，扼南洋海面。東炮在高橋張家濱口，與西臺夾江對峙，形勢險要，然炮力不能及遠，化成老於軍事，未敢輕發。

六月十九日侵晨，英艦排隊來攻，開炮向江兩岸併發，小船遊弋江面，群出小沙背。東臺守將王志元按兵不敢動，化成登西臺瞭望，見敵船漸近，計火力可及，乃揮紅旗發炮還擊。一時煙硝蔽天，聲震遐邇，上海城中廬舍皆岌岌搖動。英艦領隊「白龍特」中十四彈，海軍少佐海會德中彈死，其餘各艦亦中彈。相持至四小時許，擊傷火輪船二，大兵艦五，但仍屹立作戰，發炮還擊，而我軍炮臺年久失修，炮架不久自裂。牛制軍初聞戰得勝，即自寶山縣乘轎出城督師耀兵。英兵望見大纛，遽發大炮轟之。牛大驚，兵潰，各路客軍皆遁。陳軍門化成仍死守西炮臺，孤軍力戰，突有巨彈飛來，著地爆炸，碎片如白雨，盡打入軍門袍鎧，化成再仆再起，仍揮紅旗不放，而英兵已盡得吳淞要塞諸地，潮擁登岸。化成嘔血而卒！標下武進士劉國標負軍門屍，力奪圍出，匿江灣蘆葦中，十日，始達嘉定。知縣練廷璜迎入武廟成殮，嘉定人民爭臨哭奠，罷市累日。

後四月，中英戰事結束，清廷始聞化成死事之烈，賜諡忠愍，並敕在福建同安原籍及上海殉難處所各建專祠，其血衣一襲，存入藩庫。牛鑒按貽誤戎機律處斬。從陳殉難者吳淞把總龔增齡、許林，松江守備韋印福，前營千總錢金玉，前營委任許攀桂，神槍手徐大華皆附祀，號為六忠。

陳字蓮峰，起家行伍，官守備，五遷至金門總鎮。鴉片之役，調任江南提督，與士卒同甘苦，殉國後五年，始建寶山專祠，舊藏盔甲血衣，皆毀於洪楊之役，唯畫像存耳。余嘗見之於寶山文獻委員會，因命兒子克言摹出。

上海兵工廠之沿革

辛亥九月十二（西元一九一一年，宣統三年）上海民軍起義，當晚佔領上海製造局，公舉在局提調李鍾鈺（平書）為滬軍都督民政總長，兼理局務。民國元年（一九一二）北平政府成立，上海製造局直轄陸軍部，李鍾鈺呈報情形：計地一千零二十九畝，廠屋三千零四十二間；槍炮、子藥、炮彈、煉鋼、鑄銅、翻砂、機械七廠，機器三千九百二十部；其他物料、輪船、譯印、圖書、學堂，總值銀財產一千四百二十萬兩。時材料儲存尚富，而工資缺乏，由滬軍都督向招商局借銀二十五萬兩，另由李局長用製造局名義向中華、四明兩行先後挪借十四萬兩，以資開工經費。每年能出六米里八口徑步槍二千多支；又七生五管退過山快炮五十尊；各項槍子一千萬發，七生五炮彈鋼殼一萬一千隻；開花彈二萬發。彈頭引信稱是，具見李鍾鈺任內工作報告。是年冬，部派陳洛書來滬接收，自稱督理，製造局遂為袁世凱之私人火藥庫。

民國二年，民軍發動二次革命，攻製造局，不克。陳洛書撤任，袁世凱親信鄭汝成為上海鎮守使，解散製造局各廠工匠一千六百餘名，以陸軍第四十三團所轄之第三營常駐局中。

鄭汝成以製造局設在滬地，易受民軍攻擊，引張之洞在兩江總督任內曾有奏請遷設萍鄉為由，復呈遷移。袁世凱亦以江南軍火重局，設在華洋交錯之上海為慮，擬遷北京，而經費計無所出。因諷上海市商會籌募出資，以策安全。上海市商會亦視製造局為禍水，樂於助遷，而經費龐大，終難實現。民國三年，陸軍部復令該局繼續開工，月撥三萬元作為工料款項，專以造炮為主，其與炮廠有關之煉鋼、炮彈、機械三廠，同時開工，並派委員三人，負責督造。而將快槍一廠撥歸湖北兵工廠；槍彈撥歸德州兵工廠製造；先後運出機器計有一千三百部之多；上海槍廠剩餘能力，只能月造手槍百柄，機關槍四尊而已。

民國五年，浙滬護軍使楊善德呈准當軸，將龍華分局改建護軍使署，其他部分開工如故。其明年五月，上海製造局依照北洋政府陸軍部《兵工廠組織條例》，改名為「上海兵工廠」。

十年，齊盧戰事發生，雙方以爭奪兵工廠為軍事焦點，休戰後，江浙紳商，倡議取消，未達目的。至民十三年，江浙戰事再起，全廠為軍隊所盤踞，廠務停頓。十四年春，段祺瑞執政，始徇滬人之請，發遷廠命令，但為兵事給養及善後費用，籌措無所出，責令上海市總商會籌墊銀六十八萬八千元，由臨時執政明令批准以全廠地產作為抵押，許由商會募集民團保護全廠，並將所有廠基契據悉歸總商會保管。

是年二月四日，孫傳芳張宗昌簽約撤兵，總商會副會長方椒伯率領委員王一亭等三十餘人前往接管，時重要機件早被撤除，所儲槍殼炮彈亦由浙軍分載鐵篷兩車，運往南站。來滬奔走調解之陸軍總長吳光新陪同總商會方椒伯等接管人員，巡視一周，當將各廠大門加封上鎖。方椒伯主張駐廠軍隊立即離廠改駐南站，由總商會派葉惠鈞、朱少屏、江政卿在廠內設立「上海總商會接收兵工廠辦事處」，此一軍閥視為必爭必奪之殘骸，更無一兵一卒盤踞在內。民國十六年，國民軍北伐，由前敵總指揮部派張性白接收，改名「國民革命軍上海兵工廠」，重行整理開工，工作緊張時，每月能出槍子二百八十萬發。至民國廿一年九月卅日始實行宣告結束，派李世瓊為主任，辦理一切結束事宜。民國廿二年六月，全部結束，滬廠可用之機器全部遷出，並歸金陵。九月，李主任回南京覆命，軍政部擬將廠址及殘餘機件一概出售，所得悉充金陵、漢陽兩兵廠經費。上海市總商會聞悉，以尚有債務連同本息八十餘萬元未了，當推派代表晉京請願，停止拍賣，其事遂寢。

上海兵工廠自此成為歷史上之名詞，自江南製造總局創始至上海製造局，而上海兵工廠前後歷時凡六十八年。

薛大塊頭與倪墨耕

倪墨耕畫學任伯年，得其神。時上海以畫起家者，如吳昌碩、蒲竹英皆以江南老畫師，時復聽鶯北里；而白髮垂垂，亦但為十里珠簾，添筆硯韻事而已。唯墨耕有寡人癖，喜過屠門而大嚼，得薛大塊頭者，環肥勝雪，年已虎狼，房下雛燕嬌鶯，不勝枚舉；即名宦閨秀，紅氍女伶，小家碧玉，凡來客能舉其姓名，或狀貌者，薛無不能代為羅致。以是其門如市，上海之有臺基，專供癡男怨女為春風一度者，作俑當自薛大塊頭始。薛設秘密香巢於珊家園白克路，群雌粥粥，風雨之聲滿壁，倪日坐其間，調朱殺粉，鋪紙作畫，曾不為摩登伽女，一動佛心，蓋其守尾生之信，固久視薛大塊頭為專閫矣，而薛亦視之如禁臠。畫友訪倪，輒至白克路，磅礴作畫，當其得意哄堂，乃與床笫之聲競起，奇觀異聞，久習不怪。然薛亦頗解筆墨，倪歿，收藏字畫鼎彝，悉歸薛有。入其室者，棐几湘簾，金爐煙篆，名人寫作張滿粉壁，薛能一一舉其人之個性軼事，如說墨林今話，蓋樊姬擁髻，猶有伶玄當日所見風度。迨汪公館代興於寧波路，岳老四繼起於桃源坊，於是市儈登場，專恣肉薄，主人固無薛濤，客亦絕鮮倪迂，陋巷流穢，潔者裹足，遊者諱莫如深矣。其後十年乃有野雞大王素珍，繼起於夜鶯間，仍以白克路為發祥之地云。

野雞大王素珍與鄭曼陀

山梁之雉，品斯下矣。據民國九年公共租界工局部統計，上海夜天使：「長三」一千二百人，「么二」四百九十人，「野雞」二萬四千八百五十八人。而其中乃有超群拔萃之雌，凌駕「三」、「二」而為群花之魁，亦天地間氣所鍾矣。上海花事，長三多在清和坊會樂里之間，夾巷重樓，錦弦繡管，視若天上。「么二」多在法租界八仙橋鄰近，廣院群居，茶水相通，每年菊花時節，亦有盛宴，誇妍鬥勝，視為故事。若野雞則一路哀鴻，多在四馬路胡家宅一帶，餐風露立，淫鴇監視，鞭笞隨之，其中黑暗地獄，有非人所忍涉足者。而素珍獨移其巢穴於白克路，入其室處，亦具鏡奩几榻之美，湘簾繡被，瓶花畫幀有勝於清和會樂者。素珍嬌小，如香扇墜，明眸皓齒，而鼻有微麻，益顯其美。其出巡，坐鋼絲輪鑲銅三挽包車，前後裝電石燈四盞，人坐其中，表裡瑩徹。徐行於泥城橋跑馬廳一帶，不與雞群為伍。見者無老少皆為足駐目移。素珍能揣度其意，有心動者，即下車讓客，下其簾帷，載客先歸，如北平之黑市香車焉。《晶報》載其事，而名以大噪。狹邪之客，趨之若鶩。素珍益自高身價，廣其居，為獨院，花木庭軒，粲然如汴京李師師之家，而畫師鄭曼陀乃為入幕之賓。

鄭曼陀以畫月份牌美人得名，一幀問世，商家競求以為廣告品，重資爭取，率至千金，故曼陀以畫致富，其所畫美人面目，則多於北里中求之，其姣者，多為紅倌，故曼陀報效費亦不貲。得素珍乃大喜，謂此天仙化人者，真我模特兒矣。其初畫出，人驚貌美，且為花市中所未經見者，故洛陽紙貴，名利雙收。久之，曼陀乃稍洩其秘，各小報亦競載其韻事，人人皆知畫中寵愛，乃為山梁之時者，於是才女淑媛，首先拒絕鄭曼陀之月份牌，不得入名門閨闥。既而，長三、么二亦施抵制，商人射利，乃競捨曼陀而求謝之光、周柏生。謝、周皆曼陀弟子，及名噪爭諱之。曼陀漸至侘傺，自稱老畫師，改作中國山水畫，而收入一落千丈。素珍身世雖微，然視金如糞土，有紅妝季布風。後嫁為商人婦，生活優裕。曼陀於抗戰時，輾轉至重慶，境況艱嗇，盲於目，素珍頗接濟之。曼陀於勝利後還滬，每為余言其事，欷歔不已。

白渡橋史話

外白渡橋，跨蘇州河，當黃浦江滙流之處，前臨沙遜、《字林西報》、滙豐銀行等十數層樓之偉大建築，後峙百老滙大廈，俯視外灘公園，為虹口交通之要道，而其名殊不雅馴。按：蘇州河橫跨十四橋，其以白渡橋名者有三，非無因也。初，英美人勢力雖已及虹口，而交通總線則為新閘橋。據縣誌，雍正十三年已建是橋，兩岸各築石磴，中架浮橋。咸豐初，洋商易以鐵索牽挽，船過則開。光緒二十年間改建平橋。

外白渡橋之改建鋼骨鐵橋，則尚為光緒三十二年事，費銀三十五萬五千八百五十五兩，次年完工（一九〇七），通行之日，萬人觀瞻，轟動整個上海，有如神話。推其前身，則僅為英人威爾司私人投資之一座浮橋，橋成於咸豐六年，僅費銀一萬二千兩，橋成，即名曰「威爾司橋」。凡行人過橋，無論中外，皆須納費制錢二文，威爾司竟以此致富。同治十一年，工部局為應付中西人士不平呼籲，始出價收回，並在威爾司橋西添造一橋，名為「上圓明園路橋」，行人往來，概不取費，土名遂稱「威爾司」為外白渡橋，「上圓明園路橋」為二白渡橋。光緒廿四年建四川路橋，即名裡白渡橋，其新式水泥橋樑尚係民國十一年（一九二二）完成，公共租界中區要道，由是皆出四川路，外白渡橋漸趨寂寞矣。

上海雖為世界第四都市，但以鋼骨建築之鐵橋，則僅有二，繼白渡橋而建築者為老垃圾橋，其鋼骨敷設於宣統二年，是為蘇州河上第二座大橋，亦北火車站交通之孔道云。

中國第一漫畫家沈泊塵

上海報紙之有漫畫，始於沈泊塵。若王文農、葉淺予、張光宇正宇兄弟皆為後輩矣。泊塵為烏程舊族，與徐凌雲（徐家花園主人）為姻婭。時英人以殖民地作風，歧視我民族，不平等待遇之見於租界者，隨處皆是。泊塵以漫畫為諷刺，時無敢採用者。先君為《申報・自由談》主筆，獨揭載之。一日，畫兩豬同圈，於一豬身標「英」，一豬身標「日」，觸怒租界當局，不許再登諷刺插畫。先君以去就力爭，以為《自由談》可以不出版，而不能禁作者不作插畫，以是薦姚鵷雛以自代，遂去《申報》館職。臨別作詩有「縱爾能言楊繼盛，當頭無奈有嚴嵩」之句。時席子佩方辦《新申報》，倩王鈍根為介，欲延先君入館。先君云：「就席君，無以對史公，我且將洗滌筆硯，學為賈矣。」遂專心創辦家庭工業社。

泊塵體弱，思深，其所作精警，多出人意表，所作《馮婦下車》、《黎山老姆》，面目逼肖馮國璋、黎元洪，而諷刺意味特長，當道亦由是忌之。泊塵負才氣，終不屈意投時好，以是致羸疾。徐凌雲館之於別業中，延醫調養，親逾家人。而泊塵苦於疾病縈纏，數次服安眠藥自殺，終至不救。泊塵歿，文友鳩資，助理身後，並送沈夫人入產科醫院，終為名醫。

泊塵有弟曰能毅，為狄平子所識拔，任有正書局經理。後入奉，得寵任於張漢卿，驟貴，其起居侵王侯。宋子文至奉天，能毅宴之私邸，夥頤沉沉者，宋亦為之自歎弗如。漢卿敗，不知所終。

滑稽祖師王无能

三百六十行，行行有祖師，唯獨腳戲，古無其例，同行皆供王无能為祖師。王无能與陸嘯梧初同隸笑舞臺為丑角，時笑舞臺以鄭正秋、鄭鷓鴣為當家老生，旦角：凌憐影、李悲世，小生：查天影、林雍容，丑角：徐卓呆、錢化佛，王无能無籍籍名。陸嘯梧本無錫唱春者，蔣老五服毒，殉羅炳生而自殺，其事繼王蓮英、閻瑞生宣傳社會。笑舞臺特編其事為文明話劇，以鄒劍魂飾蔣老五（鄒後以飾西太后而著名）。老五無錫人，為阿蓉娘船上名妓，袁寒雲亟賞識之。無錫商會會長王克勤與蔣有嫁娶約，後移情別娶鏡花閣。蔣失意走滬，始遇炳生。炳生不過販賣日貨一猥瑣商人耳。時值滬人抵制日貨，情緒漲達高潮，炳生以商業失敗投海自殺，老五自傷身世，亦仰藥殉情。社會輿論皆同情老五而薄炳生不知愛國，故借題發揮，播之文字歌謠者不一而足。王无能利用時機，又以笑舞臺所編《蔣老五有唱春》，遂與陸嘯梧合作，伸引其事，說、噱、逗、唱，冶南方說書與北方相聲於一爐，而別立風格，聽者風靡。初僅穿插於舞劇中，後遂有邀請為堂會者，名為獨腳戲。其陰噱、冷雋，言語之妙，諷刺之深，雖才具八斗之洋場名士，亦望塵歎息，自以為不及。无能煙癖甚深，日具大土四兩始饜其慾，嘗云：「我身後子孫必發財，因為骨子裡全是老膏，至少可以煎成嗎啡數十斤。」後起者有江笑笑、于斗斗、劉春山、管無靈，皆能即景謅詞，引人絕倒。勝利後，市政府組織遊藝界民眾教育，以丁念先為主任，凡宣卷、灘簧、揚州文戲、獨腳戲，均歸為滑稽一類，以王无能為模範，會中掛其像。凡會員有過失者，皆令向王无能行禮，而王无能遂為滑稽開山祖師，不僅獨腳戲矣。

紫羅蘭庵軼事

周瘦鵑少時，美丰儀，與畫師丁悚、汪亞塵，同有璧人之目。瘦鵑幼攖奇疾，迨癒，而鬚眉盡脫，深以為恨。時尚無生毛劑，乃剪烏金紙貼兩眉，終年不去冠，立而望之，固仍翩翩美少，而學校頑生則私謚之曰「無眉美男子」。時方執教於民立中學，民立女中與校密邇，瘦鵑上課時每過女校，輒與一女生遇，向之嫣然。其笑，蓋知瘦鵑為無眉美男子，而鵑以為鍾情。於是風雨無阻，必凌晨而起，先至女校門立。此女入校，見其癡態，則復一笑，鵑因其傾倒，私謚之曰Violet（紫羅蘭），而不知娟娟此女，亦方謚以Mr.Eye-browless（無眉人）以為同學笑樂也。

時包天笑方以小說馳名文壇，瘦鵑私淑其體，而纏綿悱惻之情過之，以英文作情書，伺女入校時，徑前自遞之。女佯若不覺，鵑大慚而去。明日更至，伺至日中，不見女來，凡三日，杳然。鵑大失望，所作小說，皆以紫羅蘭為題，致其想慕。久之，聖馬利亞有校友會，鵑往參加，忽值女於鄰座，始交言語，自言姓竇字吟蘋，家住小南門。鵑歸，一喜一懼，竟夜不能寐，草長函致女，願為精神之密友，而不敢存其他想。函長十餘紙，用紫羅蘭信箋，薰以紫羅蘭香水，而奉之為紫羅蘭女神，竇女感其誠，乃訂交焉。周瘦鵑既以紫羅蘭庵自名，室中遍陳義大利女神石像，供以紫羅蘭花，曰「毋忘儂」（按：紫羅蘭西名稱Forget-me-not，為一男子殉情故事而得名）。

然竇女實已早字城中縉紳夏氏子，嫁後，婿有癡疾，女懷天壤王郎之恨，背人時以淚洗面。鵑益以作心上人軼事，織為鴛鴦蝴蝶之文。嘗編《紫羅蘭》月刊，凡所紀述，皆有影射，歷歷可查。鵑後亦別娶於胡氏曰鳳君，淑婉多情，知紫羅蘭事，深憐之；然格於舊禮教，終不能合此一雙情天缺陷也。夏氏中落，有妹投身影界，即老牌明星夏佩真，竇女淡妝素服，偶出遊，輒於佩紫羅蘭花一叢於襟袖間，灑然有林下風。

徐園崑曲傳習所

徐凌雲，祖籍吳興，起家絲業，其尊人以捐班道臺為海上寓公，築花園於康瑙脫路。石船畫軒雅盡邃曲，有戲臺，仿宮內制，與蘇州留園，可以伯仲。時上海富家出入皆坐馬車，御者戴紅纓帽，控軟絲鞭，叱吒過市，莫敢誰何。而徐園主人以墮車傷命，諸子中凌雲獨好聲律，精嫻崑曲，生、旦、淨、末、丑無一不精，人以方北方侗五爺，凌雲微笑不屑。有二子韶九、子權，皆善崑。俞振飛雖名父之子，亦得徐氏陶鎔為多。時振飛尊人俞粟廬執曲壇牛耳，目睹皮簧日盛，崑曲漸向沒落，思有以提倡之，力商於穆藕初（湘玥）。穆亦曲家，人以「莫老爺」稱之。乃慨然力任，假徐園戲臺，以為崑曲傳習所。梨園子弟皆以傳字為其行輩，得人之盛，可稱崑曲之迴光返照。時顧傳玠（官生）、周傳瑛（巾生）、鄭傳鑒（老生）、朱傳茗（旦）、張傳芳（貼）、王傳淞（淨）、倪傳鉞（丑）、華傳浩（武丑），無不有其獨到之處，而傳玠、傳茗尤為生旦雙絕。每逢爨演，白頭名士，好崑曲者無不畢集。人手木刻大字曲本，據籐椅，捧香茗冥目按拍，聽「轉過了芍藥欄前，緊靠著湖山石邊，我把你鈕扣松，衣頻寬……」無不搖頭擺腦，心曠神怡，若忘其老之將至者。惜乎好景不常，不久，粟廬作故，藕初入蜀，似這般姹紫嫣紅，都付與斷井頹垣，大好徐園，亦一變而為市廛矣。傳習學生為謀生活計，改名「仙霓社」，出演於邑廟之小世界，吳瞿安（梅）實主持其事，終以曲高和寡，數遷至東方旅社（後為東方書場）、大世界劇場，除《嫁妹》之〈搬鬼〉，《驚夢》之〈堆花〉，《和番》之〈跑馬〉，為愛熱鬧者歡迎，其餘觀眾，每日寥若晨星。傳鑒、傳茗、傳芳，皆淪為教曲，唯傳玠早棄歌衫，改名顧子誠，以商業自立，生涯美茂。予去年曾與相遇於臺中，酒邊擫笛，玉指飛聲，猶不減張緒當年。

黃包車的履歷

黃包車的前身，本名東洋車，輪高座窄，箕踞其上，危危乎殆哉（今臺灣尚有存在）！其創造人為誰，據有三說：一、居留日本之美國牧師。二、橫濱英領事館館員佩里。三、日本鈴木德次郎。但其發明之年月，則一致認為明治三年（一八七〇），而上海之有東洋車，則始於清同治十二年（一八七三），是東洋車到滬問世，僅遲於日本三年，日貨推銷之能力，可謂神速驚人。

初，法人米拉向法租界公董局請求營業專利十年，法公董局認為有利交通，商於公共租界聯合舉辦，每車按月納稅銀二錢（後改為銀幣二角）。同治十三年正月，發給第一號執照與米拉，於是新興之東洋車開始在上海通行（按：後來的黃包車都有雙面執照會，由公共租界發給者稱大英照會，可以通行英法兩租界，亦稱一面頭照會。盧家灣捕房發給者稱小照會，只能在法租界通行，而不能越過長濱路，進入英租界。故滬諺談起某人在英法兩界「吃得開」者，輒翹拇指而舉之曰：「大英照會」）。

《字林西報》對此初次出世之交通車輛，特為專文介紹，稱為Jinricksha，同年英國牛津字典，即將此字收入。經過四十五年之歷史，民國八年（一九一九），東洋車始由工部局規定，一律塗以黃漆，於是東洋車乃一變而為黃包車矣。

黃包車初期，亦有雙人座與單人座兩種，工部局以男女同坐有傷風化，乃規定黃包車坐位闊度為四十一英寸，背高四十英寸，雙座自此絕跡。民國十年間，租界照會間發給黃包車牌照，尚不過八千三百八十八輛，至民國二十年，驟增至六萬八千〇五輛（根據商務《上海指南》），至抗戰前夕，各區總數達八萬餘輛。

三十四年勝利復員，美軍到滬，始見吉普卡於市，美軍多人植立於一車中，見中國人輒翹拇指，大呼「頂好」，見黃包車乃大感新奇。十二月一日，駐滬美軍發起黃包車皇后選舉，是日下午一時，參加競賽之黃包車夫，皆拉著他的黃包車小姐（俄國女人），自三馬路外灘出發，自東而西，經南京路折入陝西北路，終點於陝西南路。比賽結果，車夫姜二毛以二十分鐘速度，榮獲冠軍。皇后則為俄籍小姐瓊南迦。當時頗為上海市民所注目，然黃包車王國的七十年歷史亦於焉告終，蓋以三輪車的應運代興，市政當局，有取締淨盡之議，雖經黃包車公會數度籲請，終於三十五年開試抽籤，結果牌照末字為「四」中籤者，首被淘汰，約四千餘輛；但至三十八年，黃包車抽籤仍未完畢，識時務為俊傑，車夫大部分已改裝為三輪車矣。

哈同花園之盛衰

愛儷園，俗稱哈同花園，園主哈同，本猶太人，為道勝銀行司閽。時東新橋一帶為蜑戶（俗稱鹹水妹）神女生涯，專接西賓。有羅氏女，名莉莉者，以七月七日巧生，哈同亦迷信中國風俗，娶之。及後大富，文人學士多萃其門，尊之曰「迦陵夫人」，字之曰「儷蕤」，故園名「愛儷」，環靜安、哈同、福熙三面為路，占地數百畝，平時門禁森嚴，常人難以窺測。初，哈同微時，上海地價極廉，猶太人最善居積，有所蓄，輒以購地，哈同每購地，夫婦必先至虹廟求籤，吉則購之。廟祝以地利關係，輒為介紹鄰近荒地，以利傭金。及南京路成，地皮大漲，哈同產業最多，驟躋巨富，而虹廟香火亦於以大盛。哈同雖籍隸英猶，而猶太夙為英人所賤，擯出紳士之列，例不許執手杖。哈同恥之，必欲得手杖以為榮。時南京路適敷設雙軌電車。工部局乃命哈同即以手杖所用之木，為沿軌路面鋪設之木。手杖一寸，價值兼金，以敷設南京路新修整個新路面（自抛球場起，五雲日昇樓止），綜其價值可使一小王國破產。哈同斥金無吝色，同時且以數倍之資金，建築哈同花園。

哈同花園，經營者為一和尚，自稱「烏目山僧」。迦陵夫人吝佛，微時已識僧，僧本秀才曰程姓，軼其名，懷才不遇，剃髮為髡。及為哈同上賓，則易西服，膠青刷鬢，丰采亦復甚都。有隨身小沙彌，尤黠慧，稍長，得迦陵歡，乃逐烏目山僧，篡而代之。文人學士為之取名曰「姬覺彌」，姬，女臣也，覺彌，以白話文譯之，則「好像一個小沙彌」耳。姬覺彌，江蘇睢寧縣鎮人，本姓潘，幼年無賴，綽號潘奓，讀如勞（陰平），及後成名，有知其舊事者，呼為嫪毒，蓋嫪毒同音耳。姬胸無點墨，恬不為怪，時上海汽車尚為稀有，其行駛於廣逵，而為人嘖嘖稱道者：「一號汽車周湘雲，姬覺彌汽車牌照居第四焉。」園中起居如王侯，亦私用太監，尊迦陵如西太后，姬亦以李總管自比，洋洋得意不可一世，然亦頗喜文人學士。民國初年，自命為遜清遺老者，麇集洋場，一以哈同花園為藪。姬一一禮遇之，月致乾脩，一二百金不等。創設倉聖明智大學，教學生讀經，習《說文解字》。又以每歲七月七日，肄習鄉飲、鄉射、投壺、婚、冠之禮，時劉春霖以前清末代狀元，當鄉禮祭酒，其餘大賓皆前清翰林公，一時翎頂輝煌，炫耀於戩壽堂中，極濟濟蹌蹌之盛。諸遺老亦樂此不疲，幾不知咫尺禁園之外，已為中華民國久矣。

園中景物明麗，樓閣縈迴，簷牙矗落，比之阿房。皆烏目山僧向日所經營者，賈寶玉大觀園無其閎富，西太后頤和園無其巧構。其主要建築，厥為：

三堂：崇禮、戩壽、燕譽。

二樓：春暉、慈淑。

十八亭：接葉、聽風、觀漁、撥雲、挹碧、歲寒、挹翠、遠駕、賒月、題扇、迎旭、思潛、鑒泓、月在、環翠、萬籟、笙竽、小篔簹、椒亭。

六橋：絮舞、引泉、迎仙、橫雪、渡月、玉蝀。

其他軒館，如竹棠艇之載我舟、石船、籠鵝，歲寒亭之蕉林；北洞天之石塔；梅壑之梅花；避秦處之桃花流水；渭川百畝之修竹萬竿；鈴語閣則遠眺龍華；涵虛樓得水天一色。其他如冬桂軒、筍蕨鄉、飲蕙崖、萬生圃、萬花塢、待雨樓、天演界。顧名思義，莫不為園中勝境。而門鑰長關，紅塵不入，遊人但於蜂蝶出牆處，約略探聽消息，而春色滿園，固久已關攔不住矣。民國五年，應華洋義賑會之請，曾一度開放，臺榭名勝，始稍稍傳說人間，然採花、踐草、掬水、攀藤，園中景物，為遊人所狼藉者甚多。會散後，哈同先生痛惜不已，親自提壺掇梯，補葺花草，並遷怒女臣，以為多事。夫婦勃谿，幾至決裂。哈同嘗一度失蹤，走馬他去，如開皇隋文帝故事，日久始解。然哈同花園，從此朱門長閉，終哈同之世，不復開放。

哈同雖富可敵國，一袴一履之微，終身猶自補綴，然為身後謀，葬園中，運動工部局，亦費至數十萬。迦陵不育，則廣收中西兒女，羅列膝下有十三太保，八姊九妹之目。後迦陵逝世，義女乾兒互相涉訟，爭奪家私，園中軒館各自起籬，分炊別爨；並於靜安、福熙沿路長垣，穿鑿小門洞，以便出入。勝利後，市參會乃有收歸國有，闢為公園之提議，未能見諸實行，而廣園數百畝，早由諸兒各自繪圖，典押殆盡矣。

姬覺彌既與文人學士遊，亦稍受薰陶，欲自儕於士林，羨清道人曾農髯之書法，然不欲下人，乃自創為「懸珠體」。其法以精鐵製筆管，上繫長鐵鍊，懸之中堂。用時，即懸空推筆於紙面，運轉如飛。見者誤以為「扶乩」；而姬極得意，書成輒以分貽遺老，諸老亦互相觀賞，詫為天授。然姬亦有可取，其附庸風雅，卻極肯出錢，於戩壽堂西建文海閣，閣中藏書極富，多為《四庫全書》所未列入者，實為文化界之瑰寶。又嘗印全部《大藏經》分送叢林諸大寺院；與張宗昌之印《唐刻十三經》，當為民國印刷界兩大版本巨觀。又於園中設孤兒院，長即送入倉聖明智大學讀書。徐詠青、徐悲鴻、周劍雲，即由此出身。詠青後入徐家匯天主教堂，專畫《聖經》名像。悲鴻由廉南湖（惠卿）收為義子，送出法國留學，成名而歸。詠青早卒，畫件多印刷品，真跡傳世甚少。周劍雲愛好平劇，時哈同花園亦有小戲班，劍雲專司梨園子弟，如《紅樓夢》中賈薔職務，自署曰「劍氣凌雲之室」。後與張石川、鄭正秋創辦「明星公司」，為中國電影界之第一頁人物。胡蝶、王漢倫、顧蘭君，皆其一手提拔而成為明星者。而姬覺彌垂垂老矣。覺彌嫉烏目雖逝去，其名因構園而日盛，乃於園中隙地，更添建西園欲存己名，與烏目僧爭勝，民國十年落成，一度開放，遊人品目皆以為不及舊園，然中有青蓮精舍，於玲瓏湖石中遍植牡丹，余極愛之，曾假舍其中，作畫三月。時郁達夫之太丈人王二南（王映霞祖）亦居園中，二南詼諧多掌故，自稱為哈同花園之劉老老，好為文虎燈謎，曾於七夕，迦陵生日，張燈懸射。余一夕中之三十七條，二南大驚，出問：「哪裡殺出羅家槍來了？」及見，握余手大喜不已，頻曰：「將門之子，將門之子。」時二南先生已六十七，遂訂為忘年之交。西園後不戒於火，焚毀大半，唯青蓮精舍無恙。二南輒為余歌《桃花扇》：「眼看他建朱樓，眼看他宴賓客，眼看他樓坍了。」相與無限欷歔。

王旡能補

王旡能為春柳劇社王旡恐之弟，旡恐後入顧無為之民鳴社，旡能隸焉，及以獨腳戲自鳴於時，旡恐已早卒。丁念先組織遊藝界民眾教育，早在民國十年即已開始。時上海市政府鑒於遊藝與社會教育之重要，組織戲曲遊藝審查委員會，以念先主持其事。全市遊藝二十多個團體，聯合組成「上海市遊藝會」。民國廿二年，又有滑稽獨腳戲研究會之設立，凡詞句失於雅馴，不合民眾教育者，皆令修正。經評判員之決定，最優五班：一、王旡能，錢無量。二、劉春山，盛呆呆。三、江笑笑，鮑樂樂。四、陸希希，陸奇奇。五、趙嘻嘻，丁怪怪。公舉王旡能、劉春山為正副會長，會成而王旡能作古，乃懸王旡能遺像於中堂以資紀念。各遊藝出演各遊藝場或公眾場所，皆受檢討。每夜十二時遊藝場散時，群集公會報告，吃食宵夜，二時開會，往往天明始散。會員有過失，皆令在王旡能遺像前行禮。故王旡能遂為遊藝界滑稽祖師。丁念先云。

黎錦暉明月歌舞團

黎錦暉，湖南人，與張競生齊名。錦暉稍諳音樂，時上海尚無歌舞團出現，唯日本魔術天勝娘劇團，及白俄之流亡者，間有少女歌舞之演出，紗籠隱約，觀者若狂。錦暉得風氣之先，乃創作《葡萄仙子》、《可憐的秋香》、《毛毛雨》等歌譜，辭句俚鄙，音樂簡單。滬人以其演者皆中國少女，故風靡一時。而黎明暉、張靜、藍蘋、胡茄，皆為當時少女之選。其後，藍蘋嫁毛澤東，張靜嫁郭沫若，於時皆黃毛小婢子耳。明暉風姿較美，錦暉視為己女，登臺唱《葡萄仙子》、《可憐的秋香》等曲，皆飾以齊膝短裙，齊眉額髮，身體瘦弱伶仃，而袒臂露胸一如成年，見者憐之，則稱之為可憐的秋香。明暉本性天真，喜食糖炒栗子，人有以天津良鄉贈之者，皆得一吻。故又稱之為栗子姑娘。既稍長，性爆如栗子，錦暉不能蓄，放任自由。明暉遊香港，而陸馮兩少年，以奪愛肇成槍殺案，報紙騰喧，黎明暉之名以之稍殺。

王人美、白虹、黎莉莉繼明暉起為明月歌舞社臺柱，王人美本孤女，膚黑有哮疾，咳時背佝僂，錦暉輒拳之。人美畏錦暉拳重，輒忍嗽，疾果不復發。稍長，佚宕明豔，依人小鳥，號為野貓。其歌聲亦啾嘰如春鳥鳴。聯華公司拍攝《漁光曲》，以王人美為主角，人美以是成名。但人美思想亦甚左傾，不以錦暉之教坊式為然，私暱高麗人金焰，後遂宣告結婚，錦暉亦無可奈何也。金焰亦劇人，赤貧如洗。婚日，斗室如蝸，客不期而集者百人，無以宴客，乃取市脯冷食，雜陳長案，令客手自抓撕，賀者大樂，以為別開生面。今之自助餐，當以金焰王人美為創始矣。白虹在諸少女中最幼，白晳可愛，人亦溫和。幼時，短髮齊眉，與人美同作胡舞旋，打跟斗，一白一黑，相映成趣。歌喉中音最佳，錦暉多編七言詩句作古典音樂令白虹曼聲歌之，得銷魂宛轉之致。稍長漸肥，腰肢不復美健，遂嫁為錦暉弟婦。暉弟名錦光，明月歌舞團作曲者也。後錦暉錦光兄弟不睦，錦光遂引白虹投入影劇界，不復與錦暉合作。黎莉莉本性錢，好學，平日默默如女學生，而諸少女中莉莉亦不就範。一度入聯華電影公司拍戲，後至香港，幾不與錦暉通聞問。錦暉嘗為貧病交迫，一夕發書四十餘封，向人告貸，無一覆者，黎莉莉獨郵寄二百元，錦暉為之感泣。

錦暉得徐來時，明月歌舞團已無形解散。徐，紹興人，音吐不美，且不善歌，而少女風姿，此豸獨絕，與胡蝶並名於影劇界中，人稱胡蝶、徐來。余建蝶來飯店於杭州西泠橋，即用胡「蝶」徐「來」剪綵。開幕之日，上海專車趕往觀禮者，人山人海。皆以胡蝶、徐來實為老闆云。八一三戰起，余從杭州蝶來駕車轉赴後方，一小婢怨云：「什麼店名多可取，偏偏取『蝶來』，今真『敵來』矣。」勝利後為胡、徐言之，無不失笑。

錦暉娶徐來，生一女曰小鳳，鍾愛特甚，而貧不堪。乃以徐來為奇貨，假新仙林夜花園，發起電影皇后加冕之舉。時胡蝶據皇后寶座久矣，不欲有人上之，多方撓阻。錦暉幾敗，得杜月笙支持，始勉強成禮。新皇后立，人皆稱胡蝶為老牌皇后，胡蝶終身恨之。時唐生智方賦閒，日與杜、張為方城戲，其弟生明，因於座間識徐來，驚為天人，日以汽車送徐來，黎徐遂占脫輻。徐離去時，小鳳方病慨，徐來竟委之他適，小鳳以小手合掌呼「媽咪」！竟以瘵卒，徐來聞耗，痛不欲生。欲往，為張素珍所阻，或云唐徐結合之速，張素珍為之也。素珍亦錦暉女弟子，工心計，後隨徐來而去，為徐來智囊，終身不嫁。

初，明月歌舞盛時，錦暉所作《葡萄仙子》、《毛毛雨》等曲本，書賈坊肆視為奇貨，中華書局陸費伯鴻獨以大力得之。且聘錦暉為主撰人，專印此等童歌，流行於小學校，中下社會間，利市百倍。及明月少女星散，楝花風後，非嫁即老，坊本流行，亦復生涯斗落。錦暉身是龜年，而江南花落，幾無葬身之地。乃還湘潭，潦倒窮途，以教書匠為生活，有梁氏女公子，讀其以往坊曲，獨起憐才之念，千里訪尋，竟結縭為夫婦。氏初甚怒，後亦貲助之，重起組織歌舞團，而梁氏女公子為之臺柱，即梁萍也。

與租界相終始的鴉片流毒

五口通商之約，凡入口貨，皆定稅則，載入約章。唯釁端由鴉片煙而起，既不便重申前禁，又不便明定稅率，遂置之不議之列。此後進口貨竟以此「無稅物」為大宗，國內販賣吸食之徒，更明目張膽，於是流毒遍中國。余幼時親聞縉紳家子弟論婚，媒人有先問「新郎倌能吸幾兩大土者」，蓋守財虜不欲子弟出外肇事，則以鴉片麻醉之。故子孫吸毒愈深，即代表其家私愈大。

太平軍興，清廷以軍餉緊迫，始由東南各省抽釐充餉，每箱二十四兩，以二十兩充軍需，四兩充辦公費。咸豐八年，清廷派員與英美法三國公使在上海議定《通商稅則善後條例》，始訂入鴉片稅則專條，規定每百斤納進口稅三十兩，一經轉口，即屬中國貨物，可由中國隨時隨地加抽釐金，外國不得干預。其時上海進口鴉片，除由海關向洋商徵收正稅三十兩外，復另由釐局向華商徵稅三十兩。但行之未久，弊竇叢生，總稅務司赫德上言略云：「收稅愈重，偷稅愈多，今年洋藥進口七萬餘箱，可稽者僅六萬箱。」又云：「加釐太繁，則有保私偷漏之病。今議有兩法：一、進口時，每百斤一次繳稅六十兩，通行各省不再徵稅。二、洋稅三十兩華稅十五兩，准在本府轄境內不再徵加。」赫德建議，實包藏禍心，蓋欲減稅以利毒物之流通耳。然「收稅愈重，偷稅愈多」，實為歷來辦稅者至理名言，可為借鏡也。後清廷自動改訂釐金，各省轉口，一律為八十六兩。而釐金制度，並不一律；有一人承包者，有減折以廣招徠者；政府釐金，一變而為商人自由抽稅。光緒十一年上諭有「釐捐本較洋稅為重，乃總計所收釐金，竟遠不及進口稅」之語。光緒十三年，依據《煙臺條約續增專條》，改為釐稅合徵，每百斤共繳一百十兩。自此海關稅收大增，而華商自由抽稅之權，亦遭剝削殆盡。

上海商埠初闢，鴉片煙進口之大本營即從廣州轉向上海，時中國人能英語者尤為鳳毛麟角，為向洋商謀衣食計，乃有所謂「洋涇濱」話之發生，其言但取達意，不講文法，如說一貓與一鼠，即云「A咪咪A吱吱」，而笑話亦百出。潮州人郭某擅英語，得洋人信用，遂專代洋商出售鴉片，如洋行買辦然。營業日盛，乃設鴻泰土棧於後馬路，是為上海有「土行」之始。郭之親戚鄉人，聞郭某營業鼎盛，皆集中上海為「販土」業，於是上海土行，以潮州幫為權威，歷數十年如一日，鄭洽記起，益為此中巨擘，然癮君子流無不以郭鴻泰為老牌，認為貨真價實。

繼土棧而起者為煙館，南誠信、眠雲閣、閬苑第一樓尤為軒敞宏大、設備華麗。入其中者，紅木梨花之炕，雲銅黃竹之槍，廣州之燈，雲南之斗，無不輝煌耀目，精工絕倫。食者一榻橫陳，而流倡煙妓，招颭往來，與癮君子工為調笑，真有揮袖成雲，噴口成霧之樂。莫不流連忘返，骨悴神銷。中國男兒淪為東亞病夫，此中流毒，不知消磨多少豪傑？

光緒戊戌勵行新政，中英嘗締結禁煙協約，限十年禁絕。庚子事變起，倏成畫餅。三十三年（一九〇七）復訂十年禁絕之約，租界當局陽允而陰違之；但亦敷衍表面，先從停閉煙館著手，分兩年度四個時期，以抽籤法逐期抽籤閉歇。至一九〇九年終，南誠信等皆先後歇業，租界中號稱已無煙館，而四馬路青蓮閣以茶樓姿態，作變相之煙花寨，公然開燈吸食。民國初年，依然存在，野雉流氓，視為麇集之所，稍稍自好者皆裹足不敢往。民國四年，復訂正本清源、厲行禁絕之約，此等類似性之煙館亦分二年四期，勒令抽籤停閉，並「土行」亦不許新設。同時，法租界亦用抽籤停閉煙館土行，且縮短期限為八個月，於是，兩租界販毒機關，表面上一掃而清，而江浙軍閥作祟，上海得大力者幕後主持，各大旅館賭場及燕子窠之私設售吸，有變本加厲之成績演出。菜市街兩旁衖堂，利用前門英租界後門法租界之地利關係，開設有如蜂巢，而寶裕里、寶興里盡成為不夜之城。各種喊賣宵夜食品，群趨如蟻之附膻；雞鳴狗盜之流，以此為溫柔鄉、分贓寨，入其地者無不深沾滅頂。此禍蔓延至「八一三」以後，日本人抱毒化上海之心，乃與南市賭場，同成燎原，益不可收拾矣。

「八一三」以前，上海所耗煙土，皆從四川雲貴出產，由漢口轉道而來。何豐林為淞滬鎮守使，上海勢力幾於全屬浙江，潘國綱、周鳳歧諸軍閥，莫不以販毒為軍事第一，而俞葉封為緝私統領，實為杭滬交通樞紐。浙事主持人則為張嘯林，故二人者皆得廁身為上海聞人。「八一三」炮火彌漫全滬時，上海幾於無煙土可購，癮君子情急購求，黑市遞漲，張俞暗中操縱之，利市三倍。迨國軍西撤，維記偽政府實業部長王子惠與敵松井勾結，全力謀此肥物，時張嘯林且有浙江省偽政府主席發表之謠言，遂遭暗殺。俞葉封亦於更新舞臺包廂被人搖機關槍襲擊，票友吳老圃伏身於俞葉封背上翼之，遂為葉封替死之鬼，而敵方忽派楠本來代松井。此一場漢奸血戰，完全為鴉片而犧牲，日久，人亦淡然忘之矣。

楠本一到上海，即厲行毒化政策，設立宏濟善堂，實行「善堂賣土」政策。表面為慈善機關，號稱將以販賣毒物盈餘，救濟災民，實則將吾民膏血完全刮去，變換軍火，還取吾民血肉耳。主其事者曰盛老三，維記政府眼看如此肥碩之毒化事業，為宏濟善堂獨佔，而無法染指，屢向楠本交涉分沾利益。楠本答覆則云：「此是商人機關，軍部無權干涉。」三十三年，盛老三被日本憲兵部扣捕，宏濟善堂閉歇，偽政府始將鴉片公賣營業奪回，由偽內政部長梅思平接收，組織禁煙局，登記煙民，每一執照收費一百五十元（後加至六百元）。一時登記踴躍，本來不吸煙者，亦趁此機會，登記執照，以備為候補煙民。於是隸屬於特業公會之土行，驟增至大同行五十二家，小同行二百餘家。曹家渡、靜安寺路、九畝地、南陽橋、閘北、滬南，無往而非煙賭市場。偽上海市長陳公博、偽內政部長梅思平，莫不自領土行執照，大做老闆，然而水鏡不常，冰山難靠，霹靂一聲，日本人已無條件投降，租界完全收回！我總統蔣公訂禁煙條例，不知改悛者，一律槍斃；吸食、販賣槍斃，所謂「亂世用重典」。於是亂舞之群魔，盡歸煙銷灰滅，大好河山，重見青天白日，凡我真正之中華民國國民無復吸食鴉片者。

臨城劫案與吳崐山

黃金榮加入青幫，尚在孫美瑤臨城劫案發生以後。金榮所拜老頭子，為通海鎮守使張仁奎（鏡湖），乃「大」字輩，引見者則為吳崐山。是年夏，當時的北洋政府召開全國關稅會議，上海名流北上出席者甚夥，英、法領事館亦各派員參加。孫美瑤者，臨城大盜也，盤踞抱犢崮有年，以盜目諸葛亭軍師，以車中乘客為奇貨。會散之日車下臨城，全體遂遭盜劫，以肉票勒贖。惡耗到滬，全國震驚，而車中被劫最重要之客，為法國大使館參贊（忘其名）、上海之法國律師首席穆安素。時黃金榮為法租界捕房督察長，辦事首當其衝，焦急萬狀。金榮本為「空子」，手下權力僅及租界。先岳張靄蒼先生任穆安素總翻譯，日夕催促金榮辦案，金榮窘甚，反求計於先岳。先岳云：「眼前唯有一人可辦此案。」問為誰？則吳崐山也。時青幫勢力尚未昌熾於上海，金榮不甚信，然捕房勢力不能出租界邊境一步，則為事實。吳崐山為張鏡湖大弟子，張時為通海鎮守使，與臨城地處密邇。崐山為徐州人，其居與抱犢崮一山之隔，平素交通，江湖義氣所在雄，在於十萬師者。乃姑採此議，往求崐山。崐山慨然自任，以為事關華洋交涉，義不容辭。但有約法，一、保證全體出險。二、全權由我吳崐山作主。三、事後，金榮必須投靠青幫，拜張為師。金榮悉如命。

時張懷芝為山東督軍，數欲起兵會剿，終以投鼠忌器，不敢妄動。英法當局催促官廳，派人前往臨城贖票者已數起，未達山腳，即遭逐回。崐山時年三十餘，穿中裝，執手杖，唇邊留兩撇小鬍子，風采甚美。甫至臨城下車，孫已派諸葛亭往接，及至山腳，孫美瑤竟排隊下山，親自迎迓。贖票談判一改而為收編，據孫自白：「久有招安受撫之心，不得其門而入，故臨城僥倖，以求汲引耳。」崐山還報，金榮難之，以為招安土匪非租界常局所能代謀。崐山出計曰：「且從我至海州，先拜我們老頭子為師，再拜託他老人家出面，疏通督軍，開話一句耳。」金榮喜，拜門入幫即在此時，故金榮為通字輩。事定，吳崐山之名震驚遐邇，英法捕房爭聘為待別捕房議事，以包探身份而能與洋人並起並坐者，當時亦僅吳崐山一人而已。孫美瑤收編為旅，後仍遭當道解決，人以為冤。

穆安素出險，一足受潮濕，風痪，歸滬以為中國大亂不遠，竟結束其律師業務，全家返國。遜百克律師乃繼穆安素而執牛耳，先岳仍為其總翻譯。故露蘭春脫輻，其事有聶榕卿所不能了者，先岳丈實為金榮調停，非無因也。

崐山勇於任事，無捕房習氣，後以中南銀行黃浩沂被綁，綁匪帆帥平大盜也，索價三十萬金。崐山往說，減為十五萬，約期人銀兩交，攜款往贖，盜忽悔約，竟槍殺崐山。

中國的第一條鐵路

中國之有火車，第一條鐵軌敷設於光緒二年（一八七六），吳淞鐵路。七月三日開始通車，觀者摩肩夾道，欲買票登車者，麇集雲屯，擁擠不開。坐車者固洋洋得意，旁觀者夾道喝彩，完全以好奇之心，欣賞此一陸行機器動物。票價分上、中、下三等，上等一元，中等五角，下等制錢二百文。時制錢一千二百文合銀一元，而米價每石只有二千四百文，是以半擔之米價，坐頭等車一次，昂貴可謂駭人聽聞。

但此一鐵路建設，完全出於外人之越界侵築。同治十一年，英商怡和洋行，假開築馬路為名，收買虹口迤達吳淞地皮。次年五月，《申報》即揭露：「西商擬創設『火輪車』公司，集資銀十五萬兩，兩年可以完工。」並舉瑪利遜（George Morrison）為總工程師，一八七四年冬開工，一八七六年二月鐵路已築到天通庵，上海道馮俊光始向英商提出交涉，北京方面，總理衙門亦照會英國公使，有「一切當以條約為據，不得以條約所不載，即為條約所不禁」云云。英方悍然不顧，仍於七月三日通車，並堅持「造路之地由租界收買，無損華民」。會沈葆楨受任兩江總督，移在南京交涉，據理力爭，方議定該路歸中國政府買斷收回，但准英商在收回前行駛一年。一八七七年十月二十日，吳淞鐵路派員收回，全路拆毀。其後二十一年，即光緒二十四年（一八九八）始有中國自築的淞滬鐵路出現，而滬寧鐵路至光緒三十四年（一九〇八）方始全線通車，其明年滬杭甬路之滬杭區間亦告通車，遂改稱淞滬鐵路為吳淞小火車。

李春來傳

北派武生推楊小樓，南派武生推李春來，均為巨擘。春來生於咸豐五年，小樓生光緒三年，少長二十歲，故小樓出師，春來已成名久矣。春來字起山，北平高碑店人。出身於春臺梆子科班，出演於北平天和館（即文明園故址）。時上海謀得利洋行（即後來的勝利唱片公司）買辦羅懋榮，在上海寶善街建造京式戲館，名滿庭芳（今館址久亡，其名獨存），邀李春來入班，時春來尚為童伶，武裝玉貌，演《白水灘》，棍法瀏離渾脫，人影合一，觀者愛殺。春來遂留滬不去，自後歷演於金桂、丹桂、天仙，而金桂出演最久。楊月樓之後，無人望其背項。錢唐袁翔甫〈海上竹枝詞〉云：「金桂何如丹桂優，佳人個個懶勾留。一般京調非偏愛，只為貪看楊月樓。」按丹桂茶園，亦在寶善街，為定海人劉維忠所開，邀京朝角色，打鼓程章圃即程長庚長子。置辦粵式彩頭，而滿庭芳為黯然失色，時劇場有「京繡不如湘繡，湘繡不如粵繡」之語。月樓為楊小樓父，嘗與某福晉有染，畏禍避滬，故勾欄中趨之若鶩，以一睹廬山真面目為快，釀成風氣。月樓去而春來繼之，月樓頎碩，乃北方健兒風味，春來則短小精悍、活潑，故尤為北里姣蟲所喜。月樓憤不能敵，自於大新街開辦鶴鳴園，未及一月即行閉歇，月樓北歸，其明年始生小樓。而李春來已獨霸江南矣。

四大金剛盛於北里，排日皆為春來座上客。張書玉、金小寶、陸蘭芬、林黛玉，而黛玉年齒為最稚，工顰善媚，尤工心計。時汪蘅舫先生（家四叔蓉仙的丈人峰）為南匯知縣，南匯雖上海鄰近小縣，但夙稱膴仕，江浙間有「金南匯」、「銀平湖」之稱。又云：「十府不如一縣。」汪本江西世家，筮仕肥缺，起居如王侯。前清以霜降為大典，百官皆出迎霜，例四品以上方得著貂褂，縣官七品例著青鬃羊。蘅舫恥之，斥鉅資捐四品銜，而為縣令如故。家有小戲班，妙解音律，一見黛玉，驚為天人，百計娶之。彩輿鼓樂抬回南匯縣署，縣人爭出，傾城聚觀，訝為奇談。而春來固已久為黛玉面首。時妓女嫁人即出者曰「淴浴」，春來與黛玉有約「淴淴浴即出來」，乃黛玉溺於汪府享受之奢華，亦如劉備過江，而忘卻准代回荊州矣。

春來久候黛玉，下堂之消息杳然，不能耐，乃夤夜親至南匯大堂，插刀寄柬，蘅舫以此罷官。林黛玉下堂，竟於書寓（時長三妓院稱書寓，妓女稱校書）懸汪公館牌子。汪大以為恥辱，更斥多金，黛玉始復名林黛玉懸牌。李春來由是名益大噪，每晚登臺，馬龍車水，繞戲院前後三匝，捕房至派巡捕，為之維持秩序。淫娃蕩女，皆以得花蝴蝶一顧盼為登仙，春來色膽益大，久之，而有張鏡蘭之禍。

張鏡蘭者粵人，夫為嶺南巨宦，家貲豪富可以敵國。夫歿，鏡蘭盡得所有，遷地為上海母寓公，擁有里巷房產無數。旋嫁一廣東醫生黃某，黃某固亦亨也，與會審公堂關炯之為換帖弟兄。黃以瘵卒，鏡蘭文君新寡，不耐孤鵠，別求鸞操，見春來子都之姣也，色授魂與。然春來已為風流廣大教主，方欲玩人，而不復樂為人玩。雖於包廂中見一淡妝婦人，含情凝睇，日日登樓，顧之亦蔑如也。一夕，演《白水灘》，突有一物，如蛺蝶飛來，春來以足踐之，一精圓大珠蝴蝶，滾滾的的，迸散在滿臺亂轉。春來仰視，則見鏡蘭紅暈盈腮，知為所擲。其時風氣淫靡，珠花擲伶，視為常事，春來亦無動於中，及卸裝出院，忽有四巨漢遽擁之推入一馬車，簾帷漆黑，馬似龍飛，春來本花叢老手，知為北京所謂黑車者，則亦安之。良久，始抵一巨宅，洋樓矗柱，燈火如晝，廣梯鋪以紅絨，一婦瑩然笑立，綃衣如雪，則方才擲珠花婦人也。其旁侍女，一式垂辮短袂，花排柳簇至十餘人，春來不覺目眙神奪，從此拜倒石榴裙下矣。

鏡蘭以春來為禁臠，天仙茶園日日回戲。時綁票之風尚未盛行，但以春來失蹤為異事，茶社酒樓無不資為談助。而張李好合方如金輪皇帝之御昌宗，控鶴嬉遊，豔情無度。鏡蘭為三十許人，風情妙解，性好潔，終日淡妝如梨花，侍女則一色穠妝，奇葩異卉中，獨著素馨一朵，惜春來伶人，不解雅道，尚為虛負耳。鏡蘭好食蟹，秋風萎腰之際，必令十婢洗手剝蟹，佐高粱酒，為春來上壽。食蟹有專房，四壁承塵，皆髹白漆，光澤鑒人毛髮。春來樂不思蜀矣。而闞炯之方以故人之妾，蕩檢逾閒，引為奇恥，探目四出偵其行動。久之得報，始知春來之失蹤，即為鏡蘭入幕之賓，乃大怒，派會審公堂探目，數十人往拿。似捕大盜，春來方與鏡蘭露臺飲酒，望見之，遽翻上房，越屋跳免。粵人大動公憤，進稟捕房，封天仙茶園，李春來鋃鐺入獄。

鏡蘭仗其金多，輦資運動捕房，釋放春來，捕局格於眾怒難犯，解會審公堂，而許其另謀別法。闞老爺親判監禁七年，捕房以得賄故，要求送往捕房監禁，闞以會審公堂權力所屬，不許。於是雙方搶禁犯人，公堂巡捕與捕房巡捕，發生鬥毆，鬧成虹口（粵人勢力區域）全體罷市，而李春來終受提籃橋七年監禁之刑。案定，全堂稱快，妖市淫風為之稍戢。

春來出獄，深知懺悔，不敢再在上海演戲，一度北返，出演於廊房頭條大舞臺，不得志。時上海三洋涇橋方建迎仙鳳舞臺，專演梆子戲，春來復南下，亦不得志。後改隸大舞臺，名在小達子、毛韻珂之下。而南派武生張德俊、蓋叫天，無不以李春來為宗匠，德俊得其長靠，蓋叫天得其短打，其勢駸駸駕春來而上之。春來自歎勿如。民國十四年卒，年七十四。

袁美雲被困芙蓉城

袁美雲，七歲即登臺，人稱之為「小妖怪」。美雲生父某，杭州人，為丹桂司鼓，故美雲自幼即懂戲。旋為袁樹德養女，改從袁姓。樹德於戲劇界無所知名，其妻陳善甫，則丹桂茶園老生臺柱，與翁梅倩齊名，翁學譚而陳近劉，響遏行雲。美雲未至時，已買一女，教以老生，名袁漢雲。美雲至，教習青衣，合唱《武家坡》、《汾河灣》，人皆譽為袖珍髦兒戲。時張靜江主席浙省，倡西湖博覽會，四方觀者雲集，大禮堂落成，美雲姊妹登臺十天，一炮而紅，小妖怪之名由是鵲起。

時陸小曼方南下，與徐志摩賃宅於長濱路四明村，與唐瑛並稱交際花領袖。時所謂交際花者，皆名門閨秀，出身教會學堂，每有名流勝集，則敦請參加，珠光寶氣，望若神仙。樹德羨之，乃命美雲拜小曼為乾娘，而拜翁瑞午為乾爹。瑞午本世家子，年少丰儀，工崑曲。樹德傾心與瑞午結交，教美雲兼習崑曲，美雲畏其難，不肯竟學。瑞午為人頗誇誕，有阿芙蓉癖。初，志摩愛其才，常延為座上客。而小曼有心疼病，瑞午工醫，時任推拿，並勸小曼吸阿芙蓉，試之，疾良已。志摩內憤，嘗走北平，執教清華，不歸。美雲方在垂髫，不知天地為何物，每於榻前掇小几，燒煙為戲，裝置甚工。美雲天性醇厚，文靜少言語，體弱，瑞午以為樹德實虐待之，數勸脫離。美雲以樹德待之厚，不忍行。及後，嗓音失潤，不復能歌，而漢雲以人大心大，早離樹德而去（余在昆，漢雲來謁，已為商人婦矣）。樹德恐雙鳧同化，乃送美雲入藝華公司，處女作為《小女伶》，又與周信芳合演平劇電影《斬經堂》。論者皆以美雲天真靜好，藝術水準甚高，電影成績，尤超過平劇十倍。及《紅樓夢》出，袁美雲飾賈寶玉，兒女溫情，風光旖旎，更非舞台上一般臭男子飾演土氣息泥滋味者所能夢見。袁美雲大明星之基礎奠定，而袁樹德亦接到律師信，彼此脫離父女關係矣。

樹德自美雲離去，頗悵惘，居常喜唱「清風亭，他的爹娘來到……」二句，又入同善社坐道，以示與世無爭。然美雲念舊，時亦存問緩急，以德報德，人皆重之。美雲嫁導演王引，電影圈中稱為良配，蓋王引天性亦厚，謹飭自愛，時電影界方染好萊塢風氣，以離婚、結婚為兒戲。唯王引美雲始終合一，夫婦愛情，足為標準。會王引與柳中浩不睦，脫離藝華公司，自費拍戲，自導自演，一以美雲為主角，夫唱之，婦隨之，尤使觀者豔羨。唯美雲有麻雀癖，王引反對，而不忍拂其愛妻之意，則於美雲出外手談時，王引亦至舞場擺測字攤，蓋王引本不好舞，特以此消遣時刻。久之，王引之測字攤亦復累擺成癖，夜歸常在美雲之後。美雲亦不忍敗引清興，則常至陸小曼處小坐，俟引之歸而後歸，時志摩已飛機遇險久矣。小曼住宅遷福煦坊，煙癮深沉，人瘦於鵠，而談鋒蘊藉，依然林下丰標，能令聽者忘倦。美雲喜聽小曼講故事，則為之裝鴉片煙。間亦試嘗一筒，覺芳甘美軟，似平生未遇之仙，日久不覺成癖，但王引不知也。引尤恨鴉片，嫉惡如仇，美雲益不敢白，及煙癖漸深，每夕必挾衣包至小曼處，更衣而後吸食，吸罷，復更之。灑以香水，乃歸，故王引迄無所知，但以為美雲麻雀之嗜愈加深耳。

勝利復員，上海厲行禁煙，小曼家被抄捕，波及美雲，美雲由是入獄。輿論譁然，皆謂王引必與美雲離婚矣。而王引方為美雲四出奔波，延聘律師，終被判監禁六個月。民國三十五年十月十二日早晨八點出獄，時刻未到，提籃橋監獄外已擠滿群眾，有提水銀燈，開麥拉者，那是趕來爭取鏡頭的新聞記者；有手拿紀念冊，想請袁美雲作一番離獄簽名紀念者，那是影迷的女學生。但是袁美雲最初擁在員警手裡，後來擁在親友手裡，最後，很快地給王引接進汽車，風馳電掣而去。此幕「永不分離」鏡頭，亦即於「皆大歡喜」中告一結束。

樹德本杭人，美雲幼時常攜至余家，清歌一曲，每同泛雨西湖，登樓外樓吃醋魚醉蝦，美雲梳雙丫髻，活潑可愛，輒翻醉蝦於桌上，合座驚避，美雲伸小手搶蝦食之，曰：「搶蝦搶蝦（杭人呼醉蝦為搶蝦）。」曾幾何年而少者老矣，樹德墓木久拱。美雲夫婦居港自費拍戲，久無新片問世，或云：「美雲患甲狀腺，數經開刀無效，雙睛突腫，每出必御黑眼鏡，已與水銀燈下生活絕緣。」是耶？非耶？引望南雲，予殊念之。

半淞園龍舟

民國七年，畫家陸伯鴻，在高昌廟因滬南沈氏別業，建設半淞園，外售門票，內陳百戲。時上海遊戲場於新世界、大世界之外，更有繡雲天、天外天、小世界等相繼設立，但地處闤闠之中，高樓矗立，無水木清華之勝。所謂名園者，張園（今青海路、新疆路）、愚園（今愚谷村一帶市房）早成滄海桑田。徐園亦付與敗井頹垣。得半淞園，合花園遊戲場為一，以為新奇，於是馬龍車水，群趨南市。半淞園以水勝，無巨大建築，僅就原有溪橋、田涇添設竹籬茅舍，時人有半首〈西江月〉詞曰：「左右清源映帶，東西樹竹交加，卻從澹雅勝繁華，畢竟名園無價。」園主人即以此詞為廣告，招徠遊客，亦可證三十年來雅俗之不變矣。園廣及百畝，入門為左右廊，中抱荷池，經曲折小橋，達江上草堂，堂下為群芳圃，蕙芳數百盆，皆主人家蓄名種，春秋佳日，香盈遐邇。出月洞門曰「又一村」，木質建築，僅止於此。村頭為楊柳渡，繫遊艇以招客，籐椅紅欄，以十五六小女兒拉船呼客，大有南京後湖風情。此間本為一大池沼，伯鴻自構圖樣，植以假山，分水為無數汊灣，沿堤多水亭，夾植杉、柳、桃、杏易長植物，三年之後，居然綠蔭夾巷矣。復於沿堤設市肆，如明武宗豹房故事，酒館、茶軒、曲塵縈繞，遊人至此，大有武都頭三碗不過望意。於是小飲開樽，弦歌迭起，每至夕陽西墜，明月東山，水風撲面，襟暑全消之際，輒憶王荊公詩「近無船舫猶聞笛，遠有樓臺尚見燈」之句，以為江南水鄉，不過是矣。時陸澹庵、任樹南，皆為民立中學教員，下課散步，輒至其處，乃設「詩龍」亦博勝負。每中，則以茄力克一聽為彩。予不吸煙，而喜打謎，每出時，常得其茄力克無數以歸，徐哲身（小說家，以《宦海香夢記》得名）尤為此中老手。後陸、任屢敗，則鎖哲身於閨中，令其製謎，日以五十條之率。過此，則釋哲身，攜胡琴，挾名伶，登船飲酒去矣。後大、新世界亦設謎攤，則用梅花古本，完全市道，無復雅趣。

有桑棟臣者，能造漳州煙火，中藏巧製人物，個個生動，流星月炮，鬥角勾心。又能製龍舟，中置十番鑼鼓，水上健兒，又於百尺竿頭，紮風車彩線，人凌竿頂，巧陳百戲，舟中健兒，運槳如飛。其實竿頭彩妓，皆桑棟臣所製傀儡，目瞬唇接，望之心蕩，其技之神，偃師不過是也。每逢端午舉行，遊觀者如堵如牆，挨排不上，推擠不開，水閣荷亭，無非仕女，遺簪墜珥，鶯燕交啼。而江上草堂則集城中諸詩老畫友，方分題拈韻，金谷、蘭亭無此勝事，古人不能專美矣。

半淞園壽命亦只二十年，日寇陷滬，兵燹全毀，後人憑弔，但見瓦礫一丘，濁水半池而已。園主人之後，有留臺者，則沈君鶴年、沈君松柏，皆當時王謝子弟也。

上海小報之筆戰

上海之有小型報，以《晶報》始。主編人余大雄，自稱「腳編輯」，而稱各報編輯為剪刀司務，以各報新聞皆由剪貼而來，《晶報》則專向同文跑稿，以腳步勤，則得稿多。至今小報、雜誌主編人，仍有自稱為腳編輯者，余大雄為之始。大雄不能文，依張丹斧、畢倚虹為臺柱，丹翁鎮江人，滑稽多智，文如其人，小報文體之開創，實由丹斧作俑。胡適之倡白話，丹斧譯其名曰「到哪去」，而自譯為「通紅的老頭子」。但其詩近晚唐，書法褚登善，文似袁中郎、史梧岡，非率爾操觚者比也，後來唐大郎自稱江南第一枝筆，望丹翁背項遠矣。丹翁有古錢癖，而玩世不恭，嘗以「牙笏」售於袁寒雲，云經考據，確是「唐段太尉擊朱泚笏」，笏上殷血斑斕，作紫褐色，如漢玉出土者，可以證也。寒雲以「唐長孫皇后一撚指痕錢貞觀通寶」易之，得而喜極不寐，置床頭，一夕摩挲數百遍。忽為阿芙蓉所沾，拂拭不去，命姬人以水滌之，笏著水，忽呈軟化，急取淋漓，不成片段。俯察之有穢氣，乃登廁草紙，折疊而成，加漆焉。寒雲大惑，馳詢丹翁。翁大笑曰，前日拙荊，適有霞飛鳥道、月滿鴻溝故事，製成此笏，以禦洪水，僕以為製作甚古，特轉假以呈高明耳。」寒雲大窘，然亦無如之何。索貞觀錢，翁曰：「適向燈下細看，此錢亦不似真，已付朱高士換酒矣。」其滑稽多類是。余大雄，安徽人，「八一三」事變，大雄變志降偽，遭人暗殺。先是，有人叩門送稿者，大雄啟關，來人迎面以斧劈之，顱裂而死，手中猶持來稿不釋云。

繼《晶報》而起者為施濟群主編之《金鋼鑽》。施濟群亦稱腳編輯，則以其曾賣「腳氣丸」出身，畢倚虹在《晶報》撰文嘲笑之，而小報之筆戰，於焉開始。倚虹，儀徵人，美丰儀，文筆流麗如其人，時奉直軍閥方火拼於韓莊，而上海肉林亦有韓莊，倚虹撰〈韓莊一炮記〉，寫其事，語屬雙關，控鶴、秘辛，無其媟豔。排日刊登，以三百字為率，讀者爭先快睹，望平街頭《晶報》每期搶購一空。施濟群以賣藥關係，佐黃楚九辦《大世界日刊》（該刊僅由大世界贈閱），羨《晶報》之利市，乃合陸澹庵、天臺山農、孫漱石等合辦《金鋼鑽》。《晶報》視為勁敵，乃由畢倚虹出馬罵陣，《金鋼鑽》以陸澹庵出馬抵敵，呼畢倚虹為「西門慶」。時倚虹住西門路恒慶里，而陸澹庵方捧綠牡丹（黃玉麟），倚虹遂捨澹庵綽槍驟馬，直攻玉麟。澹庵怒，並舉倚虹隱私而亦攻之，筆戰於以大開。步林屋繼起辦《大報》加入筆戰，右倚虹而攻澹庵，長圍鉅鹿，如火如荼，各路諸侯皆袖手作壁上觀，稱之曰「西門慶大戰潘金蓮」。此一場廝殺，歷半載始已。而黃玉麟登龍有術，由此「被罵」成名。

後馬二先生、馮小隱、鄭過宜、劉菊禪等為《打漁殺家》之靴鞋問題，大開筆戰，自《羅賓漢》波及於各小報，皆為戰場。終由馬連良連演《打漁殺家》兩天，一天穿靴，一天穿鞋以解此圍。此一戰事，名角如林，後難為繼矣。

章遏雲有功抗戰

章遏雲，杭州人。其母為王克敏家遠戚，王之占仕粵，隨任最久，故工粵語。後遏雲成名，章老太太占籍廣東，云與王克敏有姻婭者非無因也。遏雲乳名阿鳳，自幼明慧。民國七年，第一次世界大戰結束，巴黎和會，英法與日本狼狽為奸，答應日本繼承德國在山東一切權利。段氏執政，以親日派當國，輿論早有四凶之目。四凶者：陸宗輿（經手中日借款的幣制局總裁）、章宗祥（時任駐日公使）、曹汝霖（主持二十一條，交涉並簽字者，時任交通總長）、王克敏（借款簽字人，時任財政總長）。初浙江督軍楊善德，雖出身行伍，而深明大義，嘗托云：「夜夢岳武穆相告，墓下四凶將出，穢亂人世。」意指王氏，全浙日報載之，北京朝野傳佈，乃指四凶以實之。及五四運動發，曹、章皆被學生重毆，王、陸倖免，而杭州學生結隊登葛嶺山，毀王氏墳墓，今葛嶺有石城如古堡廢墟，其遺跡也。曹汝霖本上海巨族，有宗祠在曹河涇，以牡丹著名，亦被學生搗毀。王氏家族不為杭州士論所容，乃全家遷滬為寓公，遏雲母女亦在行中，時遏雲方垂髫，面似滿月，聲若銀鈴，托銀茶盤，學梅龍鎮李鳳姐，見者皆喜愛之，謂有戲劇天才。

梅蘭芳數出演滬上，紅極一時，四鄉八鎮，有扶老挈幼趕火車、坐輪船而來，以一看梅蘭芳為畢生榮幸者，而李季高（經邁，文忠子）以禁臠蓄之。王亦狎之如家人，每有家宴，輒召同席。梅見遏雲明慧，抱置膝上，吻之。遏雲以小手拒，云：「我不要祝枝山。」因蘭芳患近視，又多鬍渣，合座為之絕倒。初欲拜蘭芳為師，蘭芳其時固未收徒，謙讓不遑。後乃北上，拜榮蝶仙，蝶仙旗籍，小長春班出身，工青衣，兼刀馬，收程豔秋為徒，故遏雲以程為標榜，兼精刀馬，如《棋盤山》、《樊江關》、《穆柯寨》、《雌雄鏢》，皆程劇所不唱者而遏雲無不精。及豔秋成名，人以程派稱雲，遏雲亦不復辯。然豔秋以幽怨勝，如巫峽猿啼，遏雲以明朗勝，如春澗鳥鳴，稟賦不同，所得自別，硯秋晚年名劇如《荒山淚》、《鎖麟囊》、《女兒心》，遏雲亦不能也。遏雲演於杭州甚久。以其蘇小鄉親，捧之者眾。

遏雲出入多與阿姨偕，人無知遏雲有母。國民軍北伐前夕，遏雲一度嫁安徽督軍倪嗣衝子幼丹，非所願也。不久脫輻，為育一女，遏雲南下，頗諱之。後至杭州，出演於西湖大舞臺，後北返出演開明，廿四年偕葉盛蘭南下，出演於天蟾舞臺，以八本《雁門關》叫座。而《雌雄鏢》尤為二人之得意姻緣，當場說笑，滿座風生，觀者亦有假戲真做之樂。未幾北返，出演於哈爾飛戲院，而道路傳言，皆云遏雲有妹。七七事變，遏雲奉母南下，則有垂髫幼女，豆蔻雙偕，始知趙女豐容，不減其姊，而人言市虎，以翁素蘭有女者誤也。妹名逸雲（初名亦雲），頎長秀健，美勝乃姐，戲劇天才則不如。遏雲親按檀牙，授以心得，愛護過於慈母。時上海已為敵偽群魔所掌握，遏雲青蓮在水，而出泥不染。性尤豪爽，能明大義！蔣伯誠時奉政府命在滬工作，萬墨林銜杜氏命，在滬接濟游擊隊糧食，皆以遏雲妝閣為秘密接約之所，遏雲陽若不解，而陰護之。及墨林被日寇所捕，備受搒掠，伯誠中癱瘓，被敵監視，遏雲亦幾遭不測，以急智自脫。旋嫁地產商邵景甫為婦，時邵已有二妻，遏雲下嫁，人皆詫為奇事。章濤者太炎少子，年少俊邁。敵偽權要，多太炎門生故吏，見章濤皆下之。遏雲一度與談戀愛，銅雀東風，二喬並得無恙，智亦過人。勝利來臨，景甫攜眷作香港寓公，時大婦已卒，繼室姚紀鳳，茹素誦佛，以正室讓遏雲，卜宅淺水灣。美人門巷，樓似仙居，望之仍如二十許人。遏雲喜開快車，與譚敬共駕，傷人焉。譚被訟，為之破產。譚亦上海書畫收藏家，有趙氏《三竹卷》、馬遠《踏歌圖》、趙子昂《雙松平遠》、董文敏《秋興八景》，大都得之南潯龐氏。破產後，名跡盡散。

樊樊山敬畏後生

樊山絕豔驚才，不可一世。當年樊易齊名，易才實高，而樊名過之。革命後，樊住霞飛路寶昌里，遺老聲名尤為鼎盛。詩鐘一倡，應者千人。瞿軍機子久亦此中老手，一日，至寶昌里拜樊山，樊山方閱社卷，堆案蛇龍，皆詩鐘也。見瞿至，推卷請共。瞿云：「樊宗師名滿天下，閱卷老眼尚有花耶？」因相互推不已。樊山忽云：「中堂今日乃知樊增祥耶。昔在軍機，未免耳聾。」蓋瞿當國時，樊歷資可入軍機，瞿以不知樊增祥為何人罷之。故樊山以為恨。至是，瞿大窘，急謝，拜樊山，樊山亦拜，二人對面叩頭不已，見者無不匿笑。陳仁先（曾壽）詩力精邁，嘗謁樊山，樊山稍閱即掩卷。仁先自以故人子請益。樊山嘖嘖云：「太澀太澀。」仁先亦以為恨。樊山晚年貧至斷炊，時遺老鬻書者光景美茂，樊獨不屑，夏太史壽田固請訂潤，並撰小啟云：「樊山善書……」樊嘗開藩江寧，護院兩江，門生故吏遍天下，皆走價致敬，樊以不匱。一日遊張園安塏第有人大言云：「樊樊山哪裡善書？但側筆媚人耳！」樊山以為奇辱，歸而憤懣，竟以致疾。歿後，有錢仲宣者致輓詩，多挖苦語，士論皆薄仲宣。然樊山為人實和易易近，對後生尤恭敬，云：「仲尼有言，後生可畏，我輩身後褒貶，皆在其筆下耳。」嘗御舊禮服賀人新婚，楊鑒資年尚少，進曰：「老伯此服已幾朝矣？」樊山大慍。他日相值，猶不懌，謂鑒資云：「你對老伯太不恭，罰你請客，吃日本飯。」鑒資足恭對云：「是是！皇上現在亦在吃日本飯。」樊荷荷曰：「二罪俱罰。」後鑒資嘗語仲宣，仲宣以為失敬。楊亦責仲宣輓詩之不當。仲宣笑曰：「是豈我作，乃安壇第中大言人假我名耳。」亟問所以，則陳仁先也。鑒資今在臺灣，與宗孝忱有中郎之似者是也。

宋漁父被刺軼事

民國二年，三月二十日下午十一點鐘，桃源宋漁父被刺於上海北火車站，時于右任先生在待車室中，首聞槍聲，立刻奔向人叢，車站秩序已大亂，漁父斜倒鐵椅，黃克強、陳策、吳仲華在旁圍匝，漁父以手附胸云：「我中彈了。」右任即電捕房緝凶，親送漁父入滬寧醫院醫治，延至廿二日晨，此一匡國偉人，捨中華民國而溘然長逝，語在黨史。

漁父逝世後數日，捕房即獲兇手武士英，致於獄，武士英夜吞紅頭自來火自殺。但已偵知該犯原名吳福銘，前清落伍軍人，曾為應桂馨家保鏢者。桂馨寧波人，其父石匠出身，租界土木大興，以是致富。桂馨斥資自捐道班，翎頂輝煌，交通權要，炙手可熱。有周湘雲者，寧波人，其父為木匠出身，亦以土木致富，擁有上海地皮無數（今南京路大慶里即其產業），亦捐知府班，嘗往拜會桂馨，桂馨自以為道臺，命遞手本。湘雲大怒曰：「你是道臺，四品。我是知府，亦四品，你的老子是石匠，我的父親是木匠，石匠碰木匠，大家都是兒子，搭啥架子？」竟拂袖而去，然仍為狎友如故。

桂馨諳武術，好色，日夜呼朋嘯侶，為狎邪遊，曜日新里胡翡雲。捕房人至，桂馨方推牌九，披衣遽起，湘雲拉住云：「大佬官，怕些啥？」或云湘雲以此報復，實則當時租界大亨固有一部分潛勢力，不把捕房放在眼裡，而桂馨亦不虞東窗事發，如此之速。桂馨被逮即解龍華滬軍都督公署，並發役查抄其家，搜出與趙秉鈞（袁政府的國務總理）、洪述祖（趙之親信秘書）往來密碼電報三本，及往來函電。始知應桂馨實由洪述祖買通，專司跟蹤宋漁父及施行暗殺之責。桂馨亦自供：「因漁父北上出席國會，不利袁氏，故由國務總理授命述祖指使本人行刺是實。」上海地方法院乃出拘票，票拘國務總理趙秉鈞到案，中外震動，而趙秉鈞以被毒遇害聞，蓋袁氏棄之也。述祖則逍遙法外，於青島九水起別墅，極水木清華之勝。有一子，即洪深也。段氏執政，洪述祖被逮，時方向英國定到絞首刑具，遂判洪述祖以絞，嘗試新機。執法者不慎，施絞過重，述祖斷頭而死。應桂馨已正典刑，重重血案，至此方告結束。而洪深恥為奸人群小之後，深自隱諱，執教上海，知者甚鮮。大光明演羅克辱華片《銀漢紅牆》，洪深忽自躍登舞臺演說，國人皆為激憤，自後羅克影片遂絕跡於上海，而洪深之名大著。初，租界公園門口皆懸「華人與狗不准入內」木牌，洪深亦集眾反對。時當五卅之後，英人頗畏輿論，公園木牌為之撤除，洪深之名因以益著。

帆影樓紀事

帆影樓在曹家渡，與小蘭亭隔岸；先是中書舍人廉泉（惠卿），得地於西湖花港觀魚，古柳百株，獨據南湖之勝，故自名曰南湖，而名其別墅曰小萬柳堂。夫人吳芝瑛，雅擅書法，作率更體，玉筋銀鉤，鬚眉遜色。既偕隱於滬，故亦名其宅曰小萬柳堂，而帆影樓臨川傑起，於迴廊中懸鏡屏，江間帆影，疊疊自小蘭亭灣轉而來，扯青孕白，掠樓檻而過。余幼時隨先君謁廉氏，呈句云：「畫中春色有來時，鏡裡屏山無去路。」南湖大喜，立促夫人以綠繭紙寫之，製為楹帖。故夫人實善書，以後索書者多，體弱債逼，逸興無多，乃央孫寒厓為代筆。廉、孫並為無錫人，夫人則桐城吳摯甫先生猶女，家學淵源所自，不假雕飾。及後寒厓與南湖不睦，乃遍告同文，謂吳芝瑛書盡出其代筆，又多作楹帖，懸之無錫萬頃堂、梅園，以示不誣；其實寒厓書法較夫人為更瘦，波磔之間，略帶瘦金體，而較夫人書為老健，男子手筆，識破即無遁形，特世人被南湖所欺，矇矓二十年耳。

夫人多文任俠，與秋瑾女俠，結為姐妹交，女俠遇害，夫人為起風雨亭於西湖西泠橋，幾遭不測。鐵良、端方、壽伯茀皆力護之，南湖以是去官，偕隱帆影樓即此時也。南湖好書畫，多收藏四王吳惲精品，多至數百件，又好收藏明清扇面，亦數百件，與夫人盤桓其中。無錫畫師吳觀岱為作《帆影樓紀事圖》，由文明書局以珂版印行，南湖詩而夫人書，尤為精絕。南湖嘗云：「世以李易安比卿，然我固不趙挺之兒。」夫人亦笑云：「漱玉、斷腸，何可幾希，得保書畫於樓中，並棲沒世，亦云幸矣。」未幾，而《李文忠公全集》之糾紛以起。

《李文忠公（鴻章）全集》本由吳摯甫（汝綸）編輯。文忠在日，曾手定《奏稿》十三卷，用石印印行。遺集又選定《朋僚函稿》二十卷，《譯署函稿》二十卷，《蠶池教室函稿》一卷，《海軍函稿》四卷，托由商務書館鉛印。其餘奏、函、電稿百餘卷，尚未編定而摯甫亦逝世。文忠子李季高（經邁）以南湖為摯甫僚婿，故聘任其事。設局南京，南湖請孫寒厓自助，由李光明書局招工刻印。至光緒三十四年六月，全集印成，都一百六十六卷，越二年而初版完成，凡印一千六百部，耗資四萬有奇。事先，季高分函各省督撫及學堂採購，為政治參考之用，每部定價紋銀二十兩。結果有北洋楊蓮帥定購一千部，山東袁海帥購一百五十部，安徽巡撫朱經田訂購二百部，印事結束，南湖挈眷回申，一切手續皆已交卸，唯安徽尚欠銀三千兩未付，而辛亥革命，清廷遂覆。李季高避居青島，印款迄未結束，李光明書局遂訟廉氏，南湖亦以印刷商人不堪賠累，極力向季高請款，季高不覆。南湖憤極，乃刊佈《帆影樓紀事》一冊，以明真相，季高亦委託哈華托律師否認欠款，並刊《自反錄》，以當《帆影樓紀事》之答辯。南湖為債迫，乃東渡日本，設「扇面館」陳列明清扇件，求售以償李光明之債，並作《自反錄索隱》八篇，以攻季高。一般人打筆戰，至登報、傳單已為極致，而廉、李二人，竟互刊專書，且均用線裝、石印、磁青面、飾包角，極盡美觀之能事。南湖二書，《紀事》且由吳芝瑛夫人手寫石印；《自反錄索隱》則由日本女書家藤田綠子手寫，均珂版精印，卷中名印皆鈐朱色，雖近代「時涉園」、「誦芬堂」覆印宋元善本，無有其精緻者，故兩家糾紛，人皆不論其是非曲直，而欣賞其版本精否。亦可謂書林佳話，「前無古人，後無來者」者矣。

廉氏好古成癖，後為債累，西湖小萬柳堂即以抵債而歸南京蔣蘇庵，改稱蔣莊。四王名畫，典售殆盡。芝瑛夫人逝世，南湖一度投北平西山潭柘寺為僧，不久示疾，未及披剃而歿。

按上海之有鉛、石印書籍，始於同治末年，尊聞閣主人，首創以鉛字印成叢書，由申報館發行。板式行款，大小一律，光緒三年，由樓馨仙史蔡爾康編成目錄，都五十四種。光緒五年續編書目一冊，都六十四種，以後每月出版叢書二種，惜不再編印，至今相隔八十年，此一套最早之鉛印叢書，早已被人遺忘，僅於冷攤坊肆中，零星發現而已。但據蔡氏自序有《西青散記》，業已無存。王均卿亦有《浮生六記》，久已無傳之語。但此兩書，今則坊間皆有，而當時所最風行之《梟林小史》（川沙黃沐三撰，記上海咸豐三年小刀會佔據上海城），《英字入門》（曹順甫撰，為中國最早之英文教科書，每冊售價一角），反成絕版，五十以下人，且不知有小刀會與洋涇濱矣。

狄平子青卞隱居

元黃鶴山樵《青卞隱居圖》，董文敏題為：「天下第一王叔明。」狄平子尊人曼農先生得之，與宋《五老圖》並為希世之寶。曼農聽鼓江西，臬司亦好古，以勢追狄令獻《青卞》，曼農不敢拒，以《五老圖》獻之。臬司不滿，命再獻，曼農遂掛冠揚帆，抱圖遁去。上司責以棄官，禍幾不測。平子後記其事於畫繪，以為王世貞《清明上河圖》之續戒，而平子好古猶超父風。起平等閣以藏宋元名跡，鑒賞之精，尤過於父。平子溧陽人，名葆賢，字楚青，性好佛學，故閣號平等，自名為平子也。善畫竹，又號六根清淨人。其時，上海報館均在望平街，《申》、《新》、《時》鼎足而三。《時報》主人即平子，聘包天笑以敵《申報》之陳冷血，二人文論，齊名於時。而廉南湖方以收藏名世，遊日本，得其印刷術以歸。創文明書局，以珂版精印四王畫冊。平子笑曰：「南湖窶人子耳，但知四王吳惲。」乃於時報館樓下，闢有正書局，盡出收藏，印宋元以來書畫法帖名蹟，都數百種；又刊《中國名畫集》，每集皆以家藏劇跡冠之，為中國美術史放一大異彩。同時並起者有鄧秋枚之神州國光社，秦清曾之藝苑真賞社，商務書館則聘吳待秋，以吳氏抱鍔廬收藏為資本。文明書局延西湖伊蘭董皙香為編輯，以廉氏舊藏為中心，而皆不敵有正。

平子名士，不甚留心商業，用沈能毅（泊塵弟）為經理，能毅好大喜功，於畫書美術實無所知，乃以狄氏積資盡投地產。民廿四年地產擱淺，狄氏以此傾家。《時報》由黃伯惠接辦，而有正倖存，然亦無形停頓，《中國名畫集》出至三十五期而止。集中所印狄氏收藏，太半抵債殆盡，唯黃鶴山樵《青卞隱居圖》與錢舜舉《山居圖》等二十餘軸，仍為狄氏保存。

初，張宗昌之南下也，知狄氏擁有天下第一名畫，欲攫之以獻少帥。平子畏其威，以贗鼎獻。漢卿不知也。張宴瀋陽，以慶得寶，並贈平子萬金，天下皆知寶玉大弓乃在楊虎矣。「九一八」事變，漢卿失地，猶挾贗鼎以為重器。會日本天皇加冕，中國收藏家多有出其精品，赴日參加盛會者，日本擇其尤精者印為《唐宋元明名畫大觀》四巨冊（今坊間所有乃縮本兩小冊），平子之《青卞隱居圖》赫然在其中。漢卿見而大惑，以詢沈能毅，時能毅方為少卿幕客，具言其隱。漢卿大怒，欲親南下與平子辨理，會西安事變，漢卿獲罪，失去自由，事亦隨寢。

敵偽時，平子佯得心疾，居愚園路私宅中，其所學佛為密宗，終日裸裎，持一芭蕉大扇，見客，則掩其私。褚民誼強請見之，平子匿佛堂中不出。民誼搴帷入，則平子方擄一婢參禪，民誼大恧愧而出。既而忽悟曰：「此子佯狂，特侮我耳。」乃札云：「明午攜客來，必出《青卞隱居圖》乃可。否則將得奇禍！」明日，民誼果攜重光葵、青木正，及敵將多人，武裝而往。至則狄平子已於壁上普懸古今名畫，重疊幾逾百幅，中懸黃鶴亦十餘事。已則汗馬甲，犢鼻褌，持大扇迎於階下如儀。中堂列長案，陳酒事，有日本藝妓七八人，方持朱漆案，跪而仰接。日本人本好酒，見妓大樂，不復問畫。連拍平子肩曰：「面白，一階。」意謂第一好人也。飲醉作鳥獸散，民誼亦無如何也。

平子歿，家人以遺畫托葉譽虎，經紀其事。列目自黃鶴山樵《青卞隱居圖》、錢舜舉《山居圖》以下，尚有吳仲圭《風雨竹》、唐六如《鶴澗圖》、仇十州、董文敏等凡二十餘件。時已勝利，索價關金券二十萬，裝池人劉定之走告余，余大喜，急同車往看譽虎。譽虎以橫單示余曰：「二十萬，真大廉，然錢舜舉《山居》不真。」余曰：「僅一《青卞》，已值二十萬，何求其奢。」約定五日交款，至三日，魏廷榮忽以電話告余：「買《青卞》矣！」余大詫，趨車急往，則《青卞》已懸堂中，廷榮喜極，撫余背曰：「余售道契地兩畝易之，合值二十萬也。」余急問《山居》，廷榮曰：「無之。」既而詫曰：「尚有《山居圖》耶？」乃知譽虎獨以一《青卞》，售魏氏二十萬，其他諸件，皆乾沒矣。余氣結而退，不復見譽虎。久之，劉定之來告余，云：「廷榮另以二十萬得錢舜舉《山居》，及文、唐、董等軸，而吳仲圭《風雨竹》尚不在內。」譽虎每吐語，目常下視，以此畏其心計之工。

廷榮得《青卞》視為瑰寶，懼世界之將亂，乃於徐家匯天主堂中起圖書館，以玻璃櫥分貯諸名畫，居《青卞》於中。立遺囑：己在，畫可出。己歿，全部捐獻天主教堂。蓋欲以教會勢力，抗大力之豪奪耳。徐家匯天主教堂為清吳墨井受洗之地，吳法名西滿，其墳在教堂西園中，有遺畫六軸，留在教堂，遂並出陳列，以為《青》之配。今經變亂，不知能無恙乎？《五老圖》嘗歸吳興蔣孟蘋收藏，後亦失散，其題跋在江陰孫邦瑞家。

上海外交開始的第一頁

租界中心，有一塊乾淨土，始終不屬於租界而仍保留中國主權者，厥為河南路天妃宮橋北堍天后宮行轅，關係華洋交涉事件之發生亦最早。康熙二十四年上海初設江海關，指定以天后宮為出使行轅，並嚴禁西人互市。而上海為外人覬覦，亦即動機於此。乾隆二十一年（一七五六）英商東印度公司有畢谷者，建議本國當局，陳通商之利，可以上海為樞紐。公司特派佛林德至上海一帶調查，遊說官方，不得要領而返。道光十二年復派林特賽，偕舌人「各式拉夫」自澳門駕舟，經廈門、福州、寧波沿途以通商遊說官方，均遭拒絕。遂至上海，滬道吳其泰聞訊，特飭吳淞炮臺，派船遊弋，加以阻止。而林特賽已改乘小舟，化名「胡復來」潛過吳淞，偷入黃浦，在天后宮前登岸矣。

林昂首即見天後宮照牆大書「不准西人互市」字樣，知中國執持意見甚為堅強，但亦不甘折回。徑趨道署，登大堂，闃無一人。久之有僕自內出，云：「觀察已赴吳淞口，可往見溫知縣。」林要求見知縣，溫知縣綸湛出見，即正色責其唐突，不識國體。林申述此行旨在通商，別無他意。溫知縣厲聲曰：「你不得在此做生意，快回廣東去。」林呈陳情書，並訴說廣東英商困苦情形。溫仍示堅決，拂袖逕入。既而復出曰：「你快回天後宮去，觀察回衙，我替你代達就是。」林等無奈，始怏怏退去。

不久，吳道自吳淞回，在天后宮召林特賽。林入，見中國官吏六員，堂皇高坐，見林並不起立。林復呈書，吳道略閱，不置可否。既而厲聲曰：「我們中國船到貴國，貴國亦加驅逐好了。通商一節，決毋庸議！」且命統帶武官監守天后宮行轅，不許洋人再至。林無奈退去，飯於市中，並發小冊子，宣傳通商之利，復受武弁干涉，被逐登船。林等揚言將至南京見總督，逗留吳淞口兩星期始去。其後十年，鴉片戰起，被迫通商，上海遂為五口之一。而天后宮仍為出使行轅如故。市商會成立，即以其旁地為會址。

八大書院與最早的學校

元，至元二十七年上海立縣，越五十餘年始有書院，章元澤以其父夢賢所設義塾，改組為清忠書院。至正初設孔宅書院。明正德三年有仰高祠改組之仰高書院。清康熙中葉有沂源書院，乾隆中設敔蒙書院，是為上海五書院之始，然孔宅書院本為夫子廟附塾，敔蒙書院僅授兒童，嘉慶《上海縣誌》列為義塾，非如正式書院之設置山長。故自上海設縣，四百年間，僅有清忠、仰高、沂源三書院耳。

嗣後，申江、敬業、蕊珠、龍門、求志、吳會、三林、格志，八書院相繼成立。光緒四年，張煥倫創辦正蒙書院（後改名梅溪），實際組織則為學校。但以學校制度於時尚未頒佈，故有許多外僑在滬辦學，其初亦沿襲書院之名，以免為國人歧視，如聖約翰書院（光緒五年聖公會主辦）、清心書院（光緒八年由美耶教會將咸豐十年所設私塾改組）、英華書院（英國倫敦會創辦，光緒廿六年改名麥倫書院），皆教會學校之設立最早者也。

申江（光緒二十八年改名敬業學堂），蕊珠（光緒三十一年改辦師範傳習學堂），龍門（光緒三十年改組師範學校），吳會（光緒二十八年停止，全部基金校舍移交借該院之強恕學堂），格志（民國三年撥歸工部局改辦華童公學），求志（光緒三十年宣告解散），三林（光緒二十八年改組為三林學堂），正蒙（光緒二十八年改組官立梅溪高等學堂），其後起者有經正書院（光緒十九年成立，光緒二十三年停辦，全體學生轉入南洋公學中院），而聖約翰、清心，亦改正學校名稱，唯英華改名麥倫，仍稱書院如故。

中國最早的學校為京師同文館（同治元年），翌年正月，南洋通商大臣奏請仿設「廣方言館」於上海，學額四十八名，始收十四歲以上敏悟學童人館肄業，以外國言語文字為主要科目，旁及算學、格致、天文。畢業後得派充翻譯。同治九年，遷入製造局學館，增加繪圖、地理，分上下兩班，年終考試及格者升人上班，分科教授。計分七科：煉金、機器、鐵木工、打樣及司機、行海法、水陸攻戰、外國史地。又分設英、法、日文班，全校生徒至二百人。光緒廿五年，拓館北址為附屬工藝學堂，分機械實習、化學實習兩班，學額各二十人，畢業後派入各廠。嗣總督周馥，以各省學堂已多兼習外國語言，足備儲才，而工業機化急待應用，光緒三十一年，乃廢廣方言館，改附屬工藝學堂為兵工專門學堂，隸陸軍部。革命軍興，此一最老之學校，與清室壽命，同時解決。獨讓市立梅溪中學為元老，梅溪創自光緒四年，迄今九十餘年矣。

呂美玉與美麗牌香煙

呂美玉父月樵，母時鳳儀，有兩弟，長呂玉堃，電影小生，弟呂美君習青衣，拜梅蘭芳為師，畹華南下收徒之第一人也。月樵天津衛人，與朱素雲同歲，初習青衣，後改武生，又改老生，兼唱老旦，嗓音高亢，學孫菊仙頗近似，但音仄耳。謀得利老唱片有孫菊仙《罵楊廣》，月樵贋鼎也。月樵隸大舞臺最久，以四本《戲迷傳》著名於時。尤喜串《十八扯》，南腔北調，學朱素雲小生尤為神似。時鳳儀，與時韻籟姊姊雙花，馳豔北里，月樵娶其姊，名醫龐京周得其小姨。鳳儀生美玉，酷肖其母，見者鍾愛。月樵晚年不甚得意，好養蟋蟀。家中儲瓦盆以數百計，每當秋夕，露涼月明，輒提燈夜出荒野墟墓間，尋聲捉羽，滿筐而歸，歸則鳳儀煮稠粥，烹苦茗待之。月樵好翹一足，踏杌而後進食，即取筐中蟋蟀，以箸夾之，以驗強弱，不中式者，即棄去。遺蟀滿地，振匆登俎，略不為意。但所選錄，亦少上品，以是賭注，輒敗北，負債鬱鬱而歿，年僅五十有四。臨歿執鳳儀手云：「勿再令兒女唱戲。」然鳳儀以負債故，兩子皆幼，不得已，乃教美玉習戲，美玉慧甚，曲不過三遍無弗領會。時共舞臺露蘭春、張文豔皆息影已久，而世人重色思傾國，老闆經年求不得，聞美玉習藝，親往觀之，大喜曰：「可取而代也。」遂聘為臺柱。美玉美甚，但戲路甚狹，第一天演《金鎖記》，不代法場，時黃玉麟方走紅於丹桂第一臺，美玉親往觀摹，次日小報宣傳謂：「呂美玉偷金鎖。」然玉麟《金鎖》亦無法場。捧美玉者因以反噬。一日丹桂復貼此劇，陸澹庵必欲替玉麟加「准代法場」四字，玉麟怒曰：「探監我來，殺頭你去。」澹庵亦怒，以為孺子難與成名。而美玉再演，竟代法場，報紙譽揚，玉麟為之失色。

時王芸芳（王瑤卿弟子）新從徐州來，拜蘇少卿為師。唱青衣，以孫佐臣操琴，聲名藉甚。又編時裝戲《失足恨》，作女學生裝，全滬轟動。美玉往觀之，次日即貼《失足恨》，作女學生裝，捲髮珠圜，美勝芸芳十倍。芸芳亦失色，於是美玉之名獨噪滬濱。碧雲霞者，自河南來，亦出演於共舞臺，噪甚。美玉為之告假十日，作邢尹之避面。碧雲霞圓姿替月，大眼睛，流波四射，合座風魔。王汝嘉者禁臠，雖出演於滬而黃衫客跟從左右如衛士，常人不敢近。汝嘉乃運動內臺管事，以五百金求扮《金鎖（後開喬家柵湯糰店），年少多金，自居護花使者，而使欲親近碧雲霞不可得。蓋碧為河南督軍寇英傑記》法場劊子手。蓋竇娥法場，例須半坐劊子手的膝上，汝嘉以此為登庸也。碧演十日即去，美人還歸沙叱利，為寇量珠聘去，汝嘉齎志無成。美玉登臺，仍以《失足恨》為看家戲，風頭轉健，蓋美玉幽嫻貞靜，梅蘭之芳，固勝於桃李之豔云。

華成公司異軍突起於國貨煙草業中，為爭取宣傳力量，未得美玉母女同意，遽取《失足恨》照片，發行美麗牌香煙，風行一時。鳳儀乃聘鄂呂弓律師訟之法庭。呂弓亦票友戲迷，與京周莫逆，辦理出力。結果，法庭判和解，由華成公司每箱提取商標費十元，以為呂美玉權利金，時美麗牌年銷已及萬箱，美玉由是致富。

法租界聞人魏廷榮，為朱葆三女婿，天主教徒。美玉母女亦信天主教，廷榮欲娶美玉，格於教例，不能二妻，乃營金屋於外。道路傳言，皆言廷榮垂涎商標費，廷榮妻聞之，立訪美玉，接之還家，出金鎖以為見面禮，曰：「吾不能使吾夫受謗。」小報載其事，謂之：「呂美玉得金鎖。」魏氏竟留華成商標費全部為呂母贍養。廷榮雖為租界聞人，然好書畫，不能歌而好音律。得程霖生別墅。其宅在徐家匯臨河，極水木泉石之勝。有小戲臺，雕欄鏤檻，皆用紅木合景屏，堂中可容客二十桌，每當勝日，招雅客，陳鼓板，粉墨登場，串二三折輒止，皆極精妙。美玉不常演，但於畫屏羅幃間，隱約諦聽而已。

周璇的瘋狂世界

周璇崛起甚晚，民國廿三年余假李瑞九樹德堂廣播公司，為無敵牌宣傳電臺。開幕日由梅蘭芳（公主）、十雲（四郎）、九雲（六郎）、七雲（太后）、余（宗保）合唱《四郎探母》開鑼，次為蘇少卿長期講授譚派老生平劇，孫老元（佐臣）操琴，次為王人美、白虹、胡茄、張靜（時號四大天王）合唱，最後為陳大悲之「觀音戲」，所謂觀音戲者即移話劇於電臺，凡車、馬、鐘、鼓，以及喝茶、毆鬥皆有聲像真，聽者如觀劇於耳中，故曰觀音戲。凡此節目，皆電臺播音以前所未有。大悲所播觀音戲，即其自撰小說《紅花瓶》，敘述南京女學生風氣，而難主角之選。畫師丁悚夾袋中最多人物，乃以周璇薦。周璇吳人，嬌小而貌不甚美，吐音清脆，最宜電臺，遂請兼任報告。時有蘇州女兒以京白報告「無敵牌牙粉」者，即周璇也。樊樊山詩云「吳人京語美如鶯」移贈周璇，可謂恰當。

周璇初不善歌，聞人美、白虹而好之，性慧甚，每於電臺，試唱一曲，電話即紛至，詢：「為誰？」其實，周璇發音甚低，無「麥克風」為助，幾不能歌，其後成名，獨以金嗓子稱者，亦秘辛也。

黎錦暉嘗欲收周璇，列於門牆，周璇不欲，而獨戀桃花太子嚴華。嚴華亦黎錦暉得意弟子，特為編《桃花太子》歌劇以榮之，以是得名。美丰儀而帶女性，修飾入時，經常置象牙梳於懷，與人語，輒出梳梳髮，令光澤。但有音樂天才，善作曲譜，周璇以是愛之，竟諧婚娶。周璇成名時所唱曲，皆嚴華親自製譜，及後仳離，製譜者易人，璇之歌亦不復如前之迴腸盪氣，感動人心也。

周璇在樹德堂電臺為期甚暫，不久，即臺空鳳去，旋入柳中浩國泰影片公司，主演影片，與袁美雲、陳雲裳抗席。人謂好萊塢明星奧薇莉•哈佛蘭甚矮小，一入鏡頭，便頎頎豐碩，周璇亦如此，蓋於攝影有天緣，非人力也。

嚴華與足球家徐惠明善，居同里，周璇亦常至其家，叉小麻將，布衣玄舄，每晨提筐自上西摩路小菜場買菜，御金絲邊黑眼鏡，黃月之面，小於初三之豆蔻，見者幾不辨為第一明星金嗓子周璇也。

久之，夫婦勃谿之聲屢起。嚴華溫柔之性，一變而為暴厲，怒則折以梳齒、妝匣粉奩間，乃積斷梳無數，而璇亦常期不歸，歸亦匆匆，易裝欲出。祛其衣，拂袖而去。嚴華頗怏怏，乃為漁家女作曲，所謂《瘋狂世界》者，正此時作也。意欲感悟周璇，而二人占脫輻矣。時抗日勝利之前夕，人言嘖嘖，皆言周璇將為柳家媳，既而寂然。嚴華不櫛不洗，親自提籃買菜於西摩路小菜場，璇聞而憐之，意欲往，終為第三者所沮。嚴華後經營唱盤鋼針，後竟致富，然形容憔悴，至自毀棄其所作諸曲，並唱片蠟盤而亦毀之，或與之語，常答非所問。後不知所終。

周璇以從影致富，初以嚴華潦倒，嘗欲因徐惠明而贈以多金，嚴華拒之，璇亦內疚，寖疏柳氏。自視頗高，其於嚴華不能為匹布之縫者，初亦欲嚴華之屈膝相求耳。而華亦負氣，終不得復合。璇後至香港，仍數還上海，蓋猶有尋求故劍之意，乃為匪類所覬覦，一念之差，意沾滅頂。匪人利財，席捲其所有，璇亦瘋狂，長離世界。余每過繁街，於燈紅酒綠間，聞歌「烏兒正在唱，花兒正在開」者，如巫峽聞猿，輒為之腸斷不已。

賭博中的魔鬼——花會

花會，不知始於何時，《清稗類鈔》即有記載。道光間始盛行於江南，以廣東為最盛。賭法，紙牌書三十四人名，任取一名納之筒中，懸於樑間，賭徒於三十四人名中自認一名，附以博注，投入櫃中。開筒發表，與射者相同，則得三十倍之酬。其初，賭徒多在荒郊僻壤行之。既久，亦設場廠，容納多人。咸豐初，適隨幫會勢力以俱來，但設廠仍在江灣、南市人跡罕到處。增人名為三十六，各以生肖繫之，謂之花神。仍有兩門不開，任人猜買，得中者，一贏二十八，開廠者其利為愈薄矣。

設廠必有流氓勢力為之護符，謂之靠山，花會日夕兩筒，靠山坐吃乾俸，頤指氣使，不可一世。上海流氓勢力之造成，花會實為嚆矢。總機關曰大筒，組織非常嚴密，每日開筒兩次，下午四點鐘為日筒，十點鐘為夜筒。中者得彩如三十倍之數，但賭徒直接大筒者甚少，多由「航船」、「聽筒」轉接，得彩即各扣去二元，故得倍二十八也。

「聽筒」者，亦設廠，但不自負輸贏，專聽大筒所開名式，以為博進。進出皆扣一元以為潤利，故有大筒之處，聽筒多至數十。聽筒亦可與大筒通同作弊，換開輕門，否則大筒所開之彩，適為聽筒所押重門。則大筒之靠山亦能出頭，與聽筒之主持人以不利。

「航船」有男女之分。男航船專走商店，誘店員學徒入賭。女航船專走富家巨室，引誘良家婦女入賭。無論中與不中，例以九扣入筒，故無業遊民，三姑六婆兼業航船者，為數多於不祥之鴉，憑其啞啞之舌，向人說得天花亂墜。以一博廿八，大利所在，人皆喪志。貪念一起，終至傾家喪命，而打花會婦女更多有露夜行，至墳山曠野，以祈夢兆者。夢見虎，則打「王坤山」，夢小和尚則打「方茂林」，江灣玉佛寺仙人洞、馬霍路跑馬廳石翁仲、小東門未央生廟、大東門猛將堂，皆為祈夢之目的。露宿宵行，男女雜遝，宵小之徒，隨之作謔。乃有不惜捨身一度，以為打「雙合同」之預兆者，亦有偷墳掘骨，裹以還家，焚香奠酒以祈兆者，終日如醉如癡，廢時失業，其禍較鴉片為尤烈。

尤奇者為「文」、「武」撞旗，文旗係做三十六面紙旗，各書花會名號，深夜結伴至枯墳古墓，設香案，插旗號於墳周，禱畢，坐候風向，風吹旗倒，次日即集合大注，押打某門。武撞旗則覓乞丐一人，著以紙褚衣冠，引入古墓，設以酒食，而羅拜之。拜已，神降，即從乞丐口中，吐出花會人名。亦有扮鬼王者，一人燒紙錢前引，二人吹喇叭逐之，繞墓沿郊，彷彿若有所見，次日道路風傳，皆言必出某門。航船、聽筒，到處招搖，大注金錢，流入花會，而勝利仍屬渺茫。中毒者不但下層社會，即富室婦女亦莫不趨之若鶩，及典質既盡，無面見人，懸樑服毒，比比皆是。民國十六年，革命勢力達到上海，風氣為之稍殺。敵偽以後，又復流為洪水，不可收拾矣。

花會，雖號稱三十六門，但所開實止三十二門，如「林蔭街」號為花會總神，供奉甚虔，照例不開。「陳日山」（雞）、「王坤山」（虎）兩門，一門日筒不開，一門夜筒不開，又每日開筒必提上次日夜所開懸之筒前，謂之門將亦不開，故迷花會者以為公道。

開筒之法，甚為巧妙，先花場上加木欄，內設長臺，臺前一人面裡坐，上掛幅布，書上次門將名式，另以幅布暗寫一名，捲紮嚴緊，高掛樑上，謂之彩筒。押注齊畢，大放爆竹，然後將布徐徐放下，當眾拆封以定中否。此種賭法，亦可謂至公無私矣，不知幅布多層，內有樞紐，封押入櫃，自有主計，轉眼之間，即可避重就輕，謂之放空門。三十二門已押中甚難，再放空門，覆巢之下寧有完卵耶？西人輪盤賭盛行，亦三十六門，上層社會多趨輪盤，而福煦路一八一號為之魁，花會之風，乃因而稍殺。

附花會名稱

花會名色甚為離奇，計有：

林太平（龍）　陳安士（尼姑）
陳逢春（鶴）　雙合同（燕）
龔江祠（蜈蚣）　李明珠（蜘蛛）
林銀玉（蟹）　劉井利（鱉）
林蔭街（鴨）　鄭天龍（老僧）
宋正順（豬）　方茂林（小和尚）
李漢雲（牛）　張合海（青蛇）
陳日山（雞）　張九官（老猴）
程必得（鼠）　吳占奎（白魚）
李月寶（龜）　張萬金（白蛇）
張三槐（山猴）　馬上蚤（貓）
陳吉品（黑羊）　陳榮生（鵝）
黃志高（曲蟮）　張元吉（白羊）
翁有利（象）　羅只得（黑犬）
徐元貴（蝦）　朱光明（馬）
趙天瑞（花狗）　蘇青元（黑魚）
田福雙（田狗）　陳攀桂（田螺）
周青雲（駱駝）　王坤山（虎）

閻瑞生與王蓮英

民國八年，王蓮英被閻瑞生謀殺於徐家匯麥田。時國內爭戰迭起，上海租界尚粉飾太平，市民熙熙，寄身石火光中，幾不知天地為何物。蓮英以北里妓流，被人謀殺，陳屍麥田，報紙騰喧，閭巷競嚷，反視為非常大事。及閻瑞生伏法於吳淞西炮臺，尚有以閻瑞生為未死者，於是播之管弦，傳之電影，街談巷議亙二十年而不已。王蓮英與閻瑞生亦可謂黃色新聞之鼻祖，繼其後者乃有阮玲玉與張達民、王慧如與陸根榮等自殺與情死案，亦為舞臺編劇資料，但其憧憬人心，仍不如王蓮英與閻瑞生之甚。

王蓮英，杭州人，張豔幟於新清和坊樓下廂房。時長三尚名書寓，紅倌人皆樓居；居樓下者，名皆不甚噪。蓮英姿本中人，膚色微黃，好梳橫S髻，插茉莉花翹，風姿亦復不惡。居其樓上者曰小林黛玉，紅倌人也。朱葆三第五子暱之，北里中人皆呼為五少而不名，閻瑞生則為朱五食客，業洋行野雞跑街，然其人白皙、長大，言語便給，接交俠林，得錢即揮灑不甚惜，所謂小白相人者，婦女甚喜之，北里為甚。朱五亦視為花子虛之流，幫閒中不可少人物。

初，小林黛玉有相好曰查三，其兄設時和首飾公司於拋球場，鑲珠鑽，推為首屈，兄以是致富。一日，有客攜巨鑽，委託時和鑲戒指。查三適主櫃，承接鑲件，約以五日取，至期而爽。又五日，客再至，查兄含戚語客，其弟發急痧死，鑽石遍找無著，不知所藏何處。因問客，值幾何？願如數賠償，他日鑽如出現，仍憑鑽兌款，決不食言。客感其誠，允之，取款而去，不疑有他。及王蓮英謀殺案發生，客一日過時和，間探鑽戒下落。查忽顰促曰：「客亦知殺王蓮英者誰歟？」客曰：「夫誰不知為閻瑞生。」查曰：「否，殺王蓮英者，君之鑽戒耳。」因為客言其曲折如後。

查三亦暱小林黛玉，而財勢不如朱五。所謂名流富人，皆喜御大鑽戒以示闊綽（據云此風起自虞洽卿，畢倚虹《人間地獄》、朱瘦菊《此中人語》皆載之），而查三獨無。時方溽暑，羅衫一襲，所值最菲，此中人語，稱夏令客，出遊而囊無多金者，曰「荷花大少」。蓋荷花盛開於夏令，秋風一起，萎落池空，不復見此輩蹤跡矣。故狹邪闊少，每於羅衫短褂間，懸金錶鏈，粗如兒指，設兩環，必以翡翠，其寒村者亦以兩金鎊飾之。約指以巨鑽，必御中指，灼然生光。查三有錶而無鑽，心自內愧，及見客所鑲鑽戒，藍光射人，心好之，因御此以炫妓席。朱五方宴客，慘綠少年滿座，見查三鑽戒，無不嘖嘖交譽。小林黛玉特藉以自御，中指瘦，裹以絲線，豁拳行令，滿座生輝，查三顧視亦樂，自以為豪。

客去，小玉特目示留髡，昵肩私語云：「三，獨不能以此相贈乎？」查三舌結，不能言其物之所自，而玉已襝衽謝，此鑽遂永歸美人之手。未幾，查三病卒，客亦歌失寶矣。

閻瑞生見小林黛玉有好鑽，心羨之，一日閒往趁空，小玉方盥，溽暑開襟，蝤蠐如雪，瑞生持葵扇，憑肩扇之。見小玉滌腕，鑽戒卸在妝臺，燦爛發光。瑞生心動，嘖嘖曰：「好一粒火油鑽，可惜那死鬼，無福消受。」玉嗔曰：「接眚人，大清老早，赤口白舌，咒人，也勿怕罪過。」瑞生連誇：「好鑽，好鑽，阿姐，你幾時也借我帶帶，出出風頭？」小玉佯怒曰：「快點，五少來哉！」果聞樓下鈴聲大震，龜奴長聲喊：「客來。」瑞生怏怏而出。

嗣後，瑞生數數嫋小林黛玉出去兜風，所謂兜風者，必在夜十二時以後，華筵散，繁管歇，脂粉重施，嚴妝乍換，乃御蟬翼，趿繡鞋，攜客登車，風馳電掣於曹家渡、徐家匯麥田兩岸。月明星稀，涼風襲至，其情濃豔，有逾墮釵滅燭者。次日，小報亦揭載之曰某某與某某「行香」。

小玉為所嫋，不忍峻拒，佯應曰諾。瑞生大喜，其實，其目標在物而不在人，為財而不為色。乃約明日夜二時，瑞生自御汽車來，即在樓下揿喇叭，不復上樓。小玉頷之。瑞生出覓其友，有為野雞汽車夫者曰方阿三，約明夜借其車兜風。阿三知有豔侶，請隨行，瑞生許之。又約其流氓朋友曰吳春芳，令伏於徐家匯麥田間，攔路出劫，如是則財可得而事不露。吳亦許之。

其時上海人口僅六十萬（按：與現在臺北市相同）汽車尚為稀有。兜風者皆好坐敞篷車；仕女憑肩，招搖過市，能自開汽車者，尤鳳毛麟角。閻瑞生謀食洋行，常隨西人出入，故亦能自開汽車。是日，御熟羅長衫、巴拿瑪草帽、漆皮鞋，儼然佳公子。坐方阿三於後，自駕車盤，至新清和，適為夜半二時。小林黛玉本有準備，聞喇叭聲，即盛裝下樓，輾然笑曰：「大少，真勿巧哉。對不起，奴剛剛有遠堂差去，只好明朝會過日陪儂！」言畢，自登包車而去。所謂遠堂差皆在滬西富商巨宦之家，通宵達旦，莫敢誰何。閻瑞生乘興而來，不覺掃興。時王蓮英適出夜堂差回，瑞生與招呼，忽見蓮英珠翠滿頭，亦復耀眼。貪念陡起，且狎客接妓女兜風，而被妓女放生，當方阿三前，亦甚失面子。遂嘻笑曰：「二阿姐，真真紅得來，恁晚，還有遠堂差。」蓮英亦喜瑞生之忽然親近，曰：「倪是苦命格，出了一夜堂差，連浴都勿曾滵過。」閻曰：「唔請二阿姐兜風去，勿知阿肯？」蓮英固竊慕兜風已久，大喜，初欲瑞生稍待，浴而後去，瑞生不耐云：「兜兜風就涼快，何必滵浴？」其實其心別有覬覦，蓮英不知也。

瑞生亦嘗叫蓮英堂差，本無殺害蓮英之心。車至徐家匯，思吳春芳必出而劫車，反為不美。遂先停車，偽云小遺，入麥田中覓春芳，言其事。春芳已候之久矣，頗不然瑞生，以為：「放生意不論大小，大魚不來小魚來，先捉了小魚再說！」瑞生亦知蓮英非紅倌人，頭上首飾皆由租借而來，負債甚重，心有不忍。春芳曰：「咱們向她商借商借。」遂逕上車，豈知方阿三本吳春芳同黨，預知其謀，春芳上車，蓮英驚為劫盜，急喊：「瑞生！」方阿三已用麻繩自後鸞住蓮英脰頸，春芳自前拉之，蓮英氣噎，尚呼瑞生不已。瑞生知禍發，匿麥田不敢出，春芳驅之出，強以繩端授瑞生，命拉之，蓮英遂氣絕。三人舁屍麥田中，驅車還入租界，朋分贓物而散。

瑞生還家，心蕩不已，其妻問之，瑞生大哭，下跪曰：「我對不起你，我已殺人！」遂備言昨夜事。妻大驚曰：「速行，求朱五少，禍或可免。」瑞生往，閽者拒不納，瑞生遂奔松江，於車中見《晨報》，已載其事。蓋昨夜案發，距行兇不過一小時有半，捕房公事，報紙採訪，亦云神速矣。瑞生本天主教徒，欲借懺悔求庇神父，遂上佘山。神父以朱五故，許以暫避。時朱葆三為上海市商會會長，亦天主教徒。瑞生復致書求援，朱五不答。神父曰：「無能為力矣。」而邏者亦至，捕瑞生去。吳、方皆先就逮，或云汽車乃朱五物，其實非是。新衙門開審之日，罄北里之名花皆往旁聽，報紙皆以頭條新聞競載其事。及二次開審，聚者愈眾，浙江路有如山陰道上，皆為觀審閻瑞生而來。而王蓮英之名亦於死後大著。案決：閻、方、吳皆赴高昌廟刑場槍斃，觀者又傾城而出，吳淞小火車，至車頂上亦載乘客，視為盛杏蓀出喪以後第二件大事。而京戲、話劇、電影、申曲、灘簧以及坊本小說，商品廣告，無不競採其事，加以渲染，用為競爭。舞臺佈景乃有真汽車上臺，四馬路夜景者皆以此時為之嚆矢。九畝地新舞臺以趙君玉飾蓮英，汪優游飾閻瑞生，於嚴冬臘月，舞臺上開電風扇吃西瓜（按：十二月西瓜，專備傷寒病人採服，每隻價值貴逾人參數倍），尤為觀眾所歡迎。共舞臺則以張文豔飾蓮英，林樹森飾閻瑞生，加演蓮英托夢一場，由露蘭春飾蓮英之妹，合唱二簧原板，露蘭春時方紅極共舞臺，「你把那，冤枉事，對我來講」一段，由百代公司灌入留聲片，北里歌場無不摹仿。每夜弦管嗷嘈，繁街如沸時，新聲競起，汪笑儂馬前潑水為之失色。然趙君玉、張文豔扮相之美，皆勝蓮英本人十倍，蓮英以溷墮幽花，反借死以留名，亦云幸矣。飾閻瑞生者則以笑舞臺之張鏗聲為最佳，以其聲音笑貌，與閻瑞生極似，〈別家〉一場，神情逼真，臺下觀眾，有識閻瑞生者皆為泣下。久之，忽有謠傳言，閻瑞生實未死，高昌廟槍斃鬼乃朱五少所買替身，此一謠傳亙十年而不息。

上海美術團體紀始

清乾隆間，滄州李味莊觀察任松常太道備兵上海，提倡風雅，闢平遠山房於豫園，凡有詩、書、畫一技之長，無不延納，一時壇坫之盛，為前此所未有。道光間虞山蔣寶齡隱居滬濱，集諸名士於小蓬萊，佳客列坐，操翰無虛日，一時名流，載在墨林今話，此二者，當為書畫會之嚆矢矣。

咸同間乃有萍花社之正式成立，錢唐吳冠雲主持其事，初定名萍花詩社，後改為詩書會，又改稱萍花社書畫會，有錢吉生、王秋言、包子梁合作之《萍花社雅集圖》，及吳氏自序，事載楊東山《海上墨林》。宣統初年，由上海書畫界同仁成立豫園書畫善會，發起人高邕、楊逸、姚鴻、黃俊、汪琨等，假邑廟豫園得月樓為會址，本會性質，係注重同人之互助，會員所得書畫潤例，照章提成儲蓄會中，凡有慈善事宜，公議撥用，故稱善會。

上海書畫研究會成立於宣統二年，由收藏家聯合發起，有汪淵若、李平書、哈少甫、倪墨耕、陸廉夫、何詩孫、蒲作英、狄楚青諸人，假小花園商餘雅集為會址，未幾停頓。

文美會，為李叔同所發起，時在民國元年，李氏方主編《太平洋畫報》，並編《文美雜誌》一冊，內容係會員所作書、畫，印章拓片，皆由手稿，紙張大小一律，直接付印，極為精美。是為上海書畫作品，刊印於報章雜誌之始，未及一年，無形解散。

天馬會，民國八年由江小鶼發起，會員有劉海粟、汪亞塵、王濟遠、丁悚、楊清磐、張辰伯等。其初注重西畫，第一次開展覽會於江蘇省教育總會，擴充會員，中西畫並重，國畫加入會員有王一亭、馮超然、吳湖帆、錢瘦鐵、陳小蝶、唐吉生等。折衷派有高奇峰、高劍父、陳樹人、何香凝等。非會員作品一併展覽，是為上海書畫展覽會之始，先後共開八屆，影響所及，當時風氣為之丕變。天馬會無一定會址，以江氏為中心，後改組為中國畫會。

晨光美術會，成立於民國十年，由汪英賓、朱應鵬等發起，會所靜安寺路福源里，後遷一七二〇號，會員二百餘人，決議改為晨光藝術會，增設戲劇部，改用委員制，民國十六年無形停頓。

中國畫會，成立於民國十九年，其前身為天馬會。以劉海粟、江小鶼之藝術爭執，各走極端，天馬會乃無形解散。由余及孫雪泥、錢瘦鐵發起本會，重行登記天馬會會員，會址即設余之住宅華龍路華龍別業五號，此會籌備經二年之間，屢經討論，民國二十一年七月，始正式成立，移會所於華龍路八十號（即錦江菜館之前址），召開大會，票選監察及執行委員，計監察五人：王一亭、陳樹人、謝公展、汪仲山、熊松泉。執行委員十一人：俞寄凡、馬企周、鄭午昌、張聿光、汪英賓、張善孖、吳天翁、陸丹林、孫雪泥、錢瘦鐵、陳小蝶。會員由一百五十人增至五百餘人。每年召開大會一次，作品展覽會春秋兩次，並由金有成三一公司出資印行五彩的照相版《美術生活》大冊雜誌。初由錢瘦鐵主編，後由張善孖繼任，對於中國美術史放一光榮異彩。抗戰以後，會員稍稍星散，勝利後改選了監、執委員，會址已無定所，論者惜之。

女子書畫會，民國廿二年由女畫家李秋君、馮文鳳、陳小翠、楊雪玖、顧默飛、顧青瑤、周煉霞等所發起，會址海寧路八百九十號，規模組織一如中國畫會。

上海美術協會，民國三十六年由中央文化運動會駐滬委員虞文、中宣部專員徐蔚南，及本市藝術界名流汪亞塵、劉獅、馬公愚、郎靜山、張充仁、方介堪等所組織，會址附設陝西北路一二八號中央文化運動會，並決定（三月二十五日）為美術節，即於是年展開第一次展覽會，陳列中西繪畫、書法、雕刻、攝影，包括全國第一流作家名作一千餘件。並由教育局出版《中國美術年鑒》，刊行作品及小傳。

中國畫苑，由余及李祖韓、王季遷、秦子奇所發起，會員無定額，不收會員費。假靜安寺八十號盛宮保故宅正廳三樓全部，設長期展覽會場。闞東軒以為畫室，筆硯精良，窗軒明淨，每晚皆設小酌，畫家隨意揮毫，談笑飲酌，往往聲震屋外。會員個人集體均可假座展覽，兼及古今。民國三十七年，王季遷為美國博物館延聘赴美，專司鑒定中國古畫，余及子奇渡海來臺。此會無人主持，且聞已改變為跳舞場。

天馬會後，上海美術團體，迭有組織，本篇所載，僅紀每事之始。鐵網珊瑚，則不勝其枚舉矣。

龍華桃花

在春三二月的時候，龍華夾道桃花，如錦如幄，車馬川流，田村農舍，一片紅霞，塔影穿雲而不上，稚僧開寺以相迎。等到夕陽在山，人影散亂，歸去的香車，都半容人坐，半容花坐，而流風遺韻，其間卻也有個變遷。

民國初年，遊春仕女，多用亨司美雙人馬車，自拉韁，繞道四馬路、靜安寺，然後穿綠巷出紅樓，繞徐家匯，轉高昌廟，分道揚鑣，花光人影，互相映發。馬車玲瓏，人物的俊賞、鋼絲鍍鎳的車轂，黃藤髹漆的車廂，一鞭在手，顧影自憐。慘綠少年，戴著鴨舌頭的軟帽、琵琶襟的坎肩招搖過市，觀者夾道，如堵如牆。

到了民國十二三年間，汽車代興，馬車逐日凋零。龍華道上飆輪霧轂，紅塵漲天，而桃花零落矣。勝利以還，物力未復，汽車變了吉普，像奔牛一般到處亂撞，龍華道上真有放牛於桃林的盛大觀感。遊者裹足，獨讓莘莘學子，騎著自由單車，雙雙並影，度柳穿花，沿途笑語生春，行歌互答。但是古塔如病後殘僧，欹斜陽而不墮。殘僧如劫後圍棋，多零落而不前。而共匪渡江，紅騎即由此道而入，在劫桃花，繁華事故，玉隕香消，不知伊於胡底。

龍華本以產水蜜桃出名，桃之佳者，大似粉拳，薄薄的皮膚，紅紅的臉兒，叫人愛得一見就想啜。玉露沁脾，入口而化。相傳此種，歷來已數百年，明徐光啟、龍與父子植之吳淞江邊，號為徐園。顧松泉在寺的西南隅更闢場圃，種千葉絳桃，凡二十畝。花廊、菜圃、桑垞、槿籬，全用桃花圍繞。又有惠雨亭的家園，在俞家灣，桃樹都高一丈，二月放葉，尖如綠蠟，三月放花，四月結對，六月桃熟。所謂龍華水蜜桃，此乃真種。老農相傳其種南宋間，來自汴京，但在民初已很難遇，自民十八後，高昌廟工廠林立，地價飛漲。桃農多拔樹填土，以待善價而售，以致桃花零落，夭折日多。不待播遷，而遊人已有「百畝園中半是苔，桃園淨盡菜花開」之感。但上海產桃亦不僅龍華，舊時著名的有：顧名世露香園的蟠桃（今九畝地），邢嘉筠吾園的鷹嘴桃、黃桃、墨桃，而長橋、唐巷、陸家塘尚有蟠桃萬株。後起桃園如華涇的華園、莘莊的芳園多以玉露桃出名，此種來自奉化珂里，民間培植，久而愈盛，比諸召伯甘棠。

法華牡丹

法華的牡丹，是上海有名的。相傳西鎮李氏從洛陽攜回百多種，種在他的縱溪園，有紫金球、碧玉帶二種最為名貴。花時，遊人雲集，主人在園中張筵，凡有佳客，即拉入座，傳為韻事。自李園廢後，花農分種栽培，肩挑市販，僅存十餘種而已。

按牡丹一名鼠姑，又名鹿韭，穀雨時作花，故又名殿春。群芳譜有六十餘種，宜植沙土，移往他土即不繁榮。故滬邑蒔花，必取根法華，連泥培植，法華鎮因有小洛陽之名。每本一花，大者如盤，可值萬錢。李鐘潢詩：「年年酹酒向花王，此地曾傳小洛陽。」曹采藻女史詩：「每逢穀雨春和候，只聽人人說法華。」都很紀實。

法華的牡丹，花瓣重臺，挺而肉厚，經日不垂，落則盡落，無參差焦墮，故為上品。抗日以前，花事尚盛，我們每命車攜酒，即在花下布席，同遊儔侶，則胡蝶、徐來、譚雪蓉（上海有兩譚雪蓉，一為雅秋小妹妹，一為康克令皇后。雅秋本居臺灣，一九五〇年為其夫李某偕歸上海，竟死非命。康克令於敵偽時即為沙叱利奪取，不知淪落何所）、雍竹君（竹君，德國人，善平劇，登場串演得荀慧生神髓）。能畫則商笙伯、馮超然、趙叔孺、吳湖帆。命酒則潘志銓、王寶熙、鍾可成。引歌則畹華、振飛。吹笛則許伯遒。操琴則余秋覺。裙屐之盛，可謂一時無兩。而品評國色，牡丹的銘心絕品，我尤鍾愛的為：

雪塔（色純白，開足後，花瓣根微帶滲紅）；

太平樓（初放時深綠，開足後純白，有光如杭絹。下層如銀托盤，中層片片如瓢，近心處如仰盂，漸漸如銀光盛酒，謂之綠放）；

朱家（色正赤，紅如朱砂研光箋，注目移時，看朱成碧）；

紫磬（色如紫幢，形如粉磬）；

紫羅蘭（色深紫，花瓣有紋細如指螺）；

平湖秋月（花色如銀，中有嫩霞一道，平分兩半，如月在水中，中為晚霞所界，可稱奇絕）；

綠蝴蝶（有文放、武放二種。開時，初放如翠羽，漸展漸淡，麗如蝴蝶，謂之文放。武放者不待萼舒，花已綻瓣而出，屏息靜觀，可以見其舒動）。

凡此七種，外間極為少見，余曾以五百金，移種一窩於定山草堂，不期月憔悴而死。所以賞牡丹，必親至法華，沿村尋訪，終日流連，始有真遇真見。若走馬看花，徒成喧俗耳。最佳處，當推法華東鎮的王沛別墅、李丙曜的旋園、西鎮的香化草堂、王濰審的天香書室。除開法華，則周湘雲的學圃、哈同花園的青蓮精舍、曹河涇的曹氏祠、黃金榮的黃家花園，或者泉石掩映，或者一叢取勝，皆是百年前舊物，而龍華惠雨亭花園，庭前有牡丹百餘叢，亦一時勝景，兵燹以後，蕩焉無存。

上海花市

在上海，有個花市公會。凡是全上海賣花的人，都在黎明東方未亮的時候，從自己的花棚、花圃裡挑著他剪摘下來的鮮花，到南市斜橋花市公會裡去做交易。時間是上午三時到五時，過了時間，賣花人挑著空筐悄然散去。鮮紅粉白的花朵便移到了花販子的手裡，他們的市場自移到靜安寺到海格路一帶，沿街隨地，排著花攤，天還是未亮，百花香陣，隨著新鮮的黎明空氣，散滿街頭。待到日高三丈，市聲隨起，這些鮮花已分散到各處的小菜場去了。賢慧的主婦，聰明的小婢，她們都會在菜籃裡，帶一束康乃馨、百合花回去，用種種的妙美方式，插向不同式的花瓶。而男士們也會選一束最高貴的玫瑰送給情人。這一天的花事，便算交代了。

花農的聚處，以彭浦區為規模最大。那裡數百戶人家，全以蒔花為業，玻璃的烘房，經年培養著牡丹、梅、蘭四季名貴的盆花。玫瑰花、含豆花、喇叭花更是四季不斷。而花店的利市，更是百倍。不過除了以上所說的花名，以外好像都是外國世界。你看花籃、花圈上紮的不都是外國花嗎？康乃馨、大理花、勿忘儂、依力克、佛桑、仙客來，尤其聖誕紅，到了聖誕時節，一尺高的一枝要賣一塊美金。誰知到了臺灣關子嶺一看，漫山遍野，全是此木，高有十丈。

有位久居上海的蓬納爵士，曾做過一本《上海花事月會》，他替上海愛花的家庭，按著氣候，來介紹應該供養的花。我們且看他寫的是些什麼花草：

正月　天竺子、中國水仙、櫻草花、Moshosma（一種歐洲小草，開綠白的花，有麝香氣）。
二月　水盂百合、醉魚草、杜鵑、櫻草花屬。
三月　小菖蘭、爪葉菊、連翹 Pyros。
四月　天竺葵、橘花、吊鐘海棠。
五月　毛地黃、鐘花、楊梅花、佛平南。
六月　繡球、大理、玫瑰、小寒花。
七月　百日花、向日葵、金雞菊。
八月　夾竹桃、美國紫葳、黃雛菊。
九月　雁來紅、錦葵、鼠尾草 Celosia。
十月　大理花、小日葵、鬱金香、Cosmos、Browallia、Kloudyhe。
十一月　菊花、日臘紅 Cosmosa、Kloudyhe。
十二月　聖誕紅、霜菊、盆栽玫瑰。

這次花草，介紹得並不完備，因在乾隆縣誌，「上海花卉之屬」已有三十五種。同治縣誌，增到七十八種，續志又增添八十四種，那都不屬於洋種的。而民國十九年上海蒔花會也有八十多種類，其中更添了日本傳來的梅花、杜鵑、九葉楓、紫陽花、西古拉罕、六月霜、重芙蓉、睡蓮、洋蝴蝶之類，不但花好、種好，價值尤廉，二枚銀角可買杜鵑一盆。而最有詩意的茉莉花卻出在虎丘山塘，她們連盆運到上海，開設花圃，將白如編貝的茉莉朵，穿成花球，用十三四歲的蘇州小女兒，向北里蘭閨，到處叫賣。一球綴襟，香聞百步，尤其是枕邊帳角，令人之意也消。故茉莉一名助情花，洵非虛譽。

至於天竹、臘梅，則在臘月送灶前後，最為得意。城內邑廟，三馬路的外國墳山，全插了竹影梅枝，讓祈年的紅男綠女、信婦虔婆自來挑選。一枝天竹可以賣到番餅數元，而臘鼓冬冬，桃符換舊，又是一年光景矣。外國墳山是卍字的粉牆，配著臘梅天竺，尤饒畫意。近聞上海的公墓，一律勒遷，靜安寺路和虹橋公墓，均已夷為平地。此區區數十猶太古魂，當然隨風而化。龔定庵詩「梅魂菊影商量遍」，亦復奈何徒喚耳。

以前，尚有一個西人舉辦的蒔花會，每年春秋兩季，在南京路市政廳舉行，中西人士都樂參加。一花一草，盡態極妍。而周湘雲學圃蒔花，每年必膺冠軍，周瘦鵑紫羅蘭庵的盆栽，亦數得錦標。自市政廳拆除，此會久不舉行矣。

小小豆腐乾與三友實業社

海上談瀛，都羨說美國的留蘭香糖，從千萬人口出嚼中偉大的事業，不知上海的三友實業社也是從小小豆腐乾做起。

三友實業社創始於民國二年，其時中國自辦的毛巾織物，尚為破天荒第一家。名為三友，老闆出面的只有沈九成、陳萬運二人，其一是日本人（忘其名）。萬運出身頗為寒微，以賣小小豆腐乾起家。你別看他生意小，卻是普及。每人買一包，那時候便有五六十萬民眾。而商業道德也比後來好，生意做得發達，人家只有豔羨，不來搶你。所以上海有三大實業，都從小做起。一是三友實業社的小小豆腐乾，二是冠生園的陳皮梅，三是家庭工業社的無敵牌牙粉。

小小豆腐乾的市場，逐漸發展，有了一點資本，他們感覺到棉織品的可為，便和一個日本人合作，由日人供給機器、原料，陳主工務，沈任推銷，不到一年，營業大盛。五卅運動發生，三友實業社已有了自立的基礎，而退了日本人的股，所以名為三友，實僅二友。

沈體弱多病，常在杭州葛嶺休養。社務由陳一人兼擅，他又聘來一位助手計健南，二人都能省吃儉用，造成三友的實業。抵制日貨風潮，日盛一日，日本紗的來源供給，大有問題。杭州拱宸橋適有一家「通益公」紗廠出盤，陳、計合力經營，並向浙江興業銀行借了巨款，接盤杭廠，才達到自紡自織的目的。毛巾之外，兼出布匹。敵偽時期，九成已退出三友，另創生生牧場於大西路。萬運則躲在杭州龍井的山洞裡。但他是好動的一員，便在九溪十八澗設立一個九溪茶場，專門賣茶。茅店溪聲，相當幽雅。店棚蓋在路中，遊人過此必休息一回。几案臨溪，他又替遊山仕女，預備著洗腳凳、三友毛巾，無價供應，可以臨流濯足。他刻了一付板對：「無事且臨溪，喝杯茶去；有泉可濯足，得空再來。」倒也應個景兒。而上海的偽幣日益崩潰，一兩金子，竟可換到偽幣七十餘萬，三友實業社就在這個時候還了浙江興業銀行的全部借款。一方又將杭州的通益公紗廠出盤與張文魁接辦。興業總經理因此受到董事會的責備而辭職，而陳萬運也受到輿論的道義責備而辭職，勝利還滬，佯狂玩世，托名目盲，終日在滄州書場聽書，一委社事於計氏，而三友實業的小小豆腐乾精神，完全渙散，無復存在矣。

敵偽時期的金融奇觀

在臨近勝利時間，上海金融的紊亂，到了黃河決口的時期。最足使人感到頭痛，是偽幣無限止地膨脹。當卅四年初，偽券最大的票面，尚只有五百元。到了二月八日就開始發行千元票，七月間就發行了萬元券。到八月一日，距勝利已僅半月，萬元偽幣竟不編號碼，無量數地發行，一兩黃金，可以兌到偽幣七百萬，錢莊銀號有如雨後春筍一般，開設出來，專一用重利，吸收人家偽幣去換實物。一轉眼間，物值已超過了原幣值幾十倍，所以發國難財的特別多。此一時期，金融業共同感到的痛苦，便是收解繁忙。每家錢莊，收下來的票據，動輒數千百張，因之櫃檯上堆積如山，他們用一隻網籃來代表一家錢莊，籃內塞滿了票據，二三百隻網籃排列得有如火車站的行李房。內部工作人員，夜以繼日，非到天明不能竣事。後來索性提早辦工時間，在下午三時關門，而各莊同業，守候在銀行鐵柵門口，有帶了鋪蓋來過夜，以備明天搶先擠兌的。而當日頭寸之難於軋平，尤使各業感到困難。

由於現鈔奇缺，趕印不及，而改用撥款單，紙上字數，從十萬而增到「兆」，後來連「兆」也不夠用了，偽造的撥款單也就層出不窮。有一天，許多銀行收進了壬康莊的兆元支票（即撥款票），繼又陸續發現「至大」、「同大」，鬧得滿城風雨。民國三十四年七月三日，行莊半年決算，改發「平行線本票」以代撥款單，平行線本只限於客戶的支票，現在銀行本票也用起平行線來了，實有些牛頭不對馬嘴，當時的社會、金融紊亂的情形也就可想而知。霹靂一聲，八月十一的晚間，無線電傳出了日本無條件投降的廣播，青天白日皓返中天，這些幢幢魔影也就消滅於無形，但錢幣好古家卻還藏著這種幣紙。

十月初，政府特令凡非「八一三」前之老行莊，一概飭令停業，因此收歇向南京偽政府註冊的偽行莊，凡一百七十九家。

共匪再陷，唯利是圖的市儈，尚做著敵偽時期的囤積迷夢，以為國難財可以再發，而不捨得離開上海，也有出來了再回去的。這些利令智昏的可憐叢蟲，全做了三反五反的鬥爭對象，雖說咎由自取，也可說在劫難逃，現在有倖存的，望著自由中國，更不知如何追悔呵！

唐瑛與陸小曼

上海名媛以交際稱者，自陸小曼、唐瑛始。繼之者為周淑蘋、陳皓明。周為郵票大王周今覺女公子，陳則駐德大使陳蔗青之愛女。其門閥高華，風度端凝，蓋尤勝於唐、陸。自是厥後，乃有AA殷明珠，FF傅文豪，而交際花聲價漸與明星同流。敵偽之際，復有藍妮稱雄一時，作風大膽，與唐、陸、周、陳固不可同日語，視AA、FF亦望塵莫及，於是交際之花混為惡名，聞者卻步矣。

唐瑛出身教會學堂，華貴雍容，與人語甜如玫瑰。父威廉唐，時為名醫，兄腴盧，為宋子文親信秘書，每行動相隨。宋在北火車站遇刺，時當夏令，子文習慣戴白巴拿馬草帽，是日獨不御，而腴盧御之，二人身材高大相等，故誤中副車。腴盧歿，子文深為惋惜，存恤其家甚厚。唐瑛嫁鎮海李祖法，雲書先生子。李氏以商業起家上海，宗族之盛，以祖字排行者以百數，皆為有名於時。祖法留法，學市政水道工程，故謔者稱之為陰溝博士。唐好舞，留學生舞藝往往低劣，祖法乃邀熊七共遊，七，熊鳳凰總理之族子也。時上海舞廳推大華，位於靜安寺路之中。廣園二十畝，古木參天，時花匝地。廳事皆大理石製，地滑凝脂，柱瑩玉石，裸體磬石像數十尊，悉義大利名琢。舞者匝石像而迴旋，名媛吉士，美盡中西。御晚禮服，繁燈照屐，五色轉動。唐瑛御白紗裳，長裙窣地，與七相將，交臂起舞。祖法輒手咖啡一杯，目逆而送之。唯大華時間，中夜輒止。李已思睡，唐興未闌，則偕熊七更出舞於黑貓，祖法獨自先歸。

黑貓在愚園路底，與惠而康毗鄰，地位窄小，音樂緊張，夜遊者集此，通宵不休。而王吉以桃李之姿，據狂歡之寨，為舞娘魁首。王吉喜御黑綢衣，束紅緞帶，袒胸露肩，煙視媚行，不知幾許兒郎為其顛倒？熊七舞，屢目逆之，王吉亦平視，見唐瑛，不覺自失。後，瑛來，王輒起去，如尹邢之避面。然吉每語人，除唐瑛外，固不作第二人想也。

唐瑛與熊七遊，久之，祖法頗疏怨。嘗言之志摩，志摩亦憮然，以為相憐有同病也。然唐李終致仳離，瑛嫁熊七，不復舞。衣服樸素，時時提竹筥，出現於西摩路小菜場，又喜散步，每當夕陽影下時，輒見其推一孩車，掩映綠樹扶疏之下，雙頰仍紅如玫瑰。勝利後，丰姿尚如二十許人。而小曼憔悴，有見者，春歸如夢矣。

大華後因地皮漲價，被地產商拆為平地，今之大華路一帶大廈，美琪大戲院、大都會、維也納舞廳、美琪大樓，皆大華之故址也。

徐志摩偕小曼南下時，江小鶼、張禹九、唐瑛正組織雲裳時裝公司於同孚路口，為上海時裝公司的第一家。小鶼、禹九皆美丰儀，善於體貼女兒家心理，故雲裳時裝的設計，亦獨出心裁，合中西而為一。唐瑛、小曼為雲裳臺柱。二人的美，可以玫瑰和幽蘭來做比方。玫瑰熱情，幽蘭清雅，熱情的接近學生界，清雅的接近閨門派，以此雲裳生涯鼎盛，而效顰者踵起。唐、陸不久倦勤，并刀錙尺間，不復見二人裁量倩影，而南北交際花之名乃大噪於時。

陸小曼，常州人。父建三，民初任北京財政部參事，頗有權勢。小曼初嫁王賡，王學保定陸軍炮兵科，小曼以為武人，不樂也。及識志摩，不覺傾倒。志摩亦驚為天人，傳誦一時的《愛眉小札》就在此時寫成。王、陸因此終告離婚。王賡結婚於北京飯店，志摩嘗為儐相，以此識小曼。志摩結婚於中央公園，王賡亦來賀。梁任公證婚，對此三角戀愛的新作風，有很嚴正的訓辭，則云：「祝你們這是最後的一次結婚。」而南北士論為之駭然。徐陸南還，志摩的父親，至宣言不認徐志摩這個兒子，終由親故陳說疏通，始許志摩還硤石覲親。終不認小曼，仍以志摩原配張幼儀為愛媳，並斷志摩月費。志摩乃不得不重返北平度其清苦的教授生活，用來供養他的「眉」。而小曼工愁善病，兼以憂貧，美人如花，原是經不得風雨的，他們住在福煦路四明村，不是牛衣對泣，便是互相勃谿。夫妻的小口角，原是增進愛情的一種原素，所以志摩對小曼的愛，也就在此時，最濃得化不開！

小鶼因慶祝天馬會，要做戲，園子借定夏令配克，兩天節目，第一天大軸是小曼的《販馬記》，第二天大軸是小曼的《玉堂春》。《玉堂春》現成的，《販馬記》卻要現學。而且派定唐瑛的趙寵，趙寵也要現說。便央俞振飛寫巾摺，唐瑛學了幾天，一個「聽妻言罷」還轉不轉來，一氣說，「不學了」，要振飛代表。但振飛也有戲，第一天《群英會》，他的周瑜癮大，不肯捨彼而就此。忽然靈機一動，想到了翁瑞午，瑞午是崑曲小生，平劇青衣，兩門抱，都是絕，是雅歌集的當家票友，振飛薦賢自代，小曼的五百風流冤孽，卻從此引起。

天馬會的戲，可算極盛一時，第一天戲碼：《捉放曹》（江小鶼，吳老圃）、《獅子樓》（裘劍飛）、《御碑亭》（蘇少卿，翁瑞午）、《拾畫叫畫》（唐瑛）、《群英會》（俞振飛周瑜，朱聯馥魯肅，袁寒雲蔣幹，鄂呂弓孔明）、《販馬記》（陸小曼、琴秋芳、江小鶼）。

第二天戲碼：《戰樊城》（鄭曼陀）、《拾玉鐲》（戎伯銘）、《魚腸劍》（蘇少卿）、《追韓信》（朱聯馥）、《叫關》（陳小蝶）、《藏舟》（袁寒雲）、《三堂會審》（陸小曼蘇三，翁瑞午王金龍，江小鶼藍袍，徐志摩紅袍）。

兩天的戲碼，除了琴秋芳，連龍套全用票友，秋芳和琴雪芳是一對姊妹花。雪芳是黎元洪在城南遊藝園捧紅的，但雪芳是林黛玉的美，秋芳是薛寶釵的美，尤其剪水雙瞳，明如點漆，天下無雙。這晚道白至「我這小小前程」，以指彈冠，忽然烏紗上的積塵飛進了眼去，當晚便發燒，所以第二天才翁瑞午上去。本來原定的計畫，他是只把場，不唱的。誰知這場戲下來，秋芳就得了病，不久，玉殞香消，琴雪芳鍾情手足，過了一年，也鬱鬱而卒。

小曼身體也弱，連唱兩天戲，舊病復發，得了暈厥症。瑞午更有一手推拿絕技，他是丁鳳山的嫡傳。常為小曼推拿，真能手到病除。志摩天性灑脫，他以為夫婦的是愛，朋友的是情，以此羅襦襟掩，妙手摩娑之際，他亦視之坦然。他說：這是醫病，沒有什麼避嫌可疑的。

瑞午本世家子，父印若歷任桂林知府，以畫鳴時，家有收藏，鼎彝書畫，累篋盈廚。小曼天性愛美，則時時袖贈，以博歡心，而志摩不能也。又常教吸阿芙蓉，試之，疾良而已。於是一榻橫陳，隔燈並枕。志摩哲學：男女的情、愛，既有分別，丈夫絕對不許禁止妻子有朋友，何況芙蓉軟榻，看似接近，只能談情，不能敘愛。所以男女之間，最規矩、最清白的是煙榻，最暗昧、最嘈雜的是打牌。所以志摩不反對小曼吸煙，而反對小曼叉麻雀。實則志摩的愛小曼，無所不至，只要小曼好，什麼也都能犧牲。但是女子的心理，是複雜、神秘的。小曼確是愛志摩，但她也愛瑞午，愛志摩的學問，愛瑞午的風流。

有俞珊者，健美大膽，話劇修養很高，是余上沅的學生。她崇拜志摩，也崇拜小曼，她為要演《卡門》，時常住在徐家，向志摩請教。她又想學《玉堂春》，向瑞午請教。志摩只是無所謂的，小曼卻說她肉感太豐富了。論俞珊，確有一種誘人的力量，因此和志摩反目，已不是一次了。志摩說：「你要我不接近俞珊，容易。但你也管著點兒俞珊呀！」小曼說：「那有什麼關係，俞珊是隻茶杯，茶杯沒法兒拒絕人家不斟茶的。而你是牙刷，牙刷就只許一個人用，你聽見過有合人公共的牙刷嗎？」

一日，小曼忽發奮不吸戒煙，將廣州的玻罩和西太后御用的景泰藍煙槍，一起從窗檻裡丟下樓去，卻打破了志摩的眼鏡，志摩也一怒而重返北平，臨行他寫了一首詩，有：「我悄悄的來，又悄悄的去，不帶走天空一片雲彩。」誰知後來，竟成了詩讖。說不回來，他又回來了。這是「一二八」事變那一年的秋天，他不高興地告訴我，說：「這次是小曼連打十幾個電報將他催回來的。但是到了上海，就吵了一場架。」我說：「你們為什麼不離婚？」他苦笑說：「瑞午不是好人，我要保護她。」我感覺志摩愛情的偉大，他真能為小曼犧牲一切。他這次僅耽了三天，就要走。臨走的那一晚，到我家裡談了一夜。我們也有個煙榻燒著玩兒。他要十雲替他燒一口，十雲說：「你不是不吸的嗎？」他又苦笑笑，說：「我要嚐嚐它，到底是什麼滋味？」

這天，他說了許多話。志摩一生，我沒有看見他發過愁，也不見他發過怒，以上的怒，都是他親口對我說的。天亮了，他才去，他就是這天坐飛機回北平去。

我一睡矇，忽然電話鈴聲大振，我感覺得心跳，趕下樓來，一聽是小鶼的聲音，他告訴我：「志摩的飛機在濟南遇難。」我把電話筒一擲，失聲大哭起來。現往我想起來，腦筋還是昏亂，記不得那天到底是怎麼一回事。十雲說：「我趕下來，只見你坐在樓梯上哭。」真的，我為朋友而哭，只哭過志摩，後來又哭小鶼。

志摩大殮在萬國殯儀館，弔喪的人真不少，尤其學校裡的青年，排著隊來瞻仰中國的拜侖。他是大詩人、大情人，而他心中所含蓄著，沒有發洩出來的正有不少的怨，愛的詩句，和巧克力一樣，濃得化不開。我對他的遺容，想著他前夜的光景，不覺眼淚潸潸地流下來。在靈邊卻哭倒了兩個人，一個陸小曼，一個張幼儀，而吊者也無形中分成兩班，彼左此右，無形中有一界鴻溝。我不忍看了，便向他遺體默默地安慰了一番，後來我和小鶼正在廬山扶乩，沙盤裡忽然寫出「我悄悄的來，又悄悄的去，不帶走天空半片雲彩」。

這天，陳散原先生、劉成禺、錢瘦鐵都在座，大家駭然離座，沙盤上又寫了三個字：「她好嗎」，便寂然不動了，後來我們告訴小曼，她哭得很悲痛。

小曼確是一個絕頂聰明的人，她對於新舊文學，都有修養。志摩去世以後，她素服終身，從不看見她出去遊宴場一次。她又請了賀天健教她畫，汪星伯教她做詩。她沒有錢，她賣了《愛眉小札》的版權，她每日供著志摩的遺像，給他上鮮花。但她離不開瑞午，瑞午也變賣了一切古董書畫來供奉小曼的芙蓉稅。小曼的病，終日纏身，她掉了一口牙齒，從沒有鑲過一個。蘭澤的青髮，常常會得經月不梳，她已變了一個春夢婆了。但是瑞午卻奉之如神明，只要小曼開口，他什麼都能替他辦到，你不要以為小曼憔悴到這個樣子，便失了她舊日的風度罷？只要她一開口說話，那一種清雅的林下風度，仍能使你聽到忘倦。所以小曼的妝閣，反成了文友的集會，於是風謠再播，說王賡也來安慰小曼了。

「一二八」事變，我們軍隊打得很好。有一天晚上，我們的炮位，忽然全被敵軍打中，我正去看小曼，只見她和瑞午站在露臺上，看閘北大火，燒得滿天全都紅了。

後來謠傳，卻說王賡和小曼在白渡橋外灘理查飯店相敘，王賡有一張軍事地圖被敵人劫去了。其實，小曼一步也沒有離開過四明村，我能保證，這的確是謠言。王賡在抗戰時期，死在開羅。

快車金四父女遺事

上海租界舉聞人巨頭，近二十年來，虞、黃、杜、張以下必推金廷蓀。滬人率稱虞為洽老，黃為老闆，而稱廷蓀亦以三哥而不名。在四十年前則有金琴蓀，琴蓀行四，人稱四哥，亦不名。但人前背後，則稱之為快車金四。四上海人，曾任猶太洋行買辦，時所謂猶太洋行買辦者，猶太人都是一名光棍開碼頭到上海，一切開支日用，連到家裡的老婆伙食也要買辦替他供給。故名為買辦實即老闆。琴蓀頗與捕房中人交遊，尤與捕房翻譯周桂笙莫逆。時三大亨皆未露頭角，群龍無首，故琴蓀頗能左右之。周桂笙頗精文墨，與任立凡、徐三庚均交好，金四亦從之遊。嘗延三庚於家，三庚鄙之，居樓上半月不下梯，亦不為治一印。金四知三庚好刻壽山石，遍市覓舊物佳品，置之樓上，並去其梯，而置煙具焉。一童子伴之，茶飯均用竹籃吊而上。三庚喜煙之精，技癢始稍稍為奏刀。見琴蓀來，即自窗口擲下云：「俗物，你也配用我的圖章！」琴蓀以衣角承之，歡喜如得寶，不以為忤也。久之，石罄、琴蓀遽登梯，逐之下樓云：「酸丁，你也配住我樓上。」三庚大笑而去，云：「中你一計。」亦不以為忤也。

琴蓀美丰儀，好御自拉韁亨司美馬車，過四馬路，一枝香、萬家春都有憑欄相看，擲下茉莉花球者。琴蓀雖為商人，而行如蕩子。時捕房限制馬車速度甚嚴，琴蓀能夠超乘過市，揚鯨骨軟鞭，有前而不讓者，即掣鞭撻之，「唰」的一聲，人方呼痛，金四馬車已超出十丈外矣。巡捕見而不問，行人為之側目，故呼之為快車金四。後為仇家襲擊，墮車而死。遺一女曰蕙雲，好駛快車如其父，騎姿尤甚。

蕙雲亦美丰儀，好男裝，幼得父寵，席豐履厚，每出，少年有如蜂蝶，相隨其後不捨。蕙雲輒舉鞭揮之，獵獵自群少年頭上過，有負痛捫目而呼痛者，蕙雲則疾鞭更刷之，以此人皆稱之為享司美公主。公主驕甚，家無父母拘束，用財如泥沙。然守身如玉，人未常得近。一日忽盡解散其車馬，與一投稿家吳覺迷結婚。覺迷川沙人，其貌不揚，文筆亦不健。蕙雲獨賞其誠實，竟下嫁之。自是布衣短裙，目架金絲邊眼鏡，挾書包，掛自來水筆，居然女學生矣。蕙雲亦能為小品文，投之《自由談》。時先君主筆政，忽一日有女學生造訪，自言為其夫酗酒所毆，求離異者。先君編家庭常識，以科學新知識，灌輸讀者，亦好為人辨疑難，決是非，讀者趨問未嘗不接見，始知此女即金蕙雲。覺迷家徒四壁，至無以舉炊，而蕙雲父產亦已蕩盡矣。男子每易疑其婦，書呆尤甚。則多寄情於酒，以自排遣，醉則膽壯，乃毆其妻，如覺迷者，迷而不覺，蓋比比也。先君憐之，錄覺迷為書記，時余家住老北門萬安里，有閒廂，遂以賃蕙雲夫婦，並令李常覺與覺迷合譯《福爾摩斯偵探案》，中華書局所出版者是也。

酒之可惡，與鴉片煙同，犯者積癮難返，而其誤事誤人，且尤甚於煙！因煙為惡物，食者自恥。酒則大量以自豪，或且借酒澆愁，風流自賞，迨至沉湎不返，脾肺都傷，暴躁易怒，以致傷生；而夫婦勃谿，常至不可收拾。覺迷初以悔貧而酗酒毆妻，及稿資潤筆，則以酗酒驕妻。蕙雲輒泣訴之於吾母，至欲為吾家浣衣傭，而不為吳氏婦。先慈母婉勸之。覺迷夜飲不歸，先君輒為應門，以冀其一悟也。覺迷畏敬先君，常自撾責，自謂非人，必改過。及一入房，本性全失，撾毆其妻，拳足如故，哭喊之聲達於戶外。先君先慈每披衣解勸，陪坐至於通宵。次日覺迷酒醒，未嘗不對先君流涕，謂昨夜又犯疾。見其妻遍體青腫，則撫之而泣，然不能戒。

久之，蕙雲生一女，自乳之，益惇篤如良家婦，或為提往年享司美馳逐事，茫然若不省記。字其女曰蕙奴，覺迷愛之如命。每醉歸，蕙雲輒抱女避入先慈房中，恐覺迷酒後性發，傷其幼嬰。覺迷乃自跪庭心，起誓，誓不復飲。又願入「理教」以自堅其信心。先君曰：「自盟而信，何必神明！信之不堅，無所禱也。」如是三年覺迷竟涓滴不飲，賣文所得亦稍稍足以自立，乃辭先君自覓賃屋，去吾家不過半里。夫婦皆云：「擇里必以仁，我夫婦焉忍捨天虛我生而遠去。」乃不期月，勃谿之聲又起，覺迷酒醉如故。一夕，蕙雲攜幼女逃去，不知所往。是夜大雨，覺迷冒雨四出覓其女，慘號如貓，蕙雲竟不返。覺迷復酗酒，至手顫不復能提筆，竟中酒毒卒。覺迷從先君遊，後頗習審化學藥物，如《西醫指南》、《薄荷工業》、《家庭常識》等巨著，皆由先君指授，覺迷編纂。一度為《自由談》主筆，以酒故，失業。二十年前，文壇尚無不知吳覺迷者，今則其所著書，散佚幾盡，無人知有此一酒狂矣。

蕙雲後嫁一小商人，攜其女，安貧操作，手足重繭，無人能知當日曾御享司美馬車，為豪華不可一世之公主。先君棄養，開奠於玉佛寺，吊者千人，忽有麻衣緦服自外踴哭而入者。合寺皆驚不知誰何？先慈審其聲，曰：「蕙雲也。」急引人繐帳，問何以服此重孝？蕙雲曰：「吾曾請於栩公生前，求為寄女而不得，今請得為服於靈前，盡我心喪三年。」先慈憐而許之。後三年先慈亦棄養，蕙雲復一至，服喪如前，自云：「蕙奴已長成人，嫁一中學生，已為先公茹素已三年矣。」拜哭而去，不知所終。

古語云：「十步之中必有芳草。」又云：「君子之德風，草上之風必偃。」觀乎蕙雲，可以感已。

金廷蓀與五虎將

上海三大亨屈指而下必數金廷蓀，廷蓀寧波人，善理財。以行輩言，黃如褚彪，杜似天霸，張似竇二東，廷蓀則計全也。隨杜多年，亦如計全之隨天霸。其人精明智巧，億則屢中，老於商賈，不似俠流。尤喜接近伶界，伶界中人亦尊之為三爺而不名。有緩急，莫不得三爺一言而解，金有故宅在南陽橋，層樓華居，北伶南來輒館其處。武行場面，鑼鼓喧天，不以為厭。每名角吊嗓，金公館牆外立而聽者如堵牆，以此金老公館之名，遍滬瀆皆知。車傭、郵便，但提即知，毋須地址。初杜、張同卜宅於華格臯路，比門連楣，房舍如一，中隔堵牆，一門可通兩宅，題楹彈楔一式雕鐫。日夜車馬填門，街道為塞。然杜愘愘，張則兀傲，雖黃郛、孫科，辭出之際，臨門一揖而已。又好著馬甲，手翡翠旱煙袋，隨地啖痰，杭諺滿口。民十六後，杜傾心國事，於民族革命，多所貢獻。張頗不謂然。民廿二年，金融維持，杜尤盡力。張則故態潛萌，頗施掣肘。乃閉中門，與杜不通往來暫累月。廷蓀周旋其間，力言杜張之可合而不可分，至於淚下。張為感動，稍資斂跡。杜月笙以遊俠交天下，但自中匯銀行成立後，而家無餘財。廷蓀常以子孫福田為言，月笙笑而謝之。會月笙生日，廷蓀以祝壽為名，醵資為月笙起巨宅於杜美路，美輪美奐，極盡喬皇富麗。贊者曰：「蕭何為漢高祖起未央宮，亦不過如是矣。」廷蓀笑而未之辯也。宅成，月笙謙讓未遑，不肯遽遷，仍居華格臯路如故。

「八一三」事變，月笙隨國西行，倉皇入蜀，廷蓀亦隱避寧波鄉村間，唯張踞上海如故。不久，即以被殺聞。華格臬路遂如朱雀橋邊，烏衣巷口，草沒空街，無復馬龍車水之盛矣。

廷蓀性好戲劇，常起用五虎將，經營黃金大戲院，造成上海平劇最盛時代。五虎將者，趙培鑫、金元聲、汪其俊、孫蘭亭、吳江楓，皆少年明幹，且精於劇藝。培鑫初學馬連良，後從劉天紅改余派，勝利以後，乃拜孟小冬為師傅，咬音吐字，清剛健勝。頃居臺灣，言余派者，必首屈一指焉。元聲，為廷蓀子，工武生，以體弱，不常登臺。孫蘭亭、汪其俊分任正副經理，其俊又尤工心計，然使黃金戲院生涯鼎盛，月入萬金，其俊之功為多。初，黃金戲院本為黃老闆金榮所創建，常以大黃緞幔海繡「黃金大戲院」五字，司幕人懶，每拉幕輒不盡一字，而成為「金大戲院」。及後廷蓀接辦，以金繼黃，人皆以拉幕者有先兆云。孫蘭亭為杜氏得意弟子，年齡行輩，與包小蝶埒，高於三將。廷蓀亦倚賴之如左右手，其人聰敏絕頂，於劇無所不能。於麒、馬皆常三折肱。尤善丑，每名角北來，演《打漁殺家》則去教師爺，演《虹霓關》則去孝子，演《定軍山》則演夏侯尚，無不妙巧，令人哄堂。尤善馬前潑水，以江北腔唱汪笑儂，「狗賤人」一段二六，幾於家弦戶誦，北里堂差，亦競學之，以傳笑樂。然汪、孫皆好色，女伶南來，隸其臺籍，輒多所染指，李玉茹、高玉倩、言慧珠、童芷苓輩莫不為其囊中物。玉茹且一度懷孕，二人互諉，以致反目。故孫、汪表面合作，暗中則鬥爭甚力。共匪陷滬，蘭亭遭清算，患心臟病而死。其蘇州住宅頗精美，為周劍星所得，不久，亦遭清算，死狀尤慘。吳江楓學馬派，於五虎將中最為誠懇，每於《虮蜡廟》中起院子、搶背俐落，亦一絕也。有妹善歌，曰歐陽飛鶯。

月笙一生豪俠，晚年為國事奔波，未嘗居積。勝利東還，一度頗感涸轍，廷蓀乃為售去杜美路大廈，得美金巨萬，月笙揮金如土，曾無吝色，而終不致困者，廷蓀之功為多云。

老牌明星王漢倫

三十年以前，中國自有攝影場，必推明星公司為巨擘。明星公司完成佳作，則推《孤兒救祖記》。片中主角為王漢倫，故中國之有電影明星自王漢倫始。其後十年，中國電影開口，則為胡蝶主演之《歌女紅牡丹》，但以蠟盤配音，尚非直接片上發聲者。

漢倫時稱ＳＳ，其後始有ＦＦ傅文豪、ＡＡ殷明珠，而楊耐梅、宣景琳、張織雲稱為明星三傑，又在其後。漢倫小腳，解褳放束，六寸膚圓，著高跟屐，亭亭玉立，雅秀而文。髮長可鑒，梳Ｓ髻，有劉三秀手致。鄭正秋器重之，合演《孤兒救祖記》，童星但二春，即殷明珠子，今日世界小姐但茱迪之胞兄。導演則鄭鷓鴣。二鄭（正秋、鷓鴣）皆春柳宿將，話劇經驗豐富，故與二張（巨川、石川）合創明星電影公司，全公司皆稱正秋為老師而不名。正秋潮州人，鄭氏為潮汕大族，在滬者多以販土起家，正秋亦土行小開，以好演話劇而傾其家。故電影圈中人，能以小開呼正秋者，男性中有鷓鴣，女性中王漢倫一人而已。

漢倫從影不久，即嫁王季歡。季歡吳興人，家世富饒，翩翩佳公子，為先君入室弟子。季歡擅文學，尤長於考據，有別墅在西湖，曰「黃楊樓」，後有誤王季歡為黃季寬者，謂漢倫魚珈命服作夫人矣，其實非是。

黃楊樓在清波門學士橋，與余「蝶墅」一水相隔，垂楊比鄰。其樓以五色玻璃嵌為文窗，臨湖欄楣皆以白石琢成水鶴，飛、鳴、宿、食各具形態。每夕陽西下時，玻璃五色之光，返射湖波，蕩為紋綺，水鶴皆若延頸欲起者。樓中有人亭亭春星，憑欄默盼，則漢倫晚妝初竟時也，人以為仙。不知漢倫一腔幽怨，正在無可訴處，蓋季歡為十足頹廢的名士派，日擁書城，摭尋考據。又好酒，一杯在手，長日醉鄉。所謂才子佳人的故事，只是書呆子幻想中仙境，倘使真有此種境界，則為之佳人者，無不顰眉促怨，視雅人深致，有如永巷幽囚。以徐志摩之豁達，尚不能盡得陸小曼之歡心。若郁達夫之與王映霞，又季歡漢倫之翻版耳。

漢倫既視湖樓為鳳檻，不勝幽囚，時則別其夫子，盤桓於滬，視明星公司如歸寧。舊時朋友，宴請無虛夕。季歡候之不歸，則又奔波於杭滬間，以甘隸妝臺而伺眼波為樂。時跳舞之風方盛，大光明戲院原址即為卡爾登舞廳，鏡檻虹燈，城開不夜，繁弦高屐，什女翩翩起舞，盛況不減大華。漢倫亦嗜舞成癖，其舞鞋，跟尤高，尖趾盈盈，如今之芭蕾，姿態美甚。季歡著長衫，拖便鞋，原為羊公不舞之鶴。以不舞而觀人之舞，尤其觀心愛人與人之舞。其有如周美成詞「夜半寒侵酒席，橋上酸風射眸子」者，季歡乃實地表演於卡爾登舞廳席上。

漢倫不能忍耐酒狂面辱，遂絕裾而去。季歡求之，幾於上天下地。自分，終生當不復見，乃盡斥其書畫彝鼎，慷慨贈人，收拾滬寓，獨抱鴟夷二十餘樽，還歸於杭。鴟夷盛酒器也，鑿銀為之，初，西人宴席中有此器，狀似鴟，器傾，則酒汩汩自鴟吻出。漢《史記》常言是器為滑稽（讀如骨），失傳久矣。制式乃流傳於西方，季歡以為是當考。遍覓於北四川路西人古董店得二十餘具以歸，不知充袠天寶，新鳳祥櫥窗皆陳有是器矣。季歡抱器歸杭，將遍飲親友而誓之於江，曰：「果美人不歸，請與器同盡，如此水。」及歸，則五色窗開，美人固在樓上，季歡狂喜登樓，抱持之，至於涕泣。黃文叔者，革命宿將，騎驢湖上，買三雅園故址為別墅，與季歡鄰，亦酒友，愛季歡之狂而惜其長醉。輒誡之云：

「惜花人非我輩歟？君日以酒氣薰花，花有不勝其憔悴而萎者，君將抱憾終天矣。」季歡以為然，然終不能用。

初，漢倫之脫輻而去，即住明星公司。其地園囿廣袤，相傳有狐。公司專闢一室祠之，黃羅之幔，寶燭香爐，奉之如神。時攝影人多宿公司，胡蝶未嫁時，亦常住公司，自言常見一白髮老人，彳亍望月，而司閽者且謂實一俊邁少年，能開汽車，穿鐵門自由出入。漢倫初離季歡，有重返銀幕之意，數商之正秋。正秋正色告之云：「我們潮州人有一句山歌：只見風吹花落地，那見風吹花上枝。季歡俊人，不是濁物，你得此歸宿，豈可像花一樣的再吹？」漢倫鬱鬱不為解，自後，每就枕，即聞有人在唱：「只見風吹花落地，那見風吹花上枝？」一夕月明，忽見一老人怒色叩窗云：「你再住下去，我就進來了。」漢倫駭然夜起，知為狐仙，遂還湖樓。或云：鄭老師特作狡獪以警漢倫。然胡蝶常為余言之鑿鑿，且云狐仙不但現形，而且會與別處的狐友通電話，胡蝶今在港，可以徵詢此一文獻，當能憶之。

漢倫歸，季歡固未知漢倫為還巢之鳳，獨鎖空樓者已十餘日矣。體本清羸，益以孱愁，得咯血症，季歡不知也。見季歡一痛幾絕。香巾唾碧，慘若長弦，季歡捶心號天，自撾無數，盡舉所載酒器而沉於湖，誓不復飲，而漢倫竟不起矣。玉梨之魂，一朝蛻化，時值飛雪，晶樓縞白。季歡目似鰥魚，哀同鵑化，牽其蕙帷，則音容在室，撫其酒器，則睛眩心悲。初尚一酌止哀，久乃舊狂復發，巾盥，飲喙，莫往非酒，竟以酒崩。嘗云：「吾樓名黃楊，本非佳兆，乃厄我美人，吾命豈能久哉？」。

漢淪歿後數年，鶺鴒、正秋皆以割接青春腺先後逝世，電影春秋，亦自為一世，蓋老成凋謝盡矣。或云：「漢倫晚節頗可疑，臨文韙之歟？」對曰：「董小宛入宮，人言亦復嘖嘖，而影梅庵憶語記之，以病死。黃楊樓亦今之水繪也。」

五洲藥房項松茂

國貨界如果造銅像，項松茂與方液仙在「一二八」、「八一三」兩度抗日戰爭前後成仁，實在當之無愧。可惜事過境遷，現在提到固本肥皂和三星牙膏，還有人曉得，提到項松茂、方液仙，恐怕就有很多人耳生，「出師未捷身先死，長使英雄淚滿襟」。商戰，在現世界的重要地位，並不下於任何兵戰。進一步地說，上海租界的開埠，還不是當初列強為求得其商品傾銷的口岸！而中國的積弱、隱貧，也就在國人愛用外貨而得到的致命傷。租界百年，可謂一半癱瘓在迷信外貨裡，一半振興在提倡國貨裡。當其時像項松茂的五洲藥房，我先君的家庭工業社，方液仙的中國化學工業社，沈九成、陳萬運的三友實業社，都是出類拔萃的中堅分子。而初期的提倡國貨機構組織，項松茂實為之領袖。其時上海布商會由無職業的王曉籟（日本的上海實業家調查錄所贈他的名稱）當會長，他們僅以市商會為馬路資本，而不替工商界切實地服務。項松茂才聯合了真真的民族工業家來組織了機制國貨聯合會，由潘仰堯、陳萬運合編《機聯會刊》，先君的工業文字大率由此會刊發表。這是一本贈送的刊物，所以不脛而走，月印數萬冊，幾乎媲美《申報》銷路。而日本人的招忌也就在此。

項松茂，寧波人，他是主張實幹的。他用重聘請葉漢丞擔任化學工程師，用每月二千元（等於現在的黃兩三十兩）巨薪，而聘他每天在化學室裡搖試驗管。他好比一個不管部的部長，而責任卻比任何部長都重要。五洲實業蒸蒸日上，固本肥皂風行全國，日本人用魚油，用最低廉的成本也打他不過。「一二八」之夜，正是五洲藥房老靶子路的分店開幕，項氏親往主持。事變驟起，五洲藥房正關在老靶子路鐵門以外。是晚，敵軍以租界為憑依，分三路進攻閘北。一路由天通庵車站，抄襲上海北火車站，我駐守閘北的軍警，即起迎頭奮擊，一時天通庵、橫濱路、寶興路、虬江路等，皆發生劇烈巷戰。敵軍連衝老靶子路鐵門數次，均被我軍擊退。我軍當晚奪獲鐵甲車三輛，大捷。松茂先生卻在是晚被日本浪人，從分店裡架走。「一二八」之役一直延長到兩月之久，敵軍第三次總攻，均未得志，終於三月一日以運輸艇載陸軍一師團二萬人，乘夜在瀏河楊林口登岸，該處我軍抽調兩團，防務較虛，馳救不及。吳淞至真如第一道線遂被包圍，我軍為安全轉進計，乃於該日下午四時，下總退卻令撤退。事定，工廠受戰事損失者九六三家，項松茂先生終告失蹤，無法找尋。日方諱莫如深，絕對否認此事。項氏家人乃招魂而葬，並立銅像於閘北以資紀念云。

松茂子繩武，能繼父業，及抗戰勝利，繩武自重慶還滬，整頓五洲，而辭葉漢臣，業亦大振。五洲藥房除固本肥皂外，亦以眼藥水馳名，日本之老篤、大學眼藥皆不及。繩武多內寵，分居四宅，為尹邢之避面。一日，繩武患眼疾，四夫人爭寵，各以眼藥水進，親滴之。繩武不忍拂其意，皆受之。竟中水銀鈷毒，一夕暴卒，人皆惜之。

票怪沈田莘

從前票友串戲，傑出者固多，貽笑大方，亦不乏其人。但其中有一怪傑，每一登臺，笑話百出，令人哄堂，而歡迎之者乃謂比看楊小樓、梅蘭芳還要過癮，則沈田莘是也。沈田莘為湖州老名士，文筆、書法，都很可觀。但他偏偏歡喜票戲，荒腔走板而無所不有，而他都經過名師指授。從梅蘭芳學《虹霓關》，他偏說梅蘭芳的身段不對，自己反而做出古怪的樣子，令人笑痛肚皮。又從楊小樓學《落馬湖》，一句「我與殷洪兩交戰」唱得既左又高，比楊宗師還要冒調，聞者掩耳不及。尤妙的是《空城計》，其時劉鴻聲紅極一時，馬二先生曾下過八字考語：「三斬一探，碰碑滾蛋。」沈田莘的《空城》，就是學劉跛的。劉鴻聲在大舞臺唱《空城》，例由姚俊卿（渾名野雞小生）扮三探報子，報到街亭失守，諸葛說「再探」，探子例有一個虎跳，翻下。沈田莘則變本加厲，三報，報報要翻。而且自創鑼鼓點子，在三報時，他要矮步離座，頓足前到臺口，將報子踢一腳，那鑼鼓的配音，就像耍大狗熊，來個「龍冬，龍冬長」，莫不哄堂大笑，所難能可貴者，只是他自己不笑。所以內外行都歡喜看他票怪戲，真比楊、梅還紅。因此在抗日戰前，上海凡有義賑的盛大票友戲，往往省他不了。他在湖社的中堅，與陳靄士同行輩，與杜張都是好友。但他也有個好處，便是逢戲必票，逢票必賑，義務演出，從不後人，那時候的票友，腦門兒都自己花錢，千兒八百不算稀奇。此公平日一錢如命，唯有逢到票戲，則場面、配角，無不自帶，一齣《空城計》，除了司馬懿鐵定王曉籟陪票之外，馬謖必用曹毛包、劉奎官，王平必用高百歲、張國斌，而探子老軍則定是孫蘭亭和龐京周。這臺戲，雖比不了張伯駒，在南方也就夠瞧半天的了。有一次《空城》，「我在城樓……」一段二六，正唱到「來！來！來」，他一方羽扇輕招，王阿二忽然領著大隊人馬，殺進了城去，將沈田莘駭得在城樓上倒掉下來。事後，田莘埋怨王阿二惡作劇。阿二卻說得好：「你不是明明貼著《空城計》麼？我這個紹興司懿（讀如師爺），怎會上你湖州（讀如烏龜）諸葛的當呵！」

田莘生性頗吝，孫蘭亭往往弄之，據說此一錦囊妙計，也是蘭亭教給司馬懿的。後來有人說褚民誼也如法炮製過一次，那是敵偽時期的事，諸葛亮絕對不是沈田莘。因為田莘雖是票怪，對於民族觀念卻甚深解，敵偽時期他佯狂玩世，又推腰壞、耳聾，從不登臺票過戲。

民國廿二年，杭州市長周象賢發起杭州的義賑戲，梅蘭芳、金少山合唱《霸王別姬》三天，開梅蘭芳五元票價的先聲。最後一天的反串《虮蜡廟》卻是梅蘭芳的黃天霸，沈田莘的張桂蘭，他忽然臨場老懶，推邵景甫（後娶章遏雲）上去。景甫說：「可以，但你要請我吃六聚館。」六聚館是杭州清河坊最著名的一爿麵店。其時一碗「片兒川」不過小洋三角，田莘一口答應。景甫一下戲，便叫蘭亭四出關照，明天沈田老請客，連杜月笙、梅蘭芳都請到了。次日，六聚館一座小樓，烏壓壓地擠滿了麵客，街上也擠滿了烏壓壓的一街看客，都是來看梅蘭芳的。吃得沈田莘眼裡發火，心胃發痛，蘭亭、景甫偏偏酒呀、菜呀地亂叫，結算下來共是三十多元。田莘心痛已極，只是叫沒帶錢。蘭亭說：「不要緊，我們請先生替你墊一墊。」田莘無法再賴，後來提到此事，還是對蘭亭恨恨，說朋友開玩笑，不是這樣開。其時田莘已年已望六，興致還是這樣好。六聚館經梅蘭芳一登樓而聲價百倍，後來館址改建中國實業銀行，官巷口的奎元館才出名。如今想來，也是升平盛事，天寶當年了。

田莘在湖州幫頗具勢力，包小蝶就是他手下的一員健將。初黃楚九創更新舞臺，由周某接辦，以金融失敗，歸董兆賓接盤，更名中國大戲院，亦少起色。周有二子且流為丐，即在中國大戲院門口釘笆

（專跟熟人討飯的別名），周子本花叢健將，北里名妓，無不與有瓜葛，二子能一一呼其名，口稱「阿姐，阿姐」。人畏其為生張熟魏也則佈施唯恐不及。田莘以故人子，時時賙恤之。蓋田莘吝，於佈施窮人則又不吝。每兌毫洋，充囊無數，見窮者輒煦煦問其疾苦，施與之，一反其平素為人。董兆賓辦中國大戲院，亦少董見田莘能急人之急。資金周轉調度不靈，因托包小蝶為之乞助。田莘慨然自任，為說合張嘯林、俞葉封投資，而孫蘭亭為之經理，汪其俊副之。中國之興旺由此始，包小蝶為中國客卿，後金廷蓀接辦黃金，起用五虎。小蝶讓賢於金元聲，故黃金開鑼，由馬連良跳加官，五虎將站堂口，觀眾出入，接送如儀。並於臺上拍留紀念照片，元聲居中，而包小蝶不與焉。

中國化學工業社與方液仙

於項松茂「一二八」殉難之後六年，「八一三」事變復起於上海，中國化學工業社創辦人方液仙亦繼項而殉難。液仙，寧波人，席豐履厚，上海錢莊幫本為寧、紹人勢力，而「康」字頭錢莊，大都屬於寧波方家。如同康、安康、福康，均為獨資經營的匯劃大莊。南京路方九霞銀樓亦為方氏產業，「八一三」事變以後，始出租於杭州金潤泉之子觀賢接辦。故方氏實為商業世家，執銀錢業之牛耳。液仙獨好研究物理化學，於民國初年獨資創辦中國化學工業社於棋盤街，發行三星牙粉，實與無敵牌牙粉先後並起。液仙性寬緩。凡事雖猝臨以大敵，亦坦然不驚。故人稱之為「寬桶」。但其人實內急而外緩，遇事明斷，極有經緯。民國四年，改組公司，引李祖韓之弟祖範為經理，事無大小，一以付之。自己獨在化驗室中搖試驗管，研究新出品，其後著名者有三星牙膏、箭刀牌肥皂、三星蚊香、觀音粉味精。而於人類內心善惡，鑒別尤嚴。有吳蘊初者自日本歸，以「味精方程」來干先君栩園公，時日貨「味之素」方充斥於市，以無敵牌聲勢，製造味精，取而代之，一舉手之勞耳。先君與蘊初語終日，婉辭謝之。客退，先君告余：「吳君心術不正，不可與共事。」蘊初乃投液仙。液仙初忽之，共事三年，始謝去之。蘊初自創天廚味精廠，則民國之十二年也。是年無敵牌在南市建設工廠，占地二十畝，兼製洋酒。先君云：「我與方君，出品同類者已多，彼亦江東孫仲謀也，此後吾當避之。」故民十二後，先君事業專於造酒與造紙。自天廚味精出，而日本味之素為之絕跡。蘊初亦國貨界之健者也。

液仙熱心社會事業，病國人之提倡國貨，而無具體辦法，乃與工商同志發起創辦國貨公司於上海南京路，則民國之廿四年也。兩年之間，分公司遍於全國。時先施、永安、新新皆以舶來品起家，唯國貨公司為清一色國貨，摒絕一切洋貨，國貨之有今日地位，液仙之功不可沒。七七事變將起，上海有心人莫不引為隱憂，液仙發起市民軍訓，又組織特訓班，提倡各工商界經理以下，協理以上，不論年齡，皆出受訓。聘陶一珊氏為教練官，闢教場於楓林橋，而相助成功者為蔡仁抱、王伯元、胡西園及余五人。一時各廠商經理報名受訓都四百餘人。其年齡在六十以上，亦荷槍跑步，認真操演。每日侵晨，曙色才動，楓林橋一帶，汽車即銜接如長龍，車中戎裝、縛綁腿、剃光頭的俱是日間搖試驗管、握算盤的工商界鉅子，夾道觀者如堵如牆。各工廠則各輸其出品，沿路設棚，大做廣告。而冠生園、泰康公司、生生牧場出品，尤為大眾歡迎。因為有很多趕時間不及在家早餐的受訓人員，得牛奶餅乾果腹，無不精神百倍。而市民工友聞風響應，自動報名參加軍訓，一時而集有四千餘人。陶氏以兵法部勒分組訓練，此一勁旅，後來「八一三」事起與敵軍抗戰於徐家匯、斜橋一帶，造成輝煌的功績，而液仙竟以被敵人綁架聞。

液仙踏項松茂氏故轍，為敵人架去，汽車駛至江灣路，竟殺之路旁。勝利後，方氏求其遺體不得，亦衣冠招魂而葬，未聞有所封樹，嗚呼，可以傳矣。

露蘭春與黃金榮

上海大亨黃金榮、杜月笙、張嘯林，潛勢力各有不同。杜恂恂儒雅，成名以後喜近士人，折節自勵，有功國家，所謂放下屠刀立地成佛者。張則叱吒粗魯，揮金如土，向慕於綠林之豪，晚年與杜背道更張，不得善終。黃年較長於杜、張，潛勢力甚大，多財善賈，以前輩自居。同道中比之為鐵背雕褚彪，杜為黃天霸，張則竇二墩，三人性格與事業亦酷肖也。黃退隱後，好獎掖伶人，南北生旦，經其一手捧紅者車載斗量。創共舞臺於法租界鄭家木橋之南，首創男女合演（時僅此一家），而露蘭春實為臺柱。蘭春頎碩而美，唱文武老生，學黃胖、李吉瑞、小達子而英俊不凡，是其特色。亦善鬚生，合貴俊卿、汪笑儂為一家而嗓子甜銑，金榮以近水樓臺，未久，即納之金屋。蘭春本江北人，綽號小毛團，在上海亦有一部分勢力，既嬪於黃，人以為合延津以雙劍矣。豈知幕後冷戰，時時起於床笫之間，蓋蘭臺雖已藏嬌，而共舞臺因營業關係，仍以老闆娘姿態為臺柱。時第一次世界大戰初定，囤貨商以顏料而發財者，多於關內侯、貝潤生、薛寶潤尤其翹楚。薛有四子，皆紈絝，精皮簧，薛二尤佻達，見蘭春傾倒焉，必欲得之，雖知為黃氏禁臠，然虎口拔牙，亦無所懼。一日，薛忽告失蹤，為俠林人所挾持，榜掠無算，命自檢束，不得再至共舞臺，前足進折前足，後足進折其後足，棄諸荒野而去。薛二狼狽還寓，兩月不敢出門，而黃公館忽以失盜聞。盜來無蹤，唯見刀光閃閃出於廂廊間，跡之則杳，而鐵箱已大開，財帛無恙，重要文卷全失。黃疑蘭，蘭不自安，數日後亦失蹤。投法國律師逖百克求保護，願與黃氏離異。逖勸其勿持極端過甚，宜先歸宅，而後緩圖。蘭亦稍悔，然自以冒躁出門，不敢貿然遄返，欲求一大有力者為緩頰而不可得。

時聶榕卿實執法租界會審公堂牛耳，黃杜皆出其下，家有戲臺，名流咸集會串無虛夕。一日，聶演《鎮檀州》，自飾岳飛，客有請者，云：「有某夫人欲陪榕老演楊再興。」聶問為誰？客不肯實告，但云：「來自津沽，劇技精湛，見即自知。」聶亦好奇，笑而允之。及聶扮岳飛出場，金鼓聲中有雉尾錦鎧，挺槍而出者，竟為黃夫人露蘭春。聶棄槍而走，露亦追入，乞聶一言，聶方躊躇，而黃入矣。黃云：「蘭春心已變，嫦娥愛少，我亦無法留之。但露實攜去文件甚多，原璧歸我，則我亦歸蘭春原璧。」聶笑云：「此逖百克先生事也，我無能為力。」時余舅氏張靄蒼先生為逖百克總翻譯，實調停其事，蘭春歸文件於黃，黃亦歸蘭春於薛二。但有一約，即蘭春從此不得再唱戲。否則必追其命無貸。蘭春歸薛，溫順為良家婦，親戚見之，幾不復信其曾為紅氍毹上之俠林人物。惜夫婦皆沉浸於芙蓉城中，薛漸潦倒，蘭則露折蘭摧，佳人不永，聞者惜之。初，蘭春嘗拜余舅為寄女，數至余婦家，談吐清雅，但其自小即練武技，歇影多年，骨節散疼，每夜必令二小鬟遍體捶敲，痛楚稍解，而嗽血不已。蘭春歸薛後，果不復歌，余與李瑞九合辦樹德堂廣播電臺，以孫老元操琴，開幕日，請蘭春揭幕，預定唱《罵毛延壽》。蘭春允之，未出門，忽報黃氏已派人守福煦路昇平坊路口矣，蘭春竟為作罷，疾益劇，臨歿前一日，余猶見之。

江小鶼與陳曉江

小鶼的尊人，元和江標，字建霞，別號靈鶼閣主，是前清名士，放過湖南學政，譚延闓是他門生。建霞有美男子名，曾孟樸《孽海花》第十回，介紹姜劍人說，「鵝蛋臉兒，唇紅齒白」，姜劍人便是隱射江建霞的。還有米筱亭是隱射蘇州費屺懷。費懼內有名。一天建霞去拜他，費太太只當老爺帶著北京相公回來了，一陣笤帚畚箕將他趕出大廳，蘇州整個城裡，哄為笑柄。《孽海花》也載此事，不過將蘇州改了北平。

小鶼美丰儀，饒有父風，但建霞身材稍矮，小鶼頎長，而且眉間英氣，廿四歲就蓄了山羊鬍子，他比父親更美而英挺。小鶼習雕塑，早年留學日本，即以美男子著名，平江不肖生著《留東外史》，寫江清的豔事最多。小鶼本名新，江清就是隱射他的。

後來他又到法國去留學，中國早期留學生，照例是窮。小鶼窮得沒錢度餐，每日到汽車廠去替人在車門上畫條漆線，所得工資，僅夠買糖炒栗子。買到栗子還不捨得吃，因為天冷，沒錢買手套，把栗子藏入大衣袋裡，栗子是熱的，正好握著焐手。後來成為習慣，塑像時，總歡喜藏一包炒栗子在袋裡捏捏，沒有栗子的季節，藏幾個銅元在袋裡，握著丁當作響也是好的。

小鶼奉母甚孝，回國以後，在上海美術專校擔任教務，上海美專有三個教師，汪亞塵、楊清磬、丁慕琴，都有美男子之稱。小鶼一來，全壓倒了。但教師是清苦的，薪水奉母，是不夠甘旨的。譚延闓先生當國，對於師母非常尊敬，他要替小鶼簽署一個名義。但小鶼是放任慣了，他不肯做官，說：「給我一個銅像做做，我倒是有興趣的。」於是小鶼到杭州去，接到了陳英士先生的銅像。這是一個戎裝騎馬的英姿，他要把馬的前腳立起來，卻費了很多的企劃，沒有成功。其時陳曉江正在棲霞嶺下卍字草堂，替汪氏主人畫壁畫。那是一座玻璃棚結頂的圓塔，裡面要畫五百尊佛。曉江和小鶼在法國是同學，小鶼去看他，壁上大大小小已畫了二百多尊了。卻是奇怪，面貌完全相同。小鶼說：「這不興呀，哪能五百佛，佛佛同貌的？」曉江笑笑，說：「你再看看，那是誰的佛相？」小鶼再一看，原來盡畫的是曉江自己面貌。內中有一尊，丈六莊嚴的觀音寶相，卻不是曉江面目。那畫法也特別，他沒有什麼瓔珠、法服，他只畫一個白衣縹緲、眉目傳情的絕世女子。手拈楊枝，卻和她纖弱的柳腰一樣楚楚可憐。小鶼看得呆了，他問：「這當的是誰呀？」曉江欣然一笑，很得意地拍著小鶼說：「這是誰？這是你的新嫂嫂。」

小鶼呵了一聲，說：「你結婚了？」

曉江點點頭，又得意地說：「你是老上海，你連她也不認識，這是丁慕琴的得意門生宴摩氏女校的皇后，徐之音小姐。」

曉江有畫室在江灣，小室深廊，遙看海色，江帆一一，行出樹杪，極饒畫意。曉江身體很弱，他雖有這樣如花如玉的美眷，但因病的原故，卻時時易發肝火。之音身體不好，脾氣卻非常好，她能夠體貼一切，不用你開口，甚至只要你心裡一轉念，她就會知道你要什麼，而替你預算得非常妥帖。待丈夫不必說，待朋友也如此。所以很多的美術家多歡喜到曉江的江灣畫室去喝咖啡，而稱之為宴摩氏咖啡。

小鶼也來了。曉江、之音都歡迎小鶼，而小鶼的咖啡，比之音燒得更好。他喜歡吃苦的，照例不放糖。有一天，之音燒咖啡，也忘記放糖了。曉江說：「怎變了靈鶼閣咖啡呀？」但是小鶼、之音都否認。小鶼到江灣去得愈勤了，曉江畫室本來高朋滿座的，現在常會剩了他們三人。有一天，他們到鄉下去，正天雨，一條石子的細路，只好容二人並走。後來曉江告訴我，說：「我覺得一條路，總是很狹的，只許兩個人走。比如那天，雨是大的，路又滑得很，如果我們要搶著走，准會有一個人掉下田溝去。」我愕然道：「你這是什麼意思？」他叫著自己的名字：「陳曉江，曉『江』莫如我。」

但是我可以保證，曉江在世時，小鶼、之音一直保持著友誼，而曉江覺得自己肺病到了第三期。他愛之音，他要替之音找到歸宿。他一度到北平去，他要讓他們的關係更密切些。但是這一種苦心孤詣，曉江只和我說過，對江和徐，只寫著一首無聲之詩。小鶼和之音反而生疏了。小鶼也到了北平，而且極度地放任，他本來是一個風流人物，和俞振飛在一起，成了北京飯店的中心人物，但他的心是苦的。他要得到曉江瞭解，讓之音清白。

之音生了一個孩子，取名端端。不幸的是，曉江一病不起，他堅執著之音的手，說：「端端未離襁褓，他應該有個父親。那些活受寡的舊禮教，不是我們青年人所要保守的。你應該為端端而替他找一個保護人。除了小鶼，除了小鶼……」他說著就咽氣了。西湖卍字草堂，那幅未完成的傑作，後來由張聿光去補完，所以有一百多個佛，不像陳曉江。

社會的謠言，比事實還要快，徐氏是上海的望族，家裡傳出來的謠言，比社會的更凶更甚，那種不寧境象，好像比當時內戰還要厲害。但是小鶼和之音的結合，反而因此增加了速度，在倚虹樓結婚，他們住到貝勒路的花園坊。他撫養端端，一直到長大，在中國銀行得了職業。

之音的可愛，在於嫻淑和安貧，藝術家本來是窮的，但沒有比小鶼再窮。他不是不會賺錢，而是喜歡用錢，只要有，朋友就可以向他借，甚至他可以借了朋友的，而去借給朋友。家無隔宿糧，老太太做生日卻在康腦脫路唱兩天堂戲，國府要人、上海名流無不畢至。他創辦天馬會，一切開支都自己擔任，參加出品的則由集體嚴格審查，並不許定價標售。所以天馬會的出品，很有法國沙龍氣象，到後來改組中國畫會，會員增加，精神就不如前了。

小鶼的窮，窮得絕不寒忖。他出門依然以汽車代步，但是司機的工資，欠到兩年不發，司機也不求去。我嘗問他的司機，這是什麼原故？司機也苦笑說：「實在欠數太大了。如果我一辭職，他就會全部賴債。」我不覺大笑。他可以隨便到我家裡來取去古董古畫，明天差司機送一封信，裡面卻是一紙當票，他已當掉了我的古董，原來他今天要大請客。後來，他塑像事業日益發達，而患窮也愈甚。老太太故世，家裡常不用傭人，一切都由之音自己做。我母親是個老派的，唯有對之音則讚不絕口，她說：「要求賢母良妻，唯有之音可以當之無愧。」後來，我們父子到昆明去，就和小鶼合住在李西平的平安第。我母親以多病留在上海，她寫信給我說：「那邊有之音照應，我是絕對放心的。」小鶼夫婦奉侍吾父，比我和十雲還要周到。父親有支氣管炎，夜嗽，之音必披衣而起，等我和十雲去，之音早替他老人家捶著背，蓋得嚴嚴的了。後來，父親回到上海，總是懷念他夫婦，說：「人子之盡職，而施於朋友的父母，之音的婦德，使我終身不忘。」

小鶼到底是個藝術家，藝術家的脾氣一般常人很難瞭解，所以小鶼平生，毀多於譽。他離開上海，到昆明去做龍雲的銅像，但他的少爺脾氣沒有改，每日高朋滿座，酒食弦歌。又要龍雲每天到他工場裡，帶著愛馬，立上兩個鐘頭。龍雲有時不來，他就發脾氣。所以那個銅像，終小鶼之世，沒有完工，後來張辰伯才替他去完成了。小鶼得傷寒症，那時緬甸公路未通，醫藥條件俱不夠，他不幸做了犧牲者，葬在海源寺。之音、端端守著他的墳墓，至今沒有回來。

有一年，我們在廬山扶乩，志摩忽降，寫出了他的詩句。小鶼也在座，他非常不相信。他說：「我來默禱。」他便跪下去念念有詞，乩盤也運筆如飛，寫出八個字來：「海山有板，此地無板。」小鶼大笑而起說：「不靈了，這是什麼說話？」其時陳散原先生、劉成禺都在座，散原忽離座正色說：「江世兄，這不是兒戲的。你問的是什麼？」小鶼說：「我默禱，我現在這麼窮，將來是否有力量，能夠將我父親的《靈鶼閣叢書》開雕重印。」散原先生愕然說：「這太奇了。《靈鶼閣叢書》是你令尊在做海山縣知縣時雕的板。後來一直留在南邊，沒有取回。這件事恐怕連你也不知。」當時是我扶的乩，我心裡想這兩句實在是我胡謅，但為什麼就有這樣巧合？後來我還告訴過散原先生，他笑笑說：「人本通靈，當是你的靈感，偶為神用耳。」

小鶼的聰明，同輩中無人可及，當時雕塑家李金髮、張辰伯也很有地位，但對小鶼無不服膺。時北平有個泥人張三到上海，能夠與人對坐談話，一邊用手指在桌子底下捏泥，不過一盞茶時，人像已成，惟妙惟肖。小鶼也叫之音去捏像，他自己在泥人張背後偷看。像成，小鶼說：「這有什麼稀奇呀，我也會。」他就替泥人張捏像，果然和泥人張一式無二。所以小鶼的塑像，神情比一般的都好，西湖的陳英士，不是他得意的作品。他常說：「最好有一個炸彈，把它炸平了。」敵偽時期竟被拆卸。小鶼一生傑作，留傳不朽者，當推在蘇州用直補唐楊惠之羅漢塑像，和昆明太華寺補元劉藍的毗羅佛像，他不但保存了中國稀有的古代美術，而且楊惠之和劉藍的真塑，也是他發現的。他心細如髮，凡有出遊，人家在觀賞風景，他總在尋泥摭石，一個社廟裡的小菩薩他也不肯放過。

上海文廟談往

宋咸淳年間（一二六五～一二六八），上海僅是一個鎮。士人唐時，買韓姓民地於方濱，建文昌宮，畫孔子像於其修古堂，作為諸生讀書的地方，才有了文廟的雛形。元代元貞年間上海升格為縣，修建縣學，大德六年（一三二〇）始大興土木，增建前殿，設大成至聖先師像，並圖先賢像於兩廡，又周垣，前置泮池，文廟規模，於以大具。元祐年間，有僧人捐獻田產四百九十五畝，充作學田，王涽紀事碑有：「為善而不擇其類，施惠而不私其黨，近乎吾聖人之旨。」實為捐田興學的第一人。由是儒家子弟捐獻日形踴躍，規模日益宏大。到了明代，學宮的建築，有教諭廳、明倫堂、天光雲影池、芹海、止庵、杏壇、歸鷗渚、舞雩橋、洗心亭、焦石堂諸勝。經五百餘年，歷明清二代，春秋兩祭典禮隆重。清咸豐三年（一八五三），小刀會劉麗川佔據縣城，更據文廟為發號施令的大本營，丁祭為之中止。咸豐五年，小刀會失敗，文廟殿閣，大半毀壞，上海士紳以舊址難以收拾，乃遷新縣學於西門內，即今文廟路民眾教育館也。

新址前身，本為上海道署，基地凡十七畝三分，咸豐五年七月開工，六年落成。咸豐十年（一八六〇）太平天國軍隊壓境，地方官請英法軍隊入城聯防，便將文廟作為外兵駐屯。同治三年（一八六四）外兵撤退，建築物亦損毀大半，由巡道應寶時、知縣王宗濂等倡捐監修，並添置祭器、樂舞，建設六丈高的奎星閣，增廣園地三十餘畝。民國初年，縣學屢駐軍隊，蹂躪殊多。民三始由公款公產經理處籌款修復，崇聖祠、尊經閣、明倫堂、鄉賢、忠義、孝弟、名宦各祠，煥然一新，並拓大成殿月臺，增備祭器、法服、樂舞。大成至聖先師正位南向，旁為四配、十二哲，東廡祀鄉賢四十人，先儒三十九人，西廡祀先賢三十九人，先儒三十八人。民國十六年後改文廟為民眾教育館，並闢動物園，任人遊覽。

國民革命軍底定江南，以當時英法兩租界均有公園，上海特別市成立，公園獨付缺如，未免相形見絀。文廟地處城中心，廊榭池沼，占地甚廣，奎星閣設置之美，尤繫滬人觀瞻。除南部祭田一部分已闢市房，及軍事委員會借設短波無線電臺外，其餘均加修葺，市政府撥准經費一萬五千元，以為開闢公園之費。但因市庫支絀，不能即付實行，因循之下，公園計畫遂成話柄。民國二十年，教育局始決議將市立簡易民眾教育館一律裁撤，集中力量，將文廟及市立明倫小學校舍合併，闢為市立民眾教育館，由李大超、王淑英等六人為籌備委員，並派陳端志、楊佩文等分赴無錫鎮江考察，以資借鏡。是年十二月成立，李大超兼任館長，分藝術、圖書、儀器、標本、演講、語文、圖畫、通問、體育、衛生、音樂，及民眾夜校、兒童圖書室等股。翌年陸續舉辦「一二八戰跡展覽室」、「祀孔彝器陳列室」、「時事圖畫展覽室」、「動物園」，市民歡迎，中外矚目，每日參觀人數不亞於租界公園。民國二十五年，益將「滬南圖書館」、「市商會國貨陳列館」歸併保管，並委徐則驤為館長，進步非常順利。惜哉「八一三」戰事發生，遂至無形停閉。勝利復員，徐則驤奉命整理，於原有組織外復增設國術、球隊、兒童聾啞學校、播音室、平劇研究室、民眾茶園、農業示範，盛況有勝於戰前，而共匪復起，樂壞禮崩，緬懷往昔，何勝浩歎。

按文廟典祀，祭禮形式代有變更，民國十四年文廟保管委員會曾輯成《祀孔譜》一書，書凡九篇：一、〈祀位〉；二、〈禮節〉；三、〈祝文〉；四、〈陳設〉；五、〈樂懸位次〉；六、〈合樂節奏〉；七、〈樂章〉；八、〈樂譜〉；九、〈舞譜〉。又舞生、樂生冠服制式，冠黑色方頂，青纓無緌。衣藍色，長及踝，寬窄各如其身，袖長過手，袖口六寸。兩襟相掩，直領，領及下端均黑緣寬二寸。袖欄翻捲，腰欄約之以組。是項制服是從湖南醴陵丁祭徵考下來的。我在江南各文廟中，都曾見過，今觀臺灣祀孔，似不如此，故簡述之，裨制禮君子，有採擇焉。

真偽城隍

上海的城隍神，確有其人，他的墳墓，就在西愛咸斯路淡水廟。廟宇雖小，後面正靠日本人的三菱花園，櫻花如海，可以倚檻憑窗，飽目共賞。按上海城隍，姓秦名裕伯，號景容，元至正間，避亂遷居上海。明洪武元年，太祖手書徵召，授侍讀學士，旋與御史中丞劉基同為京畿主考官。洪武六年卒，年七十有八。其事蹟詳見《明史》，至其崇祀之由，則不可考。曹一士〈上海縣城隍神碑〉：「明萬曆中邑人喬時萬錄明祖三聘暨公卻聘書二通，遺於廟。」是秦公為邑人崇祀在明中葉已然。又邑廟豫園，原為明代左都御史潘恭定的家園，恭定名恩，生三子，長允哲，次允端，次允亮。一門宦達，唯允亮早卒，允哲官至陝西學政，允端官至四川布政使，因建豫園，以娛其親。清嘉道間，潘氏中落，才被城隍廟的廟祝收併，於是列肆租攤，商販雲集，成為和尚一大宗的租金收入。也可說是開集體商場最先風氣的先覺者。廟中每日遊人雲集，店肆如林，最出名的常州酒釀圓子、南翔饅頭、油豆腐線粉、冰糖山楂，都為上海人愛吃的消閒食品，不但有攤有店，更在茶館叫賣。那都是十三四歲的小女兒，剃得青頭皮，打著紅辮線，唇紅齒白。她們更提著花籃兒，喊賣白蘭花、茉莉花球兒。民國六、七年間當是邑廟茶樓最全盛時代，屈指可數的以春風得意樓為巨擘。每年初一，雖大家閨秀，也到樓上泡一壺元寶茶，取取春風得意的口彩。每月塑望，則有長三堂子的倌人，夤夜前來進香宿廟，他們打扮得花枝招展，燕語鶯啼，卻也有個昇平景象。其他如湖心亭、四美軒、第一樓、春江聽雨樓、桂花廳、鶴園、訪鶴樓、雅敘樓、賞樂樓，都是品茶的去處，但無形中卻分了幫口，有的為古董商所盤踞，有的是以棋會友的圍棋之家，有的是書場，有的是布商木客的交易所。茶錢大批自二三十文到六七十文，照例二人一壺，紅綠隨便。書場開了書，茶食小吃，擺了一檯子，有閒階級每人一隻籐椅，坦著，閉閉目，養養神，真有南面王不易之樂。

其他如鳥店、花鋪、麻將牌店、照相館、香燭鋪，都是邑廟市場薈萃的特色。敵偽時期，邑廟遭了回祿，城隍神蒙塵到舊法租界的呂宋路。邑廟市場後雖修復，但市面不景氣，倒閉的倒閉，改業的改業。勝利之後，茶樓僅僅剩了湖心亭、得意樓、裏園三家。而呂宋路的城隍，被指為偽組織，大有漢奸嫌疑，永遠不能回到邑廟。

小鳥之訟

余澹心寫《板橋雜記》，而秦淮水榭，古柳寒鴉，自明迄清，落寞已二三百年。民國十七年，定都南京，夫子廟一帶，市埸日見繁榮。一溝流水，畫舫笙歌，歌女生涯，尤為鼎盛。其以紅歌女現身紅氍毹，而洊至上海為紅坤伶者得二人焉，前為王熙春，後為曹慧麟。熙春宛轉如香扇墜，雅秀而文，別名小鳥。

上海卡爾登影戲院自周翼華接辦改演平劇後，以周信芳為臺柱。周益進其弟子高百歲、于琮英、董志揚輩以壯聲勢，然無起色。于素蓮者亦坤角，演戲風騷潑剌，私淑小翠花，虞洽卿暱之。洽卿多內寵，率二十餘人，其著者北里則，小雙珠、雙倩。坤伶則于素蓮、金碧豔。洽老閱人多矣，然未嘗營金屋，但月奉花粉錢二百元而已。受者亦沾沾自喜，以得洽老嘘拂為榮。洽老闢室大東，嘉賓滿座，無虛席，洽老尤樂此不疲。

于素蓮以洽老之介，與金素琴同時入卡爾登，洽老所捧，人爭趨之。而素蓮藝術亦相當過癮，尤以《雙釘記》、《海慧寺》等，筱派潑辣戲叫座，以女兒身又捨得做，當然可以令臺下風靡。麒麟童雖早已麒派成名，但落魄天涯，久跑碼頭，此次鎩羽而歸，改正藝名為周信芳（按：藝人當時用綽號者多，如小子和之為馮春航，七盞燈之為毛韻珂，小達子之為李桂春，小連生之為潘月樵，萬盞燈之為田桂枝，藝人改正姓名，此風始於新舞臺夏氏昆仲，如：月珊、月恒、月潤，蓋為得風氣之最先。老鄉親孫處因之正名為孫菊仙，此風由南而北，如小叫天正名為譚鑫培，德處為德裾如，後來程豔秋之改程硯秋，白牡丹之改為荀慧生，可謂受麒麟童影響）。

信芳善於捧角亦善啃角。在丹桂第一臺時，被啃最甚者為老雙處羅筱寶，被捧最甚者為石月明、王靈珠。但有一條件，即被捧之角，必藝在己下，若稍藝出己上，與之同臺有分庭抗禮之勢時，則啃之不遺餘力。汪笑儂初隸丹桂，信芳捧之至為自去《張松獻地圖》之劉備，及後啃之乃不使唱倒第二，笑儂隸丹桂甚久，為之鬱鬱以歿。故于素蓮紅，信芳亦啃之，派戲，每與金素雯易位，而各不用其長。素雯為金素琴妹，嫁胡梯維，梯維為小報界中人，能編劇，與周翼華善。信芳雖為文武老生，而小生癮極大，大嗓子，光下頦，風流自賞。胡梯維初為編《人面桃花》，以信芳捧素雯，但素雯是個大鼻子，實不夠捧。而于素蓮已辭班，轉入天蟾，與章遏雲、葉盛蘭合作，演頭二三四本《雁門關》紅甚。信芳大受打擊，急於訪賢，小鳥王熙春乃於此時入卡爾登，取于素蓮代之，一炮而紅。

王熙春拜吳性裁為乾爺，以陳調元公子伯權為老斗，由楊慶山領港拜客，勢聲煊赫。但其本人實溫文爾雅，未嘗矜驕使氣。慶山本列袁寒雲門下，嘗為余叔岩排解黃老闆糾紛。民二十年間，由楊揆一引薦入何雪竹幕下，任偵緝處處長，戎衣怒馬，見者皆謂翩翩好書記。然不甚識字，讀公文，多念別字。及楊揆一叛國伏法，何亦失勢，慶山飄零海上，猶以俠林門輩自豪，尤不與小報界人物妥洽。故小鳥拜客，獨遺小報界，於是各報譁然，群起譏評，揭其身世。有某報者，剪王熙春之螓首，黏之裸體西洋舞女之身，更於胯下剪貼百樂門大飯店，門前有小鳥出入，題云「剝光的小鳥」。熙春見而大哭，訴之吳性裁，性裁為之延聘名律師，控各小報。一時被控者有十餘家之多，而《戲報》、《戲世界》、《羅賓漢》為之首，被告第一名則為劉慕耘。各被告亦延聘名律師至六人之多，江一平、鄂呂弓皆被聘。開庭之日，聽訟者填坑滿谷，盛況不下於看審閻端生與胡蝶離婚。

第一庭王熙春親自出席，衣玄色印度綢旗袍，素服淡妝，楚楚有可憐之色。被告律師早起我見猶憐之心，一平、呂弓皆未開口，由王姓律師答辯。他說：「請求堂上，與原告本人，說幾句話，可以不可以？」庭上說：「可以。」他問原告：「以前是否曾在南京，做過歌女？」熙春答：「是。」又問：「歌女是否和上海會樂里清和坊一樣出條子？」熙春不答。律師又問：「出條子是否也和上海的妓女一樣有執照，營業？」熙春不禁掩面大哭起來，真如雨打梨花，滿座憐惜。聽訟者百分之百都與熙春同情起來，法官為之退座，宣佈再判。次日大小各報無不頭條新聞記載此事，王熙春的相片亦列滿了各個照相店的櫥窗。後來，法庭還是繼續開審，原、被告幾於皆缺席不到，而各報除了登刊「剝光小鳥」的某報判罰金二百元外，其他皆與無罪。蓋吳性裁、陳伯權為之調解於外，大水沖了龍王廟，一家人還是一家人。小鳥的蘊藉，更得了大家的喜愛。一場官司，打得王熙春紅遍了春申。時有王三公子者，自命風流，用財如土。對於熙春尤為傾倒，並不惜多金，請小鳥唱堂會，而自己實地演出王三公子。周信芳方排連臺《文素臣》，自飾小生，王熙春飾水小姐，古廟烘衣一場，演得活色生香，卻又豔而不淫，靜而不蕩，負在文素臣背上，幾聲「行不得也——哥哥」，喚得全場觀眾有如醍醐灌頂，比之于素蓮之專以潑刺見長者，真是別有一般滋味在心頭。周信芳的《文素臣》亦由此而大紅特紫。卅一年，日軍進了租界，各舞臺皆改在下午四時開鑼，八時打住，謂之陰陽場。營業凋敝，李少春即於此時南下，出演天蟾，池上第二三排空得小貓三隻四隻。卡爾登無形停頓，王熙春改業從影，他的乾爸吳性裁本為電影業權威，替乾女兒辦事當然沒有二話，熙春雖出身風塵，卻實有良家風度，頗以早得歸宿為心願，不久，遂下王三公子。王三本姓吳，佚其名，雖佚宕花叢，而家道實已空虛，下嫁前夕，親友多阻熙春，熙春不為沮。嫁後光陰，恬靜如水，而王三迭受戰事影響，不能維持生活，故熙春仍繼續從影，但亦不多作，夫婦好合，十年如一日，蓋為賢妻良母久矣。

申報紙與楊乃武、王韜

滬人一般習慣，總稱任何新聞紙為申報紙，而稱《申報》為老申報。報而稱老，其資格可知矣。談《申報》者，無不與史量才之名並舉，但量才接辦《申報》，實已在民國元年。量才溧陽人，初為民立中學教員，有大志，欲辦報，而絀於資。會與張岱彬同車北上，張固一時財政界風雲人物，後來九六公債，是其發行。與量才一席話，驚佩無已，遂助量才盤申報館。《申報》創辦於清同治十年，資本規銀一千六百兩，由英人安納斯與其友人伍華德、樸資懿、約翰・瓦其洛四人合辦，各出規銀四百兩。翌年（一八七二）四月三十日出版，時以油光紙印刷，粗具規模而已。光緒廿三年，安納斯回國，轉讓於福開森接辦，代價七萬五千元，以席子佩為經理。宣統元年，由席子佩取回自辦，距安納斯創辦已三十七年矣。而鉛印的線裝書亦即於此期間，陸續出版。第一部為《尊聞閣叢書》，「尊聞閣」為《申報》刊載之藝術掌故文字，自史料、筆記，以迄小說、傳奇譯著、地圖無不兼收。書用油光紙印，都凡五十四類，光緒三年（一八七七）出版。光緒五年，續編二集，都六十四種，均由縷馨仙史蔡爾康編成書目，惜以後不再續出，現在相隔八十年，這套油光紙的鉛印叢書亦早被人遺忘，抗戰以前，尚能在來青閣、古書流通處等冷書架上發現一二冊，視同鳳毛麟角，其中如《十三日備常錄》，記英兵犯上海事。《梟林小史》，記咸豐三年劉麗川佔據上海事。《英字入門》，為中國早著之英文教科書，皆關係上海文獻至為重要者。

申報館主筆在民國時代，以陳冷血最為著名，前乎此者則有楊乃武與天南遁叟。楊乃武餘杭人，以小白菜奸訟案而名震京師，相傳平劇的《法門寺》即隱射楊乃武逸事。蓋楊因其姊告御狀而得昭雪，劇中傅朋則由其未婚妻叩告御狀。楊案大白之後，西后曾召楊姊與小白菜入宮，劇中孫玉姣、宋巧姣亦雙雙入宮。又其時攬權太監為李蓮英，劇中以劉瑾比之，抹紅臉，以媚之。《盜御馬》、《金鼇島》的大太監亦均抹紅臉矣。楊乃武故事，後由楊在上海當《申報》主筆時親告李伯康之父，編成彈詞，後伯康由此享盛名於說書界。伯康云：「其父能行醫，嘗為楊乃武癒危疾，故楊以此報之。」但言出楊口，辭多文飾，恐反而非信史矣。杭人云：「楊實訟師，故鄉人以冤獄報之。」楊在滬，常貼春聯云：「禍水當飯吃，風潮代枕頭。」

天南遁叟王韜主筆《申報》，已在光緒中葉，與南亭亭長李伯元，我佛山人吳趼人同時。叟本黃畹，洪楊之役，李秀成二次攻打上海失敗，叟上書忠王，陳「四策三事」，李不能用。後來清軍獲睹原稿，大為震驚，事在同治元年。陳其元《庸閒齋筆記》云：「李爵相督師淞滬，以上海為關中……然當畹獻策時，使賊稍聽其謀，則後來爵相無駐節之所。」所謂「四策三事」，當時陳其元雖見之薛中丞處，《筆記》並未錄其原文。後人輾轉相誇，視為西夏之張元，南宋之陳同甫。謂干曾國藩，國藩不能用而逃入太平天國為謀主者，其實彼所陳四策三事亦平平無奇。民國二十年，故宮清理軍機檔案，此書始行發見。款式作：

「蘇福省儒士黃畹謹稟
九門御林開國王宗總理蘇福省民務逢天劉大人閣下」

是此策亦非直接上遞忠王，特欲假劉某以為轉達耳。其所陳四策標題為：一、明告而嚴討之。二、陽捨而陰攻之。三、徐以圖之。四、緩以困之。四策以外尚有圍攻上海當先謀及者三事：結援，散眾，儲貨。凡此四策三事，其實清軍攻破小刀會劉麗川時即已用之，其事在太平軍初到上海五年之前，並非天南遁叟所創見。

太平天國亡後，叟避居香港五年，同治七年應英人理雅各之招，遊寓倫敦。返港後改名王潮，字懶今。光緒八年回上海，又改名王韜，字紫詮，別號天南遁叟，一度主筆《申報》，著有《淞陰漫錄》，由吳友如繪圖，發表於《飛影閣畫報》，天南遁叟由此成名。晚居蘇州靈岩山，曰弢園，自稱弢園老民。性懼內，好吃西餐，有人請宴，必攜其麵包貽細君，以昭大信。

《申報》資格雖老，但非上海有報紙的第一張。最早的報紙是《上海每日時報》英文版，刊於咸豐十一年八月十一日（一八六一），而我國第一種中文日報則為《上海新報》，刊於咸豐十一年十一月。第一種英文晚報為《黃昏》，創刊於同治六年九月初四日。故《申報》在老字輩的資格，已居第四矣。第一家用捲筒紙印刷者為汪漢溪之《新聞報》，係在民國三年，時《新聞報》已在三馬路建築館址，而《申報》尚在後馬路泰記弄中，營業、印刷、編輯擠在一處，篳路藍縷，蓋《申報》雖有數十年之歷史，但其業務並不猛晉，故席子佩願以十五萬金全部盤與史量才。量才勵精圖治，事必躬親，始聘陳冷血先生為總主筆，張蘊和為副主筆，王堯卿為經理，始創副刊，聘王鈍根為《自由談》編輯，旋即讓賢於先君。故其業務蒸蒸日上，銷數由一萬七千份一躍而至七萬。曾不三年，量才已為上海巨富，擁巨廈於南洋路，鏡欖雕樑，窮極富麗。席子佩乃後悔，百計欲謀奪還，不得，自創《新申報》於望平街，而申報館亦與新聞報館望街對宇，層樓聳峙。狄平子《時報》適居望平街四馬路轉角，不甘落後，亦起崇樓，平子好佛且結浮屠高塔於大廈之巔，置自鳴鐘為《時報》商標。為後來先施、永安之樂園，摩天樓建塔之嚆矢。於是望平街成為上海文化輿論之中心。而《晶報》余大雄獨以三日小型刊物，廁身於四大金剛之中，左右顧盼，嬌小精悍。時《新聞報》銷數最廣，《申報》次之，《時報》又次之，《新申報》僅存而已。而《晶報》獨以期銷三萬份自豪，如春秋之有鄭伯。主筆政者，《申報》陳冷血、天虛我生，《新聞報》孟心史、嚴獨鶴，《時報》包天笑、畢倚虹，《晶報》張丹斧，《新申報》王鈍根，皆一時之選。久之，席子佩不能敵，以《新申報》出盤於湯節之，湯自為經理，鈍根主筆如故，不久，湯節之以桃色案件，鋃鐺入獄。上海報業，在三十八年前，計有報館七十六家，通訊社四十二家，雜誌週刊四百二十五家（見朱虛白〈大陸時期我國報業統計〉），亦云盛矣。

梅蘭芳到上海

梅蘭芳第一次到上海是民國二年，那年他才二十歲，出演於許少卿的丹桂第一臺，老生王鳳卿正牌包銀三千二百元。蘭芳跨刀，包銀一千八百元。十一月四日登臺，三天打泡，夜戲：《彩樓配》、《玉堂春》、《武家坡》。星期日戲《趕三關》。其時梅蘭芳尚未成名，全憑鳳二挈帶，三天唱下來，譽滿春申。小梅握著鳳二的手說：「我們以後合作到底。」這句話，小梅算實踐了一半，「九一八」之後，他遷居上海，鳳卿已漸頹唐，又不肯離開北平，福芝芳竭力主張不用。所以後來老生就換了王少亭。少亭是王大奶奶明華的內侄，與王少樓同輩，梅挈帶他，多少也繞著點兒裙帶關係。

丹桂第一臺是舞臺式的新興戲院，蘭芳在北邊唱慣了四根柱子，場面擺在當中的舊式茶園，真覺耳目一新（他本人如此說）。人又年輕，加以電燈一照亮，真是容光煥發，當時就瘋魔了整個江南。蘇、杭、常、錫，都有趕來看戲的。其時有句口號：「討老婆要討梅蘭芳，生兒子要像周信芳」（按：周信芳與梅蘭芳俱係喜連成坐科子弟）。其時丹桂的臺柱，蓋叫天包銀掙六百，貴俊卿五百六。王、梅一檔原定唱一個月，後來愈唱愈盛，又連了半個月，而且加包銀，從一千八，直漲到三千六。

上海小報尚未風行，報館的權威是《申報》史量才，《新聞報》汪漢溪，《時報》狄平子。汪漢老是個徽州頭，老實人，不大看戲的，量才也不很和唱戲的交際，唯有狄平子是北平的熟人，小梅一到上海，《時報》捧得最為起勁，一般名士遺老亦相和起哄，如吳昌碩、況夔笙、朱古微、陳小石、李偉侯、周今覺等無夕不坐池子，吸水煙，叫好。其時池座票價只有一元，花樓才賣一元二。時髦紳士帶著太太小姐，盛服炫妝，高坐花樓。這些名士遺老則開風氣之先，專坐樓下前三排捧角。自命為懂戲的，亦因此轉向，佔據池座，而不坐包廂了。

梅蘭芳第二次到上海，許少卿已將丹桂出盤。自開天蟾舞臺（五雲日昇樓下），梅蘭芳掛正牌，包銀六千，每天外加梳頭費三百元，由王大奶奶（明華）實受。每晚完戲，許大奶奶親燉燕窩一盞進奉，楊小樓則吃白木耳。或對小樓說：老闆款待不一樣。小樓說：「這毛茸茸的東西，也只有他吃，我們是吃不慣的。」楊年長於梅，但他們非常親睦，幼時，蘭芳懶學，小樓常常背著他去入塾，所以他們的戲謔是無忌的。這次梅帶了許多小本戲來，如《天女散花》、《上元夫人》、《黛玉葬花》等，都在此一時期出籠而大紅特紫。其時上海人又有一個口號，凡迷楊、梅的，都叫「楊梅中毒」。柳亞子、馮菊隱則竭力反對梅派，亞子以南社的勢力別捧小子和（馮春航），馮的色藝在江南與賈璧雲稱一時瑜亮，時有南馮北賈之譽，比到蘭芳則不免遜色。馮叔鸞別號馬二先生，是菊隱的弟弟，捧梅最力。菊隱則在報上大罵梅蘭芳「近視眸」、「招風耳」、「滿口黃牙」。二馮鬧到兄弟鬩牆，亦是菊部一時佳話。不過捧梅團實在勢力並不在此，大靠山推北馮（幼偉）南李（偉侯），他們與梅全是通家之好，都是財閥，所以柳馮竭盡氣力，與梅毫無所損。尤其馮幼偉對於蘭芳的提攜保抱，恨不得含在口裡。後來梅、馮都遷居上海，梅已是四十歲的人了，二人還是形影不離，任何方面請客，請梅必請馮，梅偶爾離座，馮便四邊找尋，口稱「畹華，畹華」，急得要死。蘭芳半生唱戲所得，都由幼偉替他悉心調度，買了中國銀行股票，後金融崩潰，股票不值錢，梅半生積蓄，全在此處坍臺。但梅對馮的親尊，依然如舊，從不曾聽他有過半句怨言。敵偽時期，蘭芳淪陷在香港，福芝芳在上海，兩地相思，日本人答應蘭芳可以飛機送他回來。馮幼偉也在香港，便想跟著回來，幾次對梅大爺說。梅也幾次和日本人商量。但日本人則說：「你是藝人，可以。他是什麼？沒可以。」梅因馮之不能同行，自願留在香港，直到勝利的前夕，他才達到目的，與幼偉同回上海。所以蘭芳的綣念故人是有足多的。勝利以後，蘭芳剃鬚，重登舞臺，竊義聲於天下，不知這裡面卻有這一幕。

蘭芳實際遷居上海是在「九一八」以後，起先住在滄洲飯店，搬到馬思南路是民國廿三四年之間，那是蘭芳藝術飲譽最高、爐火最純青的時代，出演於四馬路天蟾舞臺（原來的天蟾已由永安公司收買，改建商場，即後來的七重天）。一時輿論，說程豔秋的好，好在貨賣識家。梅蘭芳的好，則連登三輪車的也會入迷，事實也確是如此。我一天到浴德池洗澡，堂子裡清蕩蕩的，我說：「今天怎麼的？」跑堂的笑笑，歎口氣說：「人家聽梅蘭芳去都來不及，還有人來洗澡嗎？」這不是挖苦，而是證明梅戲受人歡迎的普遍。不過，上海淪陷是民國廿六年的冬天，廿九年他還在上海，秋冬之際才去香港，住過一年，正逢珍珠港事變，滬港隔絕，他才無法回來，而在香港蓄了鬚。福芝芳生性非常豪爽，聽說梅大爺受了馮幼偉的累贅而回不得上海，著實把馮老頭子罵得要死。這個時期，芝芳唯以跑賭場消遣，敵偽賭場林立，芝芳又好賭成癖，日夜無休。結果，幾於傾家蕩產，北平的「綴玉軒」也在此時變賣易主，她怕大爺回來責備她，因此得了忡怔之症，喜怒無常。此時常到梅公館去的是許姬傳（是李斐叔死後的唯一的秘書，著有梅蘭芳《舞台四十年》）和孫養農（著有《談余叔岩》）夫婦，陪她叉叉小麻雀。滬寓生活窘困，連珍藏的十幾柄湘妃竹的扇子，都拿出來變錢度用。後來，蘭芳回來，大家以為大爺這次總要發脾氣了，誰知他第一句對福芝芳說的話：「錢，有什麼關係？只要我的嗓子在，你輸掉一點兒錢，我准給你全數兒找回來。」果然，勝利降臨，他比往昔更紅了。蔣總統廣播的那一天，他夫婦適在我家裡晚餐，他對著無線電恭恭敬敬鞠過三個躬。誰知三十八年他竟惑於邪說，留戀上海不去，「卿本佳人，奈何從賊？」蘭芳一生，從此毀滅，是無窮的可惜的。

蘭芳一生待人厚道，敵偽時期，他在上海生活也很窘，但如姚玉芙、王少卿（二片），以及一切管事、場面他都養著，後來他跑香港，家裡這些人還是沒有解散，因此食指浩繁，尤其半夜間一頓宵夜點心，唱戲人家是絕對要吃的，而且吃得相當豐饌。戲班裡有句行話：「不怕歇，只怕吃。」你要看見過他們的吃，你也會駭然了。

勝利後，他又聘請王幼卿（三片）給他兒子小玖說戲。小玖也著實淘氣，幼卿給說，他總是駁回：「咱們爸爸不是這麼唱的。」幼卿往往很窘，蘭芳必正色對兒子說：「三叔的才是真規矩，真功夫的玩藝兒，憑我的，不能學。」他一切待人好，尤其對於福芝芳，太太打牌，他總在一旁熱天打扇，冷天換茶，整個通宵陪過去，而他自己對於賭，是一點兒也不會。

而他伶人到底是一個伶人，對於大節出處，他不得明瞭，受了田漢、歐陽予倩的毒素，而失身在匪巢裡，活過了六十歲的老花旦，還在唱戲。

持螯舉酒菊花山

在臺灣最難吃到的是蟹，最難看到的是菊花，菊尚零落堪尋，蟹則絕無僅有。西風把酒能不惱殺人也麼哥？上海有個吃蟹看菊的大去處，當年酒綠燈紅，盛極一時，抗戰以後，亦復寂寞零落，為滬人所不道，則么二妓院的菊花山是也。

么二堂子當年散佈在鄭家木橋一帶，它的組織和長三堂子不同，倒是留存著唐宋時代勾欄遺制。說得再古些，竟像隋煬帝的迷樓。它是一所特建的大屋子，中間一座大廳，四邊圍著群房，樓上樓下，無慮百十間，每間裡都住著鶯鶯燕燕，房外掛著軟簾，簾外一道走廊，迴欄勾曲，室室相通。無客時，簾子是垂著，生客嫖院，照例先在廳上一坐，烏龜便長聲高喚：「移茶。」這時上下門簾，一齊勾起，頓時花枝招展，繞著迴廊魚貫而下。除了有客的可以放下門簾不出來，其餘照例打扮，各出心裁。在民國初年，最為盛況，她們和長三不同，長三倌人可以穿裙子，她們只能穿短襖子長腳褲，腰邊還掛上一幅羅巾，揚風飄繡，如果再繫上一個飯檔，那就和梅龍鎮上的李鳳姐一模無二。她們魚貫地走上廳來，客人就可以憑著自己的眼光，精意挑選，多多益善，但至少也得選一個。這裡和北邊規矩有點不同，北邊不分長三、么二，客來照例排隊魚貫見客，只在客人身邊含情走過。這裡卻是散兵線的，魚貫而入，就散得一屋子，鶯嗔燕叱，催著你快挑選。客人資格嫩一些，反而面紅心跳，眼花繚亂口難言，不知選取哪一個好。鄭曼陀、沈泊塵曾同去問津，那時我們才都二十左右，目力精銳，唯有曼陀是個近視眼，他嫌立著看不清楚，一爬，爬上坑床，站上坑桌，登壇拜韓信，只見烏壓壓站滿了油頭粉面，就中卻躲著一個掩袖回眸、十分怕羞的尤物。他滿意極了，立刻叫：「你來啥，你來啥。」誰知帶回房裡一看，是個大麻子。她不是怕羞，而是背燈，暗影裡好掩護她那副「老天無故亂加圈」的尊容，曼陀大呼上當不止。

么二妓院都有個堂名，菊香院咧，蕊香院咧。選美的工作，喚做「移茶」，照例繳納花稅一元。進了房間，由房間裡擺上碟子，倌人擎著瓜子敬客，請教：「大少尊姓。」卻有個王三公子嫖院的景兒，這也有個名堂，叫「開盤子」，開盤子照例納稅二元，所以叫做么二。至於長三的意義，則是當年擺花酒，一桌酒只要十二元，客人繳花稅，還要湊一桌麻將，各打三塊頭錢，故名長三。至於下腳錢，則在長三是沒有一定的，而么二方面，如果真個銷魂，不論俊醜，一例六元，名為「六跌倒」。所以么二又看不起長三，說「爛污長三板么二」。

鄭曼陀籮裡選花，不幸選著了一位《風箏誤》的醜小姐。他想拋棄，誰知么二規矩，你挑了的，她就要貼緊地隨定你，任你逃到東洋海，她也要趕入水晶宮。曼陀是畫美人兒的高手，現在被一位麻小姐盤住，這也是他的報應到了，任你轉到哪一間去，她總追蹤而至，曼陀急於無法，竟託辭小便，借尿遁了。

長三的倌人，雖鄙視么二，但花叢的豪客，到了重陽前後，必要自命風雅，到么二去賞菊花山。蕊香、菊香，就由此一掌故，題上的名兒。每家大廳，堆起菊花，有山一般高，錦層層堆起，有的還砌出「福如東海，壽比南山」等俗字來，但菊花種類繁多，妃黃儷白，卻也有個看頭。豪客們便在花叢擺酒吃蟹，至少雙檯，有的雙雙檯，甚至八雙檯的，那便如天人下凡一樣，整個上海的紅倌人都投到菊花山來了。長三平素不到么二，么二也不上長三，唯有菊花汛裡，花錢的老爺們，都到了菊花山，偏要飛符召將，紅箋雪片一樣地飛出去，以示豪闊，任何一等一的大倌人，不怕你們不來。於是法租界車水馬龍，管弦嗷嘈，聲聞十里。有一年，梅蘭芳也去吃菊花山，幾乎把一座蕊香院擠得坍倒。最盛時代，她們的勢力，一直伸張到九畝地，抗戰後，逐漸消沉。蕊香院經過火災，徒有其名，不過一椽聊庇風雨而已。

大舞臺對過「天曉得」

二十歲以上的人沒有不知道大舞臺對過——「天曉得」。抗戰以前，大舞臺的大門是朝三馬路開的，後來翻造，才改了二馬路開門，才把「天曉得」擺在背後。天曉得是一塊招牌的綽號，他原來店號叫「文魁齋」，但是到過上海的人，提起「天曉得藥梨大王」，誰也知道，提到本姓大名，卻都模糊了。

文魁齋原是賣梨膏糖的，後來兼做茶食店。他家的粽子糖、山楂糕、黃壜西瓜子，都很出名，生意非常之好。不久，在他的貼鄰，又開出一家文魁齋來了。那時沒有商標登記，同一地段開兩爿同樣的店是沒法禁止的。老闆沒法，只得在原名上，加上一個老字，並雕了一座魁星為記。但是你會做，他也會仿，不到幾天，隔壁也變了老文魁齋，魁星為記了。老闆在萬般無奈中，想了個絕法，便在自己招牌下面，掛了一隻烏龜，並加以標語：「天曉得」，以為天下再沒有第二個人願意做烏龜的了。誰知利之所在，任何東西都做得出來，過了一天，隔壁也掛了烏龜招牌了。據說這個掌故還是發生在同治年間，比大舞臺要早得多，年深日久，人家益發弄不清了。子孫繼承祖業，招牌雖不敢端下來，負著這塊招牌，也覺有點兒重。我年輕好頑，曾訪問過他兩家，說：「你們這兩隻烏龜，到底哪一只是真的？」他們都訕訕地答應不上來。大舞臺大門翻向，破了風水，這兩塊招牌，就漸漸不為人所注意了。

無獨有偶的是蘇州的采芝齋，開在玄妙觀前，也是有名的茶食店。老開故世，小開分家，弟兄二人爭奪店權，老弟卻聰明得很，對哥哥說：「不必爭了，我不要店，只把這塊招牌原舊，分給我得了。」

老兄大喜，便把招牌重做，舊的分給阿弟。那人便揹了老招牌，到上海虞洽卿路開了一爿「采芝齋」，同時登報聲明，說：「老店搬到上海，那蘇州的新招牌是假的。」嚇得他哥哥忙把新招牌除下不迭，率性不用招牌，並在報上反攻說：「老招牌失竊，如今沒有招牌的才是真的。」他兄弟偷偷地跑回蘇州，在他哥哥老店對面，租了雙間店面，將老招牌掛將出來，擇吉開張，將他哥哥的營業，打得大敗全輸，而蘇州護龍街有一爿沒有招牌的茶食店，卻也從此出了名。

陳夔龍過生日

遺老中有一清操絕俗，堅守不涅的老人，而他每年的過生日，亦為上海一件大事者，則陳夔龍、筱石制軍是已。筱石住孟納蘭路，束髮梳小髻，寬袍大袖，好吸水煙。除看戲外，終年杜門不出，與之遊者，周今覺、袁伯夔、江子誠數人而已。每有京朝派名角南下，陳必出觀，所與偕者，亦此三人。但在他初到上海做寓公的時候，卻留下一樁豔聞。原來他早年有個姬人，鍾愛非常，不幸彩雲易散，暖玉成煙，此老抱著一腔熱愛，告人無處。有一天行過北京路，看見何元通的櫥窗裡有一個半身模特兒，酷似他的愛姬。其時風氣尚未開通，看模特兒已是一件大逆不道的話柄，何況是位遺老。他當然只好偷看幾眼，實在掉捨不下。明日又去，卻叫車子在愛文義路停下，自己作為散步，偷偷地又走到何元通，隔窗望望，著實難捨。如此習以為常，但以一位紅結小帽、寬袍大袖的遺老在櫥窗邊望著模特兒，實在有些不雅。他率性不顧一切，叫何元通老闆，替模特兒做了一套梅蘭芳式的古裝，一口氣買回來了。這他算《牧虎關》高旺所唱的：「我一時起了少年的心」。後來他一發杜門不出，所以知道這件風流韻事的很少。他是做過九十歲才去世的。

陳夔龍做生日每年一度，必由江四爺子誠來提調。子誠是萬平、一平的老太爺，他和我是中表兄弟，住在金神父路一條馬路，時常見面，他不但戲通，鑑賞書畫也是一位通品。做過唐景嵩轅下的文巡捕（四品職），常常戲稱唐公孺為小本官（按：公儒為唐景帥之文孫）。他愛戲，生、旦全通，百代唱片灌有江夢花的《戰蒲關》，就是他。姜妙香唱青衣時很多向他請益，但他要來一段《長板坡》「四面八方兵和將」又真聲裂金石，俞、楊卻步。所以逢場作戲，內外行哪一個不敬服他。他人又四海，真做到「座上客常滿，樽中酒不空」的點兒。凡是他所品題的名妓，莫不是絕色。他所雇用的廚子莫不是個易牙。我到廬山去避暑，曾借過他一個廚子，那人又會操琴，又會唱老旦、說相聲。一副羊肚子他可以做出二十四種不同的吃法。所以我在廬山三月，也真做到「座上客常滿，樽中酒不空」的檔兒。後來要回家了，油店裡來收油錢，憑摺子一算竟用了三百元，真令我咋舌不下。則江四爺府上的豪華，就可以想像了。

陳夔龍做生日，一定唱戲，戲提調一定是江四爺。有一年，杜月笙浦東祠堂落成唱戲，除了余叔岩，北平角兒都算到了。但是杜祠有的他那裡全有，他那裡有的，杜祠卻沒有。這堂會的盛大和提調的魄力，也就可想而知。更有一件，杜祠唱戲三天，第一天搭兩個臺，一個臺搭在祠堂外面，讓鄉下人看，演出的是麒麟童、小達子、常春恒。祠堂裡臺才是北方大角。當晚上，外臺被鄉下人搗亂，第二天便拼入裡臺去演，人是擠得山海一樣，水洩不通。有一位某方的代表（一說是張學良派來的東北代表），便急得要命，臺上正演龔雲甫、梅蘭芳、楊小樓、王鳳卿的《回荊州》，實在捨不得離開，他一眼看見鄰座有一隻吃空的啤酒瓶，他便偷偷地取過來，溺了一大泡。那人兀自抬頭觀戲，大嗓門叫好，得意忘形，取起啤酒瓶來一喝，頓時有些異味。這位代表，早已面紅耳赤。那人哪有不覺之理，立時酒瓶飛起，東北佬哪裡肯讓，臺下出手倒比臺上打得熱鬧，幸而旁人做好做歹，才把一場風火勸熄下來，在這個時候，陳夔龍家裡卻正輕鑼小鼓，在演著自己編的《桃花扇》。

陳夔龍演堂會，有個脾氣，梅蘭芳、楊小樓必到，其餘有三個人必不可缺：一個是許德義，一個是李萬春，一個是賈碧雲。甚至楊、梅，可以不吃，許德義卻不能不到。許是武二花，幫俞、楊多年，曾因演《狀元印》，削了楊小樓的紮巾，二人動武分手，一直沒有跟楊南下，他更不願和楊同車。所以請許德義，必專程單聘，但老伶工卻也實在有玩藝，每回必演他的拿手，而陳夔龍最愛看的卻是《收關勝》。他更愛李萬春，《桃花扇》裡一定要他唱吳梅村，陳宅堂會不招待達官貴人，只是許多遺老遺少。這裡面盡多第一流的票友，如溥西園、袁寒雲、劉公魯、李瑞九，都是外面戲館不肯露面的。溥、袁尚有彩鑾，劉公魯則外面絕對不唱。公魯也留著辮子，當時有名的遺少。一對鼠眼，卻奕奕有神。他學楊小樓除了眼小，其餘都有譜，《長板坡》更是他的拿手傑作。李瑞九是把楊小樓養在家裡的，他的小樓戲，凡是小樓的行頭，他都照製一份，整日在家打把子、扎槍、喊嗓，而他就是不唱，所以我說杜祠堂會所有陳宅都有，而陳宅有的，杜家便出萬金，也難買到。公魯的小辮子，在上海也非常出名，他家蘇州金獅子巷，敵偽時，日軍到了他家，將他從樓欄上推下來，口吐綠水而亡，據說是嚇破了苦膽。

陳夔龍晚年，除了生日照常做戲以外，其餘的日子，益發杜門不出，他對於外界生活完全隔絕了。外面通貨膨脹到什麼程度，他完全不知。每天照例麻將八圈，江子誠是一角，周今覺沒有癱瘓以前，照例是一角，還有一個便是袁伯夔。他們打牌用現洋，照例是十塊老龍洋，外找十隻小銀角子，這副碼洋是他家人替他永遠備好的。他不知道外面早已用鈔票了，還是十洋現付。叉完麻將，有人贏了出去，他的公子照例在中門外伺候，交還現洋，兌取鈔票，而得彩的也不會要這些，照例賞給底下人。所以底下人也歡迎太老爺打牌，每天，他們是有進賬的。民國三十七年，我還看過他的堂會才到臺灣來，他故世在一九五〇年，可算一個完人。

《人間地獄》心影

《人間地獄》，是亡友畢倚虹的第一部傑作。自上海開埠以來，寫倡門小說，第一部推《海上花列傳》，也是第一部用吳儂軟語來寫小說的創作。胡適推崇此書，與蒲留仙《醒世姻緣》並列。這次適之到臺灣，演講中曾提及《醒世》，一時臺北書坊被人尋遍。其實《花列傳》的筆墨，比《醒世》是超過的。第二部倡門小說，鄒酒丐的《青樓夢》，那寫得不理想。第三部是海上漱石生的《海上繁華夢》，這裡面已經有了四大金剛（林黛玉、張書玉、金小寶、陸蘭芬的影事）。第四部是張春帆的《九尾龜》，他將自己做了書中主角，敘述當時一切花叢的後幕，商、政、學界的隱事秘聞。可惜他有自誇癖，寫得自己和文素臣一樣，詩酒拳棒無一不精，而成為一個流氓型的嫖客，是他最失敗的地方。《人間地獄》每天分載於《小時報》，筆名婆娑生，以絕代才人之筆，寫風光旖旎之情，不知瘋魔了當時多少有情人，為他狂想，為他羨豔，同時也為他揮灑同情的涕淚。書是章回體，回目之佳，便是兩聯最美妙的詩句。書裡敘述，卻又不酸不黏，於沉著中流露出真情。他敘述蘇曼殊病逝在同濟醫院，和葉小鳳去辦理後事出來，「庭心裡一片黃葉，打在頭上，柯蓮孫拈起來，看了半晌，又將它放下。」何等幽默沉痛，我如今想起來，幾乎此境如在目前。

書中人名皆隱托。柯蓮孫是他自己，戀人秋波，則是會樂里的樂弟。秋波的養母惜春，本名婉春老四。裡邊有個丑角，麒老生，則暗射麒麟童。那時麒麟童正在走紅，婉春養著他，每天替他燉上一碗牛肉湯，親自用薄棉紙替他一層一層地將油膩拖掉。必須清到一點油珠兒也沒有了，才用一塊白紗手帕給蓋著，等麒老生回來受用。所以將麒麟童養得又白又肥，而成為婉春老四的禁臠。倚虹是個書生，命裡註定的窮，鴇兒當然不愛，偏偏姐兒愛，因此造成許多悲歡離合，而包天笑、姚鵷雛、鄭丹斧（杭州人）都成了書中的次要主角。

倚虹，儀徵人，畢澗飛的後裔。美風儀，娶汪琫真為續弦，樓燕雙棲，居西湖湧金門二賢祠甚久。包天笑往訪之，有所遇曰李香君，宛媚多情，天笑一見魂與，闢室於新新旅館，倚虹攜酒往訪之，則門已鍵矣，但聞室中腕鈴甚震。《人間地獄》有詩云：「莫望棲霞山上月，腕鈴一響一魂銷。」正詠此事。

姚鵷雛善文工詩，以明末侯朝宗自負，戀清和坊名妓曰雲裳，妃慧眼多情，留髡無虛夕。鵷雛賣文所入，不夠纏頭，女慰之云：「君誠愛妾，可以夜二點半至，則客散無人，雖盡長夜之飲可也。」鵷雛果如約。一夕清晨，倚虹往訪之，亭子間小似蝸殼，電燈不明，窗戶不啟，微聞二人酣息聲甚沉。倚虹私取其衫履而出。即偽造一信，差人送去，說：「姚太太從松江趕來了。」鵷雛懼內，大驚而起，索衣褲不獲，竟短褲赤足坐黃包車趕回，倚虹即其家伺之，狂笑以包裹擲回，曰：「你簡直在地獄天堂作樂呢。」書名《人間地獄》，由此緣起。

北伐以前，在上海，出版是非常艱苦的，《民國日報》主其事者為葉小鳳、邵力子。小鳳蘇州人，吳語，而壯偉如楚霸王，故自稱楚傖（傖音更），報館負債山積，每逢年關，於寫字臺上貼一紅紙條，書：「前債未清，免開尊口。」討債者無不含笑，胡盧而去。小鳳又喜吸潮煙，手一短旱煙管，藍布大褂短到齊膝，性健談，至得意處則手旱煙管而舞，滿室無不為之軒渠。然其所為駢文，又無不妃黃儷白，精工絕倫，不識者決不知其關西大漢，唱銅琶鐵板時也。力子因發行人關係，常被捕房傳訊，日夜無休，以此缺睡，隨處打盹。每入戲館，臺上鑼鼓喧天，臺下已濃濃入睡矣。二人當日齊名，北伐後皆貴至開府，晚節乃判若天壤。力子面多麻，與人言，目多下視。相人者以此辨人邪正，百不失一。

張宗昌之南下也，畢庶澄以淮海艦隊司令，追隨來滬。畢出身保定，本為皖派，倒向奉系。其人頗風流自賞，以為公瑾復生。張宗昌稱豪北里，畢庶澄亦不為下，眷富春樓老六，纏頭一擲數萬，富六來自姑蘇，明眸善笑，時與張素雲（人稱女張四先生）、芳卿、雲蘭芳稱小四金剛，庶澄遍沾溉之。一時花叢號為幡鈴，凡張宗昌所欲蹂躪，庶澄無不力護。宗昌見樂弟而美，思染指焉。倚虹大驚，夜見庶澄求緩頰，庶澄難之，贈倚虹三千金，曰：「立為此豸脫籍，則庶幾可免。」事方急，而張漢卿、楊鄰葛已連袂南下，力挽宗昌北去，事始解。宗昌至蚌埠，竟槍斃畢庶澄，謂其反覆於皖、奉、直三系間，有二心。富春樓聞之，夜乘車北上，哭其屍。滬報競傳其事，以為豔聞。

宗昌在滬，頗厭恨報館記者，以其罵己也，然無如之何。後至南京，有上海記者王某往謁，宗昌方與盧筱嘉、張漢卿閒談。張看見記者名片，上有頭銜十餘行，便皺眉，對衛隊說：「切了罷。」少頃，衛隊入告，來人已槍斃。盧大驚問：「為什麼殺他？」張云：「你看他片子上有這許多頭銜，還會是好人嗎？切了的好。」此事《人間地獄》不載，筱嘉親為余言之。

《人間地獄》確是一部才人筆墨，倡門影事，具在其中，倚虹以玻璃喉、生花筆寫之。倚虹的早夭，也可以說為《人間地獄》而嘔盡心血。大凡寫小說的人，第一條件必須熟悉社會，也必須深入社會，而文人對於社會的黑暗，往往是不相宜的。抱了我不入地獄誰入地獄的心願，來寫成一部小說，他的功德是比抄《妙法蓮華經》還要深，而人間往往當做一部閒書去看，年深月久，連這部書都找不出來了，我寫此篇，真有子敬人琴俱亡之痛。

胡蝶不老

胡蝶之起，微矣。昔太史公傳衛皇后，出平陽公主家，及貴為皇后，天下人歌之曰：「生男勿喜女勿悲，獨不見衛子夫，霸天下。」胡蝶身世彷彿似之。民二十後有梁氏四姊妹崛起舞國，曰賽珍、賽珠、賽珊、賽瑚。其最小者酷肖胡蝶，屈指紀之，則賽瑚桑弧誕地之歲，正胡蝶莫愁似錦之年，好事者慫恿胡蝶收過房媛，胡蝶輒滬語曰：「唔、嘸不迭號福氣。」

胡蝶粵人，從影於明星公司，初無藉藉名。與夏佩珍合演連臺《火燒紅蓮寺》，人始注意紅姑，而排名不出佩珍上。顧其圓姿替月，朱唇宜笑，尤其兩個酒渦，使人見之，不飲自醉，肌理稍黑，益增其豔。及成名，凡女子無不慕效胡蝶，一時舞場、酒家、名閨、北里無不有胡蝶，如各城各市之有第二杜月笙者，可謂豪矣。梁氏四姊妹，後亦噪甚，龔秋霞設四姊妹茶室於浦東同鄉會，實影射於梁氏，今臺北亦有四姊妹，則數典忘祖矣。新仙林有小胡蝶，最美，胡蝶舞於仙林，每喜與偕，小胡蝶呼胡蝶為「姆媽」，較梁賽瑚為後起矣。賽瑚後失意於情場，嘗失蹤，旋歸於家，頗沾心疾。小胡蝶亦不知所終，獨胡蝶永遠保持其青春，數十年如一日，至今有自香港來者，皆云望之如三十許人（胡蝶、徐來、王吉皆肖雞，己酉生）。

初，林胡之戀，已訂白首之約，雪懷亦隸明星，演小生，不走紅。名日落，而胡蝶方鵲起吳臺，水銀燈下爭欲一睹顏色者實繁有徒。雪懷為未婚妻作宣傳，設胡蝶照相館於通衢，遍陳胡蝶照相。有傾倒於銀幕而不得一親色澤者，皆不惜重金而得之於畫裡真真。男女學生尤如瘋似狂，置相片於衾枕間。林雪懷且以此致小康，而胡蝶惡其褻瀆，屢戒雪懷不能悛，而勃谿以起。

上海有聲電影，始於北四川路「愛普羅」電影院（後改建市廛，即五洲藥房分址），演為秀蘭・鄧普兒主角之偵探片，與紅綠眼鏡之立體電影同日上映。立體僅為黑影動作，有聲，僅門鍵、革履、刀叉，啟動作響，不能發語。迨大光明戲院成立，開演《蕩婦愚夫》，而有聲電影且有歌唱矣，繼之者為麥唐納、希弗萊合演之《璇宮豔史》，而影迷為之瘋狂。中國自拍有聲電影則創始於胡蝶之《歌女紅牡丹》，其發音實為蠟盤配聲。於時胡蝶已紅遍全國，氣勢之盛，足與伶王梅蘭芳抗衡。胡蝶不善歌，《歌女紅牡丹》片中，演平劇《坐宮》（周劍雲四郎）一段，胡蝶唱「猜一猜」，實係梅蘭芳片子，直到「冷落少歡」始聞本人真唱，因此句不完，尾聲須用哭音，隨即暈厥，唱片無能為力也。

潘有聲，汕頭人，業進口貿易，面長。初追胡蝶，宋小坡於《晶報》揭其事，稱為貌似朱洪武，及胡蝶膺選電影皇后，《晶報》復先揭預測，云：「胡蝶必為皇后，因阿潘早有九五至尊之相。」阿潘，胡蝶對有聲之暱稱也。而林胡離婚，亦於此時遂告決絕。胡蝶為人頗溫厚，守禮。時楊耐梅、張織雲、夏佩珍皆先後沒落，唯胡蝶明星如月，光照影國，而謠詠成城，亦以此際為盛。「九一八」事變，東北五省一夕失守，報紙喧騰，謂張學良方與胡蝶共舞。其實胡蝶於時已戀有聲，事變之夕，胡蝶並未離開上海，此與「一二八」事變，謠言陸小曼與王賡者，事出一轍。美人禍水，常被後人歪曲描畫，點綴歷史。其實，「吳亡何預西施事，一舸鴟夷浪費猜。」千古沉冤，正恨無人洗刷耳。

胡、潘友誼，持護至數年之久。杭州蝶來飯店開幕，胡蝶、徐來同往剪綵，胡蝶尚為雲英未嫁之身，其時上海未有揭幕風氣，趕往杭州看胡蝶，人山人海。及「八一三」事變，余自杭州蝶來飯店撤退，家有小鬟，忽怨云：「胡蝶、徐來，少爺偏偏要把她們的名字取做蝶來，如今真『敵來』了。」小妮子語，為之失笑。卅四年勝利，蝶來飯店復員，胡蝶、徐來，皆主張勿改，周市長亦云：「仍舊貫，何必改作。」

胡、潘結婚，青廬即在余愚園路蝶村，村占地四畝，建六宅，皆西班牙式，白堊紅簷，薜荔為壁，垂柳比鄰，小而實精，胡蝶、徐來皆賃屋於此。潘固商業健將，精於貿易，嫁後光陰，優裕非常。潘力主胡蝶退休影壇，蓋胡蝶從影時，與明星公司訂有合約——「合同期間，不許結婚」，故二人好合遲之至今。有聲恨之，力主不幹，胡蝶時以扁桃腺入院割治，遂順從夫子，決計脫離影壇。疾癒，容光勝昔，頸上有紅絲一線，膏沐不去。其後每出宴會，必御珍珠項串一圈，「水晶如意玉連環，下蔡城圍與破顏。」玉溪豔句，可為胡蝶詠之。裙屐之會，胡蝶雍容華貴，寶氣珠光益增其豔，而華年暗數，已卅六鴛鴦之譜矣。

胡蝶有錢癖，靜極思動，更一出參加明星集體演出，《博愛》以皇后頭銜，排名第一，得酬萬金。有聲固不願，胡蝶嘖嘖曰：「為郎賺美鈔，果不佳乎？」但李麗華、周璇皆以玲瓏嬌小見長，胡蝶不免有遲暮之感。會曾仲鳴被殺，林柏生被狙破顱，有聲見機而作，舉室還港。而珍珠港事起，香港淪陷，潘胡盡喪其資。有聲旋入後方，為運輸業，胡蝶亦一至重慶則容光復萃，見者謂如二十許人。

胡蝶善笑，人前不肯飲酒，知己二三，則亦儘量。醉後嬰寧，天真畢現，尤為可愛。平日待人接物無不彬彬有禮，從不見其慍色。但其演劇，以雍容勝，尤不善歌，時海上宴會，頗具管弦，我有嘉賓，鼓瑟吹笙，錦筵一曲，唯王吉能當仁不讓，崑戲平劇，無不佳妙。胡蝶每視此為畏途，則推徐來云：「唱，唱，唱。」徐來亦不善歌，但有《夜來香》一曲而已。梅蘭芳當筵亦不歌，胡蝶每引以為解嘲。伶王，影后，當年固蓋世無雙。勝利後，二人各拍五彩電影，梅有《生死恨》，胡蝶有《錦繡天堂》，亦足抗衡。胡蝶至今安度其生活於香港，隨外子經營熱水瓶廠，營業鼎盛。胡初不育，以潘弟之子為子，居港後，梅子含酸，石榴多孕，今已為三個孩子的母親，見者皆謂其手姿如昔，胡蝶不老云。

吳昌碩與任伯年之成名

很多人說，吳昌老五十以後始學畫，其實不然，我行篋中還藏著他四十歲以前的作品，畫法青藤，勁秀異常。可知他畫原有根底，不過後來遇到任伯年，又加以放縱，一改前法了。任伯年山陰人，原名鏡人，號小樓。其時上海賣畫的，以張子祥、任渭長最為出名。子祥畫牡丹，一面泥金扇子要一兩銀子，渭長畫法老蓮，古貌古心非常為人重視。伯年是學渭長，便難競勝。他住在城隍廟的豫園，每日到春風得意樓去倚欄品茗，下面正是一家鳥店和一家賣活雞鴨的。上海的鳥店，卻也是一景，滿屋子堆著鳥籠，裡面養著八哥兒、蠟嘴、相思鳥、掛鉤子、葵花鸚鵡、百靈兒、芙蓉、鴝鴿。百鳥和鳴，有如鈞天廣樂。猴、兔、犬、羊也和隔壁的雞、鴨、鵝哄哄不休，正如一家詩翁緊鄰著一家叉麻將的賭徒，雅俗各判。任伯年卻一概兼收，他每日靜息調神，壹志觀察它們的飛鳴食宿，各種情態。手裡拿支渴筆，鋪張素紙，偶有會心，便把它速寫下來。久而久之，他的翎毛花卉便成了獨創一格，他更用這種絕技，來替朋友們描取傳神，見了的沒一個不說神情酷肖，比西法油畫還要高明。其實他的畫法已暗通西法素描，而他自己卻不覺得。小樓成名之後，就改名伯年，他的意思是說：我的畫法，是不入時人眼目的，要百年之後方有識者。可是他的賣畫生涯，頓時紙貴，每天接件，手不停揮，連得吃飯、剃頭、睡眠的功夫也沒有了。他畫賣得便宜，一把扇子只取小銀毫四角。出筆也實在快，幾十個扇面，頃刻一揮而就，一面還要對付朋友，噱笑兼作。人也風趣，以此每日高朋滿座，吳昌老就是座客之一。

昌碩少孤貧，從小就歡喜刻圖章，家裡人厭惡他廢學，將他關在沿河干的一間柴屋裡。昌碩偷偷地帶著一把刻字刀，看見沿河干全是殘磚亂石，不由心花怒放。他率性躲著不肯出來，盡在裡面刻磚頭。等到家人發現，河干上的磚石已經堆滿一屋子，家人才知他有天才，許他從師學習。

昌碩曾一任縣令，便棄官到上海來刻圖章。他看見任伯年的畫，天資縱逸，愛慕非常，要拜伯年為師。其時昌碩的篆刻，已名滿中日，日本人最崇拜楊守敬，楊見昌碩刻石，推為古今一人，連趙撝叔、鄧石如都不能和他比，因此日人愈崇拜他。但他仍虛心向伯年請益，要從伯年學畫而盡棄少作。伯年是個畫忙，常常把剃頭和吃飯並作一件事，一面剃頭，一面吃飯，他太太尚嫌他荒廢了畫業，損失了潤筆。昌碩要拜師，任太太立刻反對，因為拜師就得教學生，廢了作畫的時間。伯年沒法，那天正是臘月送灶，伯年便乘興盡了一隻送灶的即景：一盞竹燈，一枝古梅，偷偷地捲給昌碩，說：「大令，你拿回去畫罷。」第二天一清晨，昌碩便揹了一卷畫紙來，打開一看，全是竹燈紅梅。伯年皺眉說：「抑何梅醜而燈古，然君自有法，稍縱放其筆意，便能成名，他日不在篆刻之下也。」一天，又畫了一張荷花來向伯年請教。伯年提起筆來，替他渲染，正在大筆淋漓之際，任太太突然一把苕帚，從後室掃將出來，趕著昌碩叫：「走，走，走。我們的畫畫時間，被你耽擱完了。」昌碩大驚，急取荷幅反身走出，紙幅又大，墨又不乾，昌碩怕捲損壞，只得一手擰著，走出大門，正和王秋士撞個滿懷。第二天，秋士在春風得意樓逢人便告，說，「昨日吳大令在任府上跳加官」。

秋士是任渭長的丈人峰，渭長結婚時，秋士要他的聘禮，他沒有錢，畫了一部水滸酒籌，作為羔雁。秋士是個刻竹專家，便將他刻了一副竹籥，印成拓本。新婚之日，分贈鬧房的親友，這部酒籌至今尚有石印本流傳，不過原拓難覓，畫稿卻在張蘿庵家。

吳昌老八十以後，天真有如小兒，尤其歡喜吃。聽見有人請客，巴不得就去，公子東邁常常會把帖子藏起來，但他會開抽屜，翻書箱去找，找著了便樂，叫東邁陪他去。東邁很以為苦，因為一不小心，這位老人就多食了，回來發熱，打噎。可是一件，不須服藥請醫，只要請他老人家吃幾片嬰兒自己藥片，便會霍然痊癒。如果找到了請帖而不和他同去赴宴時，他會坐在地上和小孩子一樣撒賴不起來。家裡人弄得無法，則說：「朱侍郎來了！」其時朱古微先生年不過五十，但昌老平生就是敬服他一個。聽見說朱侍郎來，無時不肅衣冠而起。

王一亭初為怡春堂學徒，專替箋扇店裡接送畫件，久受薰陶，拜徐小倉為師，學任派。後為日清公司買辦，始從昌碩，畫名之高，幾與昌碩埒。年齡比昌碩小不過十歲，但敬事昌碩有如嚴父。昌碩每出，如東邁不侍側，一亭便將扶恐後，鞠躬維謹。昌碩卒葬塘棲超山，萬樹梅花，長眠畫人。一亭廬墓書碑，列門弟子名自附末行。前輩之篤師敬老，至耄耄而不衰，有如此者，於今紀之，真如羲皇以上人矣。

伯年有女名霞，畫確肖乃翁，伯年晚年畫多出霞手。惜遇人不淑，以瘵疾卒。子堇叔，善為古文辭，性尤狷介，不肯受人一文錢。嘗為某賈作墓誌，賈致百金，求改一字。堇叔大罵云：「銀子可以不要，字一個也不能改。」故堇叔歿後，家境至為落寞，任夫人以乃翁伯年所遺畫稿數十卷，陳列於中國畫苑，展覽求售，而畫稿署款多作小樓，書似趙撝叔，全非伯年面目，人皆懷疑，望望然而去之。余為之作序，述先生往事，始稍有購者，亦僅敷喪費而已。久之，百樂門有舞人曰任黛黛，自稱為堇叔後人。余不信，欲與雪泥往訪之，黛黛避去。及後，上海淪陷日手，忽一日，盛傳百樂門舞女任黛黛被謀殺，任女實任重慶間諜工作，與陳曼麗遇刺同為百樂門大事。信如此，則任黛黛亦不朽矣。

李薔華與馮文鳳

「開到荼靡花事了。」李薔華、薇華姊妹，在勝利時期，以重慶藝人姿態，蜚聲上海菊部，而申江十里，春事闌珊矣。薔華美甚，在重慶時號小蘋果，薇華稱小橘子。及來滬，薇華已容光煥發，雙頰紅酣如蘋果。薔華則粉堆玉琢，肌膚有如九江名磁，表裡瑩澈。昔人稱劉備有甘夫人者，與白玉美人，並坐帳中，玉人為之遜色。向不信其說，見薔華則信之矣。薔華豔如桃李，而冷若冰霜，息嬀不言，愈覺有不能接近的可愛。薇華則天真活潑，見人便笑，故一對姊妹花，合之為雙美，分之則二難。美則美矣，以游乎藝，則未臻於真善。

薔華習旦，薇華習生，其假父李宗漢能操琴，稍稍通解文墨，向以程派腔自負。故授薔華以《鴛鴦塚》、《碧玉簪》諸劇，而以丑旦派薇華，蘋果之靨，粉墨狼藉，見者每為之可惜。薔、薇姊妹初來，言慧珠、童芷苓皆為之失色不安，及試上紅氍，則黔中之技，固非虎狼所畏，久之，亦習而狎之矣。

鄧仲和者，以金夫資格，腰纏百萬，出現歡場。其人民二十以前，市無知者，其崛起於工商，適有天幸。初為馮氏家童，便給。馮女悅之，擢為司書。女字文鳳，善書畫，為錢名山弟子，固才女也。鄧以「小」、「閒」事之，雖識字無多，而鳳女鍾情，秦宮入室矣。馮父不忍拂女意，遂許下嫁。鄧實有妻，故文鳳屈居第二。下嬪之日，鄧獲資無算。鄧性好博，如魚得水，一擲千金。文鳳規之曰：「為賈，為政，亦博耳。其注大，其博進也廣且巨。郎如好博，何不稍移五木下注於彼？」時上海提倡國貨雖力，而關稅壁壘不能自主，造紙、棉紗、紡織無不受日人打擊，而棉織業尤甚。安樂棉織廠受創深重，登報出盤，鄧以廉價得之，儼然廠主。會抵制日貨事起，國人一致求自力更生，國貨昭蘇，安樂棉織品遂亦乘時崛起，與三友、三星並駕齊驅，獲利無算。

文鳳書畫之餘，喜養動物，家有獸圈，豢雄猛警犬數十頭。文鳳復擅西畫，嘗自為寫照，畫己像與犬並頭。又愛貓，有波斯金銀眼，白獅子者，飾以紅緞結，能對鏡自憐。文鳳愛甚，即抱之而呼：「仲和，仲和！」仲和無以應也。會仲和兼營毛、絨線業，文鳳即以愛貓為其商標，今市上所見「英雄牌」是也。第二次大戰前夕，人造絲業盛起，義大利、日本占世界首位。國人羨之，以創辦資金甚巨，無敢嘗試，適有德國工程師在安和寺路設廠，機器原料具備，而工程師技術不佳，不能開工。仲和遽以價購之，人皆笑其愚。會珍珠港事起，百物騰湧，機械、原料日漲百倍，仲和由此大富。時上海發國難財者，以章榮初、鄧仲和為巨擘云。

廠占地甚廣，樓宇連起，文鳳即以廠為畫邸，遷居其中，重金豢德國工程師，命其訓練警犬，有人蒞廠參觀，狺狺之聲如入狼谷。文鳳日邀畫友為詩酒高會，與李秋君、陳小翠創女子書畫會，馮、李爭長，凡會員作品，文鳳悉重價購之，數千金無吝，秋君為之失色。仲和不解文墨，避諸女士如浼，去而優遊北里，重為賭徒，以美鈔作注，日擲萬金無吝色。

初眷情梅三媛，其房老曰方瑞珍，固數十年前名花，今則老成凋謝，獨為人瑞，蓮鉤未放，猶存民初間典型。擅琵琶，四弦一撥，滿座傾耳，唱大小《九連環》、《劈破玉》、《四季相思》，一串明喉，珠走玉瀉，隔室聽之，猶以為十三女兒碧玉破瓜時也。仲和至，雖二三友亦豪賭，盧雉之聲，與琵琶競響。及去，纏頭一擲千萬，顧不能博三媛一粲。仲和丰儀頗美，說江陰話，鄉土未改。故雖為金夫，而北里嬌豸未以其占全「五字」喜之，未既，三媛別嫁，仲和亦不復至。

文鳳多病，其肺、肝、胃，皆經名醫割治，嘗語人曰：「我是七竅玲瓏人，裡面空洞洞的，早已沒有東西了。」故仲和冶遊，文鳳不禁。家有四妾，文鳳未嘗爭夕。勝利前夕，仲和以囤積聚財至不可數，復斥鉅資，以美金二百萬購外灘匯中飯店，海上財翁無不駭然，以為哈同之後，無此大手筆久矣。而薔、薇姊妹亦隨勝利以俱來，仲和一見，驚為天人，始覺往時揮金如土，皆為虛牝，金屋藏嬌非薔華莫屬矣。

仲和雖慣入花叢，及見薔華，則訥訥如不能出口。薔華對之，亦冷豔交光，恩威並濟，與仲和相對終日，輒無交談。偶有言，如唱《春秋配》，必引其母衣裾，向母言之，而令其母轉言，仲和益覺其美。置衣衫，打首飾，買釵環，珠鑽翡翠，唯薔華是命。又為之購巨宅，錦毯象床，窮極富麗，而薔華入其室處，未嘗一笑，而外間皆知鄧仲和為冤桶矣。仲和內恧，求計李母，母云：「如今姑娘，人大心大，老身是管不了你們事的。」

仲和為薔華蓋造了烏龍院，自然也要同幾個朋友來玩玩，一則使薔華姊妹不冷靜，一則也向朋友們表示薔華對自己的熱絡。於是薔華的舍屋，旋已成了賭場。她姊妹倆人小，賭技卻精，尤其和仲和賭，薇華總是立在她姊姊身邊，偷眼瞧著仲和有什麼牌，她就在後面暗示放風。仲和賭了半生，偏偏全輸在薔華手裡，樂得借此博她姊妹歡心。可是她的假父，真是個要財不要命的，想盡方法，叫仲和出錢。李宗漢自命是個落魄文化人，人家則當面叫他李瞎子，他帶著一副黑眼鏡，就是貪嘴，一上席面，吃到一樣好的，夫妻同聲讚好，讚一聲「好」，四筷齊舉，雙槍並落，吃一隻，連一隻，非把這一樣吃飽了不可。這樣狼貪，薔華看著也會一笑。仲和就如獲至寶，反而運動李宗漢，以後上館子，就要這般表演，讓薔華好樂，宗漢也就借此大敲竹槓。薔、薇姊妹確是從李宗漢手裡養大的，一切玩藝兒也是李宗漢教出來的，母親是個鳩盤荼，女兒有了錢，她偏看不起李宗漢的玩藝兒，便讓薔華投師到名琴師周長華的門下，實習程門嫡派。後來李母戀上了孫瑤芳（曾陪顧正秋在臺灣唱過小生），在朔九寒天之下，一狠心把李宗漢趕出院去。不但趕，而且真不許他帶一件東西出去。李宗漢臨走又回頭，朝著兩個女兒跪著哀求說：「你們不要我這個瞎子可以的，但是那隻胡琴，是我自己帶來的，現在讓我帶了去罷！」李母把胡琴從門裡擲出來，說：「誰要你這個討飯東西！」

上海向有三小：黃文農、沈吉誠、葉仲芳，這是在抗戰以前的。勝利之後，也有三小，是小謝、小丁、小蔡，這三位仁兄並無所長，便是鄧仲和座中的熱客，李師師院裡的沈子金。薔華別人不愛，偏偏愛上了小丁，他們聚賭，她私下放牌。一天，仲和請他們一淘匯中飯店跳舞，薔華忽然在手心裡遞給小丁一卷紙條兒，從此他們便唱起烏龍院來。但凡小丁所歡喜的，她無不千方百計向鄧仲和去要過來。仲和也明知故犯，只要討取薔華的歡心，無不應承。他幾次和她媽媽商議，說：「家裡房子也大得緊呀！只要他們不再同出去跳舞，同看影戲，小丁愛到家裡來住哪一間，就住哪一間，我可以決不過問。」媽媽向薔華一說，薔華倒跳起來了，說：「戀愛是至上的，鄧仲和他那些兒管得著我？媽媽你也出去對他說，打明兒起，他就不要到這裡來罷，再來時，我就攆他！」仲和一氣，真有數天發誓不來，但是不久，他又來了。

共匪淪陷上海，馮文鳳因治病，已先去美國，薔華自和小丁到香港結婚，曾雙雙到過臺灣。唯有仲和擁著偌大家私捨不得離開上海，終於受到了三反五反的繼續清算，出門掃地。香港傳來的消息，鄧仲和縱有鄧氏銅山，仍不免餓死。鄧仲和是死了。

灘簧考

從灘簧，到女子蘇灘，其中經過一個很久時期。灘寫準了應寫做「攤」，就其詞牌〈攤破浣紗溪〉的攤，它是一種曲調，帶著舌尖滾聲，在小調裡便是《九連環》、《劈破玉》之類。再寫古一點，應寫作「鄉人儺」的「儺」（音奴），它是一種社戲，地方性的坐唱，所以蘇、杭、甬、揚都有灘簧，至於蘇灘二子連在一起，則其時間還不到五十年，始其事者為范少山。用行行出狀元的標準來談，則范少山應是平劇裡的譚鑫培，而林步青則是平劇裡的余叔岩。

范少山到上海尚在辛亥革命以前，其時的蘇灘，沒有什麼前灘後灘之分，只有「接燭」、「通宵」之別。接燭是從下午二點，唱到晚飯。通宵則卜夜不卜晝。他們唱的都是現在所謂「前灘」，沒有「後灘」。前灘的曲文，大致多從崑曲改編，引子、說白悉仍崑曲之舊，唱文則改為七字句，也有很多牌子，譬如《探親相罵》則完全用戲臺上的《銀扭絲》原曲。笙簧自范少山發明，也便是「攤、簧」二字連用的始典了。

蘇灘既從崑曲化出，亦如崑曲僅用笛、鼓、弦子。范少山才把笛子廢了而加琵琶、箏、笙。林步青又加二胡接觸之後，間唱小調時曲，他的坐臺規矩在么六式的：居中一人，彈弦子；桌口二人，一執鼓板，一個主唱；桌後二人分執箏、笙；當中二人是二胡、琵琶。後來又廢除箏、笙，成為么四。而後灘盛行，崑曲的形式僅僅剩了一副鼓板，鼓名「堂鼓」，板名「句曲」。

為什麼叫堂鼓呢，這個「堂」便是「堂鳴」的堂。又為什麼叫堂鳴呢，原來江南人家，崑曲盛時，有臺唱、坐唱之分，臺唱的叫做某某班，坐唱的叫做某某堂，堂的形式，也有帷幕雕欄，水珐燈彩，清音子弟歌鳴其中，故名「堂鳴」。鼓為「堂鼓」，因為這某某堂就寫號在鼓皮上。灘簧代堂鳴而興，廢去雕欄圍幕，仍存水珐燈彩，雙臺並桌，與和尚放焰口一樣，陳設許多小古董件兒，教觀眾欣賞。不過范少山堂會，尚自命清高，不掛堂名，到了他的徒弟，便掛堂名了（按：灘簧一名安康，便是一個最老的堂名）。

范少山弟子三人，林步青不在其內，大弟子小月笙，二弟子小桂笙，他們二人專唱前灘，不唱後灘。至今留聲片留有范少山、小桂笙的片子，只有前灘沒有後灘。三徒弟王金桂，原是個變戲法的，到他手裡，戲法便與灘簧合流，後來王美玉以女子蘇灘，異軍突起，小桂笙也收了女徒弟蔣婉貞，王金桂收了女徒弟施湘雲，蔣以前灘著名，施以戲法逞奇，而王美玉別承林步青衣缽以後灘時曲，顛倒眾生，每當鬱香堂上，玳瑁筵開，檀板四弦，幾全為王氏姊妹之天下，亦足豪矣。

林步青繼范少山之後，出奇制勝，他以前灘的草囤、湖船，加入新曲，號為後灘，又能隨時編句，即席生風。其時灘簧尚無女子，但林步青這個老頭子卻被萬眾歡迎，他因為唱小曲，開始用二胡，後來因為草囤、湖船，尚有定型，索性自編《賣橄欖》，其中插曲可任觀眾隨意點唱，一時風氣所布，連大舞臺也唱起《賣橄欖》、《蕩湖船》來了。何家聲、何金壽且因此走紅，化妝灘簧，此為嚆矢。林步青灌片甚多，自王旡能獨腳戲發明，乃取而代之，然存於灘簧者，其人材尚有朱國樑、張鳳雲夫妻對唱，開擾打棚，聽者亦為風靡。鳳雲頗有姿色，畢倚虹嘗綣之，然風流淵藪，廣大教主，必推王美玉為巨擘。當其盛時，幾與梅蘭芳、胡蝶爭一日之短長，上自達官貴人，下至販夫走卒，無不以一睹王美玉顏色為榮，而灘簧坐臺，近在咫尺，香風口語，脂粉交融，雖閨閣中人亦以王美玉為天仙化身，為世人結無量歡喜緣也。及其色衰，乃流於山梁，肉身佈施，西子蒙不潔，人皆掩鼻而過之，亦可哀也矣。

美玉有小姑曰王雪豔，時稱小妹子，當筵一曲，唱時調，兼流行歌曲，雙丫垂髫，亦受人憐。後改演話劇，一出現於綠寶，則楝花風信過已久矣。繼美玉而起，曰王彩雲、彩霞一雙姊妹，亦著豔名。而蔣婉貞復以前灘盛行於時，人思復古。後灘時調，亦為流行歌曲所奪，灘簧於此式微矣。

當林步青盛時，杭州有灘簧專家，倪貴、雲寶、友福、阿筱同至上海，與步青比賽，設座於安愷弟，各點前灘十折，賣茶賭唱，聽眾雲集。結果，步青失敗。倪貴為百代公司延聘，留《湯藥》、《遺囑》二折而去，步青引為終身之恥。

汽車物語

汽車自光緒二十七年，才到上海，由匈牙利人李時恩運入，計有二輛。工部局因無案可稽，姑照馬車納稅捐照。但馬車章程，第一是禁止速度超前，而汽車無法開慢。據說兩位車主，一個便是猶太商哈同，哈同夫人因此天天受罰而飛馳如故。衍聖公初次到上海，看了不識貨，在萬家春番菜館做過一首詩，留下了「汽笛篷篷叫鬼車，去來不怕路遙賒」的名句。商務書館出版《上海指南》（宣統二年版）說：「汽車向惟醫生乘坐，現在市上漸多。」則最初運到的二輛，其另一輛，當為醫生所坐，惜已無從查考他的姓名。

宣統末年，工部局始頒發汽車執照，自一號到五百號規定為自備車，每季納捐規銀十五兩，自五百零一號起六百號止為營業車，但至民國初年此項限制，即已打破，私人汽車增至千輛以上，營業汽車另發白牌子，自備車執照仍為黑底白字，俗稱公館牌子。號碼愈小者表現他的坐汽車資格愈老。第一號汽車周湘雲，更為滬人所羡稱。周亦以此自豪，招搖過市。第二號為猶太商沙遜，三號馬立斯，四號哈同，無不望塵興歎，自以為不及。於是好事者俱以重金購求最小號碼，以充資格。盛杏蓀諸子為尤豪，如澤丞行四，不但重價買了哈同的四號牌照，並將四四號、四四四號，亦花錢捐到，出入三車，豪華蓋世。蘋丞行七，兼置七號、七七號雙車。杜月笙車照為七七七七，人稱四隻七，亦有名於時。

汽車自齊（燮元）、盧（永祥）戰後，江浙寓公，遷居上海與日俱增，以十里洋場為銷金窩，稍與社會接觸者，大有立錐之地可無，汽車不可不坐之勢。民國十六年，私人汽車增至一萬三千餘輛，至廿六年數復倍之。其時車價至廉，福特一輛，美金六百元，以二元七角兌算，連關稅不過國幣二千元，尚可分期撥付，故稍有收入者皆可問津，洋場狎少或且典質赴之。華燈初上時，御車北里，徵逐酒食，不知者方以闊少視之。主人開轎飯賬，汽車例得一元，經過趙李，積少成多，且有以此支持日常生活者。日寇陷滬，汽油絕跡，三輪車乃起而代步，汽車入於長眠狀態。勝利復員，重行登記，不過八百餘輛，卅五年冬始增至六千輛，蓋久經兵燹，元氣未復，往昔豪華出入，至今徒步當車，實繁有徒，謔者謂之十一號自備車，謂其兩腳步行，如羅馬字11耳。

公共汽車，開駛甚晚。民國十一年，有董杏生者，擬自靜安寺路聖喬治飯店，沿愚園路至兆豐公園，行駛能容三十人的公共汽車二輛，繪圖具說，經工部局核准，於是年二月施行，為上海有公共汽車之始，旋因財力不充倒閉。中國公共汽車公司正式成立於民國十三年，行駛公共租界。法租界由法商電車公司兼營，華界由華商公司專營。敵偽時期，唯法商存有大量蘇拉油，照常行駛，公共租界、華界均告停頓。二層樓公共汽車，民廿四年始出現於公共租界，但如曇花一現，敵偽時期，盡為日寇盜去。勝利復原，獨此巍巍巨物，不復見其蹤跡矣。

上海郵話

郵票，英國開始貼用，僅是一八四〇年的事，我國始於光緒二年，僅後於英國三十多年。我國郵傳制度，始自周代，有步傳、馬傳兩種，漢代改稱驛遞，沿用二千年不廢。西人開埠以後，各使節和上海西人往來信件，例由總理衙門驛遞，上海方面則由海關附設郵務辦事處。至光緒四年，北洋大臣李鴻章奏准，先在上海、天津、煙臺、牛莊、廣州五處設立郵政局，收寄民間往來各通商口岸信件，其局仍交上海總稅務司赫德管理。是年發行郵票，共分三種，計銀一分（綠色）、三分（棕紅色）、五分（赭黃色），圖案中用蟠龍，由上海江海關造冊處銅模印刷，這就是世界集郵家所重視的「海關大龍票」。

光緒十六年（一八九〇），總理衙門札行赫德，著就通商口岸，推行郵政辦法。時上海客郵非常猖獗，各國僑民，倚仗著他的特殊勢力，自辦客郵，並不貼用中國郵票。中國人一向本著洋化心理，所以商埠寄信，也是相信客郵，內鄉僻鎮則相信私人設辦的航船信局。以是赫德創議，如要郵政辦好，非把郵政獨立不可。因而擬具設局章程，請總理衙門核辦。到光緒二十二年（一八九六），根據赫德所擬章程，開辦國家郵局，上海郵政總局便在這一年成立，仍歸稅務司會同監督管轄，實際並未脫除海關的控制。

其時各國為了他自己通信的便利，任意設立郵便館行使自己本國郵票的，有英、法、德、俄，日、美、奧、比等國，其延至民國初年尚見存在者有：

英國書信館（北京路博物院路轉角）
德國書信館（福州路六號）
俄國皇家書信館（昆山花園七號）
日本郵便局（東熙華德路一號）
法國書信館（天主堂街六十一號）
美國衙門書信館（黃浦路三十六號）

以上六國何時開設，已難考據。從甲午、庚子直到第一次歐洲大戰發生，中國的積弱與各國的客郵猖獗，正好作為一個比例。客郵不但可寄本國，甚至中國航信局可至之地，他們也漸漸可以越俎代庖。一種喧賓奪主，侵害中國權益的行為，在郵票史上，也曾蒙受過莫大的恥辱。

光緒二十年（一八九四）陰曆十月初六日，是慈禧太后的六十萬壽，中國第一次發行紀念郵票，也是總稅務司赫德的主張。仿西方禮俗，用郵票來紀念國家的慶祝大典。這一組郵票共分九種，自一分起至二錢四分為止，票面圖案由海關西人繪就，寄往日本承印，也就是中國郵票到外國去印的嚆矢。票面圖案分福、壽、龍、鯉、帆船等吉利圖形，亦即集郵家所稱的「萬壽郵票」。

自光緒二十二年，郵局正式成立，郵票幣值由銀碼改為洋碼，郵票仍向日本定印，但在新郵票未到時，暫將「帆船票」和「萬壽票」加蓋暫作銀洋若干字樣，以供使用。據集郵家的意思，這組郵票最感興趣，就是集郵家所重視的「印花郵票」，票上所印銀洋分值，大小至為不同，其中有「當壹圓」的一種，最為名貴，郵票大王周美權氏藏有一枚，按其價值，云非萬萬元以上不易也。

大清郵局正式郵票由日本印成後，於光緒二十三年陰曆元旦正式發行，票面自半分至五元計十二種，採取龍、魚、雁圖案，因為紙張和印刷的粗劣，翌年改由倫敦華德公司承印，這一組圖案與前並無改變，但花紋極為精細。其時全國郵局不過三十三處。到了光緒三十二年（一九〇六），滿清政府的郵傳部成立，專理郵政電務，但經五年，郵政才正式歸郵傳部接管而脫離海關，滿清也就在這一年亡國了。民國元年，南北統一，即將前清郵票加印「中華民國」四字，因為一部分在倫敦加印、一部分在上海加印的緣故，字體絕不相同。前者為楷體，後者為宋體，集郵的專家，一見就能分別。

民國二年，發行繪有孫總理像和袁世凱像的郵票，前者名為「革命紀念郵票」，後者名為「共和紀念郵票」，兩組郵票均自一分至五元，各十二種。其時全國郵局已有六百餘所，民國三年，全國劃分二十一郵區，每區設「郵政管理局」一所，其次「支局」，再次「代理支局」若干所。上海一埠因郵務繁多，獨自成立一區，計有一總局，十七支局。就在這一年，萬國郵會在西班牙開會，各國承認我國正式加入，並派上海管理局為國際直接交換局，與各國互負郵遞責任。

民國以來，上海郵局發行的郵票種類繁多，作者並非集郵專家，頗難臚舉。但憶民國二年發行郵票圖案，計分三種，分票繪帆船一艘，陸上有火車行駛，表示水陸交通之意。角票繪農夫收穫，遠處有先農壇景，表示以農立國之意。元票繪北平國子監牌樓，表示以士教化之意。集郵家總稱曰「倫敦帆船票」。

民國三年，改由北平財政部印刷局印製，圖案和倫敦版全同，集郵家稱為「北京帆船票」，以上兩種區別甚微，非專家不能辨析。民國十二年，續印一次，稱為「新帆船票」。自後，北伐成功，國民政府建都南京，其郵票之最有價值者，一為民國廿一年倫敦印的總理像票，因黨徽內圈，誤用雙線，復在北平加印改正，此未改正者稱為「總理雙圈票」；一種是同年發行的七十二烈士紀念郵票。以後便入於中日戰爭時期，因環境及物質的影響郵票發行不免紊亂，非有專家，殊難嬗述矣。

其由上海郵局發行，並為集郵家所羨稱者，有：一、紀念票八組。計：民十「郵政廿五年紀念票」，民十二「憲法紀念票」，民十八「統一紀念」和「中山陵國葬紀念票」，民廿一「西北科學考察團紀念」，民廿二「譚院長紀念」，民廿五「新生活紀念票」。二、賑捐票。僅有民十九發行的一組三枚。三、航空票。有民十八、二十、廿一發行的三組。四、臨時暫作票。有帆船票九種，總理像票三種，均為上海郵局歷年所售出，集郵家多有集藏者。

各國客郵在上海猖獗時代，他們亦在本國郵票之上，加蓋「中國」二字，此項郵票後來亦為集郵家所喜愛，聊備一格，日本蓋的「支那」，美郵加有「上海」，英郵有加蓋「中國遠征軍」一種，英文簡寫為C. E. F.，尤為中國國恥紀念之特殊郵票，此郵票發行於一九〇〇年，惜集郵家未有特別注意及之者。

十三點

上海人多歇後語，有句罵人俗語叫「郎德山」，後來又盛行了一句「金少山」。郎德山是說人做事沒有下文，金少山是說人戇頭戇腦。兩山都是伶人，全唱大面，郎德山是宮裡太監出身，故隱著一句紀曉嵐的笑話：「下文沒有了」。金少山的轉注就多了。按金少山的諧音是「斤少三」，就是說，一斤少三兩，暗裡藏著「十三點」的意思。上海用十三點來罵人是非常侮辱的，據訓詁家的考據，十三點的原意，是牌九牌裡一張和牌，和諧音為鵝，牌形非常像鬧撇扭的鵝頭頸，鵝鳴起來，「戇，戇，戇」直叫，所以十三點就是鵝牌，鵝牌就是「阿戇」。後來撲克盛行，K牌排行十三，又把十三點隱為「老K」。再後來，電話換了新式機，聽筒上有小孔，正是十三個，所以又把十三點轉注為「電話聽筒」。到了金少山走運，就把十三點的徽號，轉注為「金少山」，其時已很少人知道「郎德山」了。敵偽時期，由於食糧的缺乏，發行「戶口米」，戶口米三字，寫出來也是十三畫，又轉注成了「戶口米」，在戶口米流行的時候，卻鬧了一個笑話。

原來敵偽的戶口米是憑票每期給發的，發到六十五期，戶口米忽然斷檔，報紙公佈本期戶口米改發煤球。有一位小品作家蔡夷白便做了一篇文章，他說：「五百年後的一個地質學家，忽然在地層下面發現一顆扁圓形的黑東西，大家都不認識。後來經過考據家的考據，說：這是五百年前人民吃的一種食糧，名叫煤球。大家不信，他就翻出民國三十三年某月的《上海日報》，載著：『本期戶口米改發煤球。』」從戶口米來證明，可知煤球也是一種吃的東西。這一種奚落，對考據家是很刻薄的，所以流行術語，將刻薄話訕人，也叫做「送球煤」。

康克玲皇后

自從胡蝶晉位皇后，於是百業追踵，皆有皇后，甚至豆腐西施也變了皇后了。不過那種皇后確是天與人歸，輿論一致，其尤著名者當推康克玲皇后譚雪卿。

雪卿，番禺人，膚黝黑，纖長婀娜，眉目如畫，見人即笑，及其既貴，與胡蝶、徐來、王吉，號為四大美人。乘輿出入，接轂聯茵，堂華盛宴，幾以四美之不具，而令主客二難，黯然無色。於時三后均過花信（胡、徐為影后，王吉為舞后，譚為康克玲皇后），獨雪卿豆蔻年華，含珠蘊玉，唯稠人廣座間，雍容華貴有不及耳。雪卿初執業於永安公司文具部，專司自來水筆，時51型派克尚未出世，最當令者為「康克玲」，玉手親持，含情授受，由此趨之者如鶩。每日清晨至暮，永安文具櫃前，青年學子、禿頂商人必圍之數重。雪卿每於記帳時，好以鉛筆，親潤朱唇，其態尤美。於時有單戀者，其抽斗中積至康克玲自來水筆無數，每筆皆以原發票包封維謹，不許人手觸，其迷有如此。而康克玲皇后之名，方大噪於時，達官鉅賈，寖肆漁獵。雪卿善笑如嬰寧，若慧若愚，其實為守禮女子，與徐來、王吉同遊青島，有綽號太子者，一見傾心，百計追之。雪卿嬰寧曰：「他人可，唯太子不可。」或問其故，雪卿很調皮地說：「歷史是證據，哪有太子想皇后的？」聞者大笑。

雪卿後嫁潘姓一小商人，盡辭華嫵，返璞完貞。或以皇后稱之，輒悵然不樂。敵偽時期，徐來嫁唐生明，貴為司令夫人。王吉嫁潘三省，為俠林領袖，朱邸豪門，賓客聚賭，一夕數千萬。獨雪卿荊布無華，每日提筐至藍維藹路小菜場買小菜，為潘生二子，皆殤。潘每強之往徐來、王吉處告貸，雪卿稍事膏沐，至他戚友家小坐，即歸，偽稱不遇，潘亦無如何也。

勝利後，余嘗一遇之道中，衣履悃逼，眉目含愁，無復笑意。余請其至家小坐，辭曰：「婆婆等我回去燒飯。」即點首道別。問其夫，則去重慶作賈已有年餘矣。

古人說：「十步之間，必有芳草。」如譚雪卿者，可以謂之芳草矣。事隔十年，而知「康克玲皇后」者，已絕無僅有。

亂世佳人黑貓王吉

近世女子多才，當推王吉第一，她不但多才，而且美好。她能詩能畫，為符鐵年的入室弟子。她崑曲，壓倒朱傳芳，和梅蘭芳合演《遊園驚夢》，梅自以為不及。今香港出版的梅蘭芳《舞台四十年》，還有她二人合攝的《遊園驚夢》造像。她能平劇，早有女梅蘭芳的雅號，但她的出身，卻不過黑貓舞廳的一個舞女。

王吉身世不可考，自言無錫小磯山，故書畫署款，多作雪浪山人，畫紅梅尤為絕世。黑貓舞廳創始甚早，時僅虹口日本人所創之桃山、月宮備有舞女，國人自辦舞場而有舞女者，以黑貓為嚆矢。黑貓地處西藏路，每至夏令則遷至愚園路底，兆豐花園對面，闢露天花園，與惠而康毗鄰。惠而康是一家初期的夜花園，以「炸雞」出名，每當首夏清和、夕陽西下時，時髦仕女無不集此，鬢影衣香，扇影花氣，輪飆交織。黑貓音樂即於此時開始，其時樂隊以「華爾滋」為主，唯黑貓多奏「狐步」、「探戈」，高尚舞廳例禁二女共舞，唯黑貓二女起舞，例所不禁，故北里姊妹尤趨之若鶩。卜宵卜晝，拂曉不歸，評花品豔之流亦以此為大本營。王吉周旋於兩性之間，無不使之盡興而忘返。

王吉好御黑衣，纖濃得中，繫紅絛帶，作西班牙舞，驚鴻遊龍，不啻過也。其人能喜能嗔，玲瓏剔透，稍拂其意，即以玫瑰指甲抓人無貸。以此近王吉者無不愛之而又畏之，字之曰黑貓皇后，蓋尤先於胡蝶、徐來而貴。

王吉尤精通英法語言，自言法語得之其母，尤流利悅耳。嚴孟繁有子曰雋培，自法國歸，習油畫，翩翩佳公子也。但其人謹飭，為羊公不舞之鶴。嘗白日駕車，獨遊兆豐花園，還至惠而康吃咖啡，忽見綠樹陰中，草茵如繡，一黑衣女郎正在席地進餐，一個人卻吃得杯盤狼藉。他不免好奇，下階偷看。那女郎正抓著一隻雞腿，用手撕吃，見有人來看她，嗤然一笑，便站起來說：「朋友，你也嘴饞了罷？來，吃一點有什麼關係？」她的豪放使二人漸漸成為密友。但是雋培從來沒進過黑貓舞場，二人情話不是在公園，便是在惠而康吃炸雞。久之，二人且論嫁娶矣。

孟繁一任財政廳長，但書生積習，宦囊不豐。除了北平古屋一所，書畫數箱而外，並不能夠供給其子治遊之資。王吉的母親，雖不是一鴇，貪財是出於天性的，因此百端反對。有秦通理者亦無錫人，任硝磺局長，工計多財，亦善崑曲，工丑角，《照鏡》、《借茶》皆其擅場。時徐凌雲、穆藕初方辦崑曲傳習所，時亦彩串。一日，通理串《借茶》，王吉配演閻婆惜，秦一見驚為天人，於是百計謀之，揮金盈斗。王母遂效尤了玉堂春的鴇兒，在數九寒天，把嚴公子趕出了院門。一面彩輿鼓樂，百兩迎將，美人歸了沙叱利，聞者無不嘆惜。雋培發憤之餘，以渡法國巴黎，以資深造。王吉歸秦，亦不甚怨，蓋通理善於內媚，懂得女子心理，凡王吉之所欲者，彼無不能致之。王吉遂亦俯首稱降，安秦若素矣。其實，秦多內寵，並不止王吉一人，且皆有殊色。他完全拿她們來做交際的資本，王吉尤物，通理直倚之如左右手，凡通理所至之處，無不攜王吉以俱，度曲猜枚，風生即席，入其彀中者實繁有徒。通理完全是西門慶型的人物，他有時服小，有時施威，甚至捶楚亦所不惜。王吉亦有被虐待狂癲甘之如飴，未既，劉鴻生、王曉籟皆為入幕之賓矣。鴻生以財，曉籟以勢，而通理方慶計之得售。

劉鴻生是上海工商業新興的領袖，煤業世家，民國七年創辦了上海水泥公司，後來又創辦中華煤球公司、章華毛絨紡織廠、大中華火柴聯營公司。他的財力是很偉大的，但他的勢力卻不及王曉籟，因為王曉籟有一個上海市商會做他的資本，所聯絡的人物全是上海的聞人和大亨。生意人對於聞人大亨總不免有所顧忌，所以不久，鴻生就知難而退了。王曉籟花魁獨佔，秦通理做了賠了夫人又折兵的周郎。王吉稱曉籟為二哥。時曉籟已有六妾，王吉不願名列第七，自營金屋，位置琴書，出入名流，僅許曉籟三日一朝，曉籟亦無如之何也。通理驟失王吉，有如漢高之失蕭何，除去了左右手，數度造膝哀懇，至於淚下。王吉說：「你利用我也夠了。現在讓我休息休息，好在我與王二哥只是兄妹之交，將來的事，將來再說罷。」通理一度要對王二哥不利，會「八一三」事變，曉籟跳免香港。通理淪為漢奸，自以為故劍可以復合。王吉卻笑道：「你以為當了漢奸，就可以叫我再屈服嗎？我找一個比你大的漢奸，給你看看。」

王吉的名氣，相當不小，連日本人也企慕她，她一度逃回無錫，隱居於雪浪山中，剃去了頭髮做小尼姑。她真一事精百事精，做了尼姑，她便會看佛經，說機鋒，後來的王吉，言語之妙更是一絕。她雖做了尼姑，還是掩不住她的風流，日本兵在無錫，殺戮是夠慘的，進城的一天，全是倭刀隊，刃薄如風，見兩個殺一雙，看看殺到鄉下來了。王吉卻一塵不驚，她又仗著日語精通。一天，果有四五個日本兵到了她的庵裡，這庵還是王曉籟花錢替她造的，相當精緻。日本兵到了，看見是個小尼姑，暴戾之氣先軟下了一半。她不慌不忙，開出預備好了的啤酒，裡邊卻摻著高粱。她自己只端了一杯茶水，和他們猜日本拳，起先是日本兵逼她吃，後來是她灌日兵吃，結果是他們自己搶著吃。爭奪戰起，王吉就偷偷地溜出後山，連夜逃回到上海。王曉籟平日經過的女色的確不少，他偏偏忘不了王吉。珍珠港事件未發生前，曉籟雖屢次托人帶信，叫他到香港，她卻不肯，她捨不得上海這個花花世界。時，秦通理還是再三來逼她。她說：「我現在什麼人都能嫁，但第一要有很多的錢，第二要能和我正式結婚的人。」

潘三省者原是上海一個賭徒，貧得徹骨，他娶了花界的寶蓮老十，夫妻倆在被頭裡孵豆芽。他聽見了王吉的大言，便跑去看她，說：「像我這樣的，你也嫁給我嗎？我可以為你去當大漢奸，發大財，而且正式和你結婚。」王吉大笑而說：「好，我試試你。」不到幾天，潘三省竟當了小漢奸，和寶蓮老十宣告脫離，同日下午在維也納舞廳與王吉宣告結婚，全市為之駭然。

偽警察局長潘達，廣東人，偏喜唱崑曲，組織了曲會，以俞振飛、許伯遒為祭酒，仕女班頭非王吉莫屬。王吉說：「誰不知我今為寡人妻？大人先生的事，我是沒份兒的。」時南市賭場林立，北市則無，潘達遂特許三省在靜安寺路六十五號新仙林舊址設立賭場。接踵而起，有秋園、伊文泰、大勝胡同等數十家，潘三省皆沾潤之，驟躋大富。王吉置巨邸於開納路，渠渠廣廈，門禁森嚴，日本憲兵為之站崗，出入者葉吉卿、佘愛珍之流，皆敵偽時期之貴偽夫人，而羅君強的小太太且拜王吉為乾媽。三省外則豪賭，黃金作注，輪盤、牌九，賭客成城，香檳酒、鴉片煙，陪座的名花、坤伶，莫不盡態極妍，爭憐獻媚，真有障袖成風、吹蘭成霧之概。內則戲臺高設，彩串方開，恒舞酣歌，卜晝卜夜。三省賭徒，王吉戲迷，夫婦各得其所，大丈夫有志竟成，亦可以奉贈於賢梁孟矣。三省揮金如土，王吉則陰事據拮，頗別具用心。

惜哉好景不長，三省既富且貴，便爾見異思遷，別戀舞娘曰王三毛者，妖嬈多姿，三省惑之。王吉數爭之，至於用武，三省不為省。王吉乃與約曰：「汝欲之，則娶之，我可以與汝離婚，但代價必如我願！」三省曰：「可。」王吉乃開價，黃金二千條，金鋼鑽若干克拉。三省盡如約，王吉乃任三省娶三毛，而不知嚴雋培已為入室秦宮，墜歡重拾久矣。

王吉既擁多金，乃與雋培別營精舍於愛麥虞限路，學琴，琴藝又精絕。其室小而樸素，一棄往日奢華之習，雋培實有天閹疾，抱司馬子長之痛，往日情揚退舍，此中亦有隱情。今坐對芙蓉，撫琴弦而不御，王吉亦安之若素，夫婦相敬如賓，初見者不知其為亂世佳人，佚蕩一世者。勝利後，潘三省以漢奸入獄，王吉復出其資為之奔走。王曉籟以世侄視嚴雋培，雋培亦執禮恭維，相視而笑。

三省出獄，後為寡人，流浪香港，患中風疾，竟以貧病死。

參加英倫的故宮書畫展回憶

報載：我國政府正與美國接洽在美舉行中國古代藝術品首次展覽，胡適博士在國際藝術歷史向博物學大會來自廿六個國家的四十五位藝術家，博物館長和批評家，發表詞說：「中華民國官吏和美國首都藝術博物館館長正在挑選在臺灣珍藏的中國藝術品，選定約有兩百件……」

此一消息，使我非常興奮，連帶想起民國二十六年在上海舉辦的英倫展覽會。那年我國出品故宮文物計分瓷銅、玉石、書畫六門，單是古畫一項即有二百餘件，共裝四十一箱。事先列聘專家，組織審查委員會，書畫部門凡十一人，有龐萊臣、吳湖帆、張善孖、葉譽虎、張蔥玉、徐邦達、王季遷、張君謀、狄平子、趙叔孺等，余亦列名被聘之一，而官吏不預焉。此次被聘資格，均以收藏較富，和有鑒賞能力者為限，並不以他自己的畫名為高下，所以如馮超然、吳待秋、王一亭諸老輩，亦不與焉。

審查委員會對於審查非常認真，照理說，這些書畫出品，全部是經故宮收藏，蓋有乾隆御璽的十居其九，何必再要審查。但為慎重起見，乾隆的鑒別力，並不如項子京、安儀周、梁清標之可信。故宮收藏確是繁富，而其中魚龍混雜，亦有不能盡信者，此次出國展覽，關係我國數千年文物，故於審查之際，無不謹慎將事，而難題迭起矣。

第一，龐萊臣先生收藏之富，直接故宮文物，可以說晉唐名物多在故宮；宋元書畫，故宮得三分之二，龐氏擁有三分之一；明代書畫，則反是。清代畫（乾隆以上），龐氏收藏之富，可甲天下，故宮則為僅有。非不有也，蓋鼎革以還，一盜於太監，二盜於馮玉祥，三盜於易培基，而故宮舊藏清代文物盡矣。龐氏之富，僅王石谷一項，據龐氏自言，可以每天換掛一幅，歷經年而不窮。若以年計，則自石谷二十四歲起所作，以迄其卒，無一年或缺，可謂富矣。但其鑒賞目光，實借助他人，初期為顧若波、陸廉騮，中期多李醉石鑒定，晚年用徐俊卿，此四子者均為四王出身，故其目力及元明而止，不能上超於唐宋。

龐氏以四子為甄陶，先聲奪人，鑒別唐宋，頗有成見，年齒又最高，故偶有異議，先欲折服此老，必列舉若干書畫著錄，而能歷數家珍者，始能使之頷首。此事以王季遷、徐邦達為最擅場，二人時皆年少，並出吳湖帆門下，但鑒賞書畫則勝其師。季遷於民國卅七年被聘於美國博物館，專任中國古畫鑒定。著有《中國歷代書畫家印鑒》一書，尤為歐美人士所推崇信仰，至今留美未歸。徐邦達辨識之精而刻，尤勝於王。惜其聰明誤用，失志與張蔥玉投匪，擔任故宮書畫鑑別員。徐尤強記，凡《故宮週刊》所印書畫，其已流出人間者，徐能知其曾落何人之手，何時流傳，現在何家收藏，一一標筆籤註之，以見好毛酋。毛即下令，命徐負責著將各失物全部追回。徐驚悸得疾，從此結舌，不敢賣弄聰明。徐之與王，識力同而用之不同，一登雪嶺，一陷污地，可深慨焉！

葉譽虎是一個執拗人，論書畫尤執偏見，常與余爭辯一畫，各舉理由，而不相下。我說：「足下大似一古人。」葉問：「誰何？」我說，「王安石！」葉大喜。我說，「原來先生不知，我來說一節故事罷。王安石人稱拗相公，有一天，蘇子瞻寫了一個字請他去認，安石一看，是個「𠂉」字，安石不識，蘇子瞻說：「告相公，這是牛字。」安石說：「牛字還有一豎。」子瞻說：「相公，那條牛筋已被卑人抽去了。」」言訖合座大笑，譽虎頗惱。譽虎說話，目常下視，心計深沉，又好帶洋傘出門，效學英國首相張伯倫，此公晚節不終，固早於相人術中得之矣。

我們審查，除了根據學識的辯駁，耗費很大時間，還要對付英國專家。這次展覽，本是由英人主動，請求我們參加的。並由英國皇家博物館指定我國，請求必須出品三點：一、宋夏珪《長江萬里圖》。二、元黃子久《富春山居圖》。三、趙子昂《鵲華秋色圖》。這三件古畫緣於歷朝著錄太多，所以中外聞名。夏珪《長江萬里圖》，英國皇家博物館曾攝有長卷電影片，因此更是指定出品的一件重要中心。但使我們棘手的則是黃子久《富春山居》。子久《富春》原有兩件，一真一假，現在出品是個假的。《長江萬里圖》經過不少名家鑒別，認為不真，而他們要這兩件葉公之龍，我們還是將它出品，不出品呢？

商量的結果，我們不作決定，先將三件原物拍照，寄往英國，請他們專家去審定，所指名出品的是否這三件，回信來說：「正是此物。」我們再經斟酌，趙子昂的作品《鵲華秋色圖》之外，又加出了一卷《重江疊嶂圖》，這真是趙子昂精心結構的傑作，不但元明人都有題跋，而且經過湯傑的裝裱，卷尾並有年月小印，湯傑便是平劇裡《審頭刺湯》的湯勤（湯裱背），這也算得一個額外古典。提到子久《富春》，這問題卻大了，事情是這樣的。

明朝有個大收藏家叫吳問卿，他臨死的時候叫他侄兒把他最心愛的古畫，在他面前焚燒殉葬。侄兒看看希世的國寶都要被他叔父燒完了，心有不忍，偷偷地將一卷尚未燒完的東西撿了出來，那就是黃子久《富春山圖》。可惜上面已經燒了五個聯珠洞，所以後人叫它「焚餘本」。黃子久傳世真跡本鮮，此卷更為名貴。乾隆時代有個大臣傅恒，家中很富收藏，乾隆聽說子久《富春》在他家中，便命他進呈。傅恒當然不敢不依，誰知他卻進了一個贗的。乾隆不知是假，自欣得寶，從此幸三海，狩熱河，無不以此自隨。又自命風雅，每當春秋佳日，水綠山青，對景掛畫，便將此卷取將出來，寫上一首詩，蓋上數顆璽。此卷雖是贗本，但論年紀至少也是明初人的臨本。算它遭殃，不到十年，自卷子引手到拖尾，畫面的石隙林間，雲中水次，無不受了十全老人的點墨。看看都塗滿了，事有不幸，傅恒偏偏被罪抄了家，一切收藏書畫被沒收，進了《石渠寶笈》。《富春山圖》，卻發現了雙包案，筆墨當然兩樣，結構完全相同，卻比乾隆御題那卷，短了三尺，卷首有半個吳問卿印章，隱隱約約還有一個焦洞，分明以上失去那一段，正是吳問卿焚去的。乾隆心內有數，口裡偏不認輸，便取兩卷交給文大臣去鑒別，說哪一卷是真，哪一卷是假？諸臣哪裡敢辨，只叩頭說：「天鑒聖明」。乾隆一得意，就在真的那一卷上頭題了一大段，敘述經過事由，把真的定成假的，從此打入冷宮。民國革命，革了清朝，卻沒有革了宣統，清室優待條件之下，讓他在故宮裡偷賣古董度日。子久真跡就在此一時期，被日本人盜出宮來，由延光室用照相版印出，而偽本則在易培基編印《故宮週刊》時，亦分期刊入。明眼人兩下一對，誰假誰真，無不昭然若揭，但英國人是耳食的，他們迷信乾隆皇帝，指定了這卷贋本要出品，我們審查委員也就無法向他辨證，只能將這三大件，照數出國展覽。其他的書畫卻因不受種種牽掣之故，選得非常精審，商務書館印有全部書畫珂羅版，在臺灣的書畫家，還藏得有，可以按覈也。

英倫展出在民國廿六年春夏之交，籌備卻從廿五年秋天就開始，並在上海先開預展七天，觀者無不驚魂動魄，歎為希世奇逢。但出國展覽，英倫閉幕，出品回國已在是年十一月間，上海、南京相繼淪陷，故宮文物一部分留在南京朝天宮，未及撤退，書畫部分，因為回來得遲，反而由香港空運直達重慶，因此未遭南京圍城之劫。其時我在宜昌過陽曆年，飛機降落重慶，適見江邊有四十多箱東西堆在沙上淋雨。我問是什麼，管理人說是「英倫退回來的古畫」。我大驚失色，不及回家先趕到行政院去見滕固，他是上海古物出國時一切事務管理負責人。我告訴他這四十一箱書畫在江邊淋雨，沒有起運上岸。滕固聽了也大吃一驚，立刻先發油紙千張，將江邊的箱件遮蓋，費竟日之功才將古畫全部運向安全之處。這些古畫，據說現在臺中，保管完密，毫無損失，而滕固的墮墓木拱矣。

存在南京朝天宮的古物相當多，國府撤退時曾將鐵門封錮，後來日本人要想將它盜回本國，竟乘夜用炸藥將朝天宮鐵門炸開，用大軍車數十輛裝載古物，運上了日本兵艦。梁鴻志和陳群聞報，急往阻止，初時交涉無效。梁鴻志居然提出辭職書，表示寧可偽行政院長不幹，而不能讓日本人搬走中華古物，陳群也提出偽江蘇省主席的辭呈，來和梁鴻志並住一間樓上，七天七夜表示絕食，居然有「時日害喪，予及汝偕亡」的勇氣，日本人竟為折服，而將已經運上兵艦的古物，重新卸下，運回朝天宮。梁陳雖為漢奸，罪不容誅，但這一點兒保存古物的功勞是值得提起的。我《定山草堂》裡有一首〈無題〉詩曾為此事而作。「門外輕雷約素秋，鈿車無跡去仍留。成群恰伴樑間燕，七日凝妝不下樓。」便是說的此事。

吳問卿火燒的《富春圖》前段，後來為吳湖帆覓到，五洞聯珠，問卿半印宛然。湖帆欣歌得寶，將他和延光室照相本裱在一起，遍徵名家題詠，題曰「黃子久剩山圖」，余曾為長歌，頃不記憶。兩年前湖帆尚有來信，言簡而意苦，一次，開封僅一白紙，上書「剩山圖」三字，週邊用紅筆加了無數大圈，意思是說被沒收了。近年消息杳然，據張大千香港回來告訴我：「湖帆曾在先施公司門口擺過地攤。」我書至此，為之泫然擱筆。

羅志希云：「乾隆認為假的《富春山》卷仍在故宮博物院，未為日人得去，現俗存在臺灣。」

狀元女婿與鴛鴦蝴蝶派

《千家詩》裡有一句「一枝杏花紅十里，狀元歸去馬如飛」，五十年前的兒童讀本，封面畫著一個宮袍插花，騎馬狀元，令人豔羡。科舉時代的俗語，「狀元三年一個」，好像無甚希罕，可是說到狀元，就莫不肅然改容。其實狀元的名稱，起於唐宋，到了清朝，只是一個古稱，和知縣稱大令，候補道稱觀察一樣，並不真有什麼狀元、探花了。而且唐朝的狀元，是由會試主考所定，等於後世的會元。宋朝的前期，一甲三名，都可以稱狀元。南宋時代，才將廷試的第一人定為狀元。宋朱弁《曲洧舊聞》說：「狀元之目，始自召辟，本朝科舉取士，今呼廷試第一名為狀元，非也。」又三元之制，實始明代，李東陽詩「本朝科甲重三元」，便是指的鄉試「解元」、會試「會元」、廷試「狀元」。到了清朝，《大清會典》裡，根本就沒有狀元這個名式，廷試出來，一甲只有三名，一甲一名，例授翰林院編修（俗語稱他狀元）。第四名起一例稱為二甲進士，有入翰林院的，有不入翰林的，那更要經過翰林考試，名為點林。所以平劇《法門寺》內有一句戲詞：「二甲進士出身」，這是不錯的，現在都念做兩榜進士出身，那是錯的。因為進士稱甲榜，舉人稱乙榜，並非進士有兩榜呵。不過，狀元公這個名稱，直到民國初期，還是被人所羨稱。在上海人口中膾炙的有陸潤庠、張季直、劉春霖。而劉春霖實為科舉最後一科廷試中式的一甲一名，故上海人稱他為末代狀元，而號稱鴛鴦蝴蝶派的領袖文人徐枕亞，曾一度做過他的女婿。

枕亞常熟人，以著《玉梨魂》小說享名，那是民國初年上海流行的一種文言小說。他用《秋水軒尺牘》、《平山冷燕》的筆法，集合了種種香豔的四六文句來組織他的故事，內容是說一個寡婦，愛上了教他兒子讀書的教書匠。時林琴南用古文來譯英國小說，一般讀者都感覺艱深，對包天笑、黃摩西用白話來譯小說，又感覺得太洋化，對於徐枕亞的四六文言，乃大起好感。尤其這種有婦之夫和一個寡婦熱戀的故事，認為這是對舊禮教的宣戰，於是《玉梨魂》便成了一種文派，效學他而後來著名的有吳雙熱、孫了青、程瞻盧、顧明道、程小青、李涵秋、周瘦鵑，他們的文字經常在王鈍根主編的《禮拜六》雜誌上發表，所以有人又替他們上一個徽號叫「鴛鴦蝴蝶派」。而他們自己標榜，則稱為「禮拜六派」。後來左派文人，傾軋右派，率性將不屬於左派一系的完全稱之為鴛鴦蝴蝶派。在右派文人，是沒有承認的。

其實效尤徐枕亞文字的真真信徒，只有一個吳雙熱。了青早逝，顧明道改投向愷然，陸士諤寫武俠小說，程小青摹仿福爾摩斯寫偵探，李涵秋自寫《廣陵潮》成功以後，他的文章是突過徐枕亞的，文筆深刻，對於社會怪現狀，有禹鼎鑄奸之妙。周瘦鵑私淑包天笑，寫譯白話，但他的脂粉氣，卻中了徐枕亞的毒素，每篇卿卿我我，並將自己扮做女子，支頤拍照，題云「願天速變作女兒圖」，遍徵題詠。他後來譯過一部《高爾基》。

自從五四運動以後，枕亞的聲價，大受打擊，正和末代狀元一樣，漸漸不為人重。但是上海有一批暴發戶，專一歡喜前清太史字畫，有搜羅豪舉者並三十二幅、六十四幅而不止，龍頭老成，初屬於南通張謇。南通作古，遂轉移目標於末代狀元，劉老先生一年的潤筆收入卻也可觀。他有個狀元小姐，三十未嫁。從前鄉宦人家，閨閣中看小說是一樁大逆，所以劉小姐到了三十才看見《玉梨魂》，而其時的徐枕亞，已經快有五十歲了。這位小姐看《玉梨魂》看入了迷，不覺懨懨生起病來。劉狀元也開通了，覺得女兒的病有些蹊蹺，便要女兒直說，女兒沒說什麼，只把枕頭邊一本《玉梨魂》扔給他老父嚴親，眼裡卻流下淚來。老狀元從來沒讀過這種書本子，翻了幾頁不覺拍案叫絕起來：「不圖並世還有如此才子？」立刻托出人去，替女兒做媒。一個現成狀元女婿誰肯推辭不要？不久，文壇佳話，枕亞做了牛府招親的蔡伯喈。誰知這位小姐，一百個好，只是一件不好，第一天花燭之夜，便在枕頭上審徐枕亞，要他招供這個寡婦，到底有無其人？現在哪裡？是否就是徐枕亞的姘頭？任你枕亞百喙分辯，誰知愈辯愈糟。據說新婚第一夜，有個迷信，誰的東風壓了西風，一輩子誰就怕誰。不幸的是枕亞一代香奩手筆，竟被五花棒打倒了。從此雌威大振，每日罰他在書館裡焚香掛畫，寸步不離。有羨慕他人間豔福的，他只是搖頭喪氣，有時出來到宛米山房坐坐，春風得意樓泡一碗茶，他總長袖圍巾，遮得緊緊的，偶爾不慎，便要露出頸上斑斑紅紫。同文中替他加上一個新名詞的徽號叫做「虐待狂的享受者」。可惜美風不常，狀元小姐曇花現逝，枕亞潘岳悼亡，走上了文人的末路，玉樓赴召去了。這位老狀元，三十七年他還健在。據說，要湊翰林對子，現在已湊不滿八位太史公了。

言菊朋被困蕪湖關

言菊朋初期，飲譽之盛是越過余叔岩的。現在留傳下來兩張言、余唱片《魚腸劍》，知音的人就能分出他倆的高下來。菊朋初次南下，與梅蘭芳同時出演於共舞臺，聲勢浩大。琴票聖手陳十二彥衡亦列名戲單，人以為開前人未有之先例，其實孫佐臣以胡琴聖手名列正牌，已早在彥衡十年以前。唯菊朋初次南下，實由陳十二所慫恿，菊朋初亦虛心聽教，及藝名一噪，遂與十二大鬧彆扭，二人自後不復合作。菊朋與翠花有斷袖之好，鄂君繡被之謠，固菊朋親口所述，翠花兒亦不以為諱，菊朋倒楣亦由此起因。菊朋固為世家子弟，書法尤美，來至滬上，必主吳序倫家。序倫業律師，與春風館主汪煦昌，同為言迷，序倫家多書畫收藏，菊朋一燈高枕，輒於得意時哼一二小腔，出人意表。間亦客余家，為十雲說腔，故十雲之歌，得早期言腔為多。

菊朋名士派甚夠，不修邊幅，每晨起，自端臉水，臉盆必置之地上，既哼且盥。沐已則出其多年不換之骯髒牙刷，已僅餘一毛，猶刷之不已，謔者謂之一毛不拔。指爪滿嵌煙膏，墨如棗泥，終日濯，亦不能去，每化妝登臺，手爪之漆黑如故也。但菊朋實為審音，四聲陰陽吐字之準，無不合於旋律，雖叔岩、硯秋皆難逾之。顧以嗜好之深，嗓音日促，乃趨鬼腔，倘在常人病嗓至此，早已嘶不成聲，而菊朋雖《空城》、《昭關》亦能應付自如，謂之鬼才，誰曰不宜。故平劇中如有杜甫，固老譚莫屬，而菊朋為李長吉後身，亦當之無愧。菊朋雖以劇藝鳴於壇坫，而其子女乃無一人肯服者，子少朋且背父而投馬連良，菊朋引為終身之恨。然小朋學馬，亦具苦心孤詣，每觀摩臺下，於連良之一舉手一投足，甚至一笑一噘，無不筆錄札記，心追口摹。謔者稱他為「馬連良的電影兒」。

言菊朋對於家遭不造，比侘傺歌壇，還要來得失意。心中隱痛，對於他的賢郎，所謂「堯舜之子尚有丹、均」。人各有志，生兒何必像賢，倒還可以排解得開，獨有對於他的兩位姑奶奶：言慧珠、言慧蘭小姐，那種飛揚跋扈、角逐情場的事兒，老頭子喝過幾升墨汁，實在覺得如今的事兒有些看不過。加以言小姐服安眠藥，演出了滑稽風流焰口，老頭子一氣真不想待在家裡了，他打點行囊，向上海一躲，任何客也沒拜，偏偏冤家狹路，言二小姐趕到上海來唱戲，上海人最是瘋魔好奇。對於自殺的神秘性的小姐更有趣，言二小姐的芳容，確實百分之百的像他父親，可是女人到底是女人，花兒一插，粉兒一抹，一個平常姿色也會變成千嬌百媚。何況慧珠本善於搔首弄姿，她的梅派青衣，平心而論確也不弱。這兩下子一湊，她就大紅大紫起來了。

菊朋氣得盡是吹鬍瞪眼，說：「上海我不能住了。她到那兒，我避她。」他一氣，真個去到南京。可是他的嗓門兒已經不興，他的鬼腔，在留聲機裡聽，覺得新穎可喜，一到臺上，便坐在池子第一排也聽不出了。加以他沐猴而冠那種扮相，一出臺就引人哄堂大笑。他覺得南京不能待，到一個小碼頭去渾渾罷。便到了蕪湖，貼戲登臺。誰知人是勢利眼，你在上海南京都唱不紅了，蕪湖人怎會歡迎你？果然秦二爺落了天堂州，被困得一籌莫展，戲箱行頭，吃盡當光。有人去報告言大小姐說：「三爺，落難了，你得救火去。」慧珠一扭頭，說：「老爺子，他自己有能耐，有本領，我才不救呢。」

可是人家父女終歸還是父女，言小姐不用親下江南，可憑三言兩語，打發一個人去，便把老頭子贖回到上海來了。言小姐說：「爺，你這番服我不服？」菊朋做出了《盜宗卷》的身段，說：「服，服，我一輩子服了你了。」

菊朋晚年喜唱《白帝城托孤》，那一種彌留將死的景象，聲似遊絲尋碧落，倒也著實淒涼悲壯。可是叫好不叫座，他終於民國三十一年的六月間去世，卒年僅五十三歲。他留下了很多的留聲灌片。在三十四年勝利之後，一張《讓徐州》忽然大紅起來，滿街滿巷，全唱著「未開言，不由人，珠淚滾滾」。三十七年徐州會戰，共匪渡江，我們流浪到了臺灣，亦戲妖也。

當年曾唱「雪兒」歌

「春花秋月盡銷磨，錦水年華付逝波，若問老身劉四媽，當年曾唱雪兒歌。」這是《獨佔花魁》劇中劉四媽的上場詩，雪兒何人，頗難考證，這首上場詩句卻是不差。所以老身倒還記得，至於我這裡所提的雪兒，二十年前卻是人人都曉，她和紫瓊老九雙懸豔幟於北里。紫瓊眉目飛揚，十分雋美；雪兒則守禮含羞，終日手不釋卷。兩人談吐都很風雅，所以當日文人逢場作嬉，都喜歡到會樂里她家。她倆住樓下房間，樓上是雅秋，姐妹雙花，長姊行四，幼女無名，大家都稱她雅秋小妹妹。小妹妹活潑天真，尤善於叫。有時坐懷攬頸，只要一碰到她，她就像鸚哥一樣嬌叫起來。現在有人說好萊塢電影裡的女人都善尖叫，叫得人魂不附體。其實這種尖聲叫，只有十四五歲的女孩兒，情竇未開，天真如玉，她那種嬰寧一叫，帶笑帶駭，脆如玻璃墮地，明如流水行雲的叫，才能使人聽了有如蘇門的長嘯一般，愛好出於天然，比笙簫還要好聽。所以雅秋小妹妹的叫，當時也是出了名的。後來紫瓊嫁了古書收藏家的權威，中國書店老闆陳乃乾，雪兒嫁了嚴獨鶴，雅秋老四嫁了王元龍。唯有雅秋小妹妹，佚宕歡場，歌筵舞榭，藝海雙棲，更名裘麗。她倒是個聰明絕頂的人，她學會了英文和日語，敵偽時期竟擔任了間諜工作，她和陳曼麗、任黛黛，都是七十六號所注目的人。曼麗在百樂門被刺槍殺。黛黛也在寓所被刺，死得更慘。裘麗卻嫁了一時代商人，為護色掩膜，勝利之前，她們夫婦就到臺灣來做工作。一九四九年人家逃到臺灣來，她們夫婦倆反而回進大陸去。臨行時她來別我，慷慨地握手說：「別了。咱們大陸見。」但他們到了上海不久，噩耗傳來，夫婦雙雙遇害。

嚴獨鶴喪偶，他本是不走花街柳巷的，朋友們見他奉倩神傷得厲害，其時我們有個狼虎會，我和李常覺、周瘦鷗、丁悚四人所發起的聚餐會，後來，獨鶴、鈍根、畢倚虹、任矜蘋、周劍雲、江小鶼、楊清磬也加入了。成了新聞、出版、著作、電影、文人集中的聚餐會。這些人，年齡多在三十四十之間，吃起來狼吞虎嚥，所以題了個名字叫狼虎會。從民國六年到廿六年止，一直持久不散，人數雖僅一桌，卻成了文藝界綜合的權威。尤其是發掘小吃館子，是本會的唯一工作。例如陶樂春發現時，僅為大舞臺對面一開間的四川抄手館子，靠扶梯三個賣桌，專賣榨菜炒肉絲、乾燒鯽魚和雞豆花湯。雅敘園是湖北路轉角靠電車軌道的一個樓下賣座，只賣油炮肚、炒里肌絲、合菜帶帽帶薄餅、小米稀飯。小有天是小花園裡面的一家閩菜小吃，奶油魚唇、葛粉包帶杏仁湯，是他的拿手。後來都在《申報‧自由談》和《新聞報‧快活林》捧出來了，我們反而不去了，因為爐臺一大，人多手雜，菜就改了原樣原味，因此相戒，以後遇到好吃小館子，千萬保密。有許多小館子後來發現，直到勝利復員他們還保持著一開間門面的如：石路吉陞棧對面的烹對蝦、醬炮羊味，六馬路的魚生粥，石路上的肉骨頭稀飯、油條，德和館的紅燒頭尾、鹽件，《泰晤士報》三層樓的蟹殼黃、生煎饅頭，霞飛路菜根香的辣醬飯，浦東同鄉會隔壁的臭豆腐乾大王等等，直到我們三十七年來臺，它還是保持著原狀。至於梁園的烤鴨子，雲記的臘味，喬家柵的湯糰鋪，在敵偽時期還有了偽組織，那是王汝嘉的冒牌湯糰，不是真正金家牌樓的分店。當時狼虎會員既是以發現小吃為職志，當然沒有什麼開筵坐花那種豪情義舉。因為獨鶴悼亡，有一次忽然大家發起，何不將狼虎開到紫瓊雪兒的芳巢去，讓鶴兒也樂上一樂。

獨鶴本來是無可不可的，小鶼卻說我們何必落這種俗套，我們在一開間的館子店，也可以叫堂差。這一天我們正在飯店弄堂同華樓吃。那時，這種地方本不備局票，楊清磬親自上街，到四馬路去買了十幾張梅紅單帖回來，他說：「我們率性用紅帖紙將她們請了來罷，好得同華樓地方還大。」大家一高興，畢倚虹舞起筆來，便義務地替人家寫條子，因為叫的都是熟人，一會兒都來了。那時候有小四金剛和五虎將，一時也都到齊。小四金剛是張素雲、蔡紫紅、芳卿、雲蘭芳，五虎將是高弟、葵雲青、琴寓、徐弟、鏡花樓。顧名思義，小金剛當然是豆蔻梢頭的小先生，五虎將是如狼如虎的能征慣戰的大將。她們不但資格相當老，而且都是平劇的專家，如高弟和鏡花樓的青衣，琴寓的小生，葵雲青的鬚生，恐怕現在任何票友都趕不上她們。她們都自有琴師，隨帶月琴三弦，來一個就是四個。再加小鶼又替獨鶴叫了雪兒、紫瓊，自己叫了雅秋妹妹。彩鳳烏鴉，幾十個人幾乎把一間同華樓擠破了。樓上絲管嗷嘈，樓下閒人如市，十里洋場，酒樓歌館，見慣司空，原非奇事。但在飯店弄堂叫堂差，而且如此之多，如此之盛，恐怕租界百年史中亦僅有此一幀耳。不久，琴寓老去，葵雲青下嫁蓋叫天，鏡花樓、高弟轉赴漢皋，老成星散，無怪是夕樓下觀者成市，連一條畫錦里都擠滿了人。是夕主客皆歌，唯嚴獨鶴與雪兒喁喁細語，明日大家就接到獨鶴在雪兒妝閣發出的請客票。

獨鶴伉儷情深，平日絕少涉足歡場，這次忽然在雪兒妝閣請起客來，大家以為奇事。獨鶴的夫人是患肺病死的，X光是德醫江逢治回國以後才有的。其時肺療權威是英人布梅，他的診斷肺傷後葉，要從背部開刀。誰知開了刀卻發現肺傷的是前葉，要重開。獨鶴日夜服侍病人，衣不解帶，可是藥石無靈，終於謝世。獨鶴每和雪兒深夜挑燈，縱談往事，雪兒輒為沾巾助泣。原來雪兒也是肺病家，所以她雖在風塵，卻是多愁善病，不苟言笑。聽了獨鶴的敘述，更自憐身世，覺得日後年華老大，馬車冷落時，此一葉秋桐正不知飄到何處。獨鶴總是體貼她，安慰她。雪兒雖非孤高自賞，為人也落落難合，偏偏有自命風雅的，視雪兒有如花魁女，以一親芳澤為榮。每日觴政，幾乎疲於奔命，每晚咳嗽，竟自帶著微紅。雪兒一發傷感，獨鶴也如賣油郎接吐一般，每日在新聞報館發完稿子，便到雪兒妝閣，替她稱藥量杯，體貼備至。雪兒倚枕斜眠，雙頰紅得像抹了一層胭脂，自知肺病已深，不覺墮淚歎道：「你的情義，我今世無恩可報，只好等待來世了。」獨鶴深為感動，有一天對紫瓊說：「雪兒的病是不會好的了，但是我不敢告訴她。我想將她討回家去調養，只是不曉得她對我肯不肯？」紫瓊聽了大笑道：「儂發癡哉。一個病人，你抬她回去做什麼？」誰知二人商量，正被雪兒聽見，她感激獨鶴，覺得賣油郎也不肯討一個病花魁回去的。何況獨鶴是個文壇鉅子，將來總非籠中之物，便一口氣除了牌子。不久，他們的結婚喜柬，傳到文壇，大家都喝到喜酒。

雪兒確有林下風度，自為嚴氏婦，從不見她再穿過一件華豔的衣服，嫁了獨鶴二十多年，不見她在戲館出現過一次。可是雪兒嫁後光陰，還有十餘年在藥罐頭旁邊掙扎，獨鶴的伺候病妻，也是衣不解帶，毫無怨色。幸而醫藥日益昌明，肺病更有了特效藥。在我們離開上海的時候，雪兒嫂子已面團團有如和喜姑娘一般了。

地皮大王程霖生

上海闢為租界，以地皮起家者實繁有徒，擁產最巨者，哈同以外，首推程麻皮，雖煊赫一世之盛宮保亦難與競。程安徽人，身世不可考。程卒，分產業為二，長子早卒，有孫名貽澤。次子霖生頗能繼承父業，兼為阿侄保護人，故程氏擁有地產之巨之富，人望之雲若垂天之牛，號霖生為地皮大王而不名，亦如號稱其父為程麻皮而不名也。霖生以此自豪。

霖生性慷慨而好奇，雅慕遊俠，而才具不足以濟之，則以多金稱勝。故食客常滿而雞鳴狗盜出其門，九流三教無不畢至。廣廈渠渠，分部食客，常致百人，鳴鐘而食，供給鴉片，每日常至數斤，於廳下設鼎鑊熬煙膏，香聞鄰里數十家，每日如是。花廳十榻並陳，燒燈替皆豆蔻小鬟，霖生獨據大榻眠，聽客談《山海經》，胡天胡地，幾不知世間之有南北。相傳其家有狐，常幻形晝出，坐於中堂，白鬚紅帽，容肅甚偉。每現，則霖生必致大利。事有驗，霖生亦好投機，霖生即舉巨金與所言者，蓋時尚僅有金業公所。每晨聽滙豐銀行之先令掛牌，而定是日標金開盤之高下。標金以十兩為一條，七條為一枰。標金買賣例以一枰（七條）起碼。其時投機最小數亦以七枰為起碼交易（七七四十九條），稍高者則二百十條，一進出間籌碼數十萬元，但憑彼此一伸手為號。既無拍板，亦無記帳，而彼此信用卓越，從無差失。但其買賣性質，實等賭博，每日價格僅憑滙豐掛牌為準。掛牌率以上午九時，而投機者於八時已經麇集，彼此抛吸，喊價交易，謂之紅盤。及滙豐掛牌而場中勝敗，已經一度鏖戰矣。滙豐買辦所謂近水樓臺先得月者，輒能勝算獨操，從中取利。故為滙豐買辦者俱致巨富，其半亦由投機來也。

程霖生出，挾其多金，人出我進，專做多頭（按：中國人做標金，均喜多頭而不信法幣，終至自焚慘敗。近年來在香港炒金者亦坐此敗），投機事業本無準的，求過於供則躍價驟升，供過於求則一落千丈。霖生投機標金，一扯千枰，舉重如輕，日贏數十萬，視若無睹，而為之投機破產者，一家哭，一路哭矣。黠者乃唯霖生馬首自瞻，今日霖生多頭，則全場一順邊睏多；今日霖生空頭，則全場一順邊抛空。滙豐掛牌幾等虛設。於此時也，霖生志得意滿，每日廣居群樂，幾於南面王不易。有諷之者曰：「公富則富矣，豪則豪矣，雅則未也。」霖生矍然而起：「奈何則可？」或曰：「親風雅，必於古董書畫始。古人所謂，一進門來油漆香，家中缺少舊書箱者，雖富過敵國，而反目不識一丁，充其量，亦城南沈萬三之流耳。然沈萬山尚有一件古董——『聚寶盆』」！

霖生矍然曰：「然則我先收銅器可乎？」於是霖生大收銅器，而金業幫中皆為之跟進。久之，三代彝鼎堆積如山，玩古董者群趨程門，周梅閣、王喻菊之流乃大造贗鼎。梅閣本金石老手，其所製作，尤為精湛，霖生皆不惜萬金買之。為之博鑒者周渭若、葉山濤，皆霖生門下之地皮掮客，識力不勝，附庸風雅而已。他日霖生盡陳寶鼎，邀請士林勝流縱觀，見者莫不掩口葫蘆，但呼「好，好」。霖生聰明絕頂，心知有異，而口不肯言，乃翻然變計曰：「吾收三代器，夥願沉沉，業厭之矣。自今日始，請收書畫。」於是金業幫又為之聞風跟進，凡經營投機者幾以家中無一幅畫，即不為商業名流者。其時，錢莊、地產、金業可謂三位一體，其隨霖生而起家者實繁有徒。一時洋場風雅幾以霖生為淵藪。而葉公好龍，真者不至，其以藏精品名者反在泰康潤金號之王伯元、趙仲英、金梅先，非霖生也。霖生大失意，以為奇恥，張大千適於其時遊滬，遂往說霖生。

大千十九歲，為玉梅庵弟子，其時已髯而鬍矣。道人固不善畫，大千畫出乃姐所授，至滬，寓西門里海上墨林，其年最少。鄭曼青至，又少於大千。二人嘗各攜所作，訪西泠印社，執見於丁輔之、高欣木。及退，兩翁評其畫云：「曼青將來了不得，大千一塌糊塗。」曾幾何年，大千名滿天下，而兩翁墓木拱矣。大千偶作石濤畫並臨其款識，置玉梅庵中，會霖生至，見畫以為真石濤，大稱賞之，必欲攜去。歸則賈七百金，酬道人。自以為豪奪，道人不能具告所以，他日出真畫值七百金者令大千往致霖生。大千至，見其廣廈閎崇，琳琅四壁，意復匿笑。遂說之曰：「公收諸家，夥矣而不專，何不專收一家？」霖生曰：「何家而可？」大千曰：「公愛石濤，何不建石濤堂，此海內一人也。」霖生大樂，既而憮然，曰：「吾收石濤，必先得其『天下第一』者，君視我堂高數仞，何求而能得此大幅石濤，懸吾中堂耶？」大千以目作尺，上下忖度之，歸而出古紙，閉門作一大畫，長二丈四尺署款石濤，裝潢之，薰炱之，既舊，乃使書畫估某客掮之，往售霖生。且告之曰：「必索五千金。」客往，霖生以為真天下第一石濤畫矣。乃唶曰：「五千金吾不吝，但必得張大千來鑒定，吾乃購也。」立命馳車接大千，大千至，略一睥睨，即曰：「偽耳。」某客氣索結舌，目數四視大千，大千揚揚若無睹，且抨擊之曰：「某山氣弱，某樹筆弱。」霖生謝客曰：「先生休矣，吾不能以五千金購一贗濤矣。」某客不知所對，悻悻捲畫出門而去。去即馳往叩大千之門，則大千已在室矣。見客大笑曰：「客有言乎？趣無言！明日更往見霖生，但言張大千已買此畫。」客悟，遲數日乃往見霖生，見但撫手：「荷，荷。」霖生問：「客何為！」客曰：「無所為，但張大千已買此畫矣！」霖生大怒曰：「張大千欺我。」又問：「彼價幾何？」客曰：「四千五。」霖生曰：「我倍之，必得乃已。」客固有難色，曰：「容緩商之。」旋覆命曰：「大千云前日失眼，後細看乃是真，今為大風堂瑰寶，固非萬金莫讓。」霖生立以萬金署劵得大千贗畫。後建石濤堂，收藏石濤三百餘幅，而不許大千造門縱觀。大千私語人曰：「試揭其楮而觀其後，十之七皆有我所畫花押。」及霖生敗，大千頗收其畫，則亦並非盡贗作也。

霖生又愛拳術，致奇人無算，楊、欒、陳、尤，多出其門。一日有術士造門自言能咒致生物，及千里外肴饌果餌，且有招牌紙為信。霖生異之，集諸賓客，令試術。客即移書櫃於中堂，發書出篋，空其櫃，嚴閉之，問主人何索，霖生曰：「我聞成都吳抄手餛飩極有名，幸能為我致之，享客。」時座客二十餘，術士以指計曰：「此需二百抄手，約一炊許始可至。」即上大床眠，與霖生對榻抽煙，顧客談笑，若忘其事者。久之，櫃下有聲甚厲，術者曰：「至矣。」揭櫃，熱氣蒸騰而出，術者往取之，荷葉裹飦，續續出不已。數之正二十包，並發票一紙，署吳抄手。座客無不驚笑，然食之亦與市售者等，無他異。此術哄傳滬濱，杜、張、盛、周諸巨家豪室，無不延往奏技。術者或往或不往，往必獻奇技，而以櫥櫃中能出酒食為多，唯時鮮特產則不能致。有客堅欲得漢口市黃鶴樓粉蒸鯝魚者，術士初不允，一日忽於他巨家出之，於是眾口喧騰以為神奇。楊仁山者精於拳術，其技傳於欒煥之，其技擊亦有不可思議者。常於霖生家中試藝。煥之云：「我不可出手，出手則受者必傷。今可為君小試之。」時適有數客入門，與欒相隔數丈。欒曰：「吾且阻其入。」因右手自扼其左手，若發拳狀。諸客忽然如蜂蝶之入蛛網，衝門跌撞苦不得入。欒急撒手曰：「解矣。」客即魚貫而入，不自知頃為物所阻者。尤彭熙學醫於德國，得博士。忽沉信於密宗，對欒自以為不及，因拜為師。一日，欒方溺，尤遽自後奮拳擊之，以為必倒。欒忽輕巧如玲瓏紙人，隨風搖搖而竟不倒。尤大駭，避去，自後，不敢見欒煥之，畏之如神。陳維周於四家中技為較弱，其太極拳為最純正，故楊派、陳派亦分門敵體，欒、尤亦自以為不及云。之四人者霖生相禮遇之，盛筵厚設，如《三國演義》中曹瞞之待關羽。唯前術者後以事敗，故略其名不書焉。

上海商業金融，向以陰陽曆並行，兩次結帳，陽曆在前，陰曆在後。大率銀行用陽曆，錢莊用陰曆，故負債者可以左右逢源，前後騰挪。長袖善舞者，注此挹彼，從無捉襟露肘之弊。又租界地皮，盡為洋商道契，天主堂銀根出借，必以道契為抵押品，估值甚高。地產投機商，往往具什一資本購進道契，可向洋商抵押百分之九十借款，長年取利不過六釐。地產出售，利益盡歸押主。故當時金融之活，舉債之易，人人皆自以為有沈萬三聚寶盆，終生無竭蹶之虞。「一二八」事變起，金融大受打擊，國家厲行陽曆，銀行錢莊同月結帳，而雙重金融活動，變為單線。政府為嚴防投機之猖獗，限止銀錢業以道契抵押。於是凡有所抵押者，無不受到道契催贖之困難。加以洋商方面，鑒於世界大勢之不穩，都有脫貨求財，歸國享福之先知先覺。於是洋商地皮商若沙遜、馬力斯、怡和、毛勒，無不大量出籠，租界地價不待民廿四年之廢兩改元而大動大跌。霖生雖為地皮大王，但以投機標金，需款孔多，大數地產亦在抵押中，其操縱於中國營業公司、普益、通和者，字數以「億」計。投機本以資金之多寡決勝，時法蘭西幫（法租界方面之金融集團，俗稱法蘭西幫）之財力勢力已突過霖生，本為霖生多頭，對方空頭。及霖生空頭時，對方忽一板賣出三萬條，於是金價慘落，銀行買辦有因此而自殺者，而首當其衝者厥為程霖生。霖生四面受敵，一瀉千里，舉凡地產、金銀股票、書畫銅器，無不連帶出籠。其波動之巨，影響當時金融，實與光緒年間杭州胡雪巖可為伯仲。時貽澤已成年，上有寡母，霖生嫂也。因向霖生析產，不甘同盡。霖生歷年經紀，雖極盡奢欲，但於侄產，則簿籍羅列，皎若列星。遂以貽澤部分悉舉還諸乃侄，而債家不允，必欲牽涉貽澤同歸於盡。霖生貽澤皆延聘律師，作殊死鬥，結果貽澤亦毀產之半，然其起居，尚能如王侯焉。後亦中落，麗都舞廳，即其故宅。霖生以貧死。地產崩潰，上海金融損失至巨，未幾而「八一三」事變發生，上海商埠，從此不振。

上海年景

陰曆臘月廿三，是送灶神上天的日子，上海人就忙起過年來了。小菜場、南紙鋪，都擺滿了送灶神的花轎、粽子糖、香燭、蔬果。賢慧的主婦、聰明的女僕，都憑著她的鑒賞，選一盞花花轎兒回去。為什麼叫一盞呢？這是一盞竹燈（俗名善付），外用紅、綠、金花紙剪貼糊成，專供灶家老爺坐了上天的一乘轎子。淘氣的孩子，權利不肯外溢，呼姐喊妹，自動剪刀，糊出來比市買的更玲瓏彩煥。兩支轎桿例用麥稈，說抬轎子的是老鼠精呢。媽媽走過來，親替灶司神嘴上貼上一塊餳糖，說：「灶司上天是要到玉皇大帝那裡奏事的。貼上一塊糖，給他甜甜，他就不說壞話了。」這一天的大事，只是如此，供過半夜，把神馬化去，奠酒送神，是小孩兒的例缺。看紙灰飛得越高，灶神上天得愈快，也就是明年的運氣愈好。送灶很少放爆竹的，放了怕灶司神會從半天裡跌下來。

謝年

謝年酬神，是過年的唯一大事，廿三送灶一過，全上海的爆竹聲便像春潮一樣起來了。論它的靡費，卻也相當可觀。錢莊幫、生意浪、公館牆門，降至小家貧戶，一樣都要過年。中等人家，照例是四張拼桌，十六果供，五事香花，三牲大祭，兩旁還有一案年糕，一架粽子，都堆得如小塔兒一般。全用金花紙剪成如意彩勝，貼得輝煌奪目。上面神畫，畫著上界神祇，魁張列宿。這畫就有古到唐伯虎、仇十洲的，最近也要出於錢吉生、沈心海手筆，那才有個氣派。如果是三山會館買來的，就要招人笑話了。廳事兩邊一式紅緞纏金帔的四几八靠，陳著瓷碗銀蓋的糖湯蓮子茶。立地宮薰，燒著斗大的歡喜團。絲絨的地毯，常年珍襲，就在這天搬將出來，於是電炬齊明，孩子大人湊在一起，年鑼鼓打得喧天，有譜的，打個《良鄉八合》、《將軍令》、《得勝令》，沒譜的也打個《鬧龍燈》、《跳加官》，真是人人喜氣，戶戶春風。到了十二時過後，滿街滿巷平地喧起了爆竹，雙響，真和八月裡錢塘江潮水一般捲起。酬神大典屬於男子，很少允許婦女參加，但門外數來寶的叫花子卻是成群結隊，披上紙衣，抹上黑臉，扮作財神模樣，手裡捧一隻泥做的金元寶，跳跳蹦蹦，向裡一送，主人不但不討厭，反而笑顏逐開，說：「財神爺來了。」賞下來十塊二十塊現洋不算希罕。

大除夕

大除夕的景兒就多了。年夜飯一名團圓飯，這是一家團聚的日子，不能少了一人。當年出門在外的人，到了此夕，俱要趕回。有的千里迢迢，真趕不回來，便在圓桌上，替他設副杯箸。於是慈母思兒，良妻思夫，至處都要潸然下一點年淚。開通些的便廢此禮不設，也有趕冬至就吃了年夜飯的。商家吃年夜飯也視為大典。更有一件，雞頭魚尾照例要朝東家，如果朝了某個夥計，便是暗示明年對足下辭歇了，被辭的心裡有數，過了年初五，捲舖蓋，告辭。這也是昔人的厚道處，不像現在，一個經理便可以把夥計呼么喝六，漫說是出錢的東翁主兒。辭歇一個人又算什麼？這種厚道也是值得懷念的。除夕的小孩子更有一件大事，將吃剩的飯，加上荸薺、線粉、蠟燭頭，暗暗放入自己床下，據說大除夕老鼠做親，線粉是它的綢彩，荸薺是它的燈籠，蠟燭頭是它的嫁妝。老鼠伯伯來吃了年夜飯，小寶寶讀書明年準考第一。

這大除夕的晚上，事兒就多了。吃過年飯，第一是掛喜神，據說這還是宋南渡時留下來的江南禮節，因為當年泥馬渡江，士大夫隨國南遷，墳墓陷在北方，風木思親，便將祖宗的神形，總成一軸喜神，到了時節，張掛祭拜。上海人屋宇不寬，不能時節張掛，只在大除夕掛起祖先的神像，昭穆肅肅，子孫虔誠叩拜之後，便在喜神面前，長幼分班辭歲。這辭歲禮節最盛而可觀的，要算小港李氏，他們僅僅「祖」字排行一輩，就有一百餘人。捧著老祖母一排兒磕下頭去，就夠你半天瞧。這是世家氣派，任何富戶鉅子所辦不到的。

辭歲下來，便是守歲。每家點上歲燭，紅蕊高燒，狀元籌、趕老羊骰子、牌九就在此時登場。上海本是賭國，大除夕一發是家家國賭，連洗衣的老媽子、廚下大司務，也可上來，湊上一注。做莊家的主人照吃照配，童叟無欺。百忙裡還要照顧「接灶司」、「祭門神」、「上天香」，爆竹高升，不斷地震響，廚下的年糕、粽子不斷地噴出香氣，人人臉上映滿了喜色。盡有債壓如山，度年不過的，到了此刻也就百憂俱忘，好像到了明年又是嶄新的一個人了。

兜喜神方

民國初年，汽車尚未盛行，兜喜神方照例是馬車，尤其公館牆門自備馬車。玻窗紗幛，裡面坐的不是盛妝的少婦，便是紅裙披風的太太，車窗裡玻璃的花瓶，插著山茶水仙，人面花光，珠光寶氣，相映交輝。馬夫一例韋陀金鑲邊的披肩斗篷，紅纓帽子摘了頂子，遠望倒像個革了學的秀才。你看他高踞車鞍，長鞭在手，從黃浦灘兜出去，風馳電掣，得意非凡。到了四馬路麥家圈人就壅塞起來了。這一夜是商店全開，金吾不禁。馬車一輛銜接一輛，公館裡馬車固不少，北里名花帶著揮金公子坐馬車出來兜喜神方的也不少。看看一條四馬路塞得水洩不通了。北里姐妹，油壁相逢，一個個搴簾道喜，燕語鶯啼。公館裡的反而車簾深閃，表示高貴起來。可是滿街的惡少玩童，偏不饒你。他們手裡帶著「流星」、

「月炮」、「金錢子」，滿地亂甩，尤其撿著趣娘娘的車廂甩去。有些無賴更揀著石子亂抛。一時車窗打破了玻璃的，頭上被抓去了珠花的，也有被人抓了鞋幫，香了面孔去的，一時人聲潮沸，鬧得滿條街成了眾香國，有幾年還夾著雨雪，可是兜喜神方回來的還是歡天喜地，好像今年好運已被她（他）帶回來了。

自從汽車盛行，兜喜神方的範圍漸漸推廣，從愚園路推廣到北新涇，從白渡橋推廣到楊樹浦，一馳香車，飛行絕跡，更無掛礙。但是他們還是懷念四馬路的，寧可打破車窗，失了便宜，覺得這一種除夕的瘋狂，也是一年一度，可遇而不可求了。果然到了北伐成功之後，兜喜神方的風氣，已逐漸衰滅，廿六年後便絕跡了。

和兜喜神一樣盛行而異曲同工的，便是城隍廟燒頭香。那是北里姐妹的勾當，狎客很少偕行，名門閨秀更是絕跡不去的。她們總在除夕十二點鐘便要動身了，呼姐喚妹，攜手偕行。她們反而青衣便妝，絕少插帶，素面朝神，暗卜吉利。可是一批浮油浪子，偏在此時遊蕩在山門前後，擁擠調笑。姐妹們覺得這是她們的自由天地，也目語眉挑，百無禁忌。可是她們燒香的虔誠，比任何尼僧都認真清潔，所以一夜風流也僅到目語眉成而止，沒有什麼別事。她們更歡喜這些青年能送她一件什麼不要緊的東西，或是一句話頭。回去便各自猜詳，這也是鏡聽的古意，很有點意思的。

元旦拜年

元旦清晨，很少早起，滿街滿巷，堆滿紙屑，貼滿春聯，日高三丈了，還是靜悄悄的。宅裡也是靜悄悄，花筒果殼，灑了一地，原來元旦是照例不打掃的。人類辛苦忙碌了一年，只有元旦清晨，才是真真入睡休息。縱有債積如山，只要過了除夕，封門條子一貼，便可擱到端午再說，沒人討債的了。所以十九世紀出生的人，都懷念舊曆過年，一則天倫樂、人情味豐富，二則也是懷念當年銀根寬裕，凡事寬和的一種太平景象。元旦的人差不多要睡到中午才起，很少出去拜年，可也有趁著人家高臥，先去飛一張拜年片就算報到的。主人起來，梅紅賀片已經堆滿了信箱。

起身第一事是互相恭喜，恭喜的下文，必是發財，家人送上桂圓湯、蓮子茶，那是細瓷器銀蓋碗的湯盅兒，小丫頭用朱紅漆盤托著，口裡恭喜，鬢角上已簪了一朵山茶花。等到主婦起來盛妝梳洗，廳上孩子們已穿得花炮仗一樣等拜年了。拜年節目，是先拜祖宗，然後序長幼，排班次，先向老祖母叩頭拜年（中國人家有老祖母的總比有老祖父的多）。老祖母大除夕已放過壓歲錢了，現在還要賞磕頭封兒。大家歡天喜地，拉開圓桌，捧鳳凰似的先將老祖母捧在居中，來一局擲骰子、狀元籌或是趕羊，讓老祖母得彩。老祖母卻也真乖巧，總是把大疊的拜年包兒讓小孫孫們贏去，等到開中飯，已經要下午快四點了。

這一天，例不出門，風雅的主人便展張紅帖，在紅蠟光中，拈起羊毫新筆，寫上幾個福字，或是吉祥句子，題上某某年元旦試筆，叫孩子們四壁去貼，自己欣賞，覺得今年的鴻運，真有點兒吉兆。

大年初一是早睡的，名為趕雞柵。可是新世界、大世界、城隍廟，以及一切戲館和娛樂場所，日夜已擠滿了人。樂器的交響曲，花燈和花炮的光彩交織，但覺滿屋子滿地上多是人，五光什色，美不勝收。也有好賭的，幾家小總會、俱樂部，早已牌九搖攤，群賢畢至。北里姐妹，更打扮得滿頭朱翠和大家閨秀一般，坐著馬車到張園、愚園、徐園去喝茶聽書。也有到靜安寺、龍華寺去燒香的。真是十丈軟紅，春風匝地，享盡新年的樂趣。

到了年初二，才是真拜年。這時街頭巷尾，又都換了景象，只見成行列的黃包車，上面坐著拜年的（其時尚無三輪車），春風駘蕩，襯著車上綠男紅女，女的手裡十有八九還抱著一個小寶寶，那是到親戚家中去掙拜年荷包的。路上相逢，高高拱手，各道恭喜、發財之聲，洋洋盈耳。有身份的太太小姐們便不肯坐黃包車拜年了。於是，包車、馬車、汽車一齊擠上了大街，其時馬車代價，論天包日不過八九塊錢。他們大多數歇在洋涇濱（後來的愛多亞路）、三洋涇橋一帶，車輪兒是鐵皮的，走起來獨漉、獨漉，很有古意。

到民國十年以後，這些馬車才漸漸淘汰。拜年景兒，一直要延長到正月十九落燈，不過真拜年的在初五以前已經趕齊，過了五路日，便要大家挨排著的吃春酒了。

新正看戲

上海戲館雖有銀冬金臘之稱，真的黃金時代，還在新春。館子裡隔年就約好了角色，年節封箱之後，將全院粉刷一新，除夕晚上貼出海報，金字輝煌，鐵柵門外就擠滿了看海報的人。四馬路天蟾原名上海舞臺，係沈少安經營，戲院落成之日，就在除夕晚上開鑼，大軸是高慶奎的《大宴群臣》（《擊鼓罵曹》）。這除夕開鑼倒是一回創舉，前後未曾有過。元旦開鑼照例多演吉祥戲，文如《龍鳳呈祥》、《紅鬃烈馬》、《四郎探母》，武則《蓮花湖》、《義旗令》、《盜御馬》、《九龍杯》，都以不殺人為目的。而大舞臺的《宏碧緣》，新舞臺的《三笑點秋香》，更連臺本演，日夜兩場，一直要到十三上燈，才停日戲，換上《斗牛宮》、《洛陽橋》那些燈彩戲。當年小子和（馮春航）《洛陽橋》的縫窮婆，趙君玉《斗牛宮》的清水花，都是美絕。尤其小子和扮縫窮婆的美，使人無可比擬。年初的戲館，案目趕年初一就先到各處老東家去拜年分戲單，接定座，到了開戲，一字兒排在戲館門首，穿著黑紫羔袍子，上罩對襟馬甲，體面的更在馬甲袋上掛上一隻金錶，赤金鏈子墜在外面，輝煌奪目。手裡夾著一卷戲單子，見面熟客進園，上前先打扦兒，引客入座，這個戲價並不現收，三節算帳。官廳、包廂全陳設著銀盆子四事兒乾鮮水果，大福橘、青果、山楂、瓜子，全插上鳳點頭的茉莉花球兒，香盈滿座。不過新正出來看戲的，以生意人為多，公館人家很少出來，對於舊式茶園，尤少涉足。

舊式茶園，民國十五年前，尚有存在，這些戲館非常令人回憶。最著名的有貴俊卿成班的貴仙茶園，李春來開設的天仙茶園（後改亦舞臺）和丹桂茶園的髦兒戲。這些戲館，臺是方的，兩柱抱對，三面欄干，上架鐵桿，新年戲如《花蝴蝶》的花沖、《蓮花湖》的韓秀，都要上鐵桿子（名曰上欄干），武丑上欄干這是十齣有九，和武旦打出手一樣，不算希罕的。那個樓下叫做池座，全用方桌，六人三面丁字兒排，看去倒不像看戲，而是在喝茶。顧名思義，茶園的起因，確是閒人喝茶的地方，因地制宜，才有雜耍戲臺，漸漸成為具型的戲館。這方桌兒上，平素只泡白蓋碗茶，到了年正新月，換上紅蓋碗，茶水加上兩枚元寶（青果），茶錢就得加倍（茶園只收茶錢，並無戲票），這池座裡全是男子看戲，很少女流。買糖山楂的，新年扦了各種龍鳳果子，在你面前穿走，這些苦孩子倒有女的，也有很美的，看戲老倌，就要掏腰包破費了。這些雜買卻不上樓，樓上包廂，當初一包只坐四位，而且西洋靠椅，可以自由移動。後來越經濟了，才添後排凳子，一廂八座，就難輾轉。這些包廂，新年時節也擺上大福橘、小青果、糖山楂、南瓜子，照樣插上鳳凰頭的茉莉花球兒。看戲的盡是些花叢姊妹，帶著恩客，她們一式珠翠盈頭，紅裙風襖，打扮得和大家閨秀一般無二，高踞包廂。這種打扮，也只有新年可以，平常是不許可的（書寓裡的姑娘，照例不許穿紅裙）。妓女在茶園看戲，泡茶例用綠蓋碗，唯有新年也用紅蓋碗。據說此一風氣，是蘇紳費仲深太太開的。因為她也是當年風雲人物，新正就上茶園看戲，跑堂的有眼不識泰山，替她泡上綠蓋碗來，被她起手一摑，幾乎鬧事，園子裡怕風火，因此定下規矩，新年一例用紅蓋碗泡茶，此風民初尚為存在，民十以後，便少人知，到了十六年，連茶園也漸漸消滅，無從尋找了。

元宵燈話

「去年元夜時，花市燈如晝。」燈市與花市，確有密切關係，上海的燈市，四十年來，可謂屢經滄桑，唯有新年的花市則始終在三馬路外國墳山前面，那座墳山，是卍字花牆，青磚白堊，古雅非常。從送灶到除夕，一例買的臘梅、天竹、水仙。元旦休息，到了上燈它又熱鬧起來了。他們一例買的是梅花盆景，烘房裡出來的法華牡丹，還有杏花、康乃馨、紫羅蓮。那些花，都貴至兼金，一朵牡丹幾乎要十幾塊錢，魏紫姚黃卻是可愛。城裡的紳士們更為風雅，祀神的供桌撤去糕果香燭，換上十二隻古瓷花瓶，玲瓏的供几，托著哥窯、成化、雍正、乾隆的各式花樽，插上各種名花，然後掛上滿堂燈燭，邀集一桌兩桌知己親友，來一個文虎燈宴，這是最風雅的元宵。商人們不懂這些，也要學個風雅，尤其是錢莊幫，他們定要先請書畫名人畫上四屏八幅，字必翰林，畫必遺老，配上紅木框子，但是他們的供桌上還是不能免俗，糖元寶、節節高，擺得滿案。掛出幾隻燈來，無非是漁樵耕讀、春夏秋冬，應景兒的俗事。但這些都不算燈市，真真好看的燈市，卻有個滄桑呢。

民初年間，新世界尚未建造，泥城橋土名蘆花蕩，只有一個變東洋戲法的布棚子，在那裡敲洋銅鼓，有時也演電影兒，名為幻仙茶園。大世界更是江北柵戶的麇集處，混雜荒涼，這時還沒有西新橋，隔著一條洋涇濱，行人走到馬霍路便不過去了。元宵燈市卻不在租界而在城裡城隍廟的豫園。

豫園是明朝潘允升、允臨兄弟奉親頤養的花園，每逢元宵燈節，必張燈宴，宴請鄰右，盛極一時。

後人習為故事，豫園雖歸廟產，和尚卻借此斂錢，一發崇事增華，在大假山、荷花池、九曲橋一帶，大放花燈，與民同樂。仕女摩肩接踵，傾城出觀，固不在話下。那些賣拳頭、奏雜耍的、醫卜星相、貨郎兒、燈擔子、梨膏糖、西洋景，更有餛飩線粉、圓子豆漿，也都趕來湊集，利市百倍。和尚也樂得招徠生意，抽他們的頭兒稅。燈市盛時，朝北一直要到穿心河橋、紅欄杆橋，城中魚龍曼衍，三牌樓、喬家柵，南出邑廟大街，直到小東門，全是燈山燈海，月炮花筒。久而久之，燈市散了，市集不散，率性在九曲橋邊、荷花池畔，成了自然的商場，也就是現在稱為邑廟市場，那些商店售品，卻還留著燈市的痕跡。

城隍廟的燈市，固繁盛一時，但他的燈彩，也不過限於兒童玩耍的走馬燈、獅子、羊兔、金魚之屬，沒有其他新鮮玩意。到了新世界南部成立，泥城橋的蘆花蕩變了阿房宮、銅雀臺，平日已經是仙樂風飄，遊人如織，到了元宵佳節，更是獨出心裁，佈置燈市。其時新世界北部尚未建築，南部地不過五畝，樓不過四層，但在民初時間的觀念，已覺臨春結綺也不過如此華麗閎崇。那些煙火燈彩更是火樹銀花，人間少見。單說一條龍燈，就有十八節長，三十六名俊童，一例粉妝玉琢，彩袴錦衫，捧著龍腳，舞出十番鑼鼓的曼衍節奏。四層高樓，層層都有雜耍玩藝，精巧燈彩。一齣一齣的戲文，從一品當朝，二度梅開，三娘教子起，一直數到十一郎送禮，全有轉捩消息，活的一般。一架煙火可放半個小時，什麼郭子儀七子八婿呀，大禹王九龍治水呀，韓信十面埋伏呀，都從流星月炮中展出那繁復偉大的紙糊排場。據說這些花燈煙火全是漳州人叫桑棟臣的靈機妙構。他一向在老北門關帝廟前賣花筒月炮，被黃楚九發掘了這個民間藝人，每年元宵佳節，從十三上燈到十九落燈，煙火節目，每天一換，層出不窮，著實幫新世界發了一筆大財，他自己也發了一筆小財。後來黃楚九和經氏分手，創辦大世界，桑被孫雪泥留住新世界不放。率性連端午節的白蛇傳，七月七日的牛郎織女，八月半的唐明皇遊月宮，也紮起活動燈彩，楚九辦事無不佔先稱強，獨失了桑棟臣，認平生遺憾。此人到「八一三」時期還在，年紀已經八十多。民廿四年家庭工業社發行所在南京路開幕，曾請他設計櫥窗，紮了一座玲瓏活動的人物佈景，每天總有幾百人圍看，其時新世界的南部，早已改了旅社，北部僅存，也繁華非昔，不堪回首矣。

元宵燈節盛時不但闤闠中有燈市，人家宅裡亦是爭奇鬥勝。偷懶的孩子，從城隍廟買回一盞兩盞，騎馬兒趕兔子玩，這不算稀奇。聰明的孩子，便買花紙，削竹片，呼姊喚弟，自己動手來糊。我在十六七歲的時候，還幹這個營生，糊得最拿手的，要算走馬燈。走馬燈的活動機關，非常容易簡單。只在燈下燃燭處的中心，用銅絲紮在一板蚶子殼，燈的上面紮上一架紙做的風磨輪，上下的距離，相當於蠟燭長短的一倍。紙輪中心貫入竹箸，箸尾紮一枚小針，正當蚶子殼的中心。蚶殼左右，便是燃點蠟燭的所在。使燭光發熱生風，上面輪子便能轉動。再在輪子上紮彎鉤掛出無數牽機的頭髮絲來，將燈外面所剪做的人物牽住。輪子轉動，燈外的人物也就能夠舉手投足，做出種種活動形態，比單單在燈裡面的走馬影子有趣得多。這種燈市上很少有售，因為功夫大，賣不起錢的原故。而這種畫面更要有好的山水和人物畫圖像配合。我們那時常常乞靈於《吳友如畫報》，把他所畫的剪下來，蒙上一層通草紙，再在紙上映畫，塗上顏色，做得好時，便能做成戲臺形式，上面做出一齣一齣的戲文來。因此，一到元宵佳節，我就被眾姐妹們雇做紮燈的長工匠，有時到落燈了，還要我剪刀漿糊，不許放手。我也樂此不疲，因為做燈的代價，便是他們做的元宵湯圓。我更愛胡桃餡兒、胭脂和粉捏的湯糰，先君有一句元宵即景的竹枝詞：「胭脂和粉做湯糰」，我就受了他的洗禮。這燈已有四十年不糊了，今年又輪到我糊燈。為什麼？因為我的小孫兒要燈耍子呀。

闌珊燈事話仙霓

燈市過了元宵，一到十六，便闌珊了。十九謂之落燈，人家宅裡的喜神收起來了，孩子們的馬兒燈、兔兒燈也破碎了。番攤骰子不能在光天化日之下出現，三街六市重複從熱鬧中回復平靜。在這闌珊燈尾之間，卻有一處的燈卻還在熱鬧，便是仙霓社的崑班戲，曾在小世界排過全本《吳王採蓮》。崑曲的燈彩戲，卻不同於京班的《洛陽橋》、《斗牛宮》那麼一味俗鬧。單是《吳王採蓮》一場，那些荷燈、蓮盞全是刻絲的紗籠，花光人面，仙樂悠揚，真有此曲只應天上，人間難得幾回之美感。這副行頭也不是仙霓社所自有，據說還是趕人到處州遂昌去借來的。處州遂昌是明朝大崑曲家湯若士在那裡做縣令，著《南柯記》的地方。三百年來風流餘韻，真是賣菜傭都會唱他的「四夢」名齣。《浣紗記》也是那裡盛行的本戲，到了民初還是傳唱不衰。仙霓社本是穆藕初所辦的崑曲傳習所後身，傳習所初設在蘇州邑廂附近，由王季烈、吳瞿安贊襄其事，沈月泉負責督教，老全福場面遺老，小全福遺伶輔任教務，分科定名，皆出瞿安先生手筆。各科學生就沈月泉受業者為第一期正宗科班。借上海康腦脫路徐園，時常排演，後來出科學生自行組織，在笑舞臺出演，仍用傳習所名義，時演時輟。二年後改名為新樂府，出演於大世界。在此前後時間，因演員的不夠分配，遂有私房授徒之事發生，其造就人才雖仍以傳字排行，但其曲子、臺技均與正科生有別。一般觀眾，不嫻於此道，實難辨其魚目。新樂府以顧傳玠（生）、朱傳茗（旦）為臺柱，自顧傳玠脫離樂府，始更班為仙霓社，出演於城內小世界，瞿安先生實始終為之主持之人。排演全本《浣紗記》亦瞿安一力促成。惜哉曲高和寡，崑班終於沒落。其後一度出演於東方書場及大千世界，則寥落人才，不勝梨園白髮之悲，瞿安亦墓木拱矣。民廿五年秋正式散班停演，子弟或作曲師，或淪為唱灘簧者，不堪回首矣。唯顧傳玠入光華大學，更名為顧志成，高材卒業，以商業起家云。

該班以傳習所及新樂府為極盛時期，各科人材濟濟有足記者，其分科定名，情形如下：

小生行從玉

正宗科生：

顧傳琳——本工官生，病肺，以小官生、巾生應工。

顧傳玠——原習官生，未出科即以巾生、小官生當行，大官生反成附藝。

趙傳珺——本工官生，以窮生、小官生應工。

周傳瑛——本工巾生，出科後反以武小生當行。

私房出身：

沈傳球——小官生。

陳傳琦——巾生、小官生應工，未幾即輟演。

生淨行從金

正宗科生：
倪傳鉞——本工外末。
施傳鎮——本工正生（《別母》、《亂箭》之生屬之）。
邵傳鏞——淨。
沈傳琨——淨。
周傳錚——付淨應工（白面）。
薛傳鋼——副淨。
汪傳鈴——武正生（《夜奔》之生屬之）。

私房出身：
鄭傳鑒——外末正工。

旦行從草

正宗科生：
朱傳茗——五旦正工（如《牡丹亭》杜麗娘）。
張傳芳——六旦正工（如《牡丹亭》春香）。
姚傳薌——五旦正工。
王傳蕖——正旦本工（如《琵琶記》之趙五娘）。
沈傳芷——正旦本工，班中後因生材缺乏，兼唱巾生。

華傳萍——六旦正工。
劉傳蘅——武旦正工。
龔傳華——老旦正工。

私房出身：
方傳芸——武旦正工。
陳傳第——習五，六旦坐科未成。

丑行從水

正宗科生：
王傳淞——付本工，兼應二淨（黑淨），為傳字班第一名畢業生。
顧傳瀾——丑本工，原習付，天資稍劣，反以丑為當行。
周傳滄——丑。
華傳浩——二丑，武丑。
姚傳湄——本工武丑，以付應工，以《水滸傳》之矮腳虎出名，中途改行平劇，被革出班。

私房出身：
呂傳洪——習武丑未成。

藝術叛徒劉海粟

上海之有美術學院，人皆以為始於劉海粟，其實始於周湘。時教育部對於學校名稱組織，並不嚴格，對於美術更不注意，周湘、烏始光創立圖畫美術院於虹口乍浦路，校舍湫隘，凡事草創，連素描的石像都未能備，僅在火爐上擱一花瓶寫生。張聿光已任校長，劉海粟僅任副教務長，丁悚、汪亞塵、楊清磐尚為學生，時稱美術界三少年。汪亞塵杭州錢塘人，更有衛玠璧人之目，等到後來江小鶼從法國回來，他那種玉山朗朗的貴公子風度，更壓倒了群流。海粟常州人，一口的常州話，風度並不美，但他非常傾向近代的西洋藝術，終日打著大領結，批著長頭髮，銜著板煙斗，十足西洋畫家的氣派。王濟遠最崇拜他，跟著他亦步亦趨，領結打得比海粟更大，頭髮養得比海粟更長。海粟為人粗豪中有精細，藝術學院雖在篳路藍縷時期，卻已暗暗分了兩派。張聿光一派，丁悚、楊清磐是健將。劉海粟一派，王濟遠、汪亞塵是健將。周湘覺得周旋兩派之間，非常吃力，便和海粟商量，率性將美術學院盤給他。海粟得到了他叔父的一筆錢，便把美術學院接盤過來，遷到西門白雲觀。他的計畫，兩派合流，張聿光任校長，丁悚任教務長，自己任副校長，只去了一個周湘。楊清磐十六歲就得了心臟病，時常會在馬路上暈厥，他和江小鶼、鄭午昌都肖馬，後來天馬會成立，小鶼陰曆正月元旦生，是馬頭。午昌五月初五生是馬腹，清磐大除夕生是馬尾。後來，天馬會因避免海粟的爭奪而改組為中國畫會，他們率性湊成八駿，成立一個生日會。那八匹馬里有吳湖帆、汪亞塵、賀天健、梅蘭芳。天健聽說有小梅，他便大怒說，我們藝術家怎和唱戲的一淘，竟拒不加入。後來加入朱省齋、周信芳湊足八駿。到了民國廿六年就分散了。小鵜客死雲南，龍頭先歿。去年噩耗傳來，午昌亦物故，馬腹亦消。唯有楊清磬這條老馬尾，今年已六十一歲，帶病延年，還在上海苦難中活著。

圖畫美術院遷到西門外白雲觀，改名圖畫美術學校，不久又發生了裂痕。劉海粟自任校長，張聿光離校，受聘於新舞臺夏氏兄弟，畫舞臺佈景。天上的雷雨，海裡的波濤，無不獨出心裁，畫得聲電交融，滬人見所未見。大舞臺跟進，於是李吉瑞的《獨木關》，山神廟前也有自升自落的月亮了。《洛陽橋》的魚龍曼衍，《斗牛宮》的天上星辰，莫不爭奇鬥勝，全由聿光一個人挖空心思創造出來。大舞臺畫佈景聘熊松泉，比聿光的新奇卻差多了。戲臺本用門簾堂幔，用佈景的舞臺，便稱它為守舊，至今留著這個名目，卻數典忘祖，不知是張聿光叫出來的。

畫家照例是窮的，聿光、松泉卻因畫佈景而致小康，海粟非常生氣。五四運動，蔡孑民先生提倡美育，他的理論，說：「美術是國家的元氣，超凡的境界，可以代一切宗教和法律。」海粟得了這一層助力，便大聲疾呼地，引為自任。他喊出了藝術叛徒的口號，提倡模特兒寫生。

民國八年天馬會會員展，海粟陳列一幅模特兒創作，大得和屋子一樣，上面畫著五個赤裸裸的大屁股、細胵頸的蓬頭女子，標價五千元。看畫者為之咋舌，說海粟的畫我們看不懂，他的膽子是大的。畫到人家看不懂，便是宣傳的成功了，尤其五千元的標價，駭人聽聞，當時最名貴的吳昌碩，也不過二十元一張堂幅，馮超然、吳待秋才不過三四塊錢一張尺頁，海粟的身價，平白地比中國畫家漲了一千倍，於是全國駭然，認為西洋畫家出了怪人。海粟覺得此是奇兵有效，他索性一不做二不休，大聲疾乎地提倡：「模特兒到教室裡去！」以此引起衛道家的輿論公憤。時孫傳芳五省聯軍，勢力伸張到上海，認為劉海粟簡直有傷風化，要封閉他的學校。但是西洋畫的現代基石，卻不能否認地由他的「大膽作風」而奠定，同時全國彌漫著西洋藝術的濃厚空氣。民國十年，圖畫美術學院也正式向教育部立案，正名為上海美術專門學校，同時卻出現了上海藝術大學、東方繪畫學校、立達學園美術科、神州女學美術科、上海大學美術科，但是敢用活人女子做模特兒的，卻只有劉海粟的美專一家，並無第二。

西洋畫室有了模特兒，整個上海為之轟動，衛道者流，提起劉海粟三字，就相驚伯有，認為大逆不道。孫傳芳甚至通令五省聯軍，要捉劉海粟將他槍斃。輿論對他的攻擊，將他與提倡性知識的張競生、唱《毛毛雨》的黎錦暉列為上海三大文妖。但他也有擁護的，認為這就是東方的「馬跌死」、「披袈裟」。劉海粟戴著藝術叛徒頭銜，專一與復古派對壘，海粟是成功了。假道學的老先生們，口裡仁義孟子，心裡何嘗不想逾東家牆而摟其處子，要看看模特兒到底是怎樣的？不過，上海三千六百行職業都有專門，唯有模特兒這行職業，至今還未有專業。據說，美歐國家那些模特兒職業是非常艱苦的，每天和蟋蟀一樣，吃麵包要用戥子秤，多了一點兒就要妨害自己的苗條體格。中國的美術先天條件既然不足，模特兒的素質自難完備。美專雖以模特兒為號召，但解脫登壇，總是臃腫不堪。海粟卻有一套理論，他說：「人體的對象要以適合文藝復興期為標準。試看達文西、米蓋朗奇羅、拉斐爾，他們所畫的模特兒全是上肥下豐，十分肥胖。因為十六世紀的審美觀念，是純任自然，肌肉以自然發展為美格，而沒有加以拘束。十九世紀的美，才是矯揉造作，要知現代窈窕的女子，全是餓出來的，如果三傑復生，一定認為那種模特兒不合畫材，所以我們要往十六世紀型裡挑選。」海粟理論是成功的，但是他的藝術叛徒頭銜卻無形受了打擊。因為文藝復興期的畫風和野獸派、影像派的現代畫風並不合流，看看海粟自己的油畫，對於兩者之間，都距離得很遠。他一度熱衷於梵谷，但新興的美術家對他都無好感。其時，作家方面有從日本回來的關良、倪貽德、丁衍庸、王道源（道源民初曾任圖畫美術院教務長），法國回來的潘玉良、林風眠、徐悲鴻、顏文樑，義大利回來的張充仁，他們都與劉海粟不合作。中國美術界開始了一次歷史戲劇性的鬥爭。結果是，汪亞塵（亞塵、濟遠）自領一軍，以徐朗西為資本，俞寄凡任校長，成立了新華藝術專門學校。但海粟並不因此受到打擊，他的校務蒸蒸日上，從西門白雲觀遷到菜市路，自建校舍，增設各系，他已儼成了美術界的學閥，而日與王曉籟優遊舞場，盤龍豪賭，一擲千金無吝色。但以教授聘任得人，校務蒸蒸日上，學生多有成就，故上海美專始終執牛耳不衰。

一九二九年，上海舉行第一次全國美術展覽會，產生了許多中國繪畫家，他們對國畫傳統發生了許多重要的轉變。顯著的如齊白石的單純線條和積墨，鄭午昌的用生宣紙刷染重色焦墨，賀天健的縱線條，張善孖的動物寫生，這使海粟自認為不如而發生觀念搖動。他暗暗地偷習國畫，口裡卻還要打倒沈、文、唐、仇、四王、吳惲。到了一九三六年第二次全國美展在南京開幕，他已整個投降，他的出品多數是國畫，而且是摹古，他仿沈石田霸悍的一路，很有筆力，但他又傾向了王石谷，於是他的藝術叛徒不能存在了。他的學校一致攻擊他，說他中途墮落，他自覺難圓其說。第二次世界大戰前夕，中西畫家出國到歐美去的很多，海粟到了南洋，娶了一位華僑的女兒夏伊喬。他的第二夫人成家和本是美專學生，在敵偽期間非常活躍，派了一架飛機，竟將海粟從新加坡接了回來，其時勝利尚未到臨，國外藝人被日本人用飛機接回來的只有兩個：梅蘭芳、劉海粟。海粟以此自豪，誰料成家和卻對他說：「你知道把你接回來的用意嗎？」海粟愕然，成家和取出一紙寫好的離婚據，指著說：「你在這上面簽個字罷。」海粟果然簽了個字。勝利不久降臨，他的新夫人夏喬伊，也從南洋飛來，夫婦還在國貨公司畫廊開了一個夫婦合展的純粹國畫展。這「藝術叛徒」已在中國畫面前，無條件地投降了。共匪渡江，他沒有出來，據說，美專已被接管，把海粟稱為老校長，其實是被軟禁的傀儡，生活苦得很。

新華藝專在八一三時期遭遇兵燹，王濟遠出國赴美，亞塵搶了一塊招牌到薛華立路薛華坊住宅，開了一個臨時講習班，一直支持到勝利。三十七年春，亞塵也到了美國，他們至今都以介紹中國畫為職志，受到美國人士的歡迎。

萬國商團

上海萬國商團，肇始於前清咸豐三年，當時外國政府原無在租界駐軍的自由。但太平天國既打下南京，旋又奪了鎮江，僑居上海的外人，很起恐慌，竟不顧他們自己是在中國領土之內，就越權從事各種軍事組織，準備武裝中立。當年四月，英美領事召集會議，決定組織義勇隊或商團，旋即實行議案，英國僑民一律編隊入伍，稱為「上海本埠義勇隊」，並聘定印度孟加拉第二步槍隊的上尉屈隆生為隊長，積極訓練。這一個義勇隊便是後來萬國商團中稱為「甲隊」的基礎隊伍。

咸豐十年五月，英僑義勇隊重行改組，由上校倪爾指揮，負保護英租界的責任。至同治元年，又有上海商團輕騎隊的組織，由此，商團就成了永久性的軍事團體，到了同治九年，又成立了商團上海重炮隊，此後屢經擴充改組，屬隊的增加，有增無已。憑記憶所及，萬國商團所屬各隊其成立年月有可考的，如：

英甲隊（咸豐三年）
英乙隊（咸豐五年）
英輕騎隊（同治元年）
英重炮隊（同治九年）

日本隊（光緒廿六年）
美國隊（光緒卅一年）
葡萄牙隊（光緒卅二年）
中華隊（光緒卅三年）
工程隊（宣統元年）
蘇格蘭隊（民三年，從這年起萬國商團才有了蘇格蘭的軍樂隊）
美騎兵隊（民十二年）
俄常備隊（民十六年）
菲律賓隊（民廿一年）
美機槍隊（民廿一年）
美後備隊（民廿一年）

敵偽時期，萬國商團防線屢被日人無理衝突，於民國三十年十二月起停操，三十一年九月工部局議決實行裁撤，商團於是告終，是年日本兵進了租界。

外僑商會在上海

上海自從開闢商埠之後，來滬經商的外僑日見增多。外僑在滬組織團體則始於民國元年，不過兩個集團，一為美國商會，地址在法租界紫來街東首，一為大美國遠東商會，地點在江西路三十八號。民國四年，英商才產生了英國商會，到民十五年，繼續成立了和明商會、華僑和會、美商公會，以上均設在黃浦灘。駐華花旗商會在愛多亞路，上海德國商會在江西路，十九年又多了一個旅滬法國商務總會，在邁而西愛路。

自英美撤廢在華治外法權，領事裁判權隨之撤銷，外國組織團體必須遵從我國法令，並頒佈外僑參加商業團體辦法八條，施行之後，外僑始不能自由組織法人團體。

抗戰期間，日人侵入租界，英美商會均被封閉，門外交加海軍總部和陸軍總部的封條，原來日本海陸軍根本不和協，到處爭功，於此小小封條上面，就看出日本的必敗。抗戰勝利，美國商會在滬商行五十家，公推德士古油行之法佛爾為會長，於十一月宣告正式復會，英國商會亦告恢復。在抗戰經過期間，中國商人在「八一三」前向英美所做定貨生意，連外國股票，華商早已自認為不能存在的契約，英美商會卻有一本照相拍成的底冊，列記得非常清楚。華商憑空得到一筆意外之財，莫不歡天喜地。

此外在上海的外國商會，當時還有蘇聯貿易協會，比國、丹麥、挪威、瑞士、葡萄牙、印度等國商會便以不了了之，現在存留在上海的商會，還有幾家，那便都是當年的賴債專家，一想可知了。

賭國詩人

邵洵美的才華、風度，在五四運動之後，與徐志摩有一時瑜亮之稱。洵美文學偏重於修飾美的方面，不少帶著點女性，因此他的成就沒有徐志摩高，但他和志摩有幾點相同的地方。志摩是硤石富紳徐申如的長子，洵美是上海富紳邵月如的長子，出長紈綺之中而愛好文學同。志摩面白如瓤，頎長俊秀，洵美面如削瓜，白皙而文，他們的風度同。志摩留學英國，洵美留學法國，他們都有一番豔遇，他們的風流跌宕同。他們同是留學生，嶄新的人物但都不會跳舞，有時婆娑下場，也似羊公之鶴，經常都歡喜著長衫，穿軟緞面的鞋子。從前跳舞場合，很有許多要穿晚禮服去的，燕尾清襟，雍容華貴，西裝便服絕對不許下場，唯有中國長衫則絕對許可。不但高貴舞場，長衫可以通行，便如出國的英美郵船，船中晚餐，仕女一律要晚禮服，唯有我們中國長衫，可以昂藏直進，大有子路夫子衣敝袍與狐貉者立，而無愧色的樣子。志摩、洵美不會跳舞同，均喜參加舞會，偏又不換洋裝同。當時因他二人而成為風氣，如宋春舫、郁達夫、盧冀野，他們都一輩子不穿西裝。志摩、洵美，但有兩點不同，一是洵美好賭，而志摩不會賭。洵美好酒，而志摩一杯面孔就紅。他們二人在上海，常聚一處，大有焦不離孟，孟不離焦之致。志摩是以詩出名的，時號新月詩人。洵美說，我也是詩人呵，我是什麼詩人呢？好罷，你們叫我賭國詩人罷。

說到洵美的賭，他不但是賭國詩人，可算是賭國世家，他的父親邵月如先生娶盛宮保之女，洵美娶的是盛宮保孫女。他父子雙雙同為盛氏門婿，而盛氏子弟的豪賭，便是上海賭國的魁首。語云外甥似舅，所以洵美父子好賭也就不下於舅家。上海本來是賭國，名門子弟終日浸淫在輪盤、番攤中的，不知凡幾，最出名的，為叉袋角朱家、靜安寺路盛家和邵家、滄州別墅盧家。邵氏住宅本與盛氏毗鄰，甲第連雲，花木交蔭，房地產值不可數計。他們賭的籌碼，不是金錢而是道契，一擲呼盧，輸贏百萬，不足為奇。洵美父子不但豪賭，而且可以父子對賭，各以道契為孤注，垓心鏖戰，當仁不讓，卜晝夜而無休。但洵美的可愛，也就在此，他很天真。

有一次在福煦路一百八十一號賭，他的親戚某七小姐賭輪盤，專押「7」字，輸度已經相當可觀。洵美上去押「2」，連贏三局。那位七小姐福至心靈，忽將孤注全數押「2」。洵美見黑注來了，立刻將注移到「7」上，開出了竟是個「7」。那位小姐氣得柳眉直豎，說：「我們好像是親眷呀？」洵美連連作揖不迭。洵美能在賭臺上做新詩，而且越是輸，越能做得好。他說：「一贏倒心慌，詩就做不成了。」謂之賭國詩人，確是有些風度。

洵美雖遊於賭人乎，但他依然愛好文藝美術。中國有五彩橡皮板印刷廠，出版畫報，洵美的「時代」便是第一家，第一部。金有成的三一公司，《美術生活》要比洵美的時代公司差後幾年了。洵美在這個時候，家道已經中落，邵氏房產，僅剩了靜安寺路一條同和里（上海交涉使公署就是他們的故產），同和里一條弄堂全是他們的花園，到洵美辦「時代」時，連同和里也不存在，但他的豪氣卻沒有銷歇。

洵美曾和一個美國女作家Emily Hahn談戀愛，這位女作家回國之後，寫了一本書，名為《我的中國丈夫》，這本書在美國非常暢銷，項美麗女士著實發了一筆版稅財。她在本國原是有夫之婦，但她直認洵美為中國丈夫。她說：「我覺得中國沒有邵洵美就不可愛了……但是邵洵美的窮，他除了做詩、賭錢，什麼也不會做，但他的可愛也就在此……他是被舊禮教束縛著的，他僅餘的財產，都被父親管理著，他沒有花錢的自由，所以我要著書養活他。」勝利時期，洵美到美國去訪她。她對她的丈夫說：「邵洵美來了，我要招待他，你讓一讓罷。」她的丈夫真的讓出去，讓洵美住在她家裡，一時中外報紙都載此事，認為奇談。

洵美更有賈寶玉愛紅的毛病兒，他生得太慘白，出來時總要抹一點兒胭脂。但他和江小鶼一樣留著羊鬍子的鬚，他覺得這樣才美。項美麗女士就讚他：「這是洵美的美，洵美的大膽。」但洵美也有考據，他說唐人的詩裡「口脂面藥」、「雞舌含香」那些東西，本都是男子專利，連杜工部這種襄陽土佬兒也都用過。項美麗女士說：「你不要考了，這一考你就失了風度美了。」

洵美雖有宋玉登徒之癖，但他對於出處大節，卻頗有分寸。敵偽時期，他的弟弟邵式軍做了傀儡政府的上海稅務局長，財富幾可敵國，但洵美窮得賣田黃、雞血圖章過日子。勝利時，邵式軍逃往江北，當時信息杳無。後邵式軍忽在杭州拱宸橋出現，還是辦稅。洵美則在上海賣傢俱度日。兄弟孔懷，而性情不同，有如洵美兄弟者，亦可謂之罕有。

洵美兄弟三人，小月居次，即邵式軍。其人自幼生而不慧，嘗穿黃天霸戲裝，跳舞於百樂門，全場駭然以為怪誕。敵偽時期，不知日人何以物色及於此人，用綰稅務。但其掊克聚斂之能，確有特技，私囊之富，超過當時之周佛海、陳公博。及勝利逃亡，盡輦重全，投靠共匪，資以贖命，而盡喪所有。雖仍綰稅，不過茍全性命，無復從前油水可揩。有見者衣履亦襤褸不堪，見人輒避，其亦有內疚之心歟？

其季曰小如，反對小月最力。抗戰時去至滬郊，組遊擊隊，而嘗向小月索鉅款，以濟其軍。小月亦時應其索，不敢誰何。時洵美之時代印刷廠已被敵偽封閉，小如輒以所得賙其兄，洵美勁拒不受。小如憐洵美之窘，往見式軍大罵之，式軍方高臥煙榻，賓客滿堂，笑留之云：「我們兄弟三人，政見不同，各行其志，何必相責過甚。」因留之，一日，小如飯後呼腹痛而死。洵美謂其中毒，枕屍而哭，顧小月曰：「爾殺我，爾殺我。」式軍使人扶出之曰：「人言我不慧，若我兄洵美，真輕狂不慧者也。」

洵美與盛澤丞為郎舅親，二人皆豪賭，而洵美不喜與澤丞博，曰：「老四賭得不雅」，或曰：「哪個賭得最雅？」洵美云：「鍾可成賭得最豪，朱如山賭得最精，盧少堂賭得最刁，唐孟瀟賭得最惡。若言雅賭，捨我其誰？」蓋孟瀟打牌有絕技，不到卅分鐘，張張牌他都做上了記認，所以孟瀟聽說有賭，遠在千里也可以用電報將他打回來。他有賭必到，逢到必贏，一場麻將叉完，一百卅六隻牌面，只只都有他的指掐印。鍾可成是中國營業的總經理，為人確甚豪爽，嘗遊馬尼拉，凡中國朋友住在同一旅館的，他都替他們付了賬。在國內，春夏出遊西湖、青島，他亦是如此。現在美國，前年做了一票美棉，賺了二百多萬美金，中美投機家視為彗星，大家一窩風跟他組織公司，一年垮下來了，受害的不計其數。朱如山在香港，還是好賭，一次輸出去很巨，心裡不快，到永安公司閒遊，車夫等著他許久不出來，忽見街道上有一叢人圍著看什麼。車夫想主人也許在看熱鬧，誰知上去一看，竟是主人猝遭中風，死在路上。盧少棠以賭起家，但在民國廿四年上就垮臺了，連戲館案目的錢都欠到了。所以善賭的必亡於賭。洵美說賭富詩意，我總覺得這是一宗非常可怕的不正當玩意兒。

洵美的文章是唯美的，《新月》、《時代》均為當時最好刊物，不過洵美的唯美，對於軀殼的修飾美，超於靈魂的聖潔美，所以他比志摩更偏向於浪漫主義。他和密斯項美麗這一段羅曼史，很多人對他們聚訟，項美麗女士去年曾到臺灣來訪問過一次，報紙對她的著作很多揄揚，現在敦煌書店，還售著她的作品，那本《我的中國丈夫》，也許買得到。

中國大菜

上海人叫西餐不叫西餐，叫「大菜」。洋場居民從前有些自卑感，對於外國東西都要替他加上一個大字，但亦只對於英吉利為然，譬如同樣租界，偏偏要叫大英、法蘭西。黃包車照會屬於英租界的叫大英照會，屬於法租界的便叫法蘭西照會，唯有西餐則一視同仁，不論英、法、德、俄、美一律叫大菜。但屬於英國式的則統統叫大菜，不帶國號，其他的則叫法蘭西大菜、德國大菜、羅宋大菜、花旗大菜。在光緒年間，真正的大菜只有「密菜里」一家，它開在現在的愛多亞路《泰晤士報》的對面。原來這是上海開埠時期，最繁盛的所在。外灘便是碼頭，為船舶商估薈萃之所，招商旅店全在此處。到民國年間還存留著「謙泰」客棧，那是洪楊時代遺下來的。我八九歲時到過一趟上海，聚在密菜里吃過大菜，這個番菜館再來就尋不著了。

中國人自辦的番菜館，當以萬家春為最老，後來才有嶺南樓和一家春，他們三家犄角兒開在四馬路麥家圈和望平街轉角，望街對宇，每夜弦歌嘈雜，為民初最繁盛的街道。所以除夕兜喜神方必兜四馬路，其他中西菜館俱已停爐打烊，唯獨三家，依然招待來賓。到了夜半，正是紅袖憑欄褐裘倚檻，隔著一條街，互道恭喜的時候。跟著樓下的玩童爆竹聲，馬車轆轆聲，喧成一片熱鬧。但打破馬車玻璃窗的例事，在麥家圈前很少見，要到胡家宅才打，那地方是出名的野雞窠，阻街夜鶯，也打扮得花枝招展，趁閒的人在此起哄。所以平常時候，閨閣良家很少此地經過。這裡也有一家很老牌的番菜館，叫做「一枝香」。

一枝香以前地名小花園，當年植有幾樹垂楊，點綴情調。因此風雅中人多歡喜這楊柳樓臺到一枝香吃西菜。一味香一味焗安仁，是他家的拿手。老畫師蒲竹英就住在小花園，與流鶯比鄰，他活過八十歲還是喜樂得和小孩子一樣，每晚要到一枝香吃菜飲酒。飲過夜午，醉醺醺地回去時，那些雉妓都認識他，擁著他打趣，他便抱一個背一個牽一個，五雀六燕地把她們送回去。有時天逢大雨，四馬路積潦成渠，這些鶯燕全站在水裡，他便慷慨解囊，每人一塊番餅（洋錢），叫她們回去，不要接客了。竹英先生是非常風趣的，活到七十歲，便停止年齡，有人問他，今天七十，明天六十，永遠倒縮。人家笑他諱老，他說：「我不諱老，天天和小可憐的在一起，我也學會了這一套了。」竹英最歡喜吃一枝香的「馬奮」（是一種軟麵包）。一次把金牙吃掉了，遍地找也找不著。這晚，他回到寓樓，便無疾而終，有人疑心是咽了金牙齒到肚去了。替他算算年齡，大概已在九十開外。

一品香比這幾家又晚一些，開在西藏路，主人徐通湘、通海俱是上海名人。但後來帶做旅館營業，西餐事業反而不注重，不過有幾樣名菜，還是由這裡首先創出來的，什麼金碧多湯呀，六小姐飯呀。據說，金碧多湯就是快車金四創出來的，六小姐飯是富春樓老六創出來的，這已不是西菜，而是中菜西吃。自一品香西菜變質之後，反而對了中國人的胃口，而上海有了中國大菜。倚虹樓、大西洋、中央，在四馬路會樂里口接踵而起，而成了中國大菜的定型。

倚虹樓是繼一枝香之後的一家文人聚宴之所。因為它與畢倚虹同名，倚虹歡喜這個名子，便在《晶報》為他宣傳，但上海人偏不把它讀成畢倚虹的倚（依上聲），而讀成奇怪的奇。有一次畢倚虹到倚虹樓去赴席，叫了一部黃包車，叫他拉到倚（依去聲）虹樓，車夫瞠目說：「哪兒是倚虹樓？」拉到目的地，倚虹說：「到了。」他停車一看招牌，歎了一口氣道：「明明是倚（奇）虹樓，你偏說倚（依上聲）虹樓。」倚虹告訴他：「這個字讀去聲。」他忽然惱了道：「你也認字嗎？請你回家翻翻字典，我也是大學生出身呢！」倚虹回家連忙翻《康熙字典》，果然注著「集韻，與奇同」。現在，不要說黃包車夫當然不知道，就是大學生亦難於知曉。

文藝人既歡喜宴於倚虹樓，倚虹樓的軼話也很多。最趣的一回是黎錦暉請客，他向來只吃不請客的。葉仲芳這個搗亂朋友，忽然代他發了三五十份請帖，全是黎錦暉具名，在倚虹樓請客。另發一份則是自己出名請黎錦暉吃大菜。錦暉見吃，哪有不到，長長檯子兩排早已坐滿，仲芳自占東首主位，卻將西首主位留著等他，他也糊裡糊塗地坐下了。吃到席散，客人都來向他拱手道謝，他已覺得奇怪，但葉仲芳也走來向他道謝，他才詫異道：「不是你請客嗎？」仲芳也故作詫異道：「不是你請客嗎？」仲芳取出一個帖子，主人名下果然赫赫寫著「黎錦暉」三字。仲芳又問在座未散的朋友：「有帶著請客帖的嗎？」這是安排好的，許多人取出請帖來，全是黎錦暉具名。錦暉大呼上當，又叫西菜社管事來問：「是誰定的？」這個管事是當時有名的叫洋老蟲（後來進大西洋），他鐵定地說：「不是黎先生親自打電話來的嗎？水牌上現就寫著黎先生請客的大名。」錦暉打著湖南腔說：「莫得是有鬼啥。」可是洋老蟲已開上帳來，請他簽字。這時候最高價大菜每客九角五分，連酒帶小帳一共破鈔了五十多元，黎錦暉真是災情慘重，大傷感情。後來聽說有飯局，他就談虎變色，先要打電話問個明白，是誰在請客。

民初有很多暗殺案發生在西菜館，快車金四的墮車，實際是被人暗殺的，就在萬家春出門的時候。那時上海很少有槍殺事件發生，槍聲一響立刻包圍上幾十百個人，萬家春的老闆姓沈，他說：「親見快車金四從血泊中抬往仁濟醫院。」仁濟醫院在麥家圈，就是萬家春轉個彎。他是仇殺，不涉政治。政治上的暗殺而在西菜社發生的，則以王文華為第一個，在一品香門首，狙擊的從跑馬廳裡放槍出來。跑馬廳當年有種特權，不許人進去，因此兇手沒法捕獲。

淞滬鎮守使鄭汝成是袁世凱的爪牙，是一個殺人的屠戶，民黨中早就要把他暗殺。有一次在中央西菜社，一個僕歐擔任在第一道湯裡放毒，那個僕歐到了鄭汝成面前忽然恐懼起來，把湯潑翻了一地，鄭汝成起疑，還是把他抓了去，備受拷掠，他咬定牙齒說沒有。中央菜社花掉不少的錢，才算沒有被封門，這人後來也放了。他姓葉名龢聲，杭州人，其實他不是做僕歐的。他的父親叫葉品三（杭州有兩個葉品三，這是江干輪船救生會的主任，不是西泠印社的印人），他被派擔任這工作，才投到上海西菜社當僕歐。鄭汝成後來終被民黨除掉，葉龢聲的事就很少有人提起。但自那件事發生以後，軍閥官僚很有戒心，很少到西菜社公開請客。但徐國樑的暗殺，還是在浴室發生。所以一個人做到國人皆欲殺的時候，任你躲天上去，也逃不了顯戮。

民國二十一年以後，萬家春、倚虹樓、一枝香隨密菜里而俱去，新興的有印度咖喱飯店、吳淞福致飯店，而最值得人懷念的是吳淞福致飯店的一味炸雞腿。每當夕陽西下時，一張藤榻當階，面臨大海滄波，黃雲落日，一味炸雞腿，一杯五年陳的白蘭地，實有南面王不易之樂。抗戰以後，吳淞福致飯店搬到法租界，小樓臨市，滿座塵鞅，真有舉目河山之感云。

這些西菜社，都是中國大司務燒的西菜，也是專合中國人口味，故名為中國大菜。上海有一個對子，上聯「大英大（音度）馬路吃大菜」，至今沒有人對出來。

外國飯店群像

自從密菜里消失之後，最早著名的外國飯店，當推四馬路都城飯店、白渡橋外灘路理查飯店、南京路匯中飯店，鼎足而三。三家的排華觀念，非常嚴酷，中國人進出都要走邊門，吃飯的地方，也不與西人一處。直到五四運動之後，上海繼續發生了五卅慘案，中國國民愛國的情緒日見高漲，工部局無法控制，而一方受到世界公理的責備，才將歧視華人的種種惡習取消。公園開放，羅克演的辱華影片亦永遠絕蹤，外國飯店中國吃客由邊門進出的陋規，也不復存在。當初華人受此飯店侮辱為什麼沒人反對呢？這也有個原因，理由：理查遠在蘇州河北，中國人本很少去。都城、匯中設在洋行商業區，為洋行職員及匯票掮客集中之地，他們爭取業務上時間的經濟，才去午餐。而他們吃慣了洋行飯，受慣了洋人氣，這一點兒侮辱，覺得很無所謂。五四以後，民氣振旺，人不自侮則孰敢侮！

勝利那年，舉國狂歡，匯中飯店也掛出中、美、英、俄的四強國旗，聯歡慶賀。管事的白俄，卻把次序掛成美、俄、英、中。匯中西菜部的中國大司務全體出來反對，他們戴著白帽子，罩著白飯檔，把白俄捧上梯子，定要他掛，更正次序。白俄先還不肯，經不起二十四個大司務疊成雲梯一般，把他捧上去，他如不依，便把他摔下來，這白俄知公理難逃，才兢兢業業地從新掛正過來，一時大快人心，這事我當時親見。匯中的西菜以白汁羊排燒得最好，我這天覺得痛快，一口氣吃了三個。

理查飯店以茶出名，蛋糕做得最好，當年茶舞只取費一元，民廿年間，真有裙屐如雲之盛，敵偽時期，被日本占為軍部，據說花盆架上都擺的人頭，成了凶宅。勝利之後，迄難恢復。匯中、都城、理查之外，便推大華飯店了。這是舞廳兼營，杯箸刀匙的富麗，座位雍容華貴，悉推第一，西餐不過如此。大華夷為市廛，外灘沙遜大樓的華懋飯店接踵繼起，第七層樓上專備西餐，有十五年陳的白蘭地，賣七塊錢一杯，貴是貴極了，但拿杯在手，倚窗閒眺，黃浦灘與蘇州河的匯流，遠到浦東的煙墅漁村，近到江上的風帆汽笛，莫不一覽無遺。這裡有一間中國全紅木傢俱的特別間，敵偽時期，曾被陳彬龢佔據，專為招待女明星的秘密窟。彬龢本為申報館一個無品行的記者，以誹謗政府起家。逃在香港，敵偽時期他又回來，篡奪申報館，造孽多端。勝利時，他就從這房子的廁所裡逃出去了。彬龢實不能文，報紙論文，出錢買人捉刀代庖，從廁所裡逃出去時，人皆比之為阮圓海《燕子箋》裡的假狀元鑽狗洞。

這些飯店，都是旅館兼業，聲名雖大，菜卻不盡理想。法租界邁爾西愛路十三層大樓，也是沙遜的，裡面西菜非常標準，華人去得很少。最使人懷念的，卻是南京路麥瑞和義大利郵船「康悌浮弟」。

麥瑞與康悌浮弟

最使人懷念的西餐，當以南京路「麥瑞」和義大利郵船「康悌浮弟」為第一。麥瑞是猶太人主辦，他是一個獨身者（按：猶太人獨身者很多，如富甲全滬的沙遜兄弟也是獨身主義者），他的名字就叫麥端。留得一臉好鬍子，身材長大嚴肅，很有英國爵士神氣。全屋占座不多，卻排得精緻非常，四壁滿懸刻花玻璃鏡框，人影衣香，花光酒氣，氤氳交織。他的菜無一樣不精緻，無一樣不好吃。我更愛他的一杯咖啡和最後的一籃水果，那是紫竹編筐，香蕉、蘋果、芒果、花旗橘，裝滿一筐。全都是貴重而顏色鮮豔的名果，配著座上的蛾眉螓首，半飲微醺的女客人，反映在鏡子裡，真有文藝復興時期的西洋畫面，使人如入山陰道上目不暇接。這老麥瑞更能雍容高貴儒雅地在一座一座的客人面前鞠躬，進肴碟。他的刀叉器皿，也是非常名貴。曾有一客失手打碎他一個胡椒瓶，他一塵不驚地反向客人道歉，少時開出賬來，胡椒瓶價值六十四元。闔座為之咋舌。這位客人也很漂亮，還說：「不貴，不貴。」後來有人到麥瑞對面的新利洋行去看，有個同樣的胡椒瓶，標價真要六十元呢。

「康悌浮弟」本是一隻義大利郵船，當年往來香港上海，一張頭等船票，要一百多港幣（其時港票與中國票同值）。就是為了一餐大菜的貴，我當初出門最歡喜坐這條船，一張菜單子，單是一道湯，就有二十幾種名式。吃飯時候，二十幾個外國僕歐，一式燕尾晚禮服、白領胸、白手套、漆皮鞋，碧眼黃鬚，立得筆挺地伺候你吃飯。歐西仕女全是禮服，而我獨以一件中國長衫徜徉其中，四面鏡檻照著我不衫不履的驕傲，我覺得歐洲文明的尊嚴，真可以金錢來買到，而其代價，我只出了一百多港洋。有一次我遇到同道了，他的落拓更過於我，他還挾著一把芭蕉扇，正在看菜單呢。誰知他不識英文字，程咬金看書信，一行行花花綠綠。他沒辦法了，只將扇柄在菜單上指指，誰知僕歐替他拿來一瓶胡椒。他真急了，不敢再往別的亂指，只指最末一行，誰知又來了一罐子牙籤。我真替他急殺了，只得請他過來同座，後來我吃什麼，他也吃什麼，一直吃到上海才分手。

言茂源櫃檯酒

紹興酒是我們中國的國寶，但在櫃檯上吃，才更有風趣。上海四馬路言茂源、高長興當初都賣櫃檯酒。櫃檯高高，上面照例一盆大凍肉，一盆鹽豆兒，還有兩樣魚、菜之類。櫃檯前還有長凳，吃酒的偏偏不坐下，靠身櫃檯，腳蹺凳上，說聲：「酒來！」一川筒酒從櫃檯後面提上來，那是「冒」字川筒，足容二斤，倒大碗公，滿滿三海。這裡沒有賢愚貴賤，一例解衣磅礴，唯酒為命。吃一川筒的就是小量。那川筒也有個講究，新錫的不要，要舊錫的，歷經酒人的提挈，癟得像老太婆嘴臉一般。據酒家說，不是他們小器，把川筒癟了好少盛酒，實是被醉客們發酒風打癟的。當年上小吃館，例不開賬，堂官能點碟子算帳，百不一差，也是一絕。後來只有吉陞棧買火燒，堂官還能點碟子，任你十來座，百十個碟子，疊得高高，他能數來寶，急口令一般，把數目報得分毫不差。促狹的客人覺得好玩，叫他重數。他把碟子翻過來再數一遍，還是一字不差。酒店裡的博士，卻沒有這能耐，他們數川筒，點一份川筒算一注錢，有些促狹酒客，借酒三分，會把川筒藏起來，或攢出大街，不算帳，賴錢。後園城隍廟九曲橋邊，有一家賣酒的水亭，客人往往會把川筒抛到荷花池裡去。每月撈一次，總要上來幾十個。這也是喝酒的興趣，酒家的損失。

老畫師蒲竹英，他是最歡喜喝櫃檯酒的。他能用一顆鹽豆兒，佐三碗酒，而這一顆鹽豆，還是白吃。上面說過，一川筒倒出來準是三海，他先飲一海，用食、拇兩指在鹽豆兒盆裡撈一下，說：「店主東，我吃你一顆鹽豆兒不要錢嗎？」

「哪裡的話。」那老闆說，「誰要錢呢？您老隨便。」他說：「呵。」手卻縮回來，翹起拇指，向嘴裡一吮，得了鹽味，第二碗又喝下去了。再將食指餘鹽吮個乾淨，用舌舐舐嘴唇又喝第三碗。會完酒錢，他手裡還留著一顆整的鹽豆兒，到馬路上去咀嚼。

任立凡也是歡喜喝櫃檯酒的，他是風雨無阻，穿著一雙破釘鞋，每天到言茂源去喝酒，可是他有個脾氣，他還喜買鹽蟹過酒。這鹽蟹又腥又髒，他偏不把他吃完，醉醺醺地帶將回去。人就連釘鞋向被池裡一鑽，那隻剩餘物資，還是在他袖子管裡，五指鹽腥，他偏愛嗅這個味兒，說是醒酒。但他畫出來的畫，有的真一塵不染，絕品銘心，但是壞的卻又俗得要命。

時世遷移，這種櫃檯酒後來在言茂源、高長興都看不見了。高長興還是賣酒本色。葉楚傖、姚鵷雛、劉史超、楊了公、張心蕪、何企岳，都是他家的長客老主顧。劉史超別署醉蝶，他的圖章，只畫一個酒甕，酒甕上畫「刘」，劉字俗寫，人稱九二碼子，而紹興酒甕上亦有這個碼號。何企岳，單名一個飛字，蘇州人，大麻子，軟語吳儂，與天臺山農的白麻子、臺州話，是一對，酒店裡稱他們為黃白無常。何飛很有點燕趙酒人氣概，往往酒酣高歌，聲震四座。新世界第一次花選大總統便是他辦的，一時鶯燕都成了新貴。何飛帶她們到言茂源樓上去擺酒陣，市樓四簷，都挑了羊角風燈，猜拳行令，和「先帝爺，白帝城」、「店主東，帶過了」的西皮二簧，鬧成一片，有如春潮，把條四馬路連望平街、麥家圈都站滿了人。但他做律師，卻是借債度日。他是老革命，未見北伐成功，先已去世，死下來，堂差錢，欠了五百多。言茂源、高長興的酒券，積有兩寸來厚，都有他自署的「飛」字，他學岳武穆的〈出師表〉，一個飛字，寫得龍蛇飛舞。

言茂源樓上，後來闢了雅座，秋風一起，言茂源兼賣大閘蟹。金毛玉爪，真真陽澄湖出品。我曾經遊過陽澄湖，緣水行舟，風景殊美，要吃大閘蟹，好的倒一隻吃不著。原來多到上海去了。而到上海的湖蟹，頂兒尖兒，又被言茂源抽去，因此言茂源吃湖蟹，後來也成了一景。三十七年的秋天，我重遊陽澄湖，正是金元券劇烈變動的時節，陽澄蟹戶，也起了囤積，寧可在湖裡自己吃，不肯賣到上海去。言茂源鬧蟹荒，而我在唯亭鄉下，大嚼三日，雖無李梅庵百蟹之豪，也可說得大饜所欲。如果用金元券兌價，每四元換美金一元來說，則一蟹之值，當在美金千元以上，而我三日饕餮，至少也吃掉了幾萬美金，能不使我們金元國的美國朋友聞之咋舌。

馬金鳳與琴雪芳

馬金鳳就是琴雪芳，二十年前提到馬金鳳很少人知，現在連琴雪芳、琴秋芳也少人知道了。坤伶大概飛揚姚冶的多，幽嫻貞靜的少。唯有琴雪芳當得「美人胎子」四字，用《紅樓夢》人物來比方，琴雪芳實和林黛玉是一個模子裡塑出來的。琴秋芳則活潑嬌憨，有如《紅樓夢》裡的薛寶釵，因此人家都叫她雪姑娘，她也笑著承認。琴雪芳很少笑，琴秋芳則無時不笑，無刻不笑，古人稱之為嬰寧，拿今話來譯，當說是「歡喜團」。

琴雪芳以在故都城南遊藝園，經黎黃陂以副總統的身份，一捧而紅。後來南下，搭班丹桂第一舞臺，和麒麟童合演《再生緣》，演女扮男裝的孟麗君，玉琢佳人，含顰心事，真不知幾許男女為她傾倒。尤其她的高華秀美，愛好天然，是他人所及不到的。士別三日，已非吳下阿蒙，何況入秦張祿，別有聲名，誰又知道她是大世界乾坤大劇場的馬金鳳小姐呢？

可是捧心西子自有她說不出的心事，她後來常為陸小曼的座上客，溫文如玉，每於酒闌燈時，小曼留她烹茗清談，偶然說著心事，她便擁袖淒然，每嗚咽至不自勝。這一段傷心史，也只有我能寫，我能替她傳。原來她的對方便是我在〈言茂源櫃檯酒〉裡所說的劉史超的令郎野驢。

琴雪芳在乾坤大劇場以馬金鳳藝名演出時，乾坤劇場的伶角也極後來一時之選。當家文武鬚生便是現在余派一代傳人的孟小冬，那時正在大世界唱連臺本戲《宏碧緣》的駱宏勳。正牌青衣是梅花館主評她只有十六歲半的金少梅，馬金鳳只是一個二牌貼旦。怎麼叫貼旦呢？這是行家的損話，說她不會做戲，只有將臉蛋兒貼上讓人瞧，故名貼旦。不過，很多的中學生都歡喜馬金鳳，那是時代的關係，其時中學生還是《紅樓夢》信徒，歡迎女性的貞靜，見了高峰、大腿還要駭得退避三舍。馬金鳳正和電影界的阮玲玉一樣，成了男女學生當時的崇拜偶像。

劉野驢，名字很不雅，他人倒很篤實。父親是個玩世不恭的方斗名士，卻替他取了這樣一個怪名字。野驢對他父親向來服從，也就安名如素。他父親專好捧角，辦著一張《春江花月》報，主筆的是浦東才子奚燕子和松江名士楊了公。野驢受父薰陶，當然也是小捧角行家。但中學生的財力有限，他們只能集團打入大世界乾坤大劇場。因為大世界劇場門票只要小洋兩毛，他們小兄弟結成團體，專捧馬金鳳，號為捧金團，以與捧金少梅的捧梅團實力捧角家抗衡。

大世界劇場雖已取消包廂，但自命捧角家的看戲還是坐樓上。這批小弟弟生怕上樓遇見父執，故全坐樓下。野驢年紀不過十六歲，人卻生得高大，每天風雨無阻，日夜兩揚，必坐第一排喝彩捧角。金鳳不出場，他們不到，金鳳下場，他們就散。金鳳看著這些小捧角家怪好玩的，尤其野驢高大，出人頭地，她的小心眼兒裡就有了這匹驢子。捧角家有兩大本行應工，而野驢都未能趁心辦到。第一是衣服要好，第二是文筆要俏。其時袁仲頤在新世界捧大鼓劉翠仙，他每天兩身新衣，穿得顏色衣料和臺上的劉姑娘完全一樣。他的消息靈通，今天劉姑娘在老介福或是大綸、大盛莊買什麼衣料，他也照樣去買一件袍料，做好存著，等劉翠仙那一天在臺上穿出來，他也照樣在臺下穿出來。後來，劉姑娘到底被他打動了心，而下嫁袁六公子。這種趁心豪舉，確是值得捧角家頌揚。因此，袁寒雲南下，十里洋場復有四公子之目。這是野驢絕對辦不到的。第二，當然是捧角家的文字了，他父親現辦著「捧角」的報，他偏偏不敢撰文投稿，卻換著筆名送往步林屋的《大報》發表。步林屋是正牌捧金團（金少梅），看見這副牌捧金團的文字，哪有不惱，嚴厲地向劉史超去交涉。史超一怒，像賈政責子一般，把野驢著實打了一頓，說他捧角下流，沒有父風。

這時被馬金鳳聽見了，她倒感激起野驢來了。她買了許多蘇州糖食，到劉家去慰問。劉本上海世家，宅第深遠，她去了幾次，都被門上擋駕。不幸的是野驢祖父病歿，宅上開吊，金鳳竟瞞著她母親，扮做一個弔孝的近親弔客，混進劉宅。上海喪事，儀式很為隆重，一重重的孝門，就有三四重，弔者至，鼓樂相迎，重門啟而復閉，直到孝堂前，方叩頭弔祭。孝子、承重孫跪在孝幃的右側匍匐稽顙，不敢仰視。金鳳穿著一身素服，愈顯得桃李芳容，楚楚可憐。她一進門，就有賓客暗暗議論，說：「這小姐是哪一家的，面孔很熟。」金鳳只低著頭，進入重門拜奠畢，女眷們照例要到靈寢前哭三聲。金鳳一點兒也不恐怖，她進入孝幃，竟捧住野驢，撫著他的棒瘡抽咽地哭起來。外面的人只知是女眷哭靈，毫不稀奇，裡面跪著的劉氏眷屬，和孝子孝孫卻一齊驚奇起來了。野驢見是金鳳，驚中帶喜，十六歲的孩子，天真未鑿，他們一對兒哭，竟像小夫婦一般地親熱。

史超原是不羈俗禮的人，他認識是金鳳，見了這般奇情的演出，他倒不惱了，反而告訴劉太太，這是金鳳，乾坤大劇場唱戲的，可憐的孩子。

從此，金鳳常常來劉家和野驢做了密切朋友，他的父親也不干涉。可是劉家不干涉，馬家倒干涉起來了。馬大媽說：「孩子，我們唱戲的哪個不掙個三千一萬，你鎮日和小鬼打交道，我們還有出頭之日嗎？從今天起，我就不許你到城裡去看那個姓劉的！」

唱戲的人都有一種愚孝，他（她）們都唱慣了「天地為尊，父母為大」那句金科玉律，什麼不肖的事都可做，唯有對父母必須盡孝。李吉瑞唱戲，必把他母親高高地坐在包廂，看見母親笑，他才樂意。人家說他是在摹仿《驅車戰將》裡的南宮萬（春秋戰國戲），他聽了更是樂意。坤伶孝順母親的更是百分之百，可是母親待女兒卻不一定是好。金鳳的母親就是一個，她禁止金鳳和野驢相會，甚至叫金鳳關照野驢，不要再捧角，挨罵，不然就揍這小子。金鳳果然膽小，暗暗勸他，不要再到乾坤大劇場。她有個手帕姊妹叫鏡花閣，住在日新里，她家的曬臺正對四馬路的繡雲天（遊藝場），每逢三六九，金鳳一定到鏡花閣的曬臺，叫野驢等在繡雲天。金鳳有一面鏡子，是英美煙公司的贈品，一面嵌著自己的小影，她送給野驢，叫他每到繡雲天時，將鏡子對著日光，將日影射進鏡花閣的臥房，她就能夠出來到繡雲天談心。如此他（她）們瞞著人，相會了幾次。誰知馬大娘知道了，日裡不說什麼，到了夜晚，二人一被頭睡，兇狠的母親，就把金鳳扭得全是烏青。金鳳還是瞞著娘，去會野驢，伸著藕臂給他看，垂淚道：「從前你為我挨打，現在我為你挨打，我們這椿孽債，總算是償清了。」

野驢驚道：「償清，這是怎麼說？我們二人永遠並在一起沒有散兒。」這是《雌雄鏢》的臺詞，金鳳也破涕為笑。她第一次和野驢接吻。她說：「野驢，你不要傷感，我們確是要散了。現在孟小冬要北上從師，我媽眼熱，也要帶我和妹妹去。」

野驢有如焦雷貫頂，堅執金鳳的手說：「你們一家去，我怎麼辦？」

「又說呆話了，你還是讀書，只要你讀書成名，我縱去天涯海角，一定等你。不過……」

「不過什麼？」野驢接著問。

「不過我的肺病，是靠不住的。我們認識兩年，一生清白，你從前要吻我，我總拒絕，因為我有肺病的緣故。現在我們要分別了，野驢，你深深地給我一個長吻罷。」

野驢含著淚，深深地吻著金鳳，他們不知道要怎麼好。

金鳳到北平，改了琴雪芳的名字，不久就紅了。妹妹也改名叫琴秋芳。她們唱對兒戲，金鳳的桂枝，她的趙寵。金鳳郎霞玉，她便是盧昆杰，不知何故在金鳳眼睛裡看來，這對面的小生，竟不是她的妹妹而是劉野驢。野驢呢，自金鳳去後，他便無心讀書，民立中學的蘇穎傑校長，辦事非常認真，他和劉史超雖同是城裡鄉紳，卻一點不受情面，把劉野驢斥退了出來。其時，野驢也有肺病，一頭奔放不羈的良牡，竟變了骨瘦如柴的瘦驢。他終日懷著那面小鏡子，一面看看金鳳的芳影，一面照著自己僅存的皮骨。他父親也沒了法子，說：「野兒，捧角，看花，都是逢場作戲的事，你怎麼認起真來，須知風月場中，都是當面歡笑，背面忘情的，世間真有知心人，我亦何忍吾兒為李十王魁。你不妨到鏡花閣去打聽打聽，琴雪芳是不是還是以前的馬金鳳，你就可以明白了。」

野驢真的扶病去打聽，誰知鏡花閣也為熱戀一個青年文人，被養母十分凌辱，帶到無錫蔣家燈船上去了。野驢去了一個空，他萬無聊賴，便學他的父親喝酒，盡日在愁鄉醉鄉裡討生活。他父親很氣，說：「你有哪一事像我？」野驢含醉回答：「臣得其酒！」他父親也莫內何他。但到琴雪芳成名，回到上海時，劉野驢已病莫能興，二人只見到一面，野驢就溘然長逝了。

雪芳小姑居處，守身不字，與秋芳形影不離，人家說她們臺上是夫婦，臺下也是夫婦，不知她心影深處，另外鐫著一段戀情小說。江小鶼、陸小曼天馬會唱戲，琴雪芳親自替小曼化妝，她穿著長袖子玄色旗袍，與小曼一樣瘦，令人看了有青女素娥俱耐冷的感覺。雪芳拿著一面手鏡撲粉，小曼見她用的是一面英美煙公司的廣告，笑她寒磣，她只笑笑沒說什麼。這天，琴秋芳陪小曼唱《販馬》，是她最後的一次，不久病歿，琴雪芳也曇花示現，不久就玉殞香消了。

小兒科徐小圃

上海人有句俗語，說這人器量小，便說：「這人是個小兒科。」後來轉語，就成為「徐小圃」。因為徐小圃是個全滬聞名的小兒科醫生。

自齊盧戰後，上海人口逐年增加，由七十萬增到二百萬，抗戰前夕，上海人口超出五百萬。回視道咸開埠之初，全上海只有七個外國人的時候，真有些不可置信。可是都市的疾病，隨都市繁榮以俱來，所以到了民國時代，上海醫生便成了天之驕子。蟬聲一動無不臣門如市。小圃的病家是小兒，都有父母保抱而來，因此他的病室特別擁擠，每天十小時，三百個小孩啼哭聲，母親哺乳聲，慈父煦嫗聲，真如開反了留聲機片。小圃偏能在鬧雜如潮的群兒哭鬧聲中，一一指出告訴學生，這是白喉，那是痧子，檢查下來，百無一失。他說，中醫有望、聞、問、切四字要訣，這就屬於望，全由臨診經驗，書本子裡是讀不出來的。

有一個時期，上海綁匪盛行，醫生都在診室外面裝鐵柵。黃仲奇幾次被綁，駭喪了膽，把自己關在一個鐵籠子裡，伸手柵外，替病家診脈。唯有小圃沒有被綁，因為小圃看的是小兒，綁匪難免沒有兒女生病。父母愛子無所不至，對小圃無形中也有好感。而且他永遠維持門診二元二角，所以沒有被綁票的資格。

三十七年，我和小圃先後來臺，不幸的是，小圃的太太在太平輪上遇難，他一生收藏的書畫精品明清部分完全沉沒。我時常去慰問他。我歡喜說笑話，因問：「上海人把你的小兒科當徽號，現在臺灣也流行了，你覺得不快嗎？」他正色道：「人的本能是為人服務，尤其為嬰兒赤子服務，更是一件愉快工作。」因此說了幾件輕鬆的臨診故事，我覺得很有趣。他說，痧子潛伏期，在兩星期前便可查出。有一次，中西療養院有個小官生病，請過很多中西醫，查不出什麼病。我聽他的哭聲，知是痧子。他們還不信，但是服藥之後，一天，痧子就發出來了。樓上有個是病家，也是同樣的病，定要請我上去診脈，吃了一服藥，也發出來了。他（她）們都有一張白胖胖的小照在我這裡，這種照相，在上海真是多到幾箱子，可惜沒帶來。現在常有幾位年輕祖母抱著小孫孫來看病的，她自己說：「徐大夫，我小時候你也給我吃過藥來。」說時，他指著我的太太說：「你也是一個呀！」因此我們哄堂大笑。

他又說：「有個小孫子病了四月長熱不退。我看她的臉色，知道是由奶媽的腳氣病所致，請出奶媽來檢驗，果然是腳氣病。過了半個月，又到一家去看病，只聽有個奶媽在房裡大罵：『這害人的小兒科徐小圃又來了，快不要他看病。』我一聽聲音很熟，請主人將她叫出來一看，原來就是被那家辭歇的腳氣病奶媽子。」我們說著又笑了一場。小圃今年已六十有六，精神還是那麼健，上海名醫沒有出來的，一個個背共匪清算鬥爭，或是參軍逼死。我們卻能在臺灣挑燈話往事說笑自若。三十四年勝利，我曾刻過一個方圖章，「身是江南最幸民」，我預備這次勝利回去，找出來送給徐小圃，這些微薄禮，不是小兒科罷？

鏡花緣

上海有二名妓，一名鏡花樓，一名鏡花閣，二女同時，叫堂差的常常會纏錯。不過鏡花閣溫文娟秀，是一個初墮風塵的好女子，畢倚虹《人間地獄》書中的白菱花，便影射她。鏡花樓則跋扈飛揚，名列五虎上將，達官富商，對之披靡一時。樓工青衣，兼陳德霖、王瑤青之長，其時梅蘭芳才初成名，他談起來便是不屑。黃楚九創大世界，在共和廳唱群芳會，極北里一時之選，鏡花樓是唯一臺柱。他還為她在住宅裡造過小型戲臺，每有嘉宴，爨演一齣，尤滿座傾倒。有一次，局票寫錯了，送到鏡花閣，九少（時生意浪稱楚九為九少）叫局，哪個不去？鏡花閣帶著琵琶，亭亭而至。一座俱覺眼生，還以為她是鏡花樓的妹妹呢。及一曲當筵，珠喉婉轉，有如芙蓉鳥、百靈子，其時唱小曲的以時韻樓、方端珍為祭酒，誰知麼么鳳清聲，卻比一切老鳳都美。可是上海是個俗市，吃花酒的也只慕名，捧四大金剛，林黛玉活到六十歲還在出堂差，一隻金豆蔻盒子，拏在手裡，大家當古董看，她還坐在客人身後，捧著金水煙袋，替人裝水煙呢。鏡花閣只是個雛兒，有誰去理會。這時座中卻有個少年，杭州人，他歡喜寫文章投稿，筆名「靈均」。他不是近視眼，卻帶著一副夾鼻的金邊眼鏡，常常會掉下來。其時夾鼻樑眼鏡，除了外國人，中國人很少帶，鏡花閣覺得好玩，對他嫣然一笑。這靈均卻是個書呆子，以為對他鍾情，當晚便在嶺南樓西菜館叫鏡花閣的堂差。

靈均只是一個青年投稿家，當時稿費如林琴南、天虛我生、包天笑都是十元一千字（以三十倍計核計之，現在應為每千字三百元），他雖不及，也有二三百元一月的收入。生意浪請一次客，一檯花酒才十二番餅，因此靈均也就做了入幕之賓，居然和大人先生們分庭抗禮起來。他的朋友全是一班書癡，常在一起的有葉小鳳、畢倚虹、包天笑，他們都是以筆墨為生的窮措大。

這鏡花閣說也奇怪，她偏偏愛書癡，竟時常留著靈均在她院裡借乾鋪。

原來這鏡花閣還是小先生呢。北里規矩，客人和先生不發生關係而住宿的，名為借乾鋪。鏡花閣的養母倒是開通的，她看靈均只是一個小孩子，和鏡花閣倒不避嫌疑。她還有一個養女，叫國英。她常常讓他們三人一房間睡。靈均睡床，鏡花國英姊妹睡榻。一天，半夜大雨，雷電交作。鏡花閣生性怕雷，一個閃電穿窗，把她駭起來直向靈均的被窩裡鑽，從此她們二人一發如膠漆一般地分拆不開了。可是鏡花閣的生母，卻是個老鴇，她要錢比養母還凶十倍。靈均一支筆桿兒掙來的錢，又怎麼供應這座無底之船？這是一個端陽，北里的規矩，逢節必須請客，靈均算算稿費，早已透支甚多（從前稿費可以透支，現在卻要到日走領）。加以心亂煙花，文字債早已積得償不清了。他不好意思到鏡花閣。這時，杭州人都住四馬路振華旅館，鏡花閣一早來看他，含淚說：「你再要不來，我們就看不見了。」原來這時有一位姓許的將軍，從南邊來，要梳攏鏡花閣，代價是五千金，還有首飾衣裳。靈均哪裡有此財勢。換了一個人，應當退避三舍，唯有這書呆子，卻要拿雞蛋去頂石頭。他憤然道：「這事幾時舉行。」鏡花閣含羞俯頸，伸著五個指頭。靈均說：「好，我來擺雙雙檯。」

你別說煙花風月場中，他們也有個規矩，就是逢時逢節，必須先盡有關係的客人擺酒。鏡花閣雖還掛著小先生的牌子，靈均早就做了第一次問津的漁郎。他要擺酒，老鴇當然不能拒絕。何況要錢的是生母，同情他們的是養母，養母便是本家，本家答應誰擺酒，旁人沒得話說。鏡花閣心裡歡喜，便出主意道：「你要來擺酒，你的錢呢？」靈均紅了臉，說：「我去借。」鏡花閣搖搖頭，從腕上褪下一隻金鐲子，交給靈均說：「用這個請客，大約夠了，可是，你別忘記，這回，必須請袁二少、步大少一同來。」

他們可以敵得過姓許的，可以為你我作主。」原來二少是袁寒雲、大少是步林屋，他們都是青幫大字輩，而那位姓許的將軍，論輩分卻是小得多。

這位將軍，也是鴉片大癮，據說，他的吸煙，是有名的三門街，在未吸之前，先要將煙膏浸透的布，墊在胯下和小兒尿布一樣，然後取槍大吸，一呼十二筒決不打折扣，上面吸完，下面的布也乾了。這種吸煙的奇癖，我曾親見過一個呼一筒煙，下地來打一個筋斗的，有歡喜躲在八仙桌底下去吸煙的，奇形怪狀不一而足。

誰知，靈均和鏡花閣的計畫失敗了。她的生母，絕對拒絕不許靈均擺酒。養母做好做歹，說：「東風也是客，西風也是客，誰也壓不過誰去。這樣罷，讓靈大少往我房裡，替二媛擺一桌體己酒，我們自己人了，也不要他多花費，只是便飯，我請。」生意浪請客人吃便飯，這是榮譽，靈均當然不能辜負鏡花閣母女好意。他可真真地做了吏部大堂上打更的王金龍，他徹夜無眠，領略唐人夜來風雨之句，蝕骨銷魂，心傷魄腐，把梳粧檯上浸著的一瓶玫瑰花酒，完全飲乾。一清早，跑到南火車站，上火車回杭州了。靈均的父親，也是個才子，他說：「一個年輕人能嫖，不是壞事。只怕終生謹慎的人，老入花叢那才糟糕。風塵中難得多情女，兒子有這種豔遇，父親為什麼要禁忌他？」他更給了靈均許多錢，叫他到上海去。

哪知重來崔護，鏡裡花空，鏡花閣已被生母帶到無錫阿蓉娘房的蔣家燈船上去了。其時蔣老五正紅遍蓉湖，她是蔣月舫的小本家，袁寒雲遊無錫，把她捧紅的。其時無錫首富推楊翰西，他的別墅，占著整個黿頭渚，太湖三萬六千頃，七十二峰盡在目下，樓閣飛甍，丹青照日。寒雲是個名士，無錫哪有不歡迎他的。商會會長王克勤更是奉承他，每日在湖中，用汽艇帶著大燈船陪著寒雲飲酒作樂。寒雲是逢場作戲，一發將蔣老五重托了王會長。王會長和老五便有了齧臂之盟。老五很清瘦，貌僅中姿，鏡花閣來，遂教蓉湖三十六舫為之失色，食色乃人之天性，克勤哪有不愛之理。等靈均趕到無錫，鏡花閣已被生母逼嫁，做了克勤的第三位姨太太。他每日陪著她遊湖，一天要換五六次新衣，鏡花閣卻只是不樂。她托卜內門一個經理，約靈均在寄暢園相會。靈均卻慷然道：「她已落花有主，我從前不懂元微之何以對鶯鶯如此負心，今日想來，卻有不得已的真理。」

鏡花閣在寄暢園等了一日，不見靈均，愴然而去。後來，靈均重遊無錫，聽說鏡花閣已和楊翰西太太結了親家，在王家過得很好。他在寄暢壁上題了一首詩：「沈園臺榭已空池，曾見驚鴻照影時。如此名園如此樹，獨無人跡寄滄祠。」蔣老五失意情場，離開無錫，到上海卻遇到了羅炳生。上海抵制日貨，炳生生意，遭受巨大折蝕，投海而死。老五也服藥殉情，袁寒雲還為她作過傳，蓋亦多情種子也。

關老爺

三麻子和關烔之，上海上都稱他為關老爺，一個是戲臺上的假關老爺，一個是會審公堂的真關老爺。李春來案件，英巡捕房得了黃家之賄，要把李春來關進老閘巡捕房，關老爺力主依法執行，由會審公堂來判決監禁，關進提籃橋，因此巡捕和法警為爭取犯人而大打出手，關老爺義氣，從此出了名。

我佛山人吳趼人以著《二十年目睹怪現狀》小說得名，和南亭亭長李伯元的《官場現形記》有一時瑜亮之目。其時，筆名用四個字，如曾孟樸之東亞病夫，鄒酒丐之青樓情孽，王紫詮的天南遁叟，許伏民的冷泉亭長，都是非常別緻。等到先君著《淚珠緣》（其時為十九歲），用天虛我生，而一時「生」的風氣又繼之而大盛。如林琴南的惜紅生，包公毅的天笑生，孫玉聲的漱石生，而向愷然的不肖生，畢倚虹的娑婆生，張秋蟲的網珠生，又較為後起。論年輩，我佛山人當推首座，他第一次到上海，住在謙泰棧，夜半遇到回祿，他看見火燒捲起鋪蓋就走。茶房當他搶火賊，拉住他的辮子，打他一個耳光。我佛山人打起廣東官腔，不肯甘休。二人打到巡捕房，巡捕房見是捉筆桿兒的倒也不敢惹，移交會審公堂起訴，關老爺坐堂，判茶房罰五塊大鷹洋。這時五塊鷹洋不是小數，這位佛山人卻怒極了，當場掏衣，從稍馬袋裡挖出白花花的十塊大鷹洋向公案上一摜，走上去拉住關老爺的辮子，「拍！拍」，對準關老爺臉上左右開弓，便是兩耳光。關老爺大驚失色，要辦他吵鬧公堂的罪。我佛山人怒極地說：「抓辮子、打耳光是判的代價五元，我出十塊錢，賞你兩下子，不算佔便宜呀。」這件事當場幾乎不得下臺，但是報館裡的人，當年真有無冕皇帝之尊，關老爺不敢惹事，含糊了結。《春江花月》報算著實載了一段「關老爺被摑」的內幕新聞。

按關老爺出風頭，當在明崇禎間，據說，當年魏忠賢生祠遍天下。後遭殊戮，這些生祠拆毀不及，都改了關廟。關老爺本身死後交運，當在此時為極盛。

三麻子

三麻子本名王鴻壽，他和李春來同月同庚，民國五年和麒麟童同班丹桂第一臺，演女俠紅蝴蝶，分飾劉進生父子，非常像真，尤其答應麒麟童一聲「爸爸」，中氣十足，其時年齡尚不過六十，後來李春來在滬故世，他亦故於上海。時為民國十五年，兩人享年都在七十開外。周志輔《京戲近百年瑣記》說王鴻壽和黃月山同年生，未免太早。黃月山光緒元年在寶善街老丹桂出演，三麻子尚在趕水路班子，後來月山再到上海，開留春茶園，三麻子始來搭班，專演徽劇，《掃松》《跑城》、《高平關》、《水淹七軍》等一路戲，是合崑、徽、京而改造出來的。後來才專演紅生，他的關公戲《華容道》、《戰長沙》，他倒不常演，因為嗓音限於天賦，對於上胡琴視為畏途。唯其如此，他那沉著而沙啞的嗓音，反而成為關戲的典型。三麻子曾一度北上，出演於大柵欄。其時，譚鑫培正是男困於劉鴻聲，女厄於劉喜奎的時候。三麻子入京連貼關戲，幾天都滿，一時轟動，視為新奇。鑫培大驚，私人往觀之，是日所演適為《戰長沙》代訓子。鑫培看回來，說：「也難為他。」旁人慫恿道：「老爺子何妨也貼一齣，給他們瞧瞧呢。」鑫培說：「好罷，咱們貼《戰長沙》。」譚唱《戰長沙》，向來只唱黃忠，不唱關羽的。但他非常歡喜《戰長沙》的關公陣前三接箭，偷在《珠簾寨》裡用，這天全拿回來用了，而且把關夫子演得神威穆穆，比三麻子還要帥，看戲的幾乎把一座廣和樓擠塌了。三麻子自歎弗如，終譚之世，不再北上，民十三間始復去，以《七擒孟獲》與燕人相見，仍能紅極一時。

三麻子的關戲，確也演得神威穆穆，在臺上只睜三分眼，有時用著眼神，凝眉縱目，奕奕如神，身上不溫不火，恰到好處。這頂夫子盔，也是他發明的，從前程長庚演關戲，只包青巾，上加面牌，至今留著照片。到了三麻子，才加上盔頭和壽字風兜，連各地關廟裡的神像也模仿他。但是馬童翻高，尚不過偶爾一用，到了林樹森，用王小芳飾馬童，才無戲不翻，每翻必衝。後來連《鐵公雞》的張嘉祥也翻起高來，有人歸咎於三麻子，那是冤枉的。

三麻子在臺上飾關羽，真有忠義千秋的樣兒，可是一下後臺，同道中人無不怕他。他每到一處合班，第一條件，必須他做後臺經理。黃月山開留春園，便是被他啃倒灶的。後來李春來在石路開春桂，貴俊卿在滿庭芳開貴仙，尤鴻卿開丹桂，沒有一個老闆不被他啃得叫苦連天。上海有一句罵人的俗話：「你是王三麻子」，就指的是他。但是他的玩藝兒，實在有。不但紅生戲好，排戲本領也高。在貴仙茶園排全本《三國志》，除自飾關羽之外，貴俊卿的孔明，朱素雲的公瑾，張德俊的趙雲，馮志奎的張飛，郎德山的孫權，劉壽峰的曹操，克秀山的蔣幹，小連生的劉備，無不用得銖兩悉稱，珠聯璧合，在北平也找不出第二份。後來到丹桂第一臺續排四本《走麥城》，除小連生換了麒麟童，添了蓋叫天趙雲的生力軍，其餘是全班人馬，一個未動。九畝地新舞臺，也排四本《走麥城》，由譚鑫培的兩位女婿夏月潤、王又宸分飾關羽、孔明，劉備還是小連生，但是叫座力量就差多了。其時有四種關公的品目，三麻子是正牌關公，夏月潤是強盜關公，趙如泉是野雞關公，林樹森是流氓關公。現在要找林樹森這樣一份戲也就難找得很了。三麻子有個兒子，從宋志普學花旦，藝名王蘭芳，和芙蓉草齊名。

三麻子關公戲，把《三國演義》演全了，我也曾經把它看全了，現在記得出的還有：《斬雄虎》（《宿廟換容》），《破黃巾》（《桃園三結義》），《斬華雄》（《人頭會》），《許田射鹿》（《衣帶詔》），《斬車冑》（《煮酒論英雄》），《秉燭達旦》（《屯土山約三事》），《斬貂蟬》（《演義》無），《白馬坡》（《斬顏良》），《封金掛印》（代《灞橋挑袍》），《過五關》（《千里走單騎》），《古城會》（《斬蔡陽代訓弟》），《漢津口》（《長阪坡》），《華容道》（《討令》《回令》），《戰長沙》（《義釋黃忠》），《臨江會》（場子與黃鶴樓相同，趙雲換了關羽），《單刀會》（《魯肅討荊州》），《水淹七軍》（《水擒龐德》），《戰沔水》（《刮骨療毒》），《走麥城》（《父子歸天》），《活捉潘璋》（《猇亭顯聖》），《玉泉山》（《關聖悟禪》）。

黃慧如與陸根榮

赫德路春平坊，住過一位西湖名士，寫得一手好書法，別號西湖伊蘭。他對書畫的鑒賞都好，替文明書局編印名畫集，出過很多珂羅版，大部分都是名蹟。春平坊是上海弄堂房子，洛陽女兒對門居，春日凝妝，秋夕曝衣，都能看得清楚，伊蘭的緊鄰便是住的黃慧如小姐。

慧如的父親，是個小康，住著兩樓兩底房子，這種房子上海最普通，一個石庫門，進去一方天井，左邊一個廂房，這廂房的用處，樓下是書房，樓上是臥室，小姐香閨，便在此處，正樓是她父親居住。排場不大，卻也用著兩三個傭人，娘姨、大姐，還有一個當差的，便是陸根榮。

伊蘭和他們很熟，陸根榮是當差，卻也識字，偷閒便到伊蘭的書室，來替他助忙，磨磨墨，拂拂紙，但是他並不會寫字。伊蘭很歡喜他生得眉清目秀，和他打趣說：「根榮，你幾歲呀，該討老婆了。」根榮笑笑，從沒答話，他是誠實的。

這時候，愚谷村還沒有建造住宅，它的前身便是愚園。上海三座名園：張園、徐園、愚園。假山結構，愚園最精。一座四面花廳帶著賣茶，窗櫺軒檻，嵌著五色玻璃，太陽隨玻璃透射進來，鬢影衣香，照得五彩繽紛。這地方當初已是荒僻去處，坐馬車來，覺得真有一段路。西湖伊蘭就愛這裡幽靜，常常到四面廳來，泡一壺茶，瀹清文思。正當夕陽在山、人影散亂的時候，他老人家度出茶廳，度過勺略小橋，正是碧桃盛開，有幾朵桃英，隨水氽去。他覺得此地非常像西湖的高莊，尤其後園一角小樓，凌空架在兩座假山上面，有個景兒。他想上去，寄寄鄉思，猛見小樓窗開了，裡面憑出兩個人來，隔著垂陽，真有些畫意。伊蘭老花眼鏡，偏歡喜看世上的情人，他有一種格言：「人在世上有三多，多笑，多吃，多看。」誰知道這一看，那邊並影，像兩個春天鳥兒一般的，正是陸根榮和黃慧如。

在那個時代，自由還沒有成果，何況主僕戀愛？伊蘭雖是個開通人物，也不由暗暗納罕。他不願驚散他們，便自穿著假山洞出去了。慧如在宴摩氏讀書，每天坐電車去。這電車也是個稀罕物兒，它只有頭等和三等，卻沒有二等，中間一門之隔，隔著玻璃，看得見卻走不通。伊蘭上書局，也坐電車，他本來只做下午，這天恰巧調在上午辦公，無意中碰到了黃慧如，她挾著書包，兩根大辮子，烏光光的，襯著鵝蛋臉兒，越顯天真。紅紅的嘴唇，晨光照著，愈顯出她少女的美。

伊蘭從不曾這樣仔細看過她，她看見伊蘭，很有禮貌地欠身鞠躬，叫聲「老伯」。他們本來是認識的。伊蘭也答禮，自靠前面坐了。這時電車，頭等和三等只差幾個銅元票價，頭等的坐客卻甚稀少，三等就擠得水洩不通。第一次世界大戰正在展開，上海外源物資也受影響，伊蘭閒眺街市，見電車過處，電線木上掛著一個個圓形洋鐵牌子，上面寫著「關」字，伊蘭看不懂，便和開車閒談，問：「這是什麼意思？」開車說：「這是節電，凡有「關」字地方，我們都得把電關起來。」伊蘭覺得很有道理，誰知那開車的又找補了一句：「因為，電是外國來的，現在外國打仗，因此電的來源很少。」

慧如在裡面聽著，嗤的一笑，伊蘭忙向慧如看道：「黃小姐，原來你還精通電學。」

慧如很頑皮地說：「老伯，電，還有外國來的嗎？」

伊蘭覺得慧如很天真，很活潑，二人在電車裡就談起來了，慧如常識豐富，英語也流利，她也覺得伊蘭是個有新知識的中年學者，他年紀還不過五十歲。因此，他們做了朋友，慧如的父親很高興，特地過來拜訪伊蘭，說：「我這個小女，還算聰敏，請你老伯替我好好地教教她，她更喜歡寫字。」

慧如習字，真有進步，每星期日休息，她一定清晨到伊蘭家來，替伊蘭整理昨日凌亂的書籍，剪著架上的薔薇和木香，替他插上一瓶花。她對伊蘭真比父親還親熱。伊蘭沒有兒女，只有一個侄子在大學讀書，因此他的愛護慧如，也和自己的親子女一般。他心中含著一件事，屢次想要向慧如說出來，可到了喉嚨口又回去了。他又留心看她和根榮好像避嫌得很，除了慧如家膳，他向樓窗喊一聲「小姐吃飯了」，他從沒在慧如房裡出現過。自從慧如在伊蘭家習字，他更少來磨墨。

伊蘭也是個小說家，他瞭解兒女子的情腸，越是熱戀，越是在人面前避生，何況他（她）們是主僕。小姐和底下人談戀愛，如果被人知道了，恐怕還要當做一樁大逆不道的奇事批評和傳說呢。伊蘭對他們很同情，但在愛護慧如的立場，對陸根榮也不考慮和懷疑。有一天，根榮又替伊蘭來磨墨，伊蘭看他穿著一套盛澤紡的短衫褲，襟上還掛著一根細細金錶鏈，錶袋裡卻隱隱扣著一枚雞心。伊蘭對他看了半晌，便問道：「高升，你家裡有誰？」

高升是黃家喊男傭的徽號，無論誰到他家做工，男僕一律叫高升，小大姐一律叫阿妹。根榮磨著墨，答應道：「董老爺，我家裡還有父母、妹妹。」

「你娶親了沒有？」伊蘭說。

根榮頓一頓說：「沒有——不過母親已經替我定了親。」

「定過親了？」伊蘭說，「那你願意呢？不願意。」

根榮皺眉，很委屈地說：「不願意，這是一種專制婚姻。」

「專制！」在都市裡，反對婚姻專制，已經是普遍口號，但出在一個做僕人的高升口裡，這叫伊蘭非常吃驚，不由喊出了這驚嘆號的問句。

伊蘭有意進一步地問他：「如果你父親逼著你回去成親，你怎樣？」

他舉起一個拳頭來說：「不自由毋寧死。」這種新名詞是當年青年的口頭禪。伊蘭笑了，索性又進一步問他：

「那末，如果有一位很好小姐，她家又很有錢，我來替你做媒，你當然願意娶他囉？」根榮激昂地說：「先生，愛情不是金錢所能買的，請你不必費心。」

伊蘭覺得他的新名詞很多也很淺薄，但人倒真誠熱情。伊蘭對於慧如是愛護的，他料到他們終不會圓滿，將來還會造成什麼悲慘結果，索性開導地說：

「根榮，依我說，你在這裡當奴僕也很辱沒，你應該進學校去念書，這點學費我還能資助你，只要你有志。再說你學成了還應該回家娶妻，你還有父母和妹妹全靠你養活。人，對社會是有責任的，不是專為嘗試愛情而生。再說，愛情的本義，還是互相扶助，互相體恤，一個鄉下姑娘有什麼不好，都市女兒也不見得都好。你也是鄉下的孩子，龍配龍，鳳配鳳，瓦瓶配瓦罐，這是你們鄉下的俗語，你難道不瞭解？再說，你便娶一個像黃家小姐這樣的女學生，你沒有學問去配她，將來還是不得圓滿的結果。人生在世，父母為大，事業為重，你不要自己暴棄自己呀！」伊蘭順水流舟，對他開導了一番，只沒說出他和慧如的關係。根榮低了頭，好像很感悟，臉上紅一陣白一陣地去了。伊蘭也常用隱語，規勸慧如，慧如倒是斬釘截鐵地對伊蘭說：

「董老伯，人類的愛，本是單方面的。譬如我要愛一個人，只要我愛他，就不問他愛不愛。所以一切社會問題，是不容納在愛情問題裡考慮的。」

這倒是個聞所未聞的議論，把伊蘭考住了。他沒機會再勸慧如，只有暗暗替他們可惜，他又無法將這種未來的事，報告慧如的父親。

俗語說得好：「若要人不說，除非己莫為。」可是廚房裡便是謠言的製造廠，小菜場便是謠言的販賣市場，憑你東家沒有三長兩短，他們還要製造些出來，何況黃慧如陸根榮，憑你怎樣冰清玉潔，免不得黃家還有其他的傭人，看在他們眼裡，狗拿耗子，無事也替你找點影子出來。這種帶有毒素的空氣，傳染很速。伊蘭的廚房裡也竊竊私議起來，不到半月，整個春平坊全宣傳著這件事，只畏避黃慧如的父親一個，不敢對他聲張。根榮憂鬱得幾天睡不安眠。一天，他來和伊蘭告辭，說：「董老爺，我已經辭工，明天一清早回鄉下去。」伊蘭喜道：「好得很，你們老爺怎麼說？」根榮說：「老爺當然答應。」

「小姐呢？」伊蘭說。

「小姐她一點沒說什麼。」根榮說著，低下頭去，有點眼淚汪汪的。

「孩子，」伊蘭安慰他說，「你這才是規矩做人，回家去好好討個老婆。你要知道，自由，自由，青年學生們尚行不去，你怎麼行得去呢？」

根榮知道話裡有因，只是點頭感激。伊蘭也替慧如安了一顆心，覺得他們能這樣散場，急流勇退，倒是了不起的。誰知第二天一早，巷子裡就反起來，十家有八九推窗探頭，說：「黃家的黃慧如小姐，跟著一個底下人陸根榮的跑了！」

這個焦雷，打震伊蘭耳鼓卻也不小，他不便出門探聽，慧如的父親倒跑過來了，一面捶胸一面說：「蘭翁，蘭翁，這真是家門不幸！出了這種醜事。蘭翁你是有計劃的，你說該怎麼辦？」

伊蘭也沒主意，只覺事情的突變，根榮昨夜不是還說得好好的，怎地今天卻拐走了小姐。心裡呆了一呆才說：

「尊處失少了財物沒有？」

「一點也不少，只在我枕頭多了一封信。唉，該死，該死！蘭翁你看看！」

伊蘭取過信來，可不是慧如的筆跡，和自己寫出幾乎一樣，只是娟秀些。那封信寫得委婉悱惻，文字很長，總言一句話，她確是跟陸根榮逃走了。

主僕情奔，而且留下書信，上海新聞當時還是第一件，立刻沸沸揚揚，新聞報紙完全載著頭條新聞，只把個慧如的父親羞得半死。可是晚報發表，黃慧如被包打聽尋找回來，陸根榮被關進牢裡去了。

原來根榮自受到伊蘭勸導，心裡非常感動，有一次，他直接向伊蘭坦白了。他說：「我已幾夜失眠，設想後果，我覺得實在不能害慧如小姐，但是我可以對董先生起誓，我們愛到了極頂，但她是清白的。他說著，就跪了下去。

伊蘭不由想起電車裡望著慧如嘴唇上，陽光照著金光閃閃的少女汗毛，點點頭，將根榮攙住說：

「你起來。你要知道用情之正，不是定要做夫妻，而是能為對方犧牲。你今已為情絲所縛，唯有快刀斬麻，立刻離開這裡，回鄉下結婚！」所以根榮有如大夢方醒，竟力揮慧劍，連夜向主人辭工預備回去。主人對他本已犯疑，只是說不出，聽見他要辭工，哪有不答應的。慧如在房聽著，只是微笑，不作一語。根榮起清早，打了個包裹，走出春暉里，他要搭火車回鄉下去。正好走到車站，只見前面立著一個女學生裝束的，不是黃慧如是誰？她一把抓住根榮，眼淚像開河一樣，把根榮半件長衫都打濕了，她說：「哥哥，你好狠心，你怎麼就負心，要回你的鄉下去？」

根榮見她哭得像淚人兒一般，心就軟了，撫著他說：「小姐，人無不散的筵席，我蒙董先生指點，我不能害小阻，所以我想過又想過，我還是走。」

「不能！」慧如說，「要走我們一同走，我早留上字條，說明和你同行，回去也是死。我決跟你走，吃苦，大家吃。」

根榮一切計畫將被她打壞，他覺得伊蘭的忠告是對，現在對慧如的對不起，才是後來對慧如的對得起。心一橫，二人上了火車，根榮卻在真如下了火車，等慧如發覺，車子已將到崑山，不道根榮走之未遠被兩個包打聽尋回來了。

伊蘭去看她，慧如睡在床上，面色失常憔悴，她對伊蘭述說早晨的經過，神情卻很自然，她鐵證陸根榮不是主動。伊蘭安慰她說：

「慧如，不要難過，你的情形，我都知道，社會的輿論，會原諒你的。」

可是街坊的里弄會議，第一個就不饒她，還有小菜場，還有大小報紙，千萬張口，千百支筆，自命正義地都指責著她。她在第二天晚上，便服毒自殺了。

當年上海報載，對於黃陸的雙逃，各有各的記載，標新立異，累月不休，連承審這件案子的律師、法官也出了名。

後來陸根榮被釋到上海來，偷偷地見伊蘭，跪著哭，說：「這是我的錯，我又怎想到小姐回去，就是死呢？」說罷大哭。

伊蘭一面傷感，一面安慰根榮說：「這只能算我的錯，我不能瞭解兒女們的心情。最痛心的是一切輿論的不良殺人，而我也是一個報人，卻沒有方法替你們去更正一下，你還是好好兒地回去，好好兒地討個老婆，黃慧如小姐地下會安慰的。」

根榮在慧如墳上，著實哭了一場。無可奈何地回到鄉下，過了一年，才討了老婆。上海小報有消息靈通的，又把這事探訪出來，口誅筆伐地將陸根榮當作負心男子，著實罵了一頓，作為此案的尾聲。

伊蘭姓董名康，字哲香，是我父親的最好朋友，在家庭工業社任副經理多年。酒後茶餘，往往提到此事，說：「男女青年，用情實太為輕易，引此為戒。然我們老朽，對於青年人亦實在不太瞭解，所以黃慧如的死，我雖不殺伯仁，伯仁實由我而死。我還是十分抱憾的。」所以他每年清明寒食，必要捧一束鮮花到慧如墳上去祭掃。他說：「這也算盡了我一點兒心。」有人說，陸根榮曾關在蘇州監牢裡很久，叫他表演「主僕戀愛」，他就表演得非常肉麻。這是惡意的糟蹋。

冼冠生與陳皮梅

上海有陳皮梅的時候，還沒有冠生園。那是林家園的出品，由廣東運來，與南京鴨肫肝成為上海兩大美味，上海人歡喜吃閒食，這一酸一鹽便取采芝齋、老文魁的糖食而代之，女學生尤其歡喜吃鴨肫肝，校舍裡，電影院，一枚在手，朵頤咀嚼，教人看了別有會心的微笑。當年有個吃鴨肫肝的笑話，說有個醫生出門去，叫他太太看家，來了一個病家，太太就老實不客氣地替診了，醫生回來，問：「有病家來過嗎？」太太說：「有。」

「什麼病？」醫生很高興地問，因為他太太也能夠看病了。

太太說：「他為了嘴上不出毛的病。」

「那是天生太監形，你抓什麼藥給他？」醫生問。

太太得意地說：「我因此叫他不必開方，只拿枚鴨肫肝常常擦擦，就會出來的。」

「這是什麼意思？」醫生詫異極了。

太太卻嘟起了她的小嘴唇說：「你不是常常告訴我說，醫者意也。我來的時候也沒有，你常拿鴨肫肝樣的東西擦我，不久，就生出來了嗎？」

這個笑話，後來我常常拿來調侃張大千，因為他也是歡喜吃鴨肫肝，而多鬍的。

鴨肫肝最廉時，鷹洋一元可買三十多枚，其時河南雞蛋一元可買三百六十個，青島吃童子雞，每元可吃十二隻，巫陵橘子一元可買五百個，則鴨肫肝之貴，亦可謂在天上。從今回想，直如唐虞盛世，亦不過民國二十年間事耳。

冼冠生賣鴨肫肝，卻比賣陳皮梅時間還要早些，因陳皮梅本輕利重，福至心靈，便仿著林家園的包裝，將自己的尊容印在上面，將自己的大名題上一個冠生園。在一塊錢買三百六十個雞蛋的時候，一盒陳皮梅能需成本多少？因此他便繼陳萬運小小豆腐乾之後，發了點小財。陳萬運賣小豆腐乾進而為紡織家，在南京路開了三友實業社，冼冠生也在南京路開了冠生園。

冼冠生廣東人，為人很矮，十分肥胖，大頭上尖，五短身材，像個「火」字。看相的說他道道地地是個五形屬火的大富之相。他也以此自負，和他合作的薛壽齡，是九畝地新舞臺老伶工、唱崑旦的薛瑤卿之子，卻有些才情，冼冠生一切都重託了他。冠生園在民國廿二年才開到南京路的，他已不是專賣陳皮梅鴨肫肝的小店，而是與新雅、味雅鼎足而三的新興的廣東酒家。他雖不很識字，卻歡喜結交文人，在三樓專闢一室，茶點酒肴，丹青畫紙，一律齊全，專一招待上海的書畫家，在那裡作作詩，作作畫，他卻獨據一張沙發，濃濃地睡著了，打酣陪客。馬寶山和泰康餅乾在上海出風頭的時候，冠生園也不甘落後，在曹河涇闢了一所工廠，兼營農場，自種蔬菜，即在農場搭起篷子，食座賣菜。春三四月龍華桃花盛開，黃園牡丹相繼已是初夏的時間了。這幾個月內，冠生園農場，小橋流水，頗有鄉村景致，遊人每日不斷。

抗敵時期，冠生園在後方到處都有，提倡經濟客飯，以配合國難時間的節省消費。而上海總店，卻被薛壽齡的兒子叛據，他結合了在滬股東，發行冠生園股票，上市場拍賣，以取暴利。當時交易所瘋狂一般，任何行商股可發行股票，上市拍賣，交易所成了一個大翻戲。勝利來臨，投機家有如大夢初醒，一夜窮、一路哭的全面皆是，冠生園卻因大後方有事業，倒跌得很少，但是大權旁落，冼冠生後到上海也只做了一個有名無實的太上皇，不復再有往日雄風。塞翁失馬，焉知非福？共匪陷滬，遭受清算的卻是薛壽齡的兒子，而不是冼冠生了。

程硯秋腔盛行時，學梅蘭芳的都改學程腔。上海人稱為「陳皮梅」，說它是程的皮毛，梅的底子，諧聲叫他「陳皮梅」。有一個票友王靜波，人家率性叫他「冠生園陳皮梅」，因為他又黑又胖，和冼冠生一模一樣。他拜王瑤青為師，確在冠生園請過十六桌整席呢。

張溥泉書寒山寺碑

月落烏啼霜滿天，唐人張繼這首楓橋詩，日本人幾乎人人會唱，虹口六三花園的藝妓，彈著浮生三味線（弦子），梳著紅絲二把笄，從她們滿塗著脂粉的東洋面孔，口齒裡唱出，更是使和服才子唾壺擊缺。

按唐人張繼一生就傳了這一首詩。明朝的文徵明將詩寫了一塊碑，刻在蘇州楓橋寒山寺裡。清洪楊時毀於兵火，由俞曲園重寫。「姑蘇城外，寒山寺」雖是水鄉，卻並無多大風景，卻以此碑出名，而更聯想到下面的一句「夜半鐘聲到客船」，把寺裡的那口鐘會傳起神話來了。說什麼「江楓漁火對愁眠」，愁眠是太湖七十二峰裡的一峰，楓橋的鐘響，夜半人靜，在愁眠也聽得見的，因此就起了日本人的盜寶之心。八一三上海淪陷，上海的古董掮客就有人動這個腦筋，要將寒山寺的鐘盜出來到上海賣。有個姓王的古董鬼，平日專做日本生意，他還會做一手假王一亭、吳倉石的字畫，日本人也相信他，他便引著日本人去看了幾次，對蘇州人說是日本人要搶，對日本人說是蘇州人要賣。日本人倒講道理，鑄了一隻新鐘，去換了舊鐘，連帶地卻把那塊張繼的楓橋詩碑也扛到東京陳列館去了。據重光葵說：「他們還當是唐碑呢。」可是寒山寺失了這塊碑，卻是黯然無色。三十六年，張溥泉先生到嵩山路吳湖帆那裡談天，湖帆忽然想起來，他說：「唐朝有個張繼，現在溥泉先生也名張繼，莫非正是千載後身。這塊碑請您老補書了罷。」溥泉先生欣然答應，卻日久事煩，把他忘了。有一天忽然想起，便在燈下磨墨，寫了這首「月落烏啼」的楓橋詩，並附志云：「……湖帆先生以余名與唐代張繼相同，屬書此鐫石，余名實取恒久之義，非妄襲詩人……」云云。誰知是夕便得了中風，無疾而逝。前身之說，信有因耶？溥老書後由湖帆加跋，刻碑立在楓橋寒山寺，兵火重經，不知尚無恙否？

新豔秋命坐殃夫

星相家說：「女人有殃夫星坐命的，此人近不得。」歡場遊子，確有此種迷信，或云：殃夫一名白虎，乃林教頭懷刀誤入之堂，齊景公痛哭流涕之所。新豔秋宗玉霜，歌喉天賦，貌亦溫文，姿態婉靜，一好女子也。三蒞上海，藝名噪於一時，而近之者輒招奇禍，女亦池魚自殃，數度至於狼狽，星相之說，信有徵耶？則客未窺簾，亦難辨其廬山真面矣。民十九間，曾仲鳴隨汪精衛北上，出席擴大會議。時新豔秋方以雛鳳新聲，與程豔秋抗衡，號為坤伶主席。紅氍色相，妙絕一時。新豔秋本名王玉華，私淑豔秋，由其兄操琴，偷記工尺，並未拜門。民十六年出演於北平，為梆子青衣珍珠鑽的妹妹，藝名王蘭芳。第一天在明星戲院打泡《寶蓮燈》，配老生的是坤角鬚生恩維銘，即演大軸。周郎顧曲，固知其不凡矣。

程豔秋（後改硯秋）在平向用郭仲衡（老生）、王又荃（小生），二人皆春陽友會名票下海，豔秋倚之如左右手。民十八間，程嘗自己組班出演開明，老生郭仲衡和管事的說：「這次，我又新蟒置多了，戲份鬧個全份兒罷。」管事的點頭答應，過了一陣，硯秋偶然問起管事，說：「我們這回營業怎麼樣？」管事說：「賠了。」硯秋說：「座兒賣得還不錯罷？怎麼說賠了？」管事說是郭仲衡鬧的例子，這回戲份兒是全開的。原來，唱戲的規矩，戲不完，老闆是不能問盈虧的。這次，程硯秋算是問著了。

便和郭仲衡大鬧起來，說他破壞大眾，仲衡也一氣，連王又荃、文亮臣（老旦）三人一夥，都合他犯上了。以後，辭班不幹，出來幫王玉華，存心要捧紅她。可是她也受捧，從此改用「新豔秋」，她的唯一可傲處，就是她的幫角，全是程豔秋的原班人馬。

十九年的春天，便晉位「坤伶主席」，和楊小樓同臺出演開明，擴大會議有一臺戲，就有新豔秋、楊小樓、郭仲衡、王又荃合演的《霸王別姬》。而開明連著也演《別姬》，新豔秋此時，可說一帆風順，傲睨梅、程了。

仲鳴在北平，就做了新豔秋的入幕之賓。這時候的王玉華正是碧玉年華，瓜字初分，正合著《鴛鴦塚》裡一句：「難得個俊才郎來到我家。」原來曾仲鳴也小有才情，風流自賞，他的太太方璧君還能畫得一手好油畫。仲鳴是汪精衛的心腹人，汪任行政院，曾在南京亦炙手可熱。每逢星期六必乘夜車到上海，作一日伏假，花天酒地，揮金如土。就在這個時候，他把新豔秋接到上海來唱戲，出演更新舞臺，上海人稱之為袖珍程豔秋，時郭仲衡已卒，原班星散。然新楚楚嬌姿，令人真有我見猶憐，何況老奴之感。仲鳴利用職權，飛機往來，京滬本近咫尺，因此亦排日聽歌，和他一同出入的還有王曉籟、胡蝶、潘有聲、林柏生夫婦，真是豪興如雲，纏頭如錦，仲鳴感覺京滬來去，還不算自由，便把新豔秋接到南京去唱戲，時程豔秋亦在南京大世界出演，新豔秋則在南京大戲院和程打對臺。當時懂得戲行規矩的，都說他們師徒鬥法，是破壞梨園規矩，不知他們兩下裡，正是心中有氣，合上郭、王、文的從旁攛掇，後來鬧得竟犯上真火來了。程演《玉堂春》，新亦演《玉堂春》，程演《紅拂傳》，新亦演《紅拂傳》。儼然爭雄迭長，而新豔秋捧到了大腿，程豔秋此道不通，未免黯然無色，鎩羽而去，硯秋認為一生之辱。但曾仲鳴初逢豔境，雖非林教頭懷刀誤入之堂，腦門兒固已漸漸發暗。廿七年抗戰，仲鳴隨汪潛出陪都，至安南河內，遽遭暗殺，說者以為玉華禍水，雖事隔經年，而龍漦未乾，桑弓桃矢，固不猝發於肘腋之間，聞者固笑而不信也。

蘆溝橋事變未起時，魚行老闆王揖唐，暗與日諜土肥原勾結，出賣華北。王克敏、殷汝耕皆其中堅人物。汪記固早有染指之心，暗遣候補中委繆斌，聯絡二王，與土肥原勾結。新豔秋既北返，仲鳴重托美人於繆斌，繆斌遂為捧新團之中堅。事變後，繆斌留居北平如故，而重慶愛國分子固久欲得繆斌而甘心。一日，新豔秋出演吉祥戲院，戲碼為《玉堂春》，忽有炸彈，爆發臺口，一院驚起。按北平看戲本坐池子，是日繆斌偏坐包廂，聞警遽起，有人自後開槍狙擊。繆乘機兔脫，竟未受傷，而日憲有如狼虎，竟將新豔秋架去，實行三堂會審，後由繆斌緩頰，力言此乃重慶分子所為，與新豔秋無關。久之，事始得解。繆斌，無錫人，綽號小道士，曾一任江蘇民政廳長，以貪污去職，勝利後繆以叛國罪伏法於南京雨花臺。

新豔秋內不自安，乃南下，出演於更新舞臺。張嘯林、俞葉封捧之甚力。時嘯林方謀幹浙江省偽主席，與吳雲甫暗鬥甚烈。俞葉封本張之爪牙，在滬杭一帶亦炙手可熱。捧新之力，不下於曾，一日，亦於包廂中遭人機關槍狙擊。有久記社票友吳老圃（唱淨）適與同座，聞槍起，急以身伏俞背，受彈重傷，做了俞葉封的替死鬼。新豔秋二度被捕，張嘯林罵葉封道：「入你活的皮毛兒，別個，你入得，這種白虎星，你也去入入。」竟不為新營救。不久，張嘯林在私宅樓上，被人槍殺，或云吳雲甫買通張的保鏢所為。葉封終於營救新豔秋出獄，新才北上，而俞二次遭人暗殺，竟不免。

新豔秋兩次遭遇飛災，風頭盡斂，所謂「想當年在院中纏頭似錦，到如今只落得罪衣罪裙」。自傷命薄，謝絕紅氍。後嫁煙臺市長郃中樞，伉儷頗篤。豔秋本身，實一謹慎溫柔的好女子，而命運環境偏不饒她。勝利後，郃中樞以漢奸入獄，她要去找繆斌，繆斌卻先被正法槍斃，半生私蓄又被她母親席捲而去。她潦倒回平，杜門息影，北平陷匪後，卻又把她拖出來唱戲，回思往日紅氍毹上，有多少王孫公子，求一親薌中而不可得的，如今卻在這三分不像人，七分倒像鬼的面前，含淚悲歌，回想到楊小樓合唱《別姬》：「壯士軍前半死生，美人帳前猶歌舞」，不知要悲慘到什麼程度啊！

新豔秋事補

余記新豔秋事，有客來談，說：「記得太少了些，令人看著不解恨。」是的，因為新豔秋雖命犯星精，本人倒是個本分，所以記不多什麼。北來坤伶在上海不以桃色為號召的，除了新豔秋、李玉芝，就找不出第三人。不像吳素秋三度菈滬，鬧得滿城風雨。一度回去，正在冬令，那次是和王瑤卿同來，瑤卿在我家裡收羅玉蘋為徒。素秋母女同來觀禮。素秋長眉入鬢，美目流波，真覺神光四射。她按著玉蘋叫她跪，說：「孩子，多磕頭，少說話，你的師父是通天教主，十八件武藝都得教給你。」瑤卿說：「哎呀我的姑奶奶，少說廢話，誰不知你是風流教主，此番回去，連皮毛大衣都有八十一件。」雖是一句玩話，後來小報就根據著作為事實了。玉蘋是名票羅大爺鐵城的侄女，新柳名旦羅笑倩之女，也是我的乾女兒。北上之後，師父真肯將血心教給她，她事師父也孝順，真得了師父十八般武藝，而且件件精通。就是體弱，不夠上臺，她師父待她也真好，北上時原要藝成而後南下，做個衣錦榮歸的。及至藝成，在大馬神廟王宅一住五年，師父直捨不得她去，留她幫著教戲。所以張君秋、王吟秋、言慧珠、李玉茹見了她都得尊她一聲「師姑」。後來瑤卿愛女老鐵死了，師父越法離不得她。她也捨不得師父，她索性嫁了王門，鳳卿的兒子，做了王門的媳婦。瑤卿死後，玉蘋就承受她的真傳衣缽，至今教曲度日，沒有出來。

新豔秋在上海，可談的事實在不多，我只把以前談過的地方加以補充。因為總題且是「春申」，所談大致不出這個範圍。

新豔秋原名玉蘭芳，天橋出身。前兒談到郭仲衡、王又荃和程豔秋犯脾氣，存心出來捧紅她。但這個「新豔秋」的名兒，卻不是他們所取。這個「新」字就是有「眼」、「俏皮」。取這個名兒的人，倒道道地地是位王三公子。民國十五年間，他在北平當國會議員，生性好遊，人家都管他叫王三公子，把他的真名兒倒藏起來了。他和梅蘭芳的琴師徐蘭元，還有一位湖南名士賀薌垞，別號楚天漁叟，三人常在一起。這時，徐碧雲方走紅，梅蘭芳存心要捧妹夫，所以，徐碧雲初次到上海共舞臺，蘭芳就把自己的琴師讓給他。又拜託楚天漁叟，給碧雲編戲，一本《驪珠夢》，就是賀老夫子給他編的私房戲而在上海唱紅的。這一次，老生用貫大元，武生周里安，小生李桂芳（明星李麗華的父親）。按碧雲霞《紡棉花》大紅特紫之後，而來一個正工青衣，又是男伶，面目又生得不長進，要唱紅是很難的。這位湖南三公子自告奮勇，擔任宣傳，徐碧雲在上海唱紅，王三公子也紅了。他可不是後來討小鳥王熙春的王三公子，那還在後頭，這時候未見名兒呢。可惜的是徐碧雲不掙氣，回到北平，鬧桃色案，弄得罪衣罪裙，遊街掃地。王三公子一氣，說：「不捧了。這真丟臉，還不如捧天橋去。」因此，驀地裡遇到五百年風流冤孽，玉蘭這天唱《罵殿》，三公子拍案叫絕，說：「這真該捧，賀老，你替她題一個名兒罷。」賀薌垞的駢文是好手，煉一字確有千鈞之力，這「新豔秋」的新字，使是楚天漁叟替她題名，你看唱戲的襲牌子，有「賽」的，有「小」的，有「蓋」的，那多俗氣？這個「新」字，題得好，也無別人敢用。

王三公子在北平有個報：《新中日報》，他把玉蘭芳從天橋捧出來，在三慶園登臺，後來又升到吉祥園。當年的小報，別的勢力不算什麼，捧戲子倒是立發立應的。當年吳素秋若沒有諸福昌做他的「真乾爸」和她母親吳溫如有交情，素秋也不能這樣躥紅起來。她第一次到上海，上更新就由三老（？）保駕，各小報互通聲氣，不唱《紡棉花》，她也要紅的。王三公子捧新豔秋也是這個道理，何況錦上添花，再有程豔秋的全班人馬，替她墊底。不過，人也要禁得起捧，須像新豔秋之色之藝，才能受得了郭仲衡的跨刀。後來上海更新出事的那一次，小生用俞振飛，時俞五也是和程豔秋鬧彆扭而分手的，這比王又荃分量更重了，卻收到璧合珠聯之效，從未被人減色。俞葉封出事時，臺上正演《連環計・呂布鳳儀亭擲戟》，俞五棄甲曳兵而走（前後臺頓時驚慌失措），新豔秋還是唱完了她應唱的，走下後臺，才被憲兵架去。所以新豔秋的成名，並非偶然，所惜的是新豔秋在民十九年晉位「坤伶主席」時，這位王三公子早不知流落何方，到什麼大堂巡更守夜去了？

新豔秋一生命薄，曾仲鳴捧他，在南京唱戲和程硯秋打對臺時，可算得女中豪傑，平生得意之秋了。不知就裡的人，都以為師生打對臺，其實他（她）們根本是水火，程硯秋絕對不認有這門子徒弟，新豔秋除了掛牌之外，也從不說自己是硯秋的徒弟，「新」的總比「舊」的好，她的解釋，對於這個新字，還有些兒驕傲。這也可見賀薌垞這位名士心肝，不同凡俗了。他是文公達的弟子，公達父親就是珍妃的師傅文廷式，提起此馬來頭也就不小了。新豔秋出演南京，曾仲鳴視同禁臠，其時中山陵園，好比唐代的曲江，新貴甲第都在其處，汪精衛、曾仲鳴也有私邸在園陵，真是侯門似海，門禁森嚴。新豔秋唱完戲，仲鳴便把她接到園陵私寢，芙蓉帳暖度春宵，從此曾郎不早朝。汪精衛對於仲鳴特別寵信，也不計較這些。原來，仲鳴從小養在汪家，視同弄兒。他有個姊姊「曾四姐」，當年在南京的人都知道，她是汪記的管家婆，陳璧君面前的一帖藥。當年汪記賣官鬻爵，全由曾四姐經手，可是他於汪記倒也忠心耿耿，公而忘私，她有個侄子從德留學回國，要謀差使，照樣輦金珠，挖門路，曾四姐卻故意拿喬，說他年少，不給他官做。後來還是曾仲鳴對四姐懇情，才賣給他一個外交部參事。仲鳴的太太方璧君倒是一位西洋畫家，和林柏生太太都有美人之目，他們與胡蝶、潘有聲夫婦更合得來，後來方君璧將上海房子讓給胡蝶，到法國去研究繪事，至今沒有回來。

記八一三抗日戰

中華民國廿六年七月下旬，日方借詞蘆溝橋事變，對華北用兵，廣田外相並向國際宣稱，拒絕任何國際干涉華北問題。在這緊張情緒中，上海突傳一日本水兵被綁失蹤。國人聯想到蘆溝橋前因後果，無不談虎色變。這個失蹤水兵，名叫宮崎貞雄，過了兩天，卻又在鎮江出現了。他是從輪船跳向江中，為一船夫救起，翌日，護送南京，交日本領事館。據他自供：「七月廿四，在上海北四川路妓寮冶遊，被該國海軍憲兵所見，懼罪潛逃，附輪來到鎮江。」但明眼人看來，便知還有內幕，這件戲劇性的事情，又令人想到一年以前，南京「藏本事件」。這種舞臺上丑角的不佳技術，自己變戲法，自己又戮穿了西洋鏡，是很滑稽而可笑的。但他的暗示性卻非常嚴重，西洋鏡雖然戮穿，嚴重性卻有增無已。八月七日，日政府突然命令漢口僑民撤退，日船全部集中上海，路透電的東京通訊指出：「大戰將起於上海了！」我國舉國一致的應戰決策，也早已決定於政府最高當局，但看閻錫山、余漢謀、何鍵、蔡廷楷、劉湘、龍雲、白崇禧的先後入京，便知大敵當前，全國力量集中的充分表現了。

八月九日，虹橋飛機場事件，再次發生。那天下午，日海軍中尉大山勇夫與水兵齊藤要藏，武裝乘車硬要衝入虹橋飛機場，我機場守衛向前阻止，被日兵立刻擊斃。保衛隊聞聲趕到，日兵竟開槍射擊，我亦還擊，大山、齊藤俱死於機場近處。上海市政府據理向日總領事岡本提示，希望循外交途徑，秉公解決。日方便以調查談判來拖延時日，暗中卻作軍事準備。我方灼見陰謀，亦作積極準備，爭取先機。

八月十一日，大隊日艦抵滬，我第五軍之八十七師王敬久、八十八師孫元良亦兼程開抵閘北及江灣兩處佈防，而「八一三」抗日聖戰起矣。

戰事以八月十三日～二十三日為第一階段，我軍主力固守真如、閘北、江灣、吳淞一帶。十三日晚間，已佔優勢，敵軍步步退卻，十四日，我空軍全面出動，敵軍根據地公大紗廠及虹口附近均起火。不幸的是，一架受傷軍機彈落大世界門口，市民傷亡千餘，為戰禍中帶來不幸的大慘劇。但是日我軍便開始向敵人總攻擊，右翼進攻敵人盤踞的粵東中學、愛國女學一帶，左翼爭奪敵海軍操場及海軍俱樂部。浦東方面，亦壓迫沿江之敵，進佔三菱、日清、太古碼頭。作戰形勢，可說全面順利。

十九日，我三十六師宋希濂、九十八師夏楚中相繼加入戰團，從保定路前進攻入敵軍陣地，一度迫近匯山碼頭。可惜各軍未能合圍，而虹口地區的水泥建築物，在在都是敵人天然堡壘，堅守難攻，我軍火力無法施展於街市戰。至二十三日我軍便放棄了包圍敵軍的計畫而進行構築月浦、真如、閘北間的堡壘線，利用閘北街市作持久的爭奪戰。

二十三日拂曉，敵軍增援突於張華濱登陸，分襲寶山羅店，我軍應付大戰中心局面，成立第三戰區長官司令部。張發奎作戰浦東方面，張治中作戰淞滬近郊。上海戰事進入第二階段。

在八月二十三—九月十日，三星期之中，敵軍先後增援約有五個師團，以永野修身為統帥，長谷川清為指揮官。我軍一面圍攻楊樹浦、張華濱之敵，一面堅拒川沙口上陸之敵，於是最劇烈的野戰，全線展開。羅店、月浦，正反包圍，拉鋸進出，戰況之慘烈，敵人稱為「血肉磨坊」，直到九月十日，我軍仍堅守羅店、江灣迄未稍退。我們所付的犧牲代價雖然太大，但從此引起外交界的刮目相看，連素來輕視中國認為不經一戰的英國人，也震驚於我們國軍的驍勇善戰和堅鐵陣容了。史摩萊少將說：「我從來沒有看過比『中國敢死隊』更壯烈的戰事了！」這便是我們在上海戰場上最英勇的收穫成果！

當淞滬戰爭激烈時，敵軍知難一時取勝，開始向我後方城市，南京、杭州、廣德、南昌作最慘毒的轟炸，而蘇、松、常、錫也接連受到敵機的襲擊，難民死傷，枕藉於途。敵軍第三艦隊更封鎖沿海岸線，阻絕我國船隻往來，並檢查第三國船隻。從種種事實說，兩國戰事已經存在，而日方仍稱之為「支那事件」，以拒絕國際的干涉。

在日本的政策，原以第三艦隊牽制華南，以待華北軍事之發展，但他們的海陸不和，海軍急於南進，輕視中國，滬戰失利，而南口戰線亦復相持，陷於膠著狀態。敵方乃傾其全力以攻上海，而「八一三」戰役，進入第三階段。

九月十日～三十曰，這二十天中，敵軍增至十萬，巨炮三百門，戰車二百輛，飛機三百餘架，並於鴨窩沙高爾夫球場構築工事、機場，與我軍朱紹良、羅卓英、薛岳三個集團軍，開始作戰地爭奪戰。我軍猛烈抵抗至經月之久。白日被敵機敵炮轟毀的戰壕，晚間無不修復，亦有全壕被炸，全隊埋身在泥泊中作最慘烈犧牲者，而敵軍陣地之頑強，亦如銅牆鐵壁，此地衝開，那邊立刻補合。這二十三天的堅持，尤以八字橋七次爭奪戰，造成抗日史上輝煌的戰績。

十月初旬，淞滬線格外吃重，敵軍傾全國兵力集中上海，我方由總統蔣公兼任第三戰區司令長官，仍由顧祝同將軍副之，一時名將雲集，大軍屯集，士氣之盛，空前未有。各地方部隊，有來自四川、兩廣、湖南、福建者，共赴國難，充分表現自民國以來所未有的軍事統一氣象。敵軍攻擊重點，此時指向劉行，企圖中央突破。我軍則移守唐橋站，沿蘊藻濱兩岸一帶，以轉移敵軍主力方向。十月六日，敵以飛機掩護，強渡蘊藻濱，重炮數千發，密集壓制我軍，伏壕不能活動。雜以催淚瓦斯，使我軍頓失戰鬥力量。其炮兵彈幕則反復移動於蘊藻、葑塘前後，施行隔離射擊，使我後方補給無法輸送向前。時遇霪雨，壕中積水，腥穢沒人，但我軍士氣迄未稍衰，號角一聲，傷者並起，於彈片橫飛，死生俄頃之間，還是前仆後起，力抗強敵。這種可歌可泣的戰況，直可寫入金字史冊，字字發光，敵軍根據「一二八」作戰經驗，利用湖沼戰術，然亦迭受重創，死傷相當。

十月十八日，我軍以十個團之兵力，由陳辭修將軍指揮，從陳家行突入敵陣，轉取攻勢，即予虹口敵軍以重創，壓迫敵軍退守北四川路東邊陣地。可惜敵我兵勢懸殊，蓋現代戰術百分之百，全持武器，接近戰的機會很少。敵軍重炮、戰艦、飛機集中轟炸，自二十三日起，已經布成火網，決非我軍血肉、利刃所能制勝。經過這場戰爭，大部分兵士都在前線殉難，這是我們「八一三」所留下的最後光榮和教訓，到了十月二十六日，我軍乃在閘北撤退。

由於戰略的安全，閘北撤退，技術上非常成功。由大場而江灣廟行，陣地依次放棄，閘北陣線仍由八十八師扼守如常。至掩護撤退任務完成之後，八十八師也轉進了蘇州河以南，其五二四團謝晉元團長，尚固守蘇州河北岸，又表現了最光榮的一幕——八百孤軍，四行之戰。其事壯烈，當另文記之。

內廷供奉汪益壽

中國的美術哲學，有和外國不同。外國東西非自我宣傳不可，中國東西自己一吹噓就壞。所以一切都從幽默感去發生，而不需要如何的強調，否則便成了大拍賣的宣傳品了。

溫飛卿稱為詞聖，他做了一句「今日愛才非昔日，莫拋心力做詞人」，人家就看不起他，說他無行。詩詞的地位是如此，書畫的地位亦是如此，所以唐、宋人的詩詞做得好，宋、元人的書畫很好，就是因為他們都是業餘，而沒有一個是純職業的。畫院待詔，受命帝王俸祿，穿著紅袍紗帽，專替皇帝書畫的，一時非不煊赫，而高品的畫人，都看不起他。上海十里洋場，最多的暴發戶，他們都歡喜這個調調兒。求書，必須翰林名公，最好四幅，將狀元、榜眼、探花、傳臚掛在一起。直到抗日時代，只剩了一個末代狀元劉春霖了，他還是非常吃香，可是畫家待詔卻不容易找，於是投機家便應運而生。光、宣年間，有個硤石畫家汪益壽，他跑到上海來，仿照醫生之例，掛起一塊牌子：「內廷供奉，江南第一才子汪益壽」，居然臣門如市起來。其實，他的畫是打翻了墨盆，溫俗非常，但他的畫名卻是煊赫一時，連日本也輦了重金到上海來買他的，並要請他到東京去開展覽會。當其時，中國畫家連展覽會這個名詞都還沒有聽到過，汪供奉卻得風氣之先，一口就答應了。可是他還有自知之明，知道他的畫，出洋是不行的，便回到硤石去和畫友商量。其時硤石有兩位名畫家，范守白、吳伯滔。伯滔便是後來上海稱為三吳一馮（馮超然、吳待秋、吳湖帆、吳子深）吳待秋的尊人，他的畫，確是大氣磅礴，他人品甚高，一口氣就回絕了。范守白畫四王，功夫甚深，人極願謹，禁不住汪益壽的說項，就替他畫了二十多幅帶去，日本畫展不似上海人的多多益善，白木屋，三越吳服，都以三十幅展為原則，少於此的，愈為名貴，畫價也得更高。汪益壽索性將范守白的作品，一鼓而擒之，截頭去款，加上內廷供奉，江南第一才子的印章，作為自己創作。誰知日本人看畫，最高只到石濤、石溪。范守白的畫他們是看不懂的，一個展覽會，開得奇怪無比。但益壽回到上海，對守白無法交差，只說畫已都賣了，就是錢還沒有收齊，過一陣子，自會送到硤石。守白等等，好久不見消息，他便和吳伯滔回到上海。汪益壽家裡正在燒飯，上海人照例走後門的，范吳二人踏進灶間，只見娘姨正捧著一卷廢畫在引火燒飯。守白雖是近視眼，自己的畫卻自己認識，趕上一看，只見幅幅都題著內廷供奉江南第一才子汪益壽的款，一陣大怒，不等益壽下樓，回身就走，回到硤石，立誓從此不再踏到上海一步。他說：「哪裡知道上海賣畫的都是騙子呵！」

上海青年會

上海青年會，最早成立，遠在西元一八八〇年以前，但那時的會員，限於少數外國青年。一八九八年，北美協會派露義思到上海服務，與曹雪賡、顏惠慶、唐介臣諸君為密友，常出席中西書院演講，乃就百老滙路露思義寓所集會地點，並主張中國會務，完全由中國青年辦理，乃定名為「上海基督教青年會」，即在博物院路亞洲文滙館開會，黃佐庭、顏惠慶為正副會長。

青年會成立後，即在北四川路上海郵務局北首租事市局一幢，約法甚簡，三章耳：「不吸煙，不飲酒，不打麻將」。這種條件，在當時上海人心裡，已覺得稀奇，但品德端正的青年卻有絡續加入，並在會所開設英文補習夜校，因此感覺會所不敷應用，遷到南京路市政廳，創立青年會日校。一九〇〇年（光緒廿六年）後江南得劉坤一、張之洞的軍政調護有力，地方又安，上海人口逐漸增加，青年會亦日見發達，從南京路遷到北京路十五號，裡面有了小規模的禮拜堂，簡單的宿舍（三友實業社陳萬運一直住青年會宿舍數十年如一日）。但是，會務既有長足的進展，會所仍不敷分配，乃由甬商朱葆三出面籌募得銀五萬兩，買到香港路和北京路之間的地皮一塊，建造會所。那便是現北四川路的青年會了。一九〇七年（光緒三十三年）完工，由美國陸軍部長塔虎脫行落成典禮，就是後來的美國大總統。其時中西教士捐募了很大一筆錢，預備作為殉道信徒的紀念經費，後來便決定作為青年會的建築經費，所以青年會的議堂，稱為殉道堂，把中西殉道的信徒姓名都刻在上面，現在四川路青年會所懸「殉道堂」的匾額便是這個來歷。

民國十年，復在舊法租界薩體尼薩路（西藏南路）購置基地，民國十八年建築，由唐紹儀行奠基禮，二十年落成，包括大禮堂、圖書館、交誼廳、寄宿舍、會食堂、沐浴室，原議建築體育館，經過「一二八」、「八一三」兩度抗戰，至民國二十七年僅成健身館一所，二十九年又在十樓建國術館，專為練習太極拳之用。自從這所新會成立，即以新址為青年會行政中樞，而四川路會所專為教育事業之輔導中心。此外還有一個全國性的青年協會，其業務普遍全國，採用總委辦制，自民國元年六次改選以來，任總委辦者四人：一、巴滿樂，二、王正廷，三、余日章，四、梁小初，其中余氏任期最久，事功亦最著。

文物宣傳，當然是青年會重要的工作，一八九六年有《學塾月報》每期僅有十六開一頁，一九〇二年擴充到十三四頁，改名《青年會報》。向由美人主筆，後又改名《青年》，由謝洪賚編纂。以中國人編中國刊物，當然有成績，文字亦不僅限於宗教論說，而有了銅圖和餘興，報數驟增至八千份。一九一一年（宣統三年），北美協會決撥鉅款，編印雜誌，定名《進步》，由王正廷、朱友漁、梅詮華主編，至民國六年與《青年》合併，共名為《青年進步》，共出一百五十期，歷時十五年。凡由一人主編之定期刊物，享壽久長，當以此刊為巨擘，而自《學塾月報》以來，中間主持，均由范麗誨一人，孜孜不倦，前後亙三十六年之久，自《青年進步》停刊之後，范氏亦以老病逝世，可謂與教育雜誌相終始了。

青年會的北面，即是大世界，在大世界未建設以前，此間全為一片蘆蕩，隔著洋涇濱即為馬霍路，其時連西新橋的地名都沒有。黃楚九離去新世界，有一天在鏡花樓請客，他說：「要造一個大世界，地皮買在馬霍路對濱蘆花蕩。」聞者皆不知處，所以我記大世界只說馬霍路而不說愛多亞路是存其真，二十六年抗日戰起，一個炸彈落在大世界門口，青年會亦幾遭波及，其北首門面租給上海銀行為法租界辦事處，即被炸毀，一位姓吳的經理，便是被炸彈炸死的。

小花園與吃素人

凡是上海喜歡穿著的士女們，提起吃素人，沒有一個不知道的。他也是上海一百名人之一，但無人能夠舉出他姓甚名誰，而一提起「吃素人」，則無人不知，無人不曉，不住上海的例外。他的富雖不可以敵國，但也說得「貨如山積」、「日進斗金」，而他的職業卻甚微賤。原來他是一個小花園賣女式鞋子的。

提起小花園的女鞋，真有點兒令之生溫馨綺膩之思，杜牧之所謂「鈿尺裁量減四分」、「六寸膚圓光致致」，都說得不夠透徹。最好是一個吳儂軟語，身材纖穠得中，二十多歲的少婦，梳一個髮光可鑒的橢圓髻，支色印度綢的短襖，襯上一朵茉莉花球，下面散腳軟褲，正好露出一雙軟幫繡花的女鞋。任你柳下惠魯男子見了也要看上幾眼，被這一對貼地蓮花誘得實在有些銷魂蝕骨。因此，小花園的花鞋店，也是五光十色，大玻璃櫥窗，霓虹電炬，照著這齊後主不曾見識過，楊廉夫不曾把握到的五顏六色、巧奪天工的六寸膚圓，女鞋大觀。價目自一二元到幾十元不止，一雙上海時髦女鞋，可以抵到鄉下人的糧食，而這種鞋，不但鄰近的清和坊、會樂里倡流名妓是它的常年主顧，即靜安寺、愚園路的名門閨秀也非它不歡。每當華燈初上，四馬路、三馬路堂差酒局，川流水一般往來於廣西路穿走的時候，也正是名閨伴，攜手偕遊，在皇后、皇太后、美最時，這些著名的女鞋店，物色繡履的時候，而吃素人卻福至心靈，做了這些「著地鴛鴦」的仲裁媒介。他從各店中挑選了最新奇的女鞋出品，親自送到各堂子裡去，任他們選擇。上海奢侈之風最盛，一雙女鞋，穿不到兩三天，就要換新，他又收了舊的去轉賣到漢口、天津，各處碼頭，而他對於堂子裡的生意，更可以三節結帳。每節放出去的鞋賬，有一個戶頭而積至千金的，吃素人生意之大，魄力之巨，也可以想見一斑了。堂子裡的紅倌人對於針黹當然很懶，但有一種鞋子卻要自做，那是每逢端午送給客人的繡花拖鞋。客人如果不是懼內的，也可以穿著回去，施施然炫耀其妻妾，曰：「某倌人恩我。」那拖鞋上的繡花，有描龍的，有繡鳳的，而最名貴的一種，則繡著八個簡字：「知情著意，永不分離，若要分離，爛心爛肺。」這種簡筆字的繡花拖鞋，不知羅家倫也曾把它採用了沒有？

四大金剛

四大金剛之一的林黛玉，至今還是曉得的很多，其他三人，便是四十年前佚宕花叢的也難歷舉其詳。所謂「金剛」，是取摩頂放踵，金剛不壞之身的意義。當初胡寶玉的名聲較四金剛要早，林黛玉，便是為了仰慕胡寶玉而題上的，後來有人把她比做瀟湘妃子，恰是數典忘祖。張書玉、陸蘭芬二人與林齊名，金小寶稍為後起，故張陸與黛玉逐鹿歡場，豔色炙手時，胡寶玉已不是阿婆三五少年時，而金小寶亦望洋興嘆，瞠乎後焉。

林黛玉本姓陸，松江章練塘人，父親是泥水匠，她小名金寶，七歲時和鄰兒相嬉，便破了身。那孩子是個富室兒，年長金寶一倍，因此她父親得了很好一筆遮羞錢，十歲賣給李皮匠做童養媳，居然招引遊蜂浪蝶。李皮匠一怒，將她轉賣到上海，輾轉到了天津花春林班中，榜名小金鈴，專以肉身佈施，豔名鵲起。後來才回到上海，時胡寶玉風頭健甚，林黛玉心懷大志，不甘落人之後，便題了這個名字。黛玉貌僅中姿，圓圓的臉兒，扁扁的鼻兒，但皮膚白膩，真有吹彈得破，日炙將融的好處，在天津時曾染惡疾，眉毛脫落很多，因此專事濃妝，用柳炭畫眉，一時成為風氣。連胡寶玉也學她，畫得長眉入鬢，張書玉更是棱棱殺氣，以為美觀。所以四大金剛雖負時名，其實俱不甚美。只有陸蘭芬眉目含情，吳儂軟語，確是有些美人胎子，但私生活的浪漫，也就不下於胡、林、張了。

張書玉，江北產，初在胡家宅做阻街神女，後來躍為長三，以能征慣戰之將，駕御金夫，真有王良詭遇，六轡交聘之能，以此名馳北里，海東逐夫，趨之若鶩。江都李眉蓀，工詩善畫，一見驚為天人，謂其得夏姬三少之術，飛燕內視，玉環豐腴不過是也。著意憐之，不知書玉方以李眉蓀為人渣、冤桶。每夕追蹤林黛玉之後，涖諸戰場，弋取名伶；但其所獲，多林黛玉唾餘，初媠李春來，繼姘路三寶，而爭奪戰起，時書玉尚媠小朱，黛玉因加之以雅號曰「江北小朱路（朱路諧音豬玀）」。

路三寶是山東濟南府人，小名靠三兒，章邱孟雨亭東家祥慶和班出身，初學文武老生，後改花旦，十三歲值西太后萬壽，往山東撫院衙門演出，頗蒙撫台張曜和學台激賞，賜名三寶，號玉珊，並令專演花旦，因此又有「學頭旦」的名稱。是日尚有同班何祥恩賜名大寶，何祥忠賜名二寶，故路名三寶，後來有人調侃他身具三路寶貝，故為學台大人所激賞云。

路三寶在光緒壬寅間出演上海丹桂茶園，時年二十八歲。一時北里嬌蟲爭奪如狂。黛玉從南潯邱氏下堂出來，手中金珠細軟，不可計數，她賄通了路三寶的琴師張瞎子，把他據為禁臠，三寶也就孤王酒醉桃花宮，日日樂不思蜀了。父親去世，也不回去奔喪。但黛玉並不因此自以為滿足，每夕仍是出去看戲上館子，勾引一般遊蜂浪蝶。

北里佳人，頓失三寶，無不惶惶然，有如喪家之狗，不可終日。時十月秋深，金風送爽，蘇空頭的上海男子，都已戴上瓜皮小帽，而自名京朝派的，則硬著頭皮，還在張園愚園一帶跑馬車，出風頭。北里佳人亦喜仿效，大辮男妝，招搖過市，別具風情。一天，四大金剛齊集味蒓園（張園），圍坐品茗，笑語生春，卻好四人，都是男妝。張書玉、陸蘭芬戴帽，固覺妝束一新，林黛玉、金小寶不戴帽，愈覺髮光可鑒。於是林張嗔云：「倪上當哉，耐昨日（音匿）約倪戴（音帶）出來，人家倒轡好藏在屋裡。」林看陸云：「真希奇，一頂帽子，啥要緊，勿戴就勿戴好哉。」陸笑云：「阿姊真要勿戴末，就讓撥妹子戴戴，出出風頭，耐看阿合適，勿合適？」味蒓園的茶客看了，無不大笑會意。原來她們是唇槍舌劍，暗中正是指的林黛玉金屋藏嬌，闢著的那個路三寶。

黛玉、蘭芬年齡相若，藝亦匹敵，但以色論色，則蘭芬實勝一籌，路三寶亦不是個省事太歲，這個小帽子，終於被他戴去。因此林陸二人，因愛成仇，時作尹邢之避面；但在華筵歌席，熱面相逢，則又言譏語刺，好像臨潼鬥寶一樣，大家要爭此「路」，不肯相下，而妙語雙關，配以鶯嗔燕叱，也覺十分好聽。時席上尚通行猜枚行令，一次陸客以瓜子與蘭芬猜枚，每猜皆輸，蘭芬含嗔道：「倪又勿曾踏耐尾巴，耐啥勒實梗搭奴過勿去呀？」林聞之，亦對客云：「耐阿曉得，龍船後頭大關刀，這叫做扳梢。」客不解云：「這個話倒是新鮮。」林亦笑云：「阿是新鮮格。」有一次，二人又同席，林在豆蔻金盒子裡占出一粒砂仁，向著陸客一照云：「耐阿要吃？」客信以為真，伸手來接。林笑云：「末事勒浪倪手裡，要倪先吃飽子末，耐想吃，也只好望望。」二人局去，客問金小寶云：「剛剛黛玉搭蘭芬好像有氣。」小寶披嘴道：「耐真是橋頭三阿爹，三管鼻涕多一管，管耐啥事體？」

蘭芬本是蘇州趙姓女，小名月娥，秀色可餐，天性嫵媚，西人曾攝其小影，寄歸本國，稱之為「東方標準美人」，則標準美人之稱，固又不自徐來始也。顧其放誕風流，列名四大金剛而無愧色者，固亦生有自來。陸亦與小朱媔，朱為紈絝子，諢名「要緊完」，嘗坐馬車到味蒓園，見陸與伶人趙小廉幽會，小廉為名伶趙君玉的父親，唱文武小生，馬臉甚長，彼時北里搜羅面首多多益善，小廉亦在處囊毛遂之列。小朱卻自作多情，便命馬夫糾集同道，不惜重金，愈多愈妙。執鞭之士，一時麇集，因畏張園主人之勢不敢遽入，只在外面等候小廉、蘭芬出來，加以攢毆。這趙小廉也不是個好惹的，暗命小廝到天仙茶園，糾來武行，內中有個三路武生馬德芳，自命雙刀無敵，最是為頭起勁，暗挾鐵尺利器。這種流氓械鬥，當年租界常有。天仙園主趙阿華恐怕肇事，忙親自馳車趕往解勸，捕局也趕來了，才將一天風雲吹散。查究為頭肇事的，由捕局起訴，新衙門公堂判決。小朱罰鍰，趙小廉薄責，倒將馬德芳四十板子，一面長枷，枷在新衙門口，期滿逐出租界。馬德芳原是腳踏兩檻的朋友，光緒三十年，觀盛里刺死外國人一案，拿到鹽梟夏小辮子一干人犯，馬德芳也在其內，經人保釋，馬即遠揚，保人大受其累。後在杭州拱宸橋開春仙茶園，死於杭州。

蘭芬妙言語，喜淡妝，自命風雅的斗方名士，卻愛捧她。住福州路西胡家宅，西式房子，氣派很大，嘗二十稱觴，雇巡捕守門，前往祝嘏的，多坐馬車，翎頂輝煌，蘭芬亦披風紅裙，領著她的一個兒子，卻已五六歲大，也替他穿起小袍套，水晶頂子，見客揖讓如儀，見者以為大怪。蘭芬後以難產逝世，所歡王某為之發喪。訃聞大書「先室陸宜人」，人亦以為奇談。

李眉蓀雖是文人畫士，但他也不是一個好惹的。孫漱石著《續海上繁華夢》：「高亞白」便是他。他不贊成張書玉和林黛玉的爭奪戰，以為生意浪還應當親近正經人，路三寶一個戲子，沒有價值。書玉吃飯忘了種田人，反而冷語譏諷道：「李老爺，吾們吃了這碗行當，也勿是一個人燒灶頭，就燒得熱的。就像中元節，馬上就到，吾也勿能夠請李老爺一個人來請客哇。」她說的是江北鄉音，眉蓀已經聽不順氣，書玉偏偏又屈著指算道，某少明日雙檯，某少後天雙雙檯。眉蓀勃然大怒道：「好了，好了，明天我就來擺一百桌。」書玉只當是句戲言，眉蓀卻正式拓一個字條，叫到錢莊去兌六百兩銀子，說：「要擺酒，我就一天擺一百桌，不過客要分四次到，打明天九點鐘起四個鐘頭一批客，每批二十五桌，只要你們這裡容得下。」他一說完，拂衣就走。這倒把張書玉難住了，勢成騎虎，又不得不預備，連夜拆房間，湊桌子。明天一早，李眉蓀八點鐘就來了，這是樓上樓下三開間大場合，二十五桌酒原不算稀奇。可是第一批來客，全是馬夫流氓，第二批小商人開雜貨店的，第三批才是紳商熟客，鬧到夜半又來了一批上海著名的嫖客和上等的白相人。這一下可把張書玉的書寓擠破了，五百羅漢會齊，直鬧到東方日出，影高三丈，才算散去。上等酒席，十六塊鷹洋一桌，共是一千六百番，轎飯賬也發到五六百番，李眉蓀墊的，卻只算個零頭，當日又不好討賬，過了幾天，李眉蓀捲捲舖蓋，回他的江都去了。一筆旺賬，放個全空，姊妹淘傳出來，都好笑道：「怪不得張書玉眼高於頂，原來他有這樣一個瘟生大嫖客。」李眉蓀也放謠，說在張玉書書寓請一百檯定洋酒，不日回來討她去江都做妾。從此張書玉名譽一落千丈，後來嫁了個生意人，不知下落。

黛玉飛揚跋扈，極盡奢華，面首之多，自李春來以至路三寶，無慮數十，自下汪氏之堂，再嫁紗商黃某，南潯邱氏，每度皆席捲金珠，潔浴而去，但不一年即又債臺高築。自路三寶入室，享用豪華，尤其揮霍無度。一夕忽為竊篋者所乘，席捲其金珠而去，黛玉頓困，三寶亦下其堂而去。黛玉追到津門，有綽號楊妃榻者，自言是太平天國丞相洪仁玕的女兒，一見黛玉以為尤物，盡將自己不傳之秘，授與黛玉，是南妓在津不甚得志，轉赴漢口，將路三寶傳給她一點玩藝兒，在怡園露演，優倡兼擅勝場，果然大紅。黛玉手段闊綽，所接達官貴人在四大金剛中也最多，其時張彪為廿一師提督，黛玉和他是上海老朋友，便渡江武昌，拿一名片去拜他。前清官職愈大，名片也愈大，但最大也大不過翰林院太史公。林黛玉竟用翰林名片去拜張彪。張彪本不識字，見了名片，還當是新翰林來打抽豐的，一聲叫請，外面下轎進來的卻是上海名妓林黛玉，把他大吃一驚，連呼「擋駕！擋駕」，一面叫中軍送給她幾百兩銀子，叫她快回上海去，在漢口留不得。黛玉才回到上海，在群仙茶園唱髦兒戲《五大臣出洋》，端方久耳林名，召至行轅，黛玉極盡狐媚，要端大臣臨存其家，經左右力阻乃止。黛玉歎曰：「事不諧矣。」或問其說，林云：「彼銜命出京，乃敢挾妓，儂將誘他到來，敲他一筆大大竹槓。」蓋林黛玉久溺花間，已成為九尾老狐矣。年四十七，復嫁鎮海小港李氏，私養伶人龍小雲，小雲為龍長勝子，扮相甚俊，《鐵弓緣》皇甫剛，《連營寨》陸遜是其拿手。李氏卒，黛玉遂與龍小雲公然夫婦。紅氍從此息影，少年狎客想望其風采者，幾如嬰兒之思乳。民六重返上海，再張豔幟，年事已近六十。出堂差，一夜幾達二百個，因為大家都當做一件古董看，林亦自知年老色衰，不足與群雛競噪，乃匿居大慶里生美術公司樓上，長齋奉佛，力除黑藉，余常見之。

上海金石瑣談

龔定庵說：「但恨金石南天貧。」上海設縣，已在元初，建城築池，在明中葉，金石考古家把唐宋都看得很近，不值研究，上海的金石還有什麼值得研究的？但也有許多史料的。例如，明正德元年明心寺碑，「砌月臺一座，費銀六十兩」。萬曆年間漕河涇錢漕廟買地碑，瑣記，包含著「貢卅二圖田四畝，銀四兩」。清同治二年潮州會館向法商購洋行街基地一畝七分七，價銀八千兩（時法租界外灘為最盛市區）。同治七年重築城隍廟，費錢一萬八千貫（錢一千為一貫）。明清兩朝地價和建築費的相差額，就距離得很多。還有許多風俗，在縣誌書裡找不著，而碑文卻有記載。

再如，端午節家家焚菖蒲，艾術、芸香，原由各藥店分送主顧，後來不是主顧也要需索，無業遊民甚至擁塞藥店，取索無大饜，就在藥店門口，賣給主顧（按：此倒是黃牛的祖師）。道光十三年，藥局立碑永記，從這年起，概不贈送。

商號全憑銀票買賣，有時銀票遺失，被人拾去冒領，道光十一年起立碑，以後拾票送還本莊，每千兩酬銀十兩，自此爭端遂息（觀此，有一如唐虞揖讓之世矣）。

上海金石，當以北宋黃山谷墨竹賦二十一行為最古，這是據山谷真蹟上石的。正因埋沒在金石貧乏之鄉，無人注意，咸豐年間，徐渭仁（紫珊）重行發見，適遇小刀會之亂，小刀會首劉麗川倒是個愛才者，將徐紫珊閉在城裡，不放他出去。後來劉麗川被清軍所戮，紫珊前去哭頭，領屍埋葬，因此下獄瘐死。這塊殘石可惜沒有收入《春暉堂法帖》，可是民初尚有翻本流傳，到北伐後，市上便看不見了。南宋孝宗「雲漢昭回之閣」、宋人書「慈報大界相」都經明人重勒。吳赤烏碑，米襄陽〈隆平寺藏經記〉，蘇東坡〈醉翁亭記〉，那雖見於志書，早已毀滅無存了。

上海歷史可在碑文相印證的要算〈韓世忠鎮江軍磚文〉了。南宋初，分鎮江為前、後、左、右、中五軍，見《宋史．兵志》，高宗以浙西制使，駐鎮江，金兀術南侵，高宗幸臨安，世忠以前軍駐「青龍鎮」，中軍駐「江灣」，後軍駐「海口」（見《宋史．韓世忠傳》）。清光緒六年，黎川黃靖於上海掘土得鎮江（中）（前）（後）三軍磚，以贈陶齋，卻是上海區域的宋代遺物。

趙子昂兄上海為僧

趙子昂有兄，名孟棡，嘗參文天祥軍幕，宋亡為僧，依中峰和尚於鶴沙鎮本一禪寺，子昂常來往上海，省見其兄，故近鎮的寺院碑記，多出其手。元泰定初，大場報恩懺院，掘地得鐵佛，邑人乞孟棡撰記，中峰作拓銘，子昂作書，時稱三絕碑。原石久佚，拓本流傳，間有一見，褚松窗得一本，元石元拓，珍若拱璧。子昂亦好寫赤壁賦，勒石鐵佛寺（即報恩寺）明季，松江郡守移置松江郡學，後不存。舊志所載，子昂石刻尚有兩次重修縣學碑、順濟廟碑、大士小象贊、歸去來辭，今順濟廟碑已淪入黃浦，其他亦成劫灰。

范杞梁招親

孟姜女尋夫，是一段很盛行的民間故事。明嘉靖間上海築城，有工人鑿刻了一個半身石像，胸前刻了「范杞梁」三個字，把它砌在城牆腳下，或許是刻著玩兒，或是壓勝之物。當初無人知道，事隔三百五十多年，民國初年上海拆城，忽然發現了這件古董，一時盛傳起來，報紙謠言，還說孟姜女也要出土了。後來還是把她當做一件古董，送到也是園去保存。「八一三」後，也是園變成一片瓦礫，僅存古樹三株，偏偏這個范杞梁石像，還是好好兒地躲在古樹洞腹之中，沒見損壞。迷信的人又謠傳起來，說古樹本是千樹蛇穴，范杞梁在蛇精宅裡招親了。於是香燭插滿了一地，愚夫愚女排隊叩禱。又有人謠言：「樹皮可以醫病。」不到幾天，三株老樹皮竟被剝得精赤無存。這年，剝樹皮的風氣，忽然流行上海，城裡城外的馬路旁邊的樹皮，沒有一株不剝得活脫精光的。有種自命為有見識的人說：「這是范杞梁又在作祟。」便在三株古樹中間，蓋了一座廁所，將范杞梁永鎮在毛坑石板之下，這件金石古董，才算是有了歸宿。

徐家匯吃烏龜

徐家匯天主教堂是明徐文定公光啟故宅，公字子先，上海人，崇禎時以禮部尚書入閣參機務，從義大利人利瑪竇學習天文、算術、火器，盡通其法，尤精於曆數。與義大利人龍華民、鄧玉函、理雅谷等修正曆法（按：歐人慣用中國姓名，並不自今始）。中國人精通西學的，自光啟始，他所著《幾何原本》六卷，尤為著名。他從利瑪竇遊，篤信天主教，遂受洗禮，西名「保祿」。身後，便將故宅捐贈為天主教堂，並設立天文臺，歷聘歐西專家主持，因此徐家匯的天文臺在世界各國都採取它的報告。民國三十四年勝利以後，英法租界全部接收，天文臺亦由我國委人主辦，但它的報告卻不能完全準確，因此上海人有一句新的術語，笑人家說話不正確，便說，「你是天文臺」，和十三點、郎德山一樣流行。

上海為商業人口薈萃之區，所以各種時鮮食物也彙集上海，如陽澄湖的大閘蟹，奉化的玉露桃，杭州塘棲的魚蝦，峽石、洞庭山的枇杷，嘉興的檇李，天津的梨，煙臺的葡萄，甚至廣東的蛇、山狸，金華、宣威的火腿，鎮江、嚴灘的鰣魚，只要有錢，無地不能購買。但有一件食品，卻只有到徐家匯去買，那便是徐家匯著名的「烏龜」。

烏龜並不是該地產物，因為徐家匯的教士歡喜食龜，成了當地風氣，近鄰村鎮都會煮、會吃，一條徐家匯鬧市開著，鴻運樓、會賓館，全都以燒烏龜出名。近教堂的河岸上，泊滿了賣龜的漁船，據說，一年也只有一季有，銷售量在五百擔以上，那就是五萬斤，這食龜量也就大得怕人了。

我為了好奇，曾去嘗新，也不過和甲魚一樣，肉還比較老些，和吃蛇肉、狗肉一樣（蛇像碎江瑤柱，狗肉像牛肉），吃不出什麼異樣味兒來。

漢文正楷之由來

現在印刷所差不多都有漢文正楷了。論它的創始，卻是我和鄭午昌、李祖韓三人所發起的。張宗昌一生不做好事，他卻刻了一部《唐刻十三經》，那是三十年前用掖縣百忍堂的名義，依據唐開成石本影摹雕板，凡十二經，附賈氏石經補刻《孟子》，嚴氏校文共為十四函，七十四冊。經文泐損處據阮元覆宋製十行本注疏，以雙鉤補入。賈氏補刻《孟子》，是清康熙七年陝西巡撫賈漢復所刻。漢唐以來，《孟子》列入諸子，故唐石經本，後世雖稱為十三經，實缺《孟子》，僅十二經。賈氏根據宋《朱熹集注》，集唐石經字補刻而成。所以唐《十三經》而有宋《朱熹集注》，不明原委的，要奇怪，以為是明版的《康熙字典》了。張宗昌刻這部書，不過一時興之所至，印刷了一百部，便不再印。李祖韓之弟祖夔和張效坤的交情很深，得了一部，我覺它刻得真精，字跡的可愛，更遠勝過宋版書。其時姚竹天在中華書局發行仿宋字，盛行一時。我們就提倡將百忍堂的《唐刻十三經》字，用照相照下來，分別鑄雕剪成銅模，來發行一副正楷字。

贊成此舉的有鄭午昌、裘配岳、孫雪泥、我和祖韓，共是五人，湊銀二千兩，開鑄銅模。誰知楷字鑄成，上架子一排，不好，失敗了。

原來，唐經的字，看是個個整齊，誰知分拆開來，卻有大小，重行排版，便是有長有短，有瘦有肥，排印出來，竟然不成款式。於是一不做二不休，索性集股創辦漢文正楷印書局，聘請專寫考卷的老先生，重寫正楷，每字見方，四邊到角，排出來才是整齊好看，經過困難當然還有很多，可是漢文正楷現在盛行全國，也不由我們書局一家專利。記述此篇，亦見凡事非經過，不知其中困難，非實地試驗，不能得到成功耳。

上海的《淳化閣帖》

《淳化閣帖》在宋代已有翻刻，明代更多，即在上海一隅，明刻本已有三種：一，顧從義本。二，潘允諒本。三，褚永祚本。顧、潘刻於嘉靖，褚刻則在萬曆。褚刻《淳化》，且補入周、秦、兩漢人偽跡，刻手不佳，全帖失真。今世多傳此刻，所拓《淳化》尚有以為宋、元真拓者，不知周秦兩漢本為《淳化》所無，後人乃扣槃而捫日，蓋亦不考之甚耳。

顧、潘兩刻，世人亦久為聚訟，其實兩刻優劣，相差甚遠。顧字汝和，與兄從禮，並富收藏。與文徵明交遊，家有研山樓、王泓館，其刻《淳化》，乃據家藏夾雪本。文氏所藏賈秋壑本，且由文徵明摹勒上石，拓傳以後，潘氏始據以翻刻。顧氏乃冠以朱印目錄，印用五色印紙鈐印五方，以為識別。今初拓本難得，有目錄印記者尤為稀世之珍。坊賈乃竊去其卷尾款識，以充宋拓。八一三前，日人曾取其款識完具者以珂版精印，售價極昂，今亦難得矣。

潘允諒為左都御史恭定公潘恩第三子，早卒。以兄允端子雲龍為子，雲龍亦雅好金石碑帖，嘗刻蘭亭，有趙文敏十六跋者，及文敏所書六體《千字文》，雲龍跋蘭亭云：此卷，伯父寫於鄒魯之鄉。伯父指允端，實推美於生父耳。潘氏三世恩榮，一門宦達，園林甲第連於闤闠，城隍廟後豫園，即為三潘娛親別墅，宦家子弟，刻幾塊石頭，點綴園林，以為奉親娛志，亦可謂賢於博奕遠矣。後之鑒家乃必左顧而右潘，曰顧翻潘刻，此中亦有勢利眼耶？

馮超然請客賺湖帆

馮超然、吳待秋、吳子深、吳湖帆四人均肖馬，論年輩則超然、待秋為長。子深、湖帆均甲午生，待秋、超然則壬午生。藝苑稱為三吳一馮。超然、湖帆皆住嵩山路同里巷，洛陽女兒對門居，超然門牌八十，湖帆八十一也。二人皆用嵩山草堂署名。在臺畫家張穀年，即超然外甥。

超翁好詼諧，同輩皆稱之曰老超。古稀之年，頭髮無一莖白。畫筆靈秀，絕詣盡傳張穀年。超翁多女弟子，皆有成就，孫瓊華尤為高足，山水、人物、花卉，無不精雅似其師，惜早卒，有畫集傳世。謝仁祖有妹曰璧華，字佩真，亦超翁弟子，畫不亞於瓊華，超翁極鍾愛之，佩真亦事之如慈父。仁祖擅崑曲，與俞振飛齊名。一旦一生，難分瑜亮。佩真曲學得乃兄傳授，而超然亦為曲家，喜唱《白面》、《議劍》，《打車》尤為絕調。穀年為超然外甥，亦工曲，惜病體尪弱，中氣不足。超翁嘗調之曰：「軀殼好比一間屋，你偏偏租了一間七穿八漏的來，真是無法修理。」穀年來臺，經張西林割治，去胃三分之一，夙病霍然而愈。超翁聞之，必云：「他翻造了新洋房了。」

超然名迴，毗陵人，自號白雲溪上懶漁，初與金拱北齊名，又號南馮北金。吳湖帆至上海，超翁畫名已噪南北，及湖帆得名，二人居對門，畫同名（嵩山草堂），人號嵩山二吳。湖帆嘗請客，署嵩山居士而不名，門牌誤書八十號，客至皆赴超翁，湖帆久待客不至，聞悉在超翁處，遣價促之。超翁乃讓客曰：「敝舍湫隘，席設吳家。」客過門大嚼，超翁數言：「今天小菜不好。」席散，客皆謝超翁，而辭湖帆。湖帆大異，謂超翁曰：「你也請客？」超翁出示之，始知門牌誤書，不覺相對絕倒。

超翁每交夏令，必移具於謝佩真妝樓，則謝絕繪事。湖帆自窗間望而見之，輒語人曰：「老超上廬山矣。」（超然已於一九五四年八月在大陸逝世，不可惜哉。）

吳待秋煮畫療饑

待秋名徵，硤石人，名畫家吳伯滔子，年二十四即至上海鬻畫，終其身寢於斯，食於斯，未嘗改業。晚年，畫名益重，凡所需物，皆能以畫易之，無用金錢。所謂純粹的職業畫家，待秋可當之而無愧。

待秋有寡人之病，乃不好色而好貨，然其金錢來源，悉本之鬻畫，平素一錢如命，自奉之儉，出人意外。寓滬終身，一樓一底，未嘗擴充。其子成室，亦以畫自繪，堂上父子兩畫桌，兩洋油風爐，各畫各炊。讓子居堂樓而自蹴於亭子間，以取其子之租金。父子舉炊時，待秋輒候子稍先，僅用一根火柴，不肯浪費。後以舉炊需時，每自懟云：「煮此一飯，誤卻多少作畫功夫。」乃包飯於庖肆，以畫易之，後定冊頁一開，易包飯一頓。一日謂庖人：「你近來的飯食真越來越差了！」庖人答云：「吳先生，實在因為你近來也越畫越差了。」然待秋所需百物，皆能以畫換之，而不出錢，他人不能也。其畫受錢莊幫歡迎，謂：「別人畫畫，面目時時會變，唯待秋自壯至老，一成不變，隔室遠望，亦能辨之，無能偽者，以是可貴。」待秋亦自負，自謂勝父，嘗曰：「吾學麓臺數十年，但篋中未嘗置一軸，安得有廉價者買他一幅。」畫估聞之，亟為吳先生覓麓臺，持以來，待秋諦視良久，歎曰：「麓臺真跡乃如是乎？」問需價幾何，答云：「以先生故，金六兩可耳。」則大驚曰：「麓臺畫亦有此價乎？是貴我倍蓰矣。」請以本人真跡易之，估人不可，待秋謝之曰：「吾已見真跡，不復需矣。」

待秋為李漁笙（嘉福）婿，漁笙亦能畫，家藏甚富而不真，但有一鋗，為三代器，與吳大澂「窓鼎」共鳴於時。既女於吳，以鋗媵之，故待秋自署為「褱鋗廬」。漁笙卒，無子，收藏盡歸待秋所有，商務書館以為奇貨，重價得之，所出《中國名人畫集》，署有褱鋗廬藏者皆此物也。然葉公之龍不至，待秋亦舉以自歎。江陰孫邦瑞後捐一軸贈之，頗精。待秋諦視，歎云：「彼固能勝我幾何者？」故待秋終身不蓄畫。得潤皆以付銀行，定期生息。抗戰前夕，嘗謂余云：「小蝶，你知我現在有多少存款了？」我對曰：「不知。」待秋極得意，舉大拇、小指作示，曰：「六十萬。」夫以一畫家而積存款至六十萬，洵可驚矣。然吳昌碩盛時，年入亦豐，顧其用度不能如待秋之儉，故昌碩身後無大積蓄。人之理財，各關天命，不可強耳。及敵偽發行儲備票，以二對一，折合法幣。待秋大憂曰：「一生苦積蓄，到此打對折。」孫邦瑞勸其收買金條，以資保障。待秋云：「姑試之。」出一零折交邦瑞，邦瑞以兌入黃金。他日，邦瑞謂之曰：「公賺錢矣。」待秋訝曰：「我未做生意，怎會賺錢？」邦瑞云：「黃金看漲。」待秋大驚曰：「有漲必有落，我不幹，我不幹。」立命邦瑞將原條兌還。嗣後，社會經濟情形日惡，乃使抱殘守闕之翁，不得不相信黃金。勝利來臨，待秋六十萬，已僅變剩黃金七條，金圓券事起，盡喪所有。待秋終日荷荷，一九五〇年卒於福煦路四明別墅滬寓，壽六十九。

贊之曰：「潔行矜操，不矯不俗，煮畫療饑，君子如玉，待秋有焉。」

吳子深情深陳美美

子深名華源，世居蘇州桃花塢，與唐伯虎同里，子深山水學香光、廉州，尤工畫竹。兼夏太常、顧定之兩家。年少家饒，與湖帆並為吳門貴公子，羊車過市，閶門楊柳，珠簾盡捲。子深自幼尫瘦，弱不勝衣，目常斜視，舉步若逃，自號桃塢居士。湖帆戲之曰：「逃烏龜是吳子深（吳語龜、居同音）。」二人皆好調詼，不以為忤。子深雖體弱而筆力千鈞，不趨時尚。嘗北遊，與陳美美遇。美美者，初張豔幟於漢皐，江東才子楊雲史時為吳佩孚秘書長，每夕渡江，造美美妝閣，獻納詩篇，至於盈帙。其存錄於《江山萬古樓集》者猶數百首，所謂「中宵風雨渡江來」尤為膾炙人口。然美美不之喜，謂「雲史為江東男子，淮海之氣未除」。及見子深，乃傾心曰：「江南芳草皆鮮，何況畫人才子？」美美白晳頎長，眉目如義大利石像，子深嘗買宋蘇子美滄浪亭，闢為美術專門學校，以顏文樑任校長。雖中國畫家，實審西方之美。時方斷弦，遂與美美訂盟白首。偕歸上海，舉行文明結婚禮於一品香，賀客盈千，筵席之富，費逾萬金，皆徐通湘（一品香主人）為之經紀。遂營金屋（按：金屋為漢武帝陳皇后事，後人用為藏嬌者誤）於威海衛路；時馮超然、吳湖帆皆好客，每夕高朋滿座，子深家亦然。而待秋則仲蔚蓬蒿，不納一客。時號為三吳一馮者，則待秋亦梅花古衲，不與倪王競爽者矣。

雲史後甚潦倒，抗戰時期，雲史作〈平倭頌〉，見知於當局，乃摒擋行李，入陪都，未見委用，旋以末疾，卒。杜月笙頗經濟其喪。姬人狄美男，守志不去。一日於杜宅私取阿芙蓉泡，潛出服之，竟卒。吳佩孚晚年詩云：「生死兩難悲末路，夫妻垂老泣牛衣。」雲史晚遇可悲，以視子深夫婦至老而情彌篤，所謂「何須世世為天子，不及盧家有莫愁」者，美美誠有先見，其巨眼識人，更在紅拂之上。

吳湖帆悼亡

湖帆本名萬，為吳訥士公子。愙齋無子，故嗣湖帆為孫。居蘇州十枝巷，湖帆娶潘文勤公女孫靜淑為婦，其外舅華亭沈樹鏞，以董其昌「寶董室」玉印，及董臨《淳化閣》十卷，以為奩贈。湖帆得之，遂自名寶董室，畫亦學董。至滬時，即寓嵩山路，自號嵩山居士，畫名鵲起。初，愙齋未第時，亦嘗在滬鬻畫，九華堂寶記至今藏其潤例。及開府征倭，建大將軍纛，與畫家陸廉夫、顧若波朝夕演射於轅門之下，是年甲午而湖帆生，故立為公孫。余嘗謂湖帆曰：「甲午者不祥之歲。蔡文姬有云：我生之初尚無為，我生之後漢祚衰。君等降生，而天下從此多事矣。」湖帆笑云：「六十年而甲子轉，且候我六十，天下太平矣。」以時計之，則今歲甲午，於時則似矣？湖帆陷落匪中，凝碧管弦，不知作何感想？湖帆篤於情，夫人亦工畫，花鳥尤精，似趙文俶。王季遷夫婦雙為吳門弟子，而夫人鄭元素師潘有出藍之譽。余嘗舉當世女畫家，必以鄭元素為巨擘。元素輒笑語餘：「陳先生說我好，我到底好在哪裡？」余顧季遷云：「夫人不言，言必有中。」季遷亦笑。

元素嘗得王酉室《花卉長卷》。靜淑借臨之，卷長，幾經數月，不能完工。湖帆頗為之點染，自以鷗波韻事相方，門人聚觀，比之寒山千尺雪。摹卷未終，潘夫人忽得末疾，一夕腸痛，適畫玉白蓮花，擲筆而歿。湖帆形銷骨立，杖而後起，又自署曰倩庵。營雙塚於虹橋公墓，屬予為之碑記，沈尹默書。

誓終身不復娶，先是，靜淑有手寫詞稿，湖帆遂取其句「綠遍池塘草」遍徵題詠，一時詞人畫史，悉在搜羅，凡兩巨冊，以珂版精印，亦一時文獻也。

湖帆既誓不娶，而奉倩神傷，纏綿致疾。房侍阿寶實扶持之，熨貼入微，遂破戒體。湖帆感激扶為正室。長子孟歐，獨持反對。湖帆乃設宴金門飯店，來賓亦極一時之盛。湖帆出婚箋，丐來賓簽簽字，以付阿寶，為後日玉符之信。然湖帆白穗玄冠，服奉倩之心喪，終身不去云。

王一亭晚節彌堅

王一亭名震，以日清公司買辦起家，南洋勸業會時，與徐乾麟以謀得利買辦，虞洽卿荷蘭銀行買辦，同日竄紅，號為三買辦，而一亭獨以書畫鳴於時，當時舉畫家巨擘，必曰吳昌碩、王一亭。自民國以來，一亭飲譽幾三十年不衰。一亭事昌碩為師，二人年紀相差甚近，然一亭事師恭，同行必後其師，昌碩晚年頗肥白，行動須人，一亭躬親扶養，謹事勝於東邁，而兩翁均白頭如雪，見者為之肅然起敬，篤師友之情。昌碩初以篆刻，鬻潤海上，名不甚顯。一亭則延譽其師於蓬萊三島間。高屐之士，頗信任一亭，故一亭所延譽者，亦從而延譽之，昌碩名以大噪。終一亭之世，未嘗以是為德色，昌碩亦處之若素，未嘗以此，有下於一亭也。一亭畫實從徐小倉，幼時為怡春堂箋畫店學徒，耳濡目染確愛書畫。時小港李氏方所財雄滬上，祖韓尊人薇莊先生，尤好書畫，見一亭之聰敏篤實，愛之，乃令至恒泰錢莊學生意。一亭仍日至箋畫店縱觀裱壁上名人書畫，歸則苦憶，夜挑燭，出紙筆，於錢櫃上追摹，至忘寢食。尤好黃癯瓢，閔孝子人物。薇莊見而歎曰：「此子非我道中人也。」乃令棄商讀書，引見於徐小倉，拜為師。小倉學任伯年者，花卉人物皆能，但無靈氣。一亭私以伯年畫稿臨摹，日久，小倉驚曰：「子他日成名在我之上。」乃益以閔孝子法教之。一亭筆大如椽，作丈八羅漢，達摩渡江，無不氣勢磅礴。張之寺院，十丈外觀之，無不欲離紙而出。故其成名，亦自有專長，非以昌碩為標榜者也。暮年好佛，與太虛、印西、圓瑛諸僧遊，南朝四百八十寺無不有其墨蹟。古刹叢林，榜書、楹帖皆出其手，但其書法頗嫌荏弱。其時海上文風方盛，軍人遊俠之流，皆欲以書畫傳名。杭州張載陽、張嘯林均好於佛寺疥壁，諂者謂與王一亭號稱三絕，然一亭書法出於聖教，亦具功力，但好作擘窠書，遂絕臏耳。

王一亭仍從商，初為日清公司跑樓，洊升至買辦，時三菱、鈴木尚未成為財閥，日清亦無政治背景，一亭雖執業於日商，然頗以信義為重，凡做日貨而虧折者，他都能不追欠帳，反而再放一筆現貨給他去做生意。這雖是日本人做生意的一種戰略，但無一亭從中斡旋，吃虧的人也就多了。五卅，這個紀念日，現在已經有許多人記不起了，但在五卅事件發生的時候，上海民眾所激起的抗日情緒，是了不起的，可以說，「五四」是文化運動，「五卅」是國貨運動。其事接著濟南慘案之後，英租界工部局受日人利用，在南京路驅逐愛國人士的集會遊行，印度巡捕開槍傷人，而造成了全國回應的罷市。於是用「五卅」來做商標的國貨，一時並起，不下百種，至今尚有留傳的，「五卅醬油」、「五卅牙籤」，僅僅只剩了兩種。五卅被害烈士，很多是寧波人，事平之後，卻很少有人提及，時新衙門後商有條馬路叫「阿拉白司脫路」，便有的報將「五卅殉難者」做謎面，來射上海路名，謎底便是「阿拉白死脫路」。一時人心激昂，自動地抗制日貨，有將平素穿著的東洋綢子衣服全拉到馬路上去燒毀，一時業日貨者，虧折不堪計數，羅炳生的跳海自殺，蔣老五的殉情，也就在這個時期演出。一亭利用業務確是暗中救助過日貨商人，但是一般輿論對他卻不同情，說他貓哭鼠，假人情，不過為虎作倀罷了。一亭也沒有辯過。他很借著迷信的力量，做過許多善事。繼馮暮花、朱子橋籌辦華洋賑務，所以他倒是替社會做過一番事業的人，而不僅以虛名哄世。六子傳燾，字季眉，書畫酷似其父，但是倜儻風流，與江小鶼、俞振飛相頡頏，角逐情場，多傳韻事。一亭舐犢情深，不能制也。抗日事起，上海淪陷，日人方籠絡人才，組織偽政，在日本人心目中覺得一亭的人品是可敬的，因此多方勸誘，一亭只是閉門不出，長疾祈死，以此日人亦不敢相強。一亭皎皎不污，彌堅晚節，及歸道山，而聞蘭亭、袁履登、林康侯，遂為日人所污，而以三老聞矣。

一亭畫品不甚高，而人品彌修，昌碩作古，畫值陡落，一亭悉出重貲收之。即東邁代筆，亦不為擇譽。有以所作求政者，輒極口贊曰：「好，好。」或以為面諛，一亭亦不辯。語所親曰：後生正要前輩獎掖，若只有批評不好，豈不灰心。一亭幼而失學，故題跋不甚擅長，其得意者輒倩吳東邁、王個簃為之捉刀。然見人必告之曰：「是某某之所撰也。」人益以此多之。

太平軍時代的小刀會

在我小時候，嘗聽父老們談淞滬間太平天國遺事，歡喜把天南遁叟王韜（紫詮）和小刀會時代的春暉堂主人徐渭仁（紫珊）並在一起，在太平天國不能夠用這兩位文人，而致大業不成為可惜。後來，稍稍留心上海近代的史蹟，才知道王韜和徐渭仁是截然兩事，徐渭仁是小刀會劉麗川佔據上海城的主要人物，其事在咸豐五年以前。王韜則在太平軍第二次攻打上海城的時候，其事在小刀會消滅以後五六年間。故小刀會的事件發生，首尾兩年，和太平軍完全不發生關係。那王韜的上書列陳上海七策，我已有過記載；至於徐渭仁，則是當時一個學者，我們現在翻閱《中國人名大辭典》，雖只寥寥的記著：「徐渭仁，上海人，字文臺，號紫珊，國子生。工畫山水花卉及竹，善漢隸，收藏甚富。」

再看《上海縣誌》，亦僅記為：「天資聰敏，於學無所不貫，精鑒賞，常獲隋董美人墓誌，自題隋軒；又得建昭雁足燈，自顏其居曰西漢金燈之室；又刻《春暉堂法帖》行世，為世所珍。善畫蘭竹山水，臨摹入宋元人堂奧。」

這幾行傳記，把徐渭仁裝點得成為一個純粹的真名士，但只要稍稍熟悉上海掌故的，便沒有不知道徐紫珊是為收殮小刀會首劉麗川的首級，在校場上哭屍，而被清廷監禁，瘐死在獄中的。小刀會首次攻佔上海城廟，徐紫珊乃真名士，卻與攻城殺官的會黨，交通聲氣，終至哭屍瘐死，身家亦隨之殞滅而無悔。其事必有足以歌哭者在，溽暑無俚，試憑記憶所及，補寫是篇，與王紫詮上書太平軍，並為上海租界兩段傳奇。

劉麗川，廣東中山人，在秘密結社中，自立一黨，號小刀會。他有一個結義的兄弟潘可祥，綽號小鏡子。時太平軍已席捲江南，上海岌岌搖動。他們兄弟懷有大志，要想在洪楊軍南下以前，建立一樁奇功，奪了上海。但二人是個粗漢，他們雖有膂力、黨徒，胸中卻沒有墨水和智謀，聽見人說徐渭仁是個漢子，雖是讀書人，卻愛拳棒。太平軍是信奉天主教的軍隊，徐渭仁也是天主教，得他來做謀主，一定收水到渠成之妙。又打聽得徐渭仁家財富饒，欲因其資以起義，而不得其介。恰好臺道吳健彰也是廣東人，懼太平軍勢，進逼日盛，倡募民團，招來的卻全是會黨。吳道自募的粵勇，本為雙刀會黨，閩董李雲仙所募的則為「鳥黨」，在城鄉董所募的是「白龍黨」，唯劉麗川的小刀會無所屬。適徐渭仁亦以紳董資格，籌募團勇，小鏡子潘可祥自往投效，當部下一名勇目，劉麗川乃因小鏡子以見渭仁，抵掌慷慨，說出一番話來，以為「中國人苦滿清壓迫已久，今上海又因鴉片戰爭，開為商埠，內狼外虎，雙重壓迫，民不聊生。今洪楊起義金田，天下響應，我們何不也乘時起義，先將洋人逐出租界，建立大業，則上海縣城唾手可得。」

徐渭仁的意思，太平天國已定都金陵，我們只可與之結援，不可與之結怨。太平軍是天主教，我們即以天主教的立場來結好英美。一旦占了上海城，即借租界為我護符，清兵要攻我，槍炮卻不能從夷場飛過。太平軍南下之勢力方盛，清兵接應不遑，無暇躡我之後，我則以兵分取太倉、瀏河、川沙、南匯、青浦、松江，則江浙一帶我可傳檄而定。鼎足三分，清、洪、我，天下事未可知也。渭仁時被酒大言，更撫麗川背曰：「我們都是大明朝子孫，苟能光復故物，我財我用，我亦對得住我們的徐文定公了。」於是二人密約，渭仁盡收小刀會黨編入團勇，劉麗川遍結各黨會，以為己用，各黨會亦陰奉麗川為領袖。

上海縣知縣袁祖德字又村，錢塘人，廉敢有為，察知各黨會蠢動情形，而不能得其佐證。適徐渭仁部下一勇目，與道臺衙門粵勇互毆。吳道怒，械送徐團勇目到縣，袁笞之二千，鞭背三百，並立籠示儆。劉麗川夤夜來見渭仁，曰：「事急矣。袁縣是細心人，他今天獨杖我們的團勇，是疑我，不先發制人，必遭毒手。」渭仁不可，以為「今有心革命者，獨我與汝，雙刀、白龍、烏黨，雖皆附我，其心尚未歸一，又英法租界鄰近城廟，倘與清軍合一，眾寡之勢懸殊，縱僥倖萬一，後來必敗。故必謀定而後動，則一舉成功。」

麗川不聽，佯應而出，暗命其黨徒青浦人周立春，騷擾嘉定，揚言太平軍已至，於是上海人心惶惶。麗川又命人上街，到處購買紅布，說是民眾皆心向太平軍，購買紅布，以備內應。袁知縣派捕密拿，其手下已為會黨勢力所籠罩，市莊紅布購買一空，而主犯莫得。吳道持有粵勇，安然無恐，不知粵勇本為雙刀會黨，早被劉麗川所買通了。

九月八日拂曉，劉麗川引所部死黨六百人，匿北門下，城上粵勇自內回應，斬關而入。麗川立出所備紅巾，令各勇裹頭為標識，百姓願從者，亦擲紅巾與裹之。分兵兩路，小鏡子潘可祥率一股，奔道署，兼任劫獄發囚。一股自領，直入上海縣署。知縣袁祖德聞變，衣冠坐堂上，方欲向眾開導禍福，會眾已直前刺之，被刀四十餘創，右脅中矛，自左身穿出，尚揮手高叫「眾勿暴動」，又斷一指而死。事後，清廷贈知府銜，並建專祠。吳道則因廣東人關係，小刀會宥而不殺。是夜，法華鎮吳淞司署亦被小刀會所焚燒，巡檢喬增煥逃。

徐渭仁聞變，立央西友某護送吳道出城暫居徐家滙教堂，並向神甫說明，小刀會暴動，只是中國事件，絕對不犯租界，並約吳道明日借廣安會館與劉麗川相會，意欲調停其事。吳道即提出三項條件：一、交出殺死袁知縣的兇犯。二、繳回被劫庫銀，及已縱囚犯。三、小刀會黨徒集中，聽候繳械遣散。渭仁回報麗川，劉笑附其背云：「徐先生到底是書生，今日之事我為政。」遂不聽渭仁之策，但以兵守各門，張貼告示。「嚴禁搶奪姦淫，違禁者，立刻斬決。」自稱「大明國統理大元帥，建號天運」。渭仁始頓足悔恨，以劉麗川小鏡子為陳勝吳廣之流，日久必敗，遂杜門城居，不出一謀，亦不逃去。後清軍圍攻上海，渭仁尚坐危城中作畫，毫無懼容。天主教士數欲護之出險，渭仁婉拒云：「我尚有大事未了。」及劉麗川遇難，渭仁竟哭屍收其首級，己亦瘐死獄中。蓋其不負死友之志，早已決於創義之日矣。

麗川用渭仁夙計，派遣各會黨，攻佔寶山、川沙、南匯，唯小鏡子潘可祥攻太倉不克敗歸。麗川自徇嘉定，還滬，過七堡虹橋，隨從千人，連艇十餘艘，麗川坐船頭，戴大紅風帽，披大紅衣，餘人皆頭裹紅巾，隨處放賑。鄉民夾道歡呼，而清軍劉存厚已攻青浦，殺周立春，躡其後矣。

清軍前鋒，用貴州苗兵，銳甚。潘可祥率八百人戰黃渡，又遭敗績，於是寶山、川沙、南匯、嘉定諸縣，重被清軍奪回。清水兵進泊龍華港，開始用炮火遙轟，小刀會始退入城廂固守，各門緊閉，糧食及日用品皆從東北門縋掛而入。旋以法領事蒲步龍調解，清軍圍之始稍懈。

劉麗川始悔不聽渭川的諫勸，清兵已臨城下，危在旦夕，重向渭仁問計。渭仁云：「如今緩兵之計，英如向清軍議和。」麗川難其使，渭仁云：「可以謀之法國領事，使其從中調停。」渭仁乃夜出，走徐家匯，時法領事方請已革知府謝繼超入城議調停事。

粵人李紹卿，狡黠多智，劉麗川倚為心腹，謝入城議和，李乘清兵無備，突出南門劫之，傷清兵數百人，將回城，失足墜死護城河中。劉麗川遷怒，竟殺謝繼超及其隨從三人。和議不成。同時英人亦主張外國人應守中立，不以法領事之越俎代謀為然。麗川困守如故，清軍且盡燒小東門外民房以為堅壁清野之計。

咸豐四年元旦，劉麗川冠九龍冠，衣大紅袍，出小東門，卜筶於陳忠愍公祠（陳化成，字達峰，於鴉片之戰，守吳淞炮臺殉難），三卜而不吉，怒褫忠愍神衣冠，以紅巾裹之。

小鏡子潘可祥守九畝地，適當劉存厚軍。劉存厚從北門開掘地道，用火藥轟炸，城崩缺口四五丈，劉軍入，衝九畝地。可祥裸裎出戰，身被十餘創，揮刃直取存厚，劉軍為之披靡。劉麗川以奇兵抄其後，邀戰於四明公所與福建會館之間。初，清軍屢攻小東門不能勝，改向北門，法領事以其鄰近租界，拒之。清軍亦請法僑暫時退出居留地，並拆洋涇濱石橋，以斷小刀會從後騷擾之路，並為英法領事所拒。至是，北營清軍遂與英美人起釁，英美領事挾義勇隊徑攻北營，麗川亦乘勢臨洋涇濱，會於泥城橋，隔跑馬廳而大戰，清軍北營退舍五里。

時城廂居民，欲受洋人卵翼，競起遷徙。半年之間，英法租界人口驟增，劉麗川患之，問計於渭仁，渭仁不見，但書兩字答之——「蓄髮」。於是麗川下令，令民眾蓄髮，自是城中人皆長髮，清軍見之即捕殺，城裡人無敢出城者。渭仁又於城中分設義校二十餘所，令民識字，使知種族關係之重大，國民性必須獨立之至理，陰助麗川，士氣大奮。

七月，劉麗川自鑄銅錢，文曰「太平通寶」，背作日月形，義謂「復明」。

方小刀會之初起也，英法租界為渭仁甘言所賂，頗袒護之，及劉麗川背信殺使，英法始突然改觀，時清廷亦改任吉爾杭阿為江蘇巡撫，用張庭學，吳煦計，刻意與洋人聯絡，自此戰局形勢為之一變。

九月，清軍得法人同意於洋涇濱迤南開始建築圍牆，以切斷小刀會與外僑居留地交通，十一月中旬，圍牆已築到鄭家木橋，更商得英人同意，自鄭家木橋沿洋涇濱北岸，直到護界河。自此，城內外交通斷絕，小刀會被圍，糧食漸起恐慌，城中人暗中剃髮，投入租界，租界人口驟增至二萬人。而小刀會內部，亦同時開始分裂，福建幫會重要頭目林阿福，與小鏡子潘可祥發生火拼，林阿福不勝，夜引本幫出城投入清軍。劉麗川感覺勢孤。十二月，小刀會在城外建築炮臺，用以對付圍城威脅，亦為法領事所取締，派水兵前往，強行拆除，雙方發生衝突，法軍遂用大炮轟城，且照會小刀會，迫令自動退出城廂，而渭仁之緩困徐發之計，乃遭受最大打擊，粉碎無餘矣。

小刀會內受糧盡之威脅，外受法軍和清軍之聯合進攻，終於無法支持，一八五五年二月十七日（清咸豐五年元旦）為松江知府藍蔚雯與右營參將周震豫軍，從南門殺入，劉麗川挾其親信從西門逃出，至小閘橋，為廣西兵所殺。

其後五年，太平天國既奠都金陵，攻克蘇杭，始命忠王李秀成進攻上海，知外人在滬勢力之不可輕雜，事先致書英使，詳述太平天國聯絡外人之誠意，與不能不取上海之決心。函中有「天父天兄，耶穌下世」之語，是其英雄所見，與渭仁同出一策，固不待王韜之上書而始驚為奇計也。其時清軍與外人早有聯絡，英法軍在上海分區守衛，英人華爾所組洋槍隊亦早成立，法國炮兵隊長莫特萊亦自組一軍。及李秀成二次進攻上海，戰爭之烈，相持數月不下，終乃屈服於西人炮火，退回蘇州。太平軍以上海一隅之敗，終至影響全域，而外人在上海擴大勢力，推廣租界，無饜要求，胥由此起。可勝浩歎。

上海梨園談往

現今平劇家都把南方的伶人稱為海派，把北平的稱為京朝派。因為北平是平劇的產生區，所以伶人必須在北方生長的總是好的。其實崑徽兩大班，都是從南方去的。遠的不談，單說近的，一代宗匠的名丑王長林（小名拴子）就是蘇州人，梅蘭芳是泰州人，賈洪林是常州無錫人，王琴儂是浙江山陰人，諸茹香是太倉人，朱琴心是湖州人，而遠至王九齡、程長庚為安徽人，譚鑫培之為黃陂人，汪桂芬為漢陽人。徐小香、時小福、朱蓮芬之為蘇州人。固無不挾其徽、漢、崑班之本行本能，以鳴於當時京師首善之區，集合眾長而成為今日之平劇。反之，號稱為海派之小達子、何月山等，固無不自北而南。且創連臺佈景本戲的為新舞臺夏氏兄弟，而夏月潤即為譚鑫培之愛婿，王又宸亦譚鑫培之愛婿也，與白牡丹（即荀慧生）合演《諸葛亮招親》、《七擒孟獲》等海派戲於亦舞臺甚久。楊宗師（小樓）且演連臺本戲之《宏碧緣》於北平第一舞臺，包緝庭先生尚藏有此項戲單可證。

何月山初次到滬，以硬腿武功，備受上海人三層樓的歡迎，尤以金雞獨立一站十幾分鐘，使觀者瘋狂叫好。白崐玉到滬，取何月山而代之，以使傢伙，刀槍脫手，煊赫一時。其實二人之武藝皆私淑楊瑞亭。亭瑞初名十四紅，演梆子老生，後學黃胖，武藝甚精，文戲以《逍遙津》的穆成，武戲以《潞安州》陸登盡忠打泡，均有可觀，不似何、白之亂唱亂打亂跳。但以前到滬在何、白之後，反為所抑。乃改演老生戲，如《空城計》、《珠簾寨》則都無是處，故在滬多年，終悒悒不能得志。瑞亭體格魁梧，面容甚長，故極宜於開臉戲，《鐵籠山》不下孫毓堃，《拿高登》且有過之。趟馬一場聲容並茂；蓋叫天每與合演，去花逢春，紮打湊合甚緊；托靴一場，蓋叫天亦高捧如儀。楊小樓南下演《拿高登》，蓋五亦去逢春，不肯為楊宗師托靴，後演是劇，花逢春改用張德俊，楊宗師每以為恨。

做工老生，南方必推麒麟童首屈一指，其實麒藝是綜合貴俊卿、三麻子、小連生三人而成為一派者。三人皆善演《四進士》，故麒麟童《四進士》亦稱獨殊，馬連良號稱做派見長，實亦望塵莫及，但以麒與貴俊卿相比較，則猶相去尚遠。貴本有活諸葛之目，飾宋士傑活是一個老公事，老衙門的陰奸猾吏。他絕不用火爆或噱頭取悅臺下。三麻子演《四進士》相當沉著，小連生則趨火爆，將猾吏變成了負氣老兒。公堂頂口一段，麒能合三家之長，但得於小連生為多，得貴最少。

南梆子聲調諧美，但年代甚近，不知始於何人。或言創自小子和（馮春航），馮不善梆子，與小連生（潘月樓）同臺於夏氏兄弟的新舞臺甚久。時新舞臺專以佈景本戲哄動滬人，而時令佳節必演燈彩，新春節的《洛陽橋》、《斗牛宮》，滿臺燈彩尤為富麗，錯金繡彩，目迷五色。小子和在《洛陽橋》飾縫窮婆，《斗牛宮》飾蔡天花，扮相之美，聲勢之盛，突過北方的梅蘭芳，時有南馮北梅之目。南社詩人捧之若狂，為刊《春航集》，以與京中遺老樊、易諸家捧梅團抗衡。《斗牛宮》本梆子戲，馮以不能唱梆子，乃改唱南梆子。自是厥後，梆子戲都改唱南梆子矣。但南梆子初行，專用以表現男女調情，如《賣雄雞》、《春秋配》。故其聲和悅而節奏緊張，聽來別有一種情感。程硯秋精於音律，皮簧皆妙，而視南梆子為畏途。後以不甘對梅示弱，乃編《梅妃》一劇全用南梆子以與梅對抗，行腔幽怨，遂成別調。而《鴛鴦塚》的〈女兒家〉，《鎖麟囊》的〈怕流水〉更是一變怨曲而為歡音。當今審音協律之秀，吾實不得不推硯秋。包緝庭先生說：「南梆始於老夫子陳德麟，但無佐證可舉。」當世博雅周郎願詳賜教焉。

梅蘭芳第一次到上海出演於四馬路寶善街丹桂第一臺，夜戲票價售二元，日戲售一元，全滬詫為奇談。第一天夜戲打泡為《玉堂春》，星期日戲為打泡《趕三關》，但王鳳卿的牌名，掛在梅的上面，其時尚以老生為正牌，梅雖已轟動九城，卻不能破此老例。第二次到天蟾（五雲日昇樓的樓外樓，今永安公司舊址），夜戲票價亦僅三元。其售價五元，則尚係開始於杭州第一舞臺的義賑，共唱五天，前三天仍為每票三元，第四五天唱《霸王別姬》，特售五元，起用金少山為霸王，從此上海也跟漲為五元，金少山亦從此走運，稱為金霸王云。

潘月樵藝名小連生，與馮春航（小子和）、毛韻珂（七盞燈）號為三傑。小連生本梆子老生，病噪而工於做派，演劉備戲最為出色當行。麒麟童全學之，但能去蕪存精。麒麟童幼走江湖，所謂杭嘉湖水路班，第一次在上海丹桂第一臺登臺，三天打泡，為《冀州城》、《馬三保》、《打嚴嵩》，一炮而紅，後遂盤踞丹桂第一臺，任後臺經理十餘年之久。羅致人材甚為宏富，尤以排演三國戲出名，計有貴俊卿（孔明）、劉壽峰（曹操、司馬懿）、郎德山（孫權）、馮志奎（張飛、曹操）、朱素雲（周瑜、呂布）、蓋叫天（趙雲）、潘月樵（劉備、張繡）、麒麟童（自去魯肅，後來潘離丹桂，潘角均由麒兼演）、三麻子（關羽），從《桃園三結義》起一直到《白帝城永安宮托孤歸位》為止。人人都是名角，齣齣都是老戲。恐怕在北平也是難得看到這樣完整的連臺本戲，固何負於觀眾哉？

梅蘭芳二次來滬，出演於許少卿之天蟾，個人包銀為銀票六千。每天上戲，由王氏夫人梳頭另送梳頭現大洋三百元，每夜由許少卿白花花捧給她。扮戲有梳頭費，從此始。王氏作故，福芝芳卻大方，不要這筆錢。其實她自愛賭，愛跳舞，沒功夫理會這些。梅本人也大方，便明免了，但是暗加在包銀上還是一樣。

王少樓即為梅蘭芳的內侄，工鬚生，早年頭角崢嶸，到滬演出，非常吃香。某一次與杜麗雲演《法門寺》，正唱倒板，忽有一個看白戲的從鐵桿跌下來，正跌在少樓身上，一嚇，啞了嗓子，從此不能復原。少樓祖名佩仙，唱青衣，父毓樓，唱武生。人或疑王鳳卿與梅有姻婭親者，實王毓樓之誤也。

平劇的生、旦、淨、末都以出身在北平的為貴，唯小生則貴有崑味。此由於徐小香、王楞仙都是蘇州人，他們的本行全是崑班，而小生的身段儒雅，瀟灑，亦以要有崑底子的來得邊式美觀。所以朱素雲、姜妙香都帶崑味，俞振飛以南方崑票下海遂執南北小生牛耳，亦以崑劇湛深，無人能敵耳。但從前的小生都精武工，振飛則為純文班出身，飾安公子、盧昆杰出色當行，飾周瑜略嫌俊挺不足，飾呂布則周身忸怩，反不及葉盛蘭美挺好看，則天賦限之也。

上海戲館，以前亦是茶園制，以貴俊卿組班的貴仙茶園人才最為齊整，丹桂第一臺成立，貴仙全班人馬搬入丹桂，而丹桂以前亦是茶園舊址，改建舞臺，仍用舊名。尚有天仙茶園在新舊芳，由李春來組班，後改演髦兒戲，李春來入大舞臺為當家武生。所謂茶園者，其制略同於現今之小廣寒書場，而規模較大。池座中安排方桌，三面坐人，桌上陳列水果茶具。並無戲票只付茶錢，由「案目」領座。樓上則稱包廂，凡有豪客接眷屬看戲，則占一包廂以為豪。但亦可以分售。北里嬌蟲，多長包一廂，排夕攔其狎客，往捧戲子（按：此風至今尚存在於日本，凡觀名劇，戲票均在名妓手中，由她請客），桃色新聞天天皆有發生。因為包廂與戲臺相去密邇，眉目傳情，非常便利。有以珠花、鑽戒自包廂中投擲伶人者，視為常事，不足為奇。自舞臺改建，場面擴大，此類事情不易發生。觀眾亦自包廂而移入池座，無復往日淫靡風氣矣。

上海之有舞臺，最初，始於十六鋪的新舞臺，由夏氏弟兄創辦。樓上包廂均為紅絲絨沙發，美輪美奐，無與倫比。孫中山先生抵滬，夏氏特請於新舞臺觀劇，樓上只坐一個包廂，陳西瀅先生曾為文記其事，余採入為世界書局所編之新世紀國文教課書。夏氏傾心革命，既為伶人，而事事得風氣之先，既興建舞臺，又欲破除迷信；時伶人奉關羽如神明，任何戲劇中敵軍，君主都稱之為「關公」而不名；又例不開眼，據云一開眼就要遭受火災。夏氏乃特於新舞臺排演《走麥城》，專演關羽失敗故事，以三麻子飾關羽。誰知明日將要上演，而今夕竟遭回祿，一把天火，將十六鋪新舞臺燒得片瓦無存。夏氏並不畏縮，又於西門九畝地起新舞臺，再演《走麥城》，時三麻子已進丹桂第一舞臺，故夏月潤自任關羽，而以小連生演劉備。誰知上演不到三天，九畝地又發生火災，將新舞臺二次燒成焦土。夏老三（月恒）因此剎網巾不再查戲，而老二（月珊）、老四（月潤）並不灰心，再接再厲重建九畝地新舞臺，以連演四本《走麥城》破臺，從此生涯鼎盛，更無災異發生。孫菊仙、王又宸、田雨儂、歐陽予倩先後為臺柱最久。譚鑫培六次赴滬，演十天戲，亦在九畝地新舞臺，時民國四年秋也（按：北平西柳樹井第一舞臺成立於民國三年，第一天開戲，亦當晚失火，停演至七月重開，按其理，實因舞臺規範，較諸茶園頓擴大十倍，人多手雜，照顧不周，故易致失火，非迷信也）。

蓋叫天，不但為南派武生第一，北方亦無此人才。眼快手快，《十字坡》一劇，可謂穩、狠、準。刀光人影，閃閃霍霍，令人捏汗撟舌，而通身有舒泰之感。早期隸丹桂第一臺與麒麟童合作最久，後來獨自挑樑不復作第二人想。樓外樓新新舞臺翻造，改名天蟾（後翻造永安公司，天蟾拆除，現在的天蟾是沈少安的上海舞臺改名），排八本《年羹堯》，適與何月山同臺。二人均以猛勇見長，每本自打造新式兵刃，各自排練新套跌打，一上臺看，如李家店比武一般，拼命爭強取勝，臺下彩聲如雷，結果，何月山終為蓋五所敗，鎩羽而去。蓋五保持南派武生王座，至今不衰。蓋好勝心特甚，每出有一手絕技，出奇制勝，為人所不能為。如《智取北湖州》之藤牌，《百草山》之乾坤圈，《安天會》之撚琵琶、弄傘，《寶蓮燈》之耍幡，至於單鞭、雙刀，入手即花樣百出，有如宜僚弄丸，但其身段邊式好看，絕不似其他伶人之脫離戲劇成分，專門賣藝為生活也。

蓋性好靜，茹素事佛，娶葵雲青後，不復涉足歡場，在杭州築有別墅，佛堂幽靜，中供翡翠羅漢十六尊，至為名貴。有二子，長一鵬，前妻所生；次二鵬（藝名小蓋叫天），葵出。故愛二鵬而憎一鵬，獨以絕技授二鵬，而令一鵬在佛堂練功。佛堂地位狹小，翻高、捧腿，時時碰到桌椅，蓋五即大怒，以竹笞重責，至於流血。一鵬亦怨怒，獨攜破靴一雙，逃至城隍山獨自苦練功夫，蓋五不知也。後蓋五因演《獅子樓》，跳樓傷腿，而全部《西遊記》已經排出，不能回戲，焦急萬分。始由永奎向蓋說項：

「何不叫一鵬上去一趟？」蓋五初執意不允，經譚力保，說一鵬練藝已有可觀，始允其登臺一次，蓋五亦往把場。誰知一上臺，種種跟斗，花樣翻新，皆非蓋派家門所有。蓋五乃大驚，由此鍾愛，但其子成名，父亦不讓，思欲有以壓倒之，而雙腿受傷，每日支拐而行，無能為力，乃日夜練拐，獨成一手，為從來梨園行所無者。藝成，遂排演《八仙得道》，自飾李鐵拐。上演之日，萬人空巷。

伶界有心人，首推三人——孫菊仙、汪笑儂、潘月樵。潘與劉藝舟、王鐘聲、夏氏兄弟昆仲，均投身革命，劉王以新劇著名，後遇害。夏月恒則棄伶從政，唯潘月樵與月珊、月潤合作甚久。排演《明末遺恨》、《黑籍冤魂》等劇，藉以喚起國魂。《明末遺恨》飾崇禎帝，寓慷慨於悲憤，使觀者同時感應，聲淚俱下。麒麟童投師於張少甫，而實私淑潘月樵。《明末遺恨》一劇尤得潘氏神髓。潘劇用以啟發辛亥革命，麒劇用以支持抗日戰爭，皆有助於時局。麒乃交友不擇，與田漢，歐陽予倩等論文，中共匪之邪說，晚節不終，投身魔道，竟以渲崇禎帝者一變而演李闖進京。以小丑飾崇禎，罵得體無完膚，倘潘月樵地下有知，不知平添多少「遺恨」也。

鬚生中有一天賦最佳而命運最壞的羅小寶。小寶本唱梆子花旦，後改鬚生，宗譚，剛音清亮，柔音沉著，引吭一歌，譚味繞樑，真有三日不去之感，尤工《捉放》、《鬧院》、《探母》、《空城》、《雙獅圖》諸齣。自小寶至滬，出演丹桂第一臺，而貴俊卿遂落魄於江湖，蓋貴已老而羅正壯年，羅以唱工勝貴之做派也。但小寶有羊癲風疾，嘗唱《探母坐宮》，坐臺上暈厥，由此聲譽大落，淪為麒麟童之幫角，但唱全本《紅鬃烈馬》，則〈回窯〉之平貴，全本《薛家將》則〈觀畫〉之徐策，仍非小寶壓軸不可。余尤愛其《捉放》之〈行路〉，《空城》之〈斬馬謖〉，真是眼、手、口處處有戲，神情獨到之處，令人可以意會而不可言傳。卒年僅三十二歲，使此子得享永年，余叔岩一座王位，恐無如此容易唾手而得矣。

「海派」的名詞，是起於「京朝派」瞧不起上海伶人的一種渾號。其實北京久已改名為北平了，所以和海派對立的名詞，「京朝派」也只可改為「北派」和「平派」，而不能讓這一個封建名詞永遠存立。按邏輯說，最好改稱為「南派」、「北派」。本來曲戲盛行時代，便將「弦索」稱為北曲，崑腔稱為南曲，久而久之，南北便成了合套，《長生殿》的〈小宴〉，就是最普通的例子。

南北戲派，最大不同的，北邊人對於戲叫聽，南邊人才叫看。所以北派的戲子，唱做過了火，就叫灑狗血。例如賈洪林，便是灑狗血的祖師，後來馬連良便襲了他，而成為馬派。在內行的批評，這種灑狗血是不登大雅之堂的。所以北派唱戲，只有聽說過「武戲文做」，沒有聽說過「文戲武做」。從前掛正樑子的定是老生，只許安工老生掛，不許做工老生掛。師父收徒弟，在百十人中撿一，老規矩和唱崑曲一樣嚴，臺上臺下硬是一把弓子，在工字在定字，再讓你們拉開嗓門子嚷罷。誰夠得工字的才是正工老生，他只講究唱，不講究做，謂之安工。嗓門而湊不上正工滿字滿調的，那才從做工去打主意，那是二路，在崑曲裡叫「末」，再不成的叫「外」。譬如拿一齣《戰蒲關》來說罷，劉忠的唱工，要比王霸多得多，做工更著重，但王霸是正牌，因為王霸由正工老生當行，劉忠是白鬚子做工老生。再說譚鑫培以前的陳長庚、張二奎都是正工老生，皇帽當家，重唱不重做。譚鑫培自知生的猥瑣，避免了皇帽不唱，兼動「末」、「外」的戲，所以說「集鬚生之大成」是譚鑫培，而破壞梨園行規，奪了二路的飯碗的也是譚鑫培。

再說青衣，青衣在崑曲裡叫「正旦」，他限止於唱《琵琶記》的「趙五娘」之類，他的調門也是正工，直致而沒有花腔。在平劇裡，《王寶釧》便是他的代表作，他的行頭，除了《彩樓配》、《大登殿》，其餘的都是青衣一件，因為穿青衣的戲多，所以就叫他青衣。老規矩，青衣是沒有正牌份兒的。任你是余紫芝、陳德霖，多要讓陳長庚、譚鑫培三分，而且正旦戲，例不開玩笑，唱《武家坡》和《桑園會》一樣，沒有粉的，所以從前有一句玩話，說：「你的臉板得和正旦一樣。」可以知道正旦的一本正經到如何程度了，所以《武家坡》是一齣「正工老生」、「正工青衣」的一齣頭戲，而不是一齣開玩笑的對兒戲。

對兒戲這名稱也不能絕對限止於生旦的，因為對兒的意思，是專找兩個或三個人唱的，例如，《大保國》、《二進宮》可以稱「生、旦、淨」的對兒戲，《捉放曹》也可以稱做「生、淨、外」的對兒戲，《武松打店》可以叫為「武生、武旦」的對兒戲，《三岔口》便可稱為「武生、武丑」的對兒戲。我想這對兒戲的名稱，或許起在天津賣泥人兒和惠泉山賣泥人兒的。他們的簡單的戲文，捏成一個諸葛亮，一個老黃忠，即使是《定軍山》，一個四郎，一個公主，即便是《探母坐宮》，而在戲文的沿革史裡，這都是整本戲裡抽出來的一段菁華，而將前後出目統刪去了。例如，《武家坡》便是全本《紅鬃烈馬》的一齣菁華所在，而《定軍山》更是大部《三國志》裡的一齣。

平劇的前身，原從徽調、漢調，自南而北的。我從前已經說過，現在要說的，這是戲的本身，原先恰是傀儡。傀儡戲的盛行，當在南宋，而春秋時代的偃師，該是做傀儡戲的祖宗，這種戲是用人的手來提著傀儡身上的線索，使它牽動和表現的。一個手只有兩隻手，最多只可以牽動兩個人，主要的表演在「唱」，上場人物一多，雙手難顧四將，所以不唱的傀儡，便將線牽在臺角掛起，背向前臺，面向後。後來由傀儡而進為「真人上臺」，卻仍存留著這一典型。所以《二進宮》在李豔妃唱的時候，楊徐的生淨就轉臉打背；《三娘教子》在生旦對唱時，薛倚哥也轉臉打背；《捉放曹》在陳宮唱「陳宮心中似刀扎」和「聽他言」時，曹操也背面打轉，甚至《空城計》唱「我本是」大段時，司馬懿也轉臉打背，這是從木人頭戲存留下來的一點古制。所以《武家坡》除了對唱以外，薛平貴也轉臉打背的時候居多，而薛平貴唱「秋胡調戲羅氏女」的時候，青衣也轉臉打背。在這種場合，非主角最好不要多所表情，使他分了主角唱的氣氛。用一個比方來說罷，替武生打下把的，任你功夫好到天去，他不能損正牌武生，要了彩去，他硬是得打敗仗，吃跟斗；拉胡琴的照規矩也是如此，他只許托腔，不許在過門裡玩花樣，搶喝彩。可是現在多不興了。一臺戲鬧得烏煙瘴氣，人人要彩，人人灑狗血，鬧得賓主不分，而說這是京朝派的典型，這真罵苦了京朝派呵！

孫譚汪南來的回憶

余生也晚，趕不上聽程大老闆，但孫、譚、汪卻是聽過很多，幸而我聽戲的機會，已在庚子以後，若在庚子以前，我便聽不到了。這裡更須分別，孫、譚是庚子以前就當內廷供奉的，汪則是庚子以後才當內廷供奉的。據父老提示，庚子以前的內廷供奉，不但不許在民間唱戲，連王公大臣府邸堂會，非經老佛爺允諭，等閒也不許演唱，否則，老佛爺知道了，管事太監就要不得了。庚子之亂，清室西狩，這批梨園子弟流落京師，不能生活，才自出組班演唱度日。到後來西狩回鑾，此例亦不再禁，所以在內廷供奉營差的也自由得多。汪雖亦是內廷供奉，但是，他進宮已將到光緒末年，為時甚暫，民初一度到滬，出演於四馬路天仙茶園，知音難得，人但震其名而不能賞其聲也。所以我對於汪影響亦較為模糊，但後來聽王鳳卿，始覺得他不像汪桂芬，再後來聽郭仲衡，連王鳳卿的影子也沒有了。如今想想，王鳳卿竟已是鳳毛麟角，還望什麼汪大頭呢？

孫在上海居得最久，我聽得最多，也和他最熟。他確不像一個唱戲的，身軀偉岸，碩大聲宏。據他自己說，內廷供奉班中西太后最寵的是他，最不喜歡的是譚鑫培，因為譚容貌瘦弱，嗓門不亮，所以派他的戲，都屬於重做輕唱的一路。但譚性高傲，常和管事的派戲太監鬧彆扭，太后知道了便要責罰他。一天，西太后惱了，竟派他唱彩旦，探親相罵的城裡親家。孫菊仙替他求，無論如何也求不下，孫自請唱丑（鄉下親家），才算把太后哄樂了。所以譚卻以此私怨孫大個子，說是損他。譚常為唱戲而罰跪，孫菊仙從旁走過，譚求他說情，他不理，其實他暗地裡已向太后跟下討保了，譚並不知這情是孫說的，以此譚心裡暗暗地恨他，要哏他。

庚子西狩，孫菊仙就偷空兒跑出了皇城，後來西后回鑾，查他這個人，他已掛著「孫處」的伶名，在天津租界上唱戲了。譚鑫培著實在太后面前送了他一把乾火，使他回不得京城，孫索性借著租界護身，不進京了，後來索性運動管事太監，替他除了名籍。他索性在天津、上海一帶登臺演唱，夏氏昆仲在十六畝建新舞臺，後來復興九畝地，都以他為臺柱。他最喜歡提掖後進，以前的馮春航、後來的尚小雲都因得和老鄉親配而成了大名，前者號為南馮北梅，後者成為四大名旦。孫菊仙的唱，很像李太白的詩，天才橫溢，跌宕恢弘，不可捉摸。當時迷孫的人，都瞑目屏息，只要聽到一句好的，立刻跑出戲院，自去揣摹。但孫的唱是自然發展的，老年又以老賣老，竟有坐聆全劇，到底竟聽不到一句好的。有時聽到好的，下次再去聽，又走樣了。他更有幾種古怪脾氣，一、不愛拍照，二、不喜灌片子。謀得利公司的《罵楊廣》、《朱砂痣》，也全是出於私淑，沒有真徒弟。雙克庭早年號為驢鳴，晚年卻悲壯淋漓，聽之解恨。百代公司的《雪杯圓》、《魚腸劍》、《逍遙津》都是他的傑作，但他蹭蹬一生，死在新世界劇場的後臺，真是慘極的一樁梨園恨史，臨終時我曾許他寫一篇傳，卻蹉跎至今尚未著筆。時慧寶也算是孫派紅人，但孫菊仙不承認他是孫，他說時慧寶好像工廠裡的汽笛子，往而不回，出而不收。汪笑儂也以孫派為號召，後來卻成了汪笑儂自己的汪派，火候未成，嗓限天賦，便如曇花一現，當年家家潑水，戶戶哭廟的那股風頭，早就煙消雲散了。

譚鑫培的父親是左嗓，因此有叫天的渾名，譚鑫培早年叫小叫天，並不是一個美謚。庚子回鑾，梨園星散，譚卻巧在家裡生病，也不曾去接得駕。西太后大怒，說，別人不來，也罷了，譚鑫培他不比孫菊仙少受了什麼恩典，他也敢不來見咱麼。譚鑫培這時候也四十多歲了，忙由兒子們扶著到宮門外叩頭。西太后便叫小太監攙他進來。譚一則是病，二則是怕，只跪在丹墀，盡打哆嗦，西太后看他的做工真不錯，便叫他抬頭，一看，已是滿頭大汗，面瘦肌黃，像個真有病的樣子。太后一見可憐，便叫太監取上好的人參來賞他。譚鑫培受了這重恩典，不由感激涕零，不由俯伏在塵埃痛哭起來。誰知這一哭卻哭動了老佛爺的心事，說滿朝臣子沒有一個有良心，知恩報恩的，還不及一個叫天兒呢！從此譚鑫培飛黃騰達，竟成了西太后身邊紅人，王公大臣請他唱戲，或是請教他說幾句腔，都要看他高興不高興，於是才有了譚貝勒的外號，並不是封過貝勒的。到了民國，他三次南巡竟自稱起大王來了，好在那時正是黎元洪封王的時候，女伶劉喜奎也封起武豔親王來了。譚到上海，第一次在天蟾登臺，唱《盜魂鈴》，爬上了三隻檯子又倒爬下來，給鄭正秋一個倒彩，天蟾主人許少卿得罪了報人，掀起軒然大波，鎩羽而歸。第二次再到新新，而坤伶張文豔在上海封文豔親王，號稱張大帥，竟是萬人空巷。老譚歎曰，北厄於劉喜奎，南厄於張文豔，我這老大王要他何用？嗣後他竟立志不願南下，但他視劉鴻聲亦為勁敵。當時聽戲人的程度水準不夠，劉鴻聲滿嘴京字，孫菊仙亦天津老誇，鄉音未除，而譚鑫培則以湖廣音摻雜中州音韻。嚴格地說來，平劇的水準，實由陳十二彥衡一手提高，而為其左右翼者，則余叔岩、言菊朋之功不可沒。老譚之於韻學，乃得於天賦，而非實學也。

如果以孫菊仙為李太白，則譚鑫培當然是杜甫，集大成者也。以譚鑫培為孔子，則余叔岩當然是孟子，闡述孔子而加以發揚者也。但孟子比到孔子，其醇漓一遷，質文三變，以余為譚之罪人亦未嘗不可。蓋譚之演劇為多方面的，演某一個人便是某一個人的表情和性格，而叔岩演劇，到底只是余叔岩。我最記得譚氏，末次來滬，出演於九畝地新舞臺，譚本已立誓不再南下，經不得他兩位女婿——夏月潤、王又宸的硬求軟騙，才五次南下。當時九畝地新舞臺是專演本戲的，角色之老朽，可說糟到了不堪入目的程度，我還記得他這十天的戲和配角：

第一天　《空城計》　曹甫臣——司馬懿；許奎官——馬謖

第二天　《出　箱》　小保成、張德祿——報子

第三天　《寄　子》　夏月珊——店家

第四天　《碰　碑》　曹甫臣——七郎

第五天　《收　威》　潘桂芳——程敬思；湯雙鳳——大皇娘；趙君玉——二皇娘；夏月潤——周德威；小保成——老軍

第六天　《盜　骨》　張順來——令公；曹甫臣——焦贊；許奎官——孟良

第七天　《烏　盆》　小保成——張別古

第八天　《捉　放》　曹甫臣——曹操

第九天　《宗　卷》　潘桂芳——陳平

第十天　《空　城》　小連生——王平；夏月珊——老軍。餘同第一天。

你看這十天的配角，糟到什麼程度，但是，老譚還是老譚，他的唱，當時沒有錄音，我們也背不出他的工尺，但是，他無一出不是滿工滿調，而《出箱》的撇叉、吊毛、耍水髮，《碰碑》的卸甲，《收威》的三接箭，《烏盆》的翻桌子，哪一出不是獨有的絕技。至於《空城計》的斬謖，《盜骨》的見魂，《捉放》的行路，《出箱》的問樵，《碰碑》的拉弓，那許多散板，簡直唱得萬人屏息，墮針之聲皆聞。他簡直和劇中人，臺下觀眾靈魂情感交融在一起，哪裡是像今天唱戲諸公，斤斤於一字一板來分晰高下的所可同日而語？我的論譚，好似囫圇吞棗，正為譚如江海，並不是一勺之水可以稱量的，而今日宗余宗言者，幾鄙譚而不談，彼又何曾識見過譚，聽過譚呢？

三大賢海上成名

余叔岩，我前已說過，如果譚鑫培是伶界的孔子，則余叔岩便是孟子。但叔岩的家境太好，並不指靠唱戲生活，他在小余三勝時代，也不很紅。改名叔岩，卻在倒嗓時間，而唱得很紅，但為時甚暫。等到嗓子復原，他卻息影家園，優遊於煙霞間，專與士大夫結交，而不以伶人自居。但他的發揚譚派，創造余派，卻是在這一個時間。而造成余派之所以為余派者，卻要歸功於陳十二彥衡，而不是叔岩自己！叔岩的唱，是顯然劃分時代的，因為老譚的底子是漢調，發音多湖廣音，學譚者莫不奉為圭臬。叔岩興，始歸入中州音，雅然正始，而啟示提命皆出於陳十二彥衡。叔岩以前，伶人只知分尖團，叔岩以後，伶人始知分四聲，分陰陽。今之號為譚派者，莫不私淑叔岩，幾不知世間尚有真譚。老譚雖不懂韻學，而其稟賦實由天授，他可以不煩繩墨，而自合音韻。譬如《探母》的念白有「雁過衡陽各一天」，衡陽是陽平雙聲，《珠簾寨》有「太白斗酒詩百篇」，斗酒是陰上聲的疊韻，他都念得很好，而且是他自己抓來古人的句子而改了老詞的。這些地方叔岩全趕不上，而今之論譚者，則少注意及此的了。叔岩兩次南下，俱在倒嗓時期，他也正和老譚一樣，兩次鎩羽而歸。無可諱言，當時上海聽戲程度，不及看戲。把劉鴻聲、時慧寶，甚至於楊四立都視為了不起的人物，高慶奎的放「回聲」也不弱於上述三人，於是老譚以《盜魂鈴》受困於楊四立，而余叔岩《珠簾寨》的輿論，也不及高慶奎遠甚，他第一次在丹桂登臺，唱《鐵蓮花》鬧到退票，第二次和王瑤卿、少卿父子同隸共舞臺，王氏父子盡唱《梅玉配》、

《福壽鏡》等私房小本戲，把叔岩逼在倒第二，盡唱《審頭》而不帶《刺湯》，《狀元譜》而不帶《上墳》，這些歇工戲，後來過臺到亦舞臺演出，但他的啞嗓子，上海人誰也不愛聽，叔岩才一氣回北平，立誓不再南下。後來，蓓開灌片子也費上大手腳，照叔岩的氣性連片子也不能灌，而他的成名，卻正在鎩羽息影之後。他用苦功夫造成了他自己，而體弱多病，身帶三紅，早也沒法長期登臺演唱，他為人性僻，既懷絕技，不能普遍地表演，卻又不肯收徒弟，譚富英雖是譚氏子孫，但他並不得著乃祖一點兒皮毛，譚小培又是那門茸闒，自知不足以教兒子，再三作揖要余大叔照顧他的侄兒，可是余叔岩只教了他一齣《清河橋》。富英其他的戲全是鮑吉祥、陳秀華教的。孟小冬號稱余門嫡傳，也是鮑吉祥、陳秀華二人教的，叔岩並沒正式教他。後來李少春倒是余叔岩教過他一齣《洗浮山》，那《戰太平》的把式，全從余叔岩的照片上模仿來的。又有人說譚富英的《珠簾寨》確是余叔岩指點，其實他第一次到天蟾時，還沒有這齣戲。其時正值高慶奎《珠簾寨》紅得發紫當兒。許少卿要他唱，他說了一句淡話：「這是先祖晚年才有的戲，我不能唱。」記得那時評劇界在報上著實捧了他一番，說他肯說實話，不蒙世，不愧大王的名孫呢。第二次南來，他便添上了這一齣，說是請教了叔岩來的，其實是向鮑吉祥鑽的鍋。

余派賴秀華而傳，正和譚派賴陳彥衡而傳一樣，這是譚、余的兩大功臣。秀華現仍健在，他也能說程腔，但他是徹底倒倉的一個二流青衣改行，嗓音低得連說話、低哼都聽不出來，他全憑一把胡琴，把余派工尺，一字一字地拉出來，而他對於老生的身上，全不在行，所以李少春自己有武底子的除外，其外跟陳秀華學余派而享大名的，從譚富英、孟小冬、楊寶森數起，直到那些成為名票而又下海的陳大護、張文涓之流，沒有一個身上能夠有武底子的，所以下輩英雄，獨讓馬連良出一頭地，非無因矣。

言菊朋在票友時期，駸駸有駕余叔岩而上之勢。試聽蓓開的兩張《魚腸劍》唱片，便能分出高下。他是陳彥衡一手造成的，而他出自世家子弟，精通文墨，對於聲韻之學，徹底瞭解。而嗓音近譚，不像叔岩之時鬧彆扭，所以彥衡把平生所學，悉心傳授了言菊朋。第一次和梅蘭芳南下，彥衡操琴，真是紅極一時。他把高慶奎的俗調，馬連良的媚腔，時慧寶的長腔，汪笑儂的怪腔，一掃而空，南方聽戲的沒有一個不點頭說「今日復聆譚音」。可是好景不常，菊朋回到北平，自覺紅得摸不上手，便與彥衡散夥，自挑大樑，正式下海，同時卻和小翠花攪起來了，終至嗓音失潤，變成鬼腔。但伶界真的知音法家，實無有比得過言菊朋的，所以他就他的短處，而自造成他的長處，於是言腔獨開一派。在余派未興，譚派將歇的當兒，幾可說是家家成了鹽鋪，沒有一個不哼言腔的。到了晚年，其鬼愈甚，竟成怪腔。在詩的方面來比，則他當是李長吉，他南下次數極多，可是叫好不叫座，晚年潦倒，喜唱《永安宮》、《白帝城》，也和老雙處喜唱《魚腸劍》一樣，一唱三歎，往往聲淚俱下也。

高慶奎南來，比言、余要早，他是學劉鴻聲的，此派今已不為人所喜，但在那時也紅極一時。譚鑫培厄於劉鴻聲、余叔岩厄於高慶奎是同一遭遇，當時北平人稱高、余、言為三大賢，慶奎物故，才將馬連良補上，但也有補上奚嘯伯的。

譚、馬、楊在目前的鬚生地位，好像是三鼎足，誰也爭不過誰去。平心而論，也確是各有所長。譚富英第一身世占得好，他是大王貝勒的名孫，他確有他乃祖的嗓子，雖非雲遮月，卻是嘹亮清勁。但是，他染上了他父祖雙份兒懶勁，唱劇老是吊兒郎當，尾音不歸宮，呵、呀滿嘴，但是，他天賦的那塊好料，誰也比不過他。唱戲，第一要叫人聽了沉著痛快，在這三鼎足之間，也只有富英有這一份異稟。我還記得金廷蓀嫁女，在洋布公所唱堂會，全本《龍鳳呈祥》，是譚富英劉備，馬連良喬玄，梅蘭芳孫夫人，這時候的譚富英還沒有紅，在佛殿一大段西皮，唱得一字一彩，把馬連良的說白，完全給悶住了。當時連良往後臺就和富英開腔，罵他不懂規矩，摘了喬國老的臺音。其實論唱，講底氣，講宮調，馬連良確不及譚富英的。這晚很多人替富英不平，後來廷蓀就竭力提拔富英，也就從這一晚種的因。

馬連良來申是在亦舞臺唱紅的，中華公、久記社、雅歌集、律和票房，全體票友一致捧他成名。

那時他還很窮，第一天打泡，唱《打魚殺家》，一件褶子還是姚慕蓮太太瀟湘雲的私房行頭，大襟角上平著絲絨的蝙蝠，但後來馬的行頭專講漂亮，甚至官衣忠紗都用絲絨的，未始不是這一次始作的俑。論嗓子，馬連良本不算好，可是亦舞臺正被王又宸、白牡丹（即荀慧生）唱《三搜臥龍崗》連臺本戲唱霉了的時候，忽然來了一個唱做兼優的北方老生，自然一哄就把他哄紅了。馬二和馮小隱又借著《打魚殺家》的靴鞋問題，大開筆戰，卻要馬連良來做決定，連良為討好雙方起見，一日穿靴，一日穿鞋，替兩家解和，於是馬連良便成了上海的伶界紅人。後來孫蘭亭、汪其俊、包小蝶、趙培鑫，都和他拜把子，他也自居老大哥而不疑了。

論連良的戲路，做工戲實勝於唱工戲，他走的是賈狗兒的路子，《九更天》是他得意的代表作，但他和周信芳走的完全是同一戲路，而兩家卻能同而不犯。論做，衰派戲，連良實不及周信芳，因為信芳是蒼老渾成，而連良卻占的瀟灑飄逸，例如《四進士》，連良總覺扮得比信芳太年輕一點，但信芳容易過火，故《一捧雪》、《胭脂褶》信芳就比不得連良。若說唱的方面，信芳固談不到，而連良也不能沉著如意，例如，《公堂發配》的一段唱，連良極意悲涼，終是俊逸。若唱《雪杯圓》，試把老雙處那張百代開一開，連良真是望塵莫及的。

楊寶森在童伶時即嶄露頭角，那時大家俱以譚之傳人屬望於他，而不屬望於富英。但他自幼嬌養，未下坐科苦工，後經倒倉，嗓子經過很久時期不能復原，而楊寶忠卻以《空城》、《洪羊》負盛名於時，旋亦倒嗓，乃悉以所長授之乃弟，並佐乃弟操琴。寶忠與趙啦嘛、王瑞芝、李慕琴號為四大琴手，但寶忠弓子較短，以花點子見長，與李慕良可爭一日短長，耳又重聽，佐寶森操琴，則有如二片之佐蘭芳，腔多已出可以熟極而流，遂收牡丹綠葉之效耳。寶森雖為工伶世家，但寶森體弱，不習武工，故戲路不能如譚、馬之廣，嗓又限於天賦，幾比孟小冬之九齣半多來有限，寶森亦能自掩所短，凡不對工的戲，絕對避免不唱，故在無戲可聽時則聽寶森，亦勝於聽連良，而不能如富英之痛快耳。

總論三家，論唱，當以富英居上；論做，皆不及連良；論書卷氣、守規矩，則寶森差強人意。若以三人為譚，則離題甚遠。余、言且非真譚，何有於譚、馬、楊哉？

麒馬優劣之我見

麒麟童和馬連良都肖馬，今年五十八歲。我看麒戲，遠在民五年前，那時我才到上海不久，而麒麟童已紅遍江南。那年在丹桂登臺，第一天打泡：《冀州城》，第二天：《馬三保》。他確是南方的文武老生，戲路全宗小連生潘月樵，時當年青力壯，跌撲火爆，鼓點子緊湊，潘月樵則已年近五十，僅以《別窯》、《宛城》等做工見長，文武老生一席不得不拱手而讓諸麒麟童矣。

連臺本戲是開始於民國十年左右，也就是現在所定名為海派戲的意義，北方人稱之為佈景戲。王瑤卿教徒弟，每有南下者，必告誡之，「佈景戲不要唱」，而新舞臺卻是發明佈景戲的老前輩。當時佈景由張聿光擔任，第一臺、大舞臺都由熊松泉擔任，他們廢了堂幔不用，稱他為「守舊」，現在南北伶票界一致稱堂幔為守舊，而忘了那出處。至於廢門除簾而用新式的守舊，則開始於程硯秋三次南下，當時上海的老聽客都不歡喜這個，朱古微先生說：「玉霜是悄然而來，悄然而去。」因為戲劇的原則要打簾子，出臺才有臺風，現在卻採用了佈景的三塊板，簾子裡外的技巧全淹沒了。卻不聽見有人說過程硯秋是海派，這便是迷信京朝，而自甘荒傖了。麒唱本戲確在抗日以前，但他的《走麥城》、《漢劉邦》、《復國走南陽》，全部《麒麟閣》，這裡面保存著不少的老劇本，而為一班評劇家所不及知道的。他不但保存了舊劇，且更有許多是從元曲裡出的，比如《瀟湘夜雨》、《抱妝盆》都保存著元曲的全面。《明末遺怨》是小連生的腳本，他卻加入了崑曲《鐵冠圖》的場子，《分宮》、《撞鐘》、《天雨花》裡〈對花鞋〉是源出於梆子，不過這些戲本，都是於振庭給他編的，而他卻是演得很好。于振庭原是遜清的內庭供奉，《八大拿》據說就是他編的，老天蟾的前四本《狸貓換太子》也是他編的。不過此人去世已久，很少有人知道了。應知《八大拿》、《西遊記》在先全是連臺本戲，而西太后尤其歡喜看這一類賣力氣戲。麒唱三國戲，如《戰宛城》的張繡，《群英會》的魯肅，《大報仇》的黃忠，《借趙雲》、《青梅煮酒》的劉備，他都能學潘月樵，表演得惟妙惟肖。他有一種絕技，便是能偷人家的好處，只要有好角和他同臺，他便偷，所以他演《四進士》、《青風亭》，全偷的貴俊卿。《掃松》、《跑城》、《斬經堂》，偷三麻子。《審頭》、《寶蓮燈》、《連營寨》，偷王又宸。《落馬湖》、《拜山》，偷李吉瑞。偷老雙處和汪笑儂的唱腔加以變化，而成為麒腔，這是他最聰明的地方，而人家都給他瞞過了。

馬連良是京朝了，但他偷麒麟童的戲很多。他也很聰明，比如《鴻門宴》，麟演張良而他演范增；《贈綈袍》，麒演須賈，而他演范雎；《賽琵琶》，麒演張廣才，而他演王相。《十老安劉》，麒演蒯通，而他演張蒼。這些戲馬回北平，演過沒演過我不知道，但在上海看戲的則是親眼目睹。馬還演過男三審韓文瑞《對金瓶》呢，這難道也可以和《男起解》、《秦瓊三打登州》同列為京朝派嗎？麒、馬由於戲路相同，馬有的戲，凡屬於做工道戲，馬有，麒都有。麒麟童的戲，凡屬於武底子的如《冀州城》、《馬三保》之類，麒有，馬沒有，而屬於正工老生的，如《烏盆計》、《定軍山》之類，則馬有，麒沒有，而唱做兼重的戲，如《寶蓮燈》、《一捧雪》之類，則二人未可優劣，而《四進士》馬不如麒，《天雷報》麒不如馬。三國戲各有所長，武生戲（如《拜山》、《落馬湖》等）各有所短，而麒唱關公，馬唱項羽，費德恭則同為賣野人，不足為訓矣。

美術勝利的十年回憶錄

民國三十四年抗日勝利，政府復原，美術界曾一度呈現蓬勃的氣象，尤其是上海。中國畫會是全國性的，但它產生在上海，所以他的基礎也在上海，自廿六年抗戰開始，上海首當其衝，因此中國畫會直接受其影響，會務無法開展。但我們為著支援抗戰，在廿六年冬國軍西撤的時候，還舉行一次慰勞抗戰將士書畫展。此後，國府西遷，畫人很多輾轉西南，顛沛蜀滇的。八年的長期抗戰，終於勝利了，我們分散在各地的會員，也紛紛回到上海，畢竟時間太久了，人事的變遷太大了，要想在短時間復員，實在不是一件很容易的事。

自三十四年九月起，舉辦會員重行登記，發出去的通信，多數從郵局裡退回來，原因是戰時的住址變動，截止到會員大會召集的那天，登記人還不過六十餘人數，不能開會。但努力工作，到三十六年四月二十日，在會員熱烈的情緒之下，終於完成了中國畫會復員工作，大會曾在山海關路育才中學禮堂，二十六日復在冠生園舉行第一次理監事會議，決定的會務工作計畫大綱，其要點有：

1. 編輯已故會員傳略及作品展覽會。
2. 編輯美術年鑒及出版月刊。
3. 恢復美術講座。

4. 籌募本會基金及會員福利基金。

5. 繼續辦理舊會員登記及開始徵求新會員重編會員，名錄。

這五項工作，在三十六—三十七年之間可說都做到的，同時我們還有一個中國畫苑，專門供應美術家開古今書畫展覽會之用。這是靜安寺路一所五開間三層樓的巨宅，可以懸掛畫件三百幅。開幕時期的首次展覽，是一個大規模的宋元明清真蹟畫展，組織審查委員會投票決定而後入選，其張掛排次，悉依畫家出生年月為準，秩序並然，入場券一元，七日所入，至二萬餘元，悉充福利金。自後，凡在中國畫苑開畫展的會員，一切裝裱、廣告和其他費用可由畫苑墊付外，清寒畫家並得先支款全數百分之幾十。其不開畫展，而確需用款者，亦得援例，並將數人出品併合，代開畫展。此一工作，雖非中國畫會所辦，但中國畫苑的主辦人，也就是中國畫會的理監事，在中國畫會沒有籌募到基金時，所以中國畫苑已替他辦了。

還有，一本美術年鑒，這份工作和費用也是相當厚重而浩大的，中國畫會在華路藍縷之中，尚未能具此力量，當由上海市文化運動會來主辦此一工作，從三十六年冬季籌備，至三十七年十月十日出版，他裡面包含著美術史料，各省市縣的美術動態，三十六年的各地展覽記錄、美術家傳略、美術作品的影印和美術的專論、序文及其他。這本年鑒材料，可說是非常豐富而且翔實的，單是銅畫要占到三百餘頁，美術分目，計：書法、國畫、篆刻、西畫、竹刻、雕塑、木刻、漫畫、攝影、工藝美術、商業美術、建築設計、藝術評論、藝術教育，列傳者凡二千餘人。當時美術盛興的氣象，謂之中國文藝復興期亦無不當。

現在，我再記述一下勝利以後所存在和新興的美術團體，曾記載於三十六年《美術年鑒》者，以見一斑。

上海：

1. 豫園書畫會，創於宣統元年。歷屆會長：高邕之、錢吉生、楊葆光、沈心海、王一亭、汪仲山。地址：城內邑廟豫園。

2. 宛米山房，創於宣統元年。歷屆會長：哈少甫、程瑤笙、楊東山、沈心海。地址：豫園放鶴樓。

3. 停雲書畫社，創於民國十年。社址：麥底安路（山東南路），由任堇叔、呂十千、洪庶安分任主持，曾輯印《雲書畫集》初二集，社員二百餘人，旋遷畫錦里，十八年無形停止，勝利後一度復員，會務未見發達。

4. 白鵝畫社：都雪鷗、陳秋草、方雪鴣、潘思同發起。地址：橫濱路。為便利有志學習繪畫之樂園。後遷狄斯路，從遊者以千計。八一三停頓，勝利後復由陳秋草主持復原。

5. 紅黎威金石書畫會，吳興汪仰真、張貽穀所發起，公舉王秋言再傳弟子王統齋為會長。附設崑曲社，歷年造就藝術人才甚眾。勝利復原，遷會址於九江路七六八號。

6. 素月畫社，民十四年秋，楊東山、予秋賓及其門人葉渭莘、孫鈞卿等所創。舉王一亭為名譽會長。十八年楊東山謝世，遷會址於北門沉香閣，曾刊《素月畫冊》二集，《素月集錦》四期，存集五冊，特刊十四期。

7. 中國攝影學會，民國十四年八月由林澤蒼辦。設會所於上海南京東路一三八號，同時編印會刊，附於《攝影畫報》，另闢專頁，繼出《攝影良友》、《露光指南》、《標準露光儀》等叢書多種，並舉辦全國攝影比賽大會。抗戰軍興，限於停頓，民三十七年恢復會務，並推郎靜山、徐德先等十五人為理事。

8. 中國畫會，民國九年，由天馬會改組，由江小鶼、陳小蝶、錢瘦鐵、孫雪泥、鄭午昌發起。民國二十年與蜜蜂畫社合併，註冊、推選執監委員二十二人，加入者有張聿光、陸丹林、馬公愚、張大千、丁念先、王師子、李祖韓、謝公展、汪亞慶、陳樹人、經亨頤、張善孖、王一亭、商笙伯、熊和泉、黃賓虹、吳湖帆等，為美術界最大團體，會員經常在五百人以上，南至粵港，北至平津，均有畫參加，實為全國性之美術團體，不僅屬於地方性者。

9. 長虹畫社，民十九年，謝閒鷗所創辦。設社址於尚文路謝寓，搜羅近代時人精品，刊印《長虹畫集》至十餘集。民廿六年，倭人肆虐，書畫版本悉付一炬，三十五年重舉畫展於靜安寺大觀園，成績良好，遷址於西康路松壽里五號，先後續出《長虹畫集》《人物仕女集》，皆閒鷗一人之力也。

10. 中國女子書畫會，民二十三年，由馮文鳳、李秋君、陳小翠等創辦。亦為全國性的徵求會員，參加者凡一百五十餘人，會址克能海路八九〇號，勝利以後遷中正北路一五八號。由李秋君、陳小翠、顧青瑤分任會務。

11. 清遠藝社，在民二十九年由吳興畫家九家所創辦。設會址於湖社，會員四十餘人，皆吳興人，公推陳其采為社長，潘公展為副社長。

12. 鹿胎仙館，民三十年由鄭午昌弟子創辦。以其師別署鹿胎仙館為社名，社址青島路，印有《鹿胎仙館同硯集》、《鄭午昌山水畫集》。

13. 上海市畫人協會，民三十四年十月十日成立。發起者：王扆昌、蔣孝遊等四十餘人。會址：陝西北路一二八號。

14. 上海美術協會，滬上美術界人士，認為組織共同機構，實為當前必要，經長時期之討論與籌備，於民國三十五年三月廿五日召開上海美術協會成立大會。選舉鄭午昌、汪亞慶、馬公愚、郎靜山、陳定山、虞君質、劉獅、王福庵二十六人為理事，於五月三十一日起，六月六日止假西藏路寧波同鄉會，靜安寺路中國畫苑兩處，舉行慶祝勝利美術展覽會。同年十月參加巴黎舉行之聯合國文教美術展覽會，三十六年美術節復假黃金大戲院舉行慶祝，同時在南京路國貨公司畫廊舉行美術書畫展七天，出品一千餘件，參觀者近五萬人，蓋為自有美術界組織以來，空前盛舉了。

15. 行餘書畫社，民三十五年由周牧軒、沈釗南等創辦。會址：武勝路三七九號。每星期授課一次，男女學員近數百人，假南京西路大觀園舉行師生合作展，成績斐然。

16. 上海美術茶會，由虞君質、鄭午昌、孫雪泥、江寒汀等發起。每星期舉行茶會一次，自下午一時至六時，支配時間如下：自由談話，古畫觀摩，美術演講，報告工作，茶話餘興。每次由五人召集之，會址無定所。

17. 上海市美術館籌備處，上海市教育當局之發起。於民三十六年三月，提出第七十一次市政會議，通過准予設立。地址：陝西南路一三九號。於業務組織系統之外分設各項專門委員會，計有：

（甲）指導委員：李石曾、張道藩、張元濟、潘公展、龐萊臣等二十三人。

（乙）設計委員：郎靜山、張書旗、陳定山、虞君質、劉獅等二十三人。

（丙）徵集委員：丁福保、王个簃、田桓、吳子深等五十五人。

（丁）編輯委員：丁念先、林素珊、俞劍華、陳小翠等一十四人。

在許多繁重的工作計畫之中，第一個舉辦的是「近百年畫展」，這是一個創作，因為向來舉辦古畫，總是遠推唐宋，蔑視近代。這個「百年畫展」是陳定山、徐邦達二人提議，自道光二十八年起，民國三十六年止，是項有系統的歷史性畫展，當時取得各收藏家的共鳴，美術界有了新的認識。三十六年九月十五日起二十八日止，假南昌路法文協會展出，到會名流數百人，法大使館文化處長高朗氏，認為是中國美術界一個新生命的發現。同時編印《中國近百年名畫集》及《上海教育週刊美術專號》，該專號純為調合近百年展而輯，其論題均著重闡述近百年畫學之進展和盛衰，畫人的系統和派別，執筆者有顧毓琇、陳定山、俞劍華、徐邦達、陸丹林、李熙謀、潘伯鷹、承名世、華林、施沖鵬、陳倚石等。又編印《近百年畫展識錄》，是書就近百年畫展，詳載其幅式、尺寸、款識、發章、收藏經過，末附作者傳略，全書數萬言，由陳定山、徐邦達、王季遷等執筆。這可以說自有畫展以來，所未有過的對於一個畫展的認真工作。

所以，自民三十四年到三十七年，我說是中國美術界的文藝復興期，可以說並無誇大。同時，尚有天津的「龍門畫社」（薛月樓），北平的中國畫學研究會（陳年，徐宗浩），湖社（金潛庵），文藝學會（壽石工），翰墨雅集（曹克家），西安的西北文物研究室（國立西北大學所創辦），杭州的西泠印社（韓登安），杭州西泠書畫社（王潛樓），小留青館畫社（申石伽），南京的中華全國美術會（理事長張道藩），柳州的羅池藝苑（朱午遲），晉江的晉江美術會（李碩卿），常熟的虞山書畫社（蔣兆文），廣州的春睡畫院（高劍父），濟南的山東藝術協進會（曾廣敏），山東明湖文藝社（劉孝推）。

這許多的美術團體（學校尚不在內）和上海的美術團體多是聲氣相通，學術共鳴的，或為舊創復員，或為新創發起，其風起雲從之盛，則隨三十四年勝利以俱來。我們現在努力於抗共反俄的工作，又將七年了，反攻為期不遠，勝利即將來臨，緬述此篇，以為美術界戒旦的鳴聲，願共勉焉。

Do歷史56　PC0569

春申舊聞

——老上海的風華往事

原　　著／陳定山
主　　編／蔡登山
責任編輯／李冠慶
圖文排版／周好靜
封面設計／蔡瑋筠

出版策劃／獨立作家
發 行 人／宋政坤
法律顧問／毛國樑　律師
製作發行／秀威資訊科技股份有限公司
地址：114 台北市內湖區瑞光路76巷65號1樓
電話：+886-2-2796-3638　傳真：+886-2-2796-1377
服務信箱：service@showwe.com.tw
展售門市／國家書店【松江門市】
地址：104 台北市中山區松江路209號1樓
電話：+886-2-2518-0207　傳真：+886-2-2518-0778
網路訂購／秀威網路書店：https://store.showwe.tw
國家網路書店：https://www.govbooks.com.tw

出版日期／2016年3月　BOD一版　**定價**／460元

|獨立|作家|
Independent Author
寫自己的故事，唱自己的歌

春申舊聞：老上海的風華往事 / 陳定山原著；蔡登山主編. -- 一版. -- 臺北市：獨立作家, 2016.03
面；　公分. -- (Do歷史；56)
BOD版
ISBN 978-986-92449-7-8(平裝)

855　　104027749

國家圖書館出版品預行編目

讀者回函卡

感謝您購買本書，為提升服務品質，請填妥以下資料，將讀者回函卡直接寄回或傳真本公司，收到您的寶貴意見後，我們會收藏記錄及檢討，謝謝！如您需要了解本公司最新出版書目、購書優惠或企劃活動，歡迎您上網查詢或下載相關資料：http:// www.showwe.com.tw

您購買的書名：______________________________

出生日期：________年________月________日

學歷：□高中（含）以下　□大專　□研究所（含）以上

職業：□製造業　□金融業　□資訊業　□軍警　□傳播業　□自由業

□服務業　□公務員　□教職　□學生　□家管　□其它_____

購書地點：□網路書店　□實體書店　□書展　□郵購　□贈閱　□其他

您從何得知本書的消息？

□網路書店　□實體書店　□網路搜尋　□電子報　□書訊　□雜誌

□傳播媒體　□親友推薦　□網站推薦　□部落格　□其他__________

您對本書的評價：（請填代號　1.非常滿意　2.滿意　3.尚可　4.再改進）

封面設計____　版面編排____　內容____　文／譯筆____　價格____

讀完書後您覺得：

□很有收穫　□有收穫　□收穫不多　□沒收穫

對我們的建議：______________________________

____

____

____

請貼
郵票

11466
台北市內湖區瑞光路 76 巷 65 號 1 樓
獨立作家讀者服務部 收

（請沿線對折寄回，謝謝！）

姓　　名：＿＿＿＿＿＿＿＿　年齡：＿＿＿＿　性別：□女　□男

郵遞區號：□□□□□

地　　址：＿＿＿＿＿＿＿＿＿＿＿＿＿＿＿＿

聯絡電話：(日)＿＿＿＿＿＿＿＿　(夜)＿＿＿＿＿＿＿＿

E-mail：＿＿＿＿＿＿＿＿＿＿＿＿＿＿＿＿